De klokkenluider

De boeken van John Grisham zijn nu ook verkrijgbaar als e-book

De aanklacht
Achter gesloten deuren
Advocaat van de duivel
De afperser
De bekentenis
De belofte
De beschuldiging
De broederschap
De claim
De cliënt
De deal
Dilemma
Het dossier
De erfgenaam
De erfpachters
In het geding
De getuige
De gevangene
De jury
Het laatste jurylid
De ontvoering
De partner
Het proces
Het protest
De rainmaker
De straatvechter
Het testament
De verbanning
Vergiffenis
Verloren seizoen
Het vonnis
De wettelozen
Winterzon
De verdediging

John Grisham

De klokkenluider

A.W. Bruna Uitgevers

Oorspronkelijke titel
The Whistler

Vertaling
Jolanda te Lindert
Auteursfoto

Omslagbeeld

Omslagontwerp
Studio Jan de Boer

ISBN gebonden editie 978 94 005 0636 7
ISBN paperbackeditie 978 94 005 0635 0
ISBN e-bookeditie 978 90 449 7561 1
NUR 332

1

Uit de autoradio klonk softjazz, een compromis. Lacy, de eigenaar van de Prius en dus van de radio, had bijna net zo de pest aan rap als haar passagier Hugo de pest had aan moderne country. Ze konden het nooit eens worden over sport, publieke radiozenders, 'gouwe ouwe', comedy voor volwassenen en de BBC, en dan hadden ze het nog niet eens gehad over bluegrass, CNN, opera of een stuk of honderd andere zenders. Dat had haar zo gefrustreerd en hij was daar zo moe van geworden dat ze allebei al snel de handdoek in de ring hadden gegooid en voor softjazz hadden gekozen. Soft, zodat Hugo's diepe en lange dutje niet zou worden verstoord, en soft, omdat Lacy jazz ook niet echt geweldig vond. Het was een soort 'geven en nemen' geweest, iets wat hun teamwork de afgelopen jaren ten goede was gekomen. Hij sliep en zij reed, en dat vonden ze allebei prima.

Voor de Grote Recessie in de VS had de BJC – Board on Judicial Conduct, een overheidsdienst die het gedrag van rechters onderzoekt – de beschikking gehad over een klein wagenpark: vierdeurs Honda's, eigendom van de staat, allemaal wit en met weinig kilometers op de teller. Maar die waren door de bezuinigingen allemaal verdwenen, zodat Lacy, Hugo en talloze andere overheidsmedewerkers in Florida nu hun eigen auto voor hun werk moesten gebruiken en daarvoor kregen ze een vergoeding van dertig cent per kilometer. Hugo, met vier kinderen en een torenhoge hypotheek, had een oude Bronco waarmee hij maar net naar kantoor kon rijden, en dus zeker geen lange rit kon maken. Dus sliep hij.

Lacy genoot van de rust. Meestal werkte ze alleen aan een zaak, net als haar collega's. Nog strengere bezuinigingen hadden het aantal medewerkers echter gedecimeerd, zodat de BJC nog maar zes onderzoekers in dienst had. Zes onderzoekers, in een staat met twintig miljoen inwoners en duizend rechters in zeshonderd rechtszalen die een half miljoen rechtszaken per jaar afhandelden. Lacy was blij dat bijna alle rechters eerlijke, hardwerkende mensen waren, trouw aan het rechtvaardigheids- en gelijkheidsbeginsel. Als dat niet zo was geweest, zou ze allang vertrokken zijn. Maar het kleine aantal rotte appels hield haar vijftig uur per week bezig. Rustig gaf ze richting aan en nam gas terug op de afrit.

Zodra de auto tot stilstand was gekomen, ging Hugo abrupt rechtop zitten alsof hij uitgeslapen was en klaar voor de dag. 'Waar zijn we?' vroeg hij.

'We zijn er bijna, nog twintig minuten. Draai je dus nog maar even om naar rechts en ga tegen het raam liggen snurken.'

'Sorry. Snurkte ik?'

'Je snurkt altijd, volgens je vrouw tenminste.'

'Nou, dat komt doordat ik vannacht om drie uur boven rondliep met haar laatste kind op de arm. Volgens mij is het een meisje. Hoe heet ze ook alweer?'

'Je vrouw of je dochter?'

'Haha!'

De lieve en altijd zwangere Verna was niet bepaald terughoudend met haar informatie over haar man. Zij moest zijn ego op peil houden, en dat was niet gemakkelijk. Op *high school* was Hugo een football-ster geweest, op Florida State College de *top-rated signee* van zijn jaar en tijdens zijn rechtenstudie de eerste eerstejaars die in de basis werd opgesteld. Hij was een *tailback* geweest, zowel slopend als indrukwekkend – tenminste, gedurende drieënhalve wedstrijd, tot ze hem op een brancard van het veld droegen met een kapotte wervel boven in zijn ruggengraat. Hij zwoer dat hij zijn comeback zou maken, maar zijn moeder verbood dat. Na *college*, waar hij cum laude afstudeerde, ging hij rechten studeren. De herinneringen aan zijn glorietijd vervaagden snel, maar hij zou net als alle *all-Americans* altijd iets van zijn arrogantie behouden; daar kon hij gewoon niets aan doen.

'Twintig minuten dus nog?' bromde hij.

'Ja, of niet. Ik kan je ook in de auto laten zitten, met de motor aan, dan kun je lekker de hele dag blijven slapen.'

Hij rolde naar rechts, deed zijn ogen dicht en zei: 'Ik wil een andere partner.'

'Dat zou kunnen, maar het probleem is dat niemand anders je wil hebben.'

'En iemand met een grotere auto.'

'Hij rijdt bijna één op achttien.'

Hugo bromde weer, zat roerloos, schokte, trilde, mompelde iets, en ging rechtop zitten. Hij wreef in zijn ogen en vroeg: 'Waar luisteren we naar?'

'Dit gesprek hebben we een hele tijd geleden ook al gevoerd, toen we Tallahassee verlieten, vlak voordat je aan je winterslaap begon.'

'Misschien weet je dat niet meer, maar toen bood ik aan te rijden.'

'Ja, met één oog open, dus dat stelde niet veel voor. Hoe gaat het met Pippin?'

'Ze huilt heel veel. Meestal, en ik spreek uit ruime ervaring, huilt een pasgeboren baby omdat-ie iets wil: eten, water, luier, mama – wat dan ook. Deze niet; zij schreeuwt zomaar. Je weet niet wat je mist.'

'Ben je soms vergeten dat ik twee keer met Pippin heb rondgelopen?'

'Nee, en dat was heel lief van je. Kun je vanavond komen?'

'Tuurlijk. Zij is nummer vier, hebben jullie ooit aan voorbehoedsmiddelen gedacht?'

'Dat is sinds kort onderwerp van gesprek. En nu we het er toch over hebben: hoe is het eigenlijk met jouw seksleven?'

'Sorry. Dat had ik niet mogen vragen.' Lacy was zesendertig, single en aantrekkelijk, en op kantoor was haar seksleven een rijke bron van gefluisterde roddels.

Ze reden in oostelijke richting naar de Atlantische Oceaan. St. Augustine was nog twaalf kilometer.

Lacy zette de radio eindelijk uit toen Hugo vroeg: 'Ben je hier al eerder geweest?'

'Ja, een paar jaar geleden. Toen zaten mijn vriend en ik een week aan het strand in het appartement van een vriend.'

'Heel veel seks?'

'Daar gaan we weer! Die smerige gedachten van je de hele tijd!'

'Nou, nu ik erover nadenk moet het antwoord wel ja zijn. Maar weet je, Pippin is nu één maand oud en dat betekent dat Verna en ik al zeker drie maanden geen normaal fysiek contact hebben gehad. Ik blijf volhouden, in elk geval tegenover mezelf, dat ze me drie weken te vroeg heeft afgeserveerd, maar dat is een onuitgemaakte zaak. We kunnen niet even terug in de tijd om het in te halen, toch? Ik vind dus dat het alweer de hoogste tijd is, maar ik betwijfel of zij daar net zo over denkt. Drie kleintjes en een pasgeboren baby hebben een enorme invloed op onze intimiteit.'

'Dat zal ik nooit meemaken.'

Een paar kilometer lang probeerde hij zijn aandacht bij de weg te houden, maar toen werden zijn oogleden zwaar en dommelde hij weer in. Ze keek glimlachend naar hem. Ze werkte nu negen jaar bij de Board en in die tijd hadden zij en Hugo samen aan twaalf zaken gewerkt. Ze waren een goed team en vertrouwden elkaar, en ze wisten allebei dat Lacy het meteen aan Verna zou vertellen als hij zich niet netjes gedroeg – wat nog nooit was voorgekomen. Lacy werkte samen met Hugo, maar ze roddelde en ging shoppen met Verna.

St. Augustine stond bekend als de oudste stad van Amerika, de plaats waar Ponce de León aan land was gekomen en aan zijn ontdekkingsreis was begonnen. Het was een leuke stad met een lange geschiedenis, veel toeristen en historische gebouwen, en dik Spaans mos aan heel oude eiken.

Bij de stadsgrens ging het verkeer langzamer rijden en bleven de touringcars staan. In de verte, rechts van hen, torende een oude kathedraal hoog boven de stad uit. Lacy kon het zich allemaal nog goed herinneren; die week met haar ex-vriend was een ramp geweest – een van de zovele rampen – maar ze had goede herinneringen aan St. Augustine.

'En wie is deze geheimzinnige betrouwbare tipgever die we hier moeten treffen?' vroeg Hugo en hij wreef weer in zijn ogen, nu vastbesloten om wakker te blijven.

'Dat weet ik nog niet, maar zijn schuilnaam is Randy.'

'Oké, en vertel me alsjeblieft nog een keer waarom we een geheime afspraak hebben met een man die een schuilnaam gebruikt en nog geen formele aangifte heeft gedaan tegen een van onze gewaardeerde rechters?'

'Dat kan ik niet, maar ik heb hem drie keer aan de telefoon gehad en hij komt eh... redelijk eerlijk over.'

'Geweldig! Wanneer was de laatste keer dat je met een klagende partij sprak die niet eh... redelijk eerlijk overkwam?'

'Je moet me steunen, oké? Michael zei dat we moesten gaan, en dus zijn we nu hier.'

Michael Geismar was de directeur, hun baas.

'Natuurlijk. Heb je enig idee wat het vermeende onethische gedrag inhield?'

'Zeker, volgens Randy was het heel ernstig.'

'Jeetje, dat is gek.'

Ze reden King Street in en voegden zich in het verkeer richting centrum. Het was half juli, dus nog steeds hoogseizoen in het noorden van Florida. Toeristen in korte broek en op sandalen liepen schijnbaar doelloos over de trottoirs. Nadat Lacy de auto in een zijstraat had geparkeerd, sloten ze zich aan bij de toeristen. Ze ontdekten een koffiebar en zaten een halfuur in glimmende makelaarsbrochures te bladeren.

Om twaalf uur stapten ze, zoals hun was opgedragen, Luca's Grill binnen en kregen een tafeltje voor drie personen. Ze bestelden ijsthee en wachtten. Er ging een halfuur voorbij zonder dat Randy zich liet zien. Dus bestelden ze broodjes, met friet voor Hugo en met fruit voor Lacy. Ze aten zo langzaam mogelijk, hielden de ingang in de gaten en wachtten.

Als jurist vonden ze hun tijd kostbaar, maar als onderzoeker hadden ze geleerd geduld te hebben. Die twee rollen botsten vaak met elkaar.

Om twee uur hielden ze het voor gezien en liepen ze terug naar de auto. In de auto leek het wel een sauna. Toen Lacy de sleutel omdraaide, ging haar mobieltje: een onbekend nummer. Ze nam op en zei: 'Ja.'

Een man zei: 'Ik had u gevraagd alleen te komen.' Het was Randy.

'U hebt het recht om dat te vragen, neem ik aan. We hadden om twaalf uur afgesproken, om te lunchen.'

Even bleef het stil. Toen: 'Ik ben in de Municipal Marina, aan het einde van King Street, drie blokken verderop. Zeg maar tegen uw vriendje dat-ie moet oprotten, dan kunnen we praten.'

'Luister Randy, ik ben geen politieagent en dus niet goed in dit soort spionagespelletjes. Ik wil u wel ontmoeten, dag zeggen en zo, maar als u me dan niet binnen zestig seconden vertelt hoe u heet ben ik weg.'

'Dat klinkt niet onredelijk.'

Ze verbrak de verbinding en mompelde: 'Niet onredelijk.'

Het was druk in de haven, met binnenkomende en vertrekkende plezierboten en een paar vissersboten. Via een drijvend dok stapten een heleboel rumoerige toeristen aan wal. Een restaurant met een terras aan de oever deed nog steeds goede zaken. Bemanningsleden van charterschepen spoten de dekken schoon en maakten alles klaar voor de charters van de volgende dag.

Lacy liep over de middelste steiger, op zoek naar een man die ze nog nooit had ontmoet. Voor zich zag ze een al wat ouder surfertype dat even onhandig zwaaide en knikte. Ze knikte terug en liep door.

De man was een jaar of zestig, er kwam te veel en te lang haar onder zijn panamahoed vandaan, en hij droeg een korte broek, sandalen en een met opzichtige bloemen bedrukt shirt. Hij had de bruine, leerachtige huid van iemand die te veel tijd in de zon heeft doorgebracht en zijn ogen zaten verborgen achter een pilotenzonnebril. Hij kwam glimlachend op haar af en zei: 'U bent Lacy Stoltz.'

Ze schudde zijn hand en zei: 'Ja, en u bent?'

'Ramsey Mix. Aangenaam.'

'Idem. We hadden om twaalf uur afgesproken.'

'Sorry. Ik had wat problemen met mijn boot.' Hij knikte naar de steiger, waar helemaal achteraan een grote motorboot lag aangemeerd. Het was niet de langste boot die op dat moment in de haven lag, maar het scheelde niet veel. 'Kunnen we daar praten?' vroeg hij.

'Op de boot?'

'Ja, daar kunnen we echt vertrouwelijk met elkaar praten.'

Het leek haar geen goed idee om met een volslagen onbekende op een boot te stappen, dus aarzelde ze.

Voordat ze kon antwoorden, vroeg Mix: 'Wie is die zwarte man?' Hij keek in de richting van King Street.

Lacy draaide zich om en zag Hugo, die nonchalant met een groep toeristen mee naar de haven liep. 'Mijn collega,' zei ze.

'Een soort bodyguard?'

'Ik heb geen bodyguard nodig, meneer Mix. We zijn ongewapend, maar mijn vriend daar kan u binnen twee seconden in het water kieperen.'

'Dan hoop ik maar dat dat niet nodig zal zijn. Ik heb geen slechte bedoelingen.'

'Dat is goed om te horen. Ik stap alleen op die boot als hij blijft waar hij nu ligt. Zodra u de motor start, is ons gesprek afgelopen.'

'Dat klinkt niet onredelijk.'

Ze liep met hem mee over de steiger, langs een rij zeilboten die zo te zien al maanden geen open zee meer hadden gezien, naar zijn boot met de fraaie naam Conspirator.

Hij stapte aan boord en stak zijn hand uit om haar te helpen. Op het dek, onder een canvas zeildoek, stond een houten tafeltje met vier klapstoeltjes. Hij wees ernaar en zei: 'Welkom aan boord. Ga zitten.'

Lacy nam haar omgeving in zich op, ging niet zitten en vroeg: 'Zijn we alleen?'

'Nee, niet helemaal. Ik heb een vriendin bij me die het heerlijk vindt om met me te varen. Wilt u haar ontmoeten?'

'Alleen als ze van belang is voor het verhaal.'

'Dat is ze niet.' Mix keek naar de haven, waar Hugo tegen een reling geleund stond.

Hugo zwaaide, alsof hij wilde zeggen: ik houd alles in de gaten.

Mix zwaaide terug en vroeg: 'Mag ik u iets vragen?'

'Ja hoor,' zei Lacy.

'Mag ik ervan uitgaan dat alles wat ik u ga vertellen straks aan meneer Hatch wordt doorverteld?'

'Hij is mijn collega, we werken samen aan een paar zaken, en misschien ook aan deze. Hoe weet u hoe hij heet?'

'Ik heb een computer en heb op de website gekeken. De BJC zou hem eindelijk eens moeten actualiseren.'

'Weet ik. Bezuinigingen.'

'Zijn naam komt me vaag bekend voor.'

'Hij had een korte footballcarrière bij Florida State.'

'Misschien is dat het. Ik ben een Gator-fan.'

Lacy ging hier niet op in. Dit was zo kenmerkend voor het zuiden:

mensen voelden zich verbonden met een collegefootballteam, heel fanatiek zelfs. Dat had ze altijd heel vreemd gevonden.

Mix vroeg: 'Dus u gaat hem alles vertellen?'

'Ja.'

'Roep hem dan maar. Dan haal ik iets te drinken voor ons.'

2

Carlita bracht de drankjes op een houten dienblad: lightfrisdrank voor Lacy en Hugo, en een flesje bier voor Mix. Ze was een knappe Latijns-Amerikaanse, minstens twintig jaar jonger dan hij en ze leek het leuk te vinden dat ze gasten hadden, vooral een andere vrouw.

Lacy maakte een aantekening op haar schrijfblok en zei: 'Een vraag: de telefoon die u een kwartier geleden gebruikte had een ander nummer dan de telefoon die u vorige week hebt gebruikt.'

'Is dat een vraag?' antwoordde Mix.

'Eigenlijk wel.'

'Oké. Ik gebruik een heleboel prepaidtelefoons. En ik verplaats me steeds. Ik neem aan dat het telefoonnummer dat ik van u heb van een mobiele telefoon is die u van uw werkgever hebt gekregen?'

'Dat klopt. We gebruiken onze privételefoon niet voor staatszaken, zodat mijn nummer waarschijnlijk niet zal veranderen.'

'Dat maakt het eenvoudiger, denk ik. Mijn telefoonnummer verandert elke maand, soms elke week.'

Tot nu toe, in de eerste vijf minuten dat ze bij elkaar waren, had alles wat Mix had gezegd alleen maar nieuwe vragen opgeworpen.

Lacy was nog steeds nijdig omdat hij zich niet aan hun lunchafspraak had gehouden en was ook niet blij met de eerste indruk die ze van hem had. Ze zei: 'Oké, meneer Mix, voorlopig houden Hugo en ik onze mond en begint u te praten. U vertelt ons uw verhaal en als we belangrijke hiaten signaleren waardoor we naar informatie moeten peuren of in het duister tasten, houden we het voor gezien en gaan we naar huis. U hebt u aan de telefoon al genoeg op de vlakte gehouden om me hier te krijgen. Goed, steek maar van wal.'

Mix keek glimlachend naar Hugo en vroeg: 'Is ze altijd zo recht op de man af?'

Hugo knikte, zonder te glimlachen. Hij legde zijn handen gevouwen op het tafelblad en wachtte.

Lacy legde haar pen neer.

Mix nam een grote slok bier en begon: 'Ik heb dertig jaar als advocaat in Pensacola gewerkt. Klein kantoor, meestal waren we met vijf of zes advocaten. Vroeger ging het prima. Een van mijn eerste cliënten was een projectontwikkelaar, een belangrijk man. Hij bouwde appartementengebouwen, woonwijken, hotels, winkelcentra, van die snelle projecten zoals je wel vaker ziet in Florida. Ik vertrouwde die vent niet, maar hij verdiende zoveel geld dat ik uiteindelijk in het aas hapte. Hij regelde een paar deals voor me, kleine zaakjes, en dat liep een tijdje goed. Ik zag mezelf al stinkend rijk worden en dat kan je, in Florida tenminste, grote problemen bezorgen. Mijn vriend sjoemelde met de boekhouding en maakte te veel schulden, maar dat wist ik toen nog niet. Er bleken een paar slechte leningen tussen te zitten – ach, eigenlijk waren ze allemaal slecht. Toen kwam de FBI langs met een van zijn RICO-clusterbommen en stelde half Pensacola in staat van beschuldiging, en mij dus ook.'

Met RICO verwees hij naar de Racketeer Influenced and Corrupt Organizations Act, een wet die tot doel heeft bedrijven aan te pakken die geld verdienen met afpersing en corruptie.

'Een heleboel mensen waren de klos: projectontwikkelaars, bankiers, makelaars, advocaten en andere beunhazen. Jullie hebben er waarschijnlijk niets over gehoord, jullie doen immers onderzoek naar rechters, en niet naar advocaten. Hoe dan ook, ik bezweek onder de druk, vertelde alles wat ik wist, kreeg een deal, bekende schuld aan één tenlastelegging – postfraude – en zat zestien maanden in een federale gevangenis. Ik verloor mijn vergunning en maakte een heleboel vijanden. Nu hou ik me gedeisd. Ik vroeg een nieuwe vergunning aan en kreeg die ook. Op dit moment heb ik één cliënt, de man over wie we het vanaf nu gaan hebben. Vragen?' Hij pakte een blanco dossiermap van de enige onbezette stoel en gaf die aan Lacy. 'Hierin vinden jullie mijn verhaal: krantenartikelen, mijn schuldbekentenis in ruil voor strafvermindering, alles wat jullie misschien nodig hebben. Ik ben eerlijk, of zo eerlijk als een ex-gevangene maar kan zijn, en alles wat ik zeg is waar.'

'Wat is uw huidige adres?' vroeg Hugo.

'Een broer van me woont in Myrtle Beach en ik gebruik zijn adres voor juridische kwesties. Carlita heeft een huis in Tampa, en ook daar ontvang ik soms post. Maar in feite woon ik op deze boot. Ik heb telefoons, een fax, wifi, een kleine douche, koud bier en een leuke vrouw. Ik ben gelukkig. We varen door Florida, de Keys, de Bahama's. Geen slecht pensioen, dankzij Uncle Sam.'

'Waarom hebt u dan een cliënt?' vroeg Lacy zonder naar de dossiermap te kijken.

'Hij is de vriend van een oude vriend die mijn schimmige verleden kent en denkt dat ik wel iets wil doen voor een goed honorarium. En hij heeft gelijk. Mijn vriend heeft me opgezocht en me overgehaald om zijn zaak aan te nemen. Vraag me niet hoe mijn cliënt heet, want dat weet ik niet. Mijn vriend is de contactpersoon.'

'U weet niet hoe uw cliënt heet?' vroeg Lacy.

'Nee, en dat wil ik ook niet.'

'Wilt u dat we vragen waarom niet, of denkt u dat we dit gewoon accepteren?' vroeg Hugo.

'Hiaat nummer één, meneer Mix,' zei Lacy. 'En we houden niet van hiaten. U vertelt ons alles of we gaan met lege handen weg.'

'Rustig aan, oké?' zei Mix en hij nam een slok bier. 'Dit is een lang verhaal en het zal wel wat tijd kosten om alles te vertellen. Het gaat over heel veel geld, verbijsterende corruptie en een paar bijzonder vervelende kerels die geen moment zullen aarzelen om één of meer kogels tussen mijn ogen te schieten, of die van jullie, van mijn cliënt en van iedereen die te veel vragen stelt.'

Het bleef heel lang stil, terwijl Lacy en Hugo dit feit tot zich lieten doordringen. Ten slotte vroeg ze: 'Waarom doet u hier dan aan mee?'

'Geld. Mijn cliënt wil een zaak aanhangig maken onder de Klokkenluiderswet van Florida. Hij verwacht miljoenen te incasseren. Ik krijg daar ook een leuke portie van en als alles goed gaat, heb ik nooit meer een cliënt nodig.'

'Dan moet het een staatsambtenaar zijn,' zei Lacy.

'Ik ken de wet, mevrouw Stoltz. U hebt een veeleisende baan, maar ik niet. Ik heb alle tijd om me te verdiepen in wetsartikelen en jurisprudentie. Ja, mijn cliënt werkt voor de staat Florida. Nee, zijn identiteit kan niet bekend worden gemaakt; nog niet tenminste. Misschien, tijdens deze zaak, als er geld op tafel ligt, kunnen we een rechter overhalen de zaak geheim te houden. Maar nu is mijn cliënt nog veel te bang om een formele aangifte bij het Judicial Conduct in te dienen.'

'Wij kunnen niets doen zonder een ondertekende, formele aangifte,' zei Lacy. 'Zoals u weet is de wet daar heel duidelijk over.'

'Dat weet ik. Ik zal de formele aangifte indienen.'

'Beëdigd?' vroeg Hugo.

'Ja, zoals vereist. Ik geloof dat mijn cliënt de waarheid vertelt en ik ben bereid mijn naam eronder te zetten.'

'Bent u dan niet bang?'

'Ik ben al heel lang bang. Daar ben ik denk ik aan gewend geraakt, hoewel het wel erger zou kunnen worden.' Mix pakte nog een dossiermap, haalde er een paar papieren uit en legde ze op de tafel. Hij zei: 'Zes maanden geleden ben ik naar de rechtbank in Myrtle Beach gegaan en heb ik mijn naam veranderd. Nu ben ik Greg Myers, de naam die ik voor die formele aangifte zal gebruiken.'

Lacy las het rechterlijk vonnis van South Carolina door en vroeg zich voor het eerst af of het wel slim was geweest om naar St. Augustine te gaan voor een ontmoeting met deze man: een staatsambtenaar die te bang was om zijn identiteit bekend te maken; een tot inkeer gekomen advocaat die zo bang was dat hij naar de rechtbank in een andere staat ging en zijn naam had veranderd; een ex-gevangene zonder een vaste verblijfplaats.

Hugo las het rechterlijk vonnis door en wenste, voor het eerst in jaren, dat hij een wapen mocht dragen. Hij vroeg: 'Vindt u zelf dat u zich op dit moment schuilhoudt?'

'Laten we zeggen dat ik gewoon heel voorzichtig ben, meneer Hatch. Ik ben een ervaren schipper die meer weet van het water, de zeeën, stromingen, zandbanken, eilanden, afgelegen stranden en schuilplaatsen dan iemand die me zoekt, als dat al gebeurt.'

Lacy zei: 'Nou, zo te horen houdt u zich zeker schuil.'

Myers knikte alleen, alsof hij het met haar eens was.

Ze namen alle drie een slok. Eindelijk begon het wat te waaien, waardoor de luchtvochtigheid iets minder werd.

Lacy bladerde in het dunne dossier en zei: 'Een vraag: stonden uw juridische problemen op welke manier dan ook in verband met het wangedrag van een rechter dat u wilt bespreken?'

Myers hield op met knikken terwijl hij hierover nadacht. 'Nee.'

Hugo zei: 'Nog even over deze geheimzinnige cliënt. Hebt u weleens rechtstreeks contact met hem?'

'Nee, nooit. Hij weigert het gebruik van e-mail, snailmail, fax of welke soort traceerbare telefoon dan ook. Hij praat met de contactpersoon, de contactpersoon komt persoonlijk bij me op bezoek of belt me met een prepaidtelefoon. Het is vreemd en tijdrovend, maar wel erg veilig: geen sporen, geen aantekeningen, niets tastbaars.'

'Stel dat u hem nu meteen nodig hebt, hoe kunt u hem dan bereiken?'

'Dat is nog nooit voorgekomen. Ik denk dat ik de contactpersoon zou bellen en een uur of zo zou wachten.'

'Waar woont deze cliënt?'

'Dat weet ik niet zeker, ergens langs de Florida Panhandle.'

Lacy haalde diep adem, keek Hugo even aan en vroeg: 'Oké, wat is het verhaal?'

Myers keek voor zich uit, over het water, voorbij de boten. Een ophaalbrug ging open, iets wat hem erg leek te fascineren. Ten slotte zei hij: 'Dit verhaal heeft veel hoofdstukken, waarvan enkele nog worden geschreven. Tijdens deze ontmoeting wil ik jullie genoeg vertellen om jullie nieuwsgierig te maken, maar ook bang genoeg zodat jullie je kunnen terugtrekken als jullie dat willen. Dat is dus eigenlijk de hamvraag: willen jullie hierbij betrokken worden?'

'Is er sprake van wangedrag door een rechter?' vroeg Lacy.

'Het woord "wangedrag" zou een enorm understatement zijn. Wat ik weet is dat het hier gaat om corruptie op een niveau dat in dit land nooit eerder is voorgekomen. Weet u, mevrouw Stoltz en meneer Hatch, mijn zestien maanden in de gevangenis zijn niet slechts tijdverspilling geweest. Ik kreeg de leiding over de juridische bibliotheek en heb de hele tijd met mijn neus in de boeken gezeten. Ik heb elke zaak over corruptie door rechters bestudeerd die ooit is behandeld, in alle vijftig staten. Ik heb de onderzoeksverslagen, dossiers, aantekeningen, alles. Ik ben de juiste bron, voor het geval dat jullie alles ooit moeten weten. En het verhaal dat ik jullie kan vertellen, gaat over meer zwart geld dan alle andere zaken bij elkaar. Het gaat ook over omkoping, afpersing, intimidatie, gemanipuleerde processen, ten minste twee moorden en één onterecht vonnis. Op dit moment zit een uur hiervandaan een man die erin is geluisd weg te rotten in de dodencel. De man die verantwoordelijk was voor deze misdaad zit waarschijnlijk nu op zijn boot, een veel mooiere dan deze.' Hij zweeg, nam een slok uit zijn fles en keek hen met een arrogante blik aan, tevreden omdat hij nu hun volle aandacht had. 'De vraag is: willen jullie hierbij betrokken worden? Het kan gevaarlijk worden.'

'Waarom hebt u ons gebeld?' vroeg Hugo. 'Waarom hebt u de FBI niet gebeld?'

'Ik heb al eens eerder met de FBI te maken gehad, meneer Hatch, en dat pakte niet goed uit. Ik vertrouw hen niet, niemand trouwens met een badge, vooral niet in deze staat.'

Lacy zei: 'Nogmaals, meneer Myers, we zijn niet gewapend, wij zijn geen opsporingsambtenaren. Zo te horen hebt u verschillende federale overheidsdiensten nodig.'

'Maar jullie mogen iemand dagvaarden,' zei Myers. 'Jullie hebben verordeningen die jullie het recht geven een dagvaarding te doen uitgaan. Jullie kunnen bij iedere rechter in deze staat elk dossier opeisen dat in zijn of haar kantoor wordt bewaard. Jullie hebben heel veel macht, mevrouw Stoltz. Dus in allerlei opzichten doen jullie wel onderzoek naar criminele activiteiten.'

Hugo zei: 'Dat is waar, maar we zijn er niet voor uitgerust om met gangsters te dealen. Als uw verhaal waar is, zijn die boeven uitstekend georganiseerd.'

'Ooit gehoord van de Catfish Mafia?' vroeg Myers, na alweer een grote slok uit de fles.

'Nee,' antwoordde Hugo, en ook Lacy schudde haar hoofd.

'Nou, dat is een ander lang verhaal. Ja, meneer Hatch, dat is een uitstekend georganiseerde bende. Ze hebben een heleboel misdaden gepleegd, maar die zijn niet belangrijk voor jullie, omdat er geen leden van de rechterlijke macht bij betrokken zijn. Maar er is één kwestie waarbij ze een rechter hebben omgekocht en daar hebben jullie wél iets mee te maken.'

De Conspirator begon te deinen door de golfslag van een oude garnalenschuit en even zwegen ze alle drie.

Lacy vroeg: 'Stel dat we weigeren hierbij betrokken te worden? Wat gebeurt er dan met uw verhaal?'

'Als ik een formele aangifte indien, zijn jullie dan niet verplicht daar iets mee te doen?'

'In theorie wel. Zoals u ongetwijfeld weet, hebben we vijfenveertig dagen de tijd voor een voorlopig onderzoek om vast te stellen of de formele aangifte enige grond heeft. Daarna informeren we de betrokkene – de rechter – en verpesten we zijn dag. Maar we zijn er ook heel goed in om formele aangiftes te negeren.'

Hugo zei glimlachend: 'Inderdaad, wij zijn bureaucraten. We zijn er heel goed in om zaken aan te houden en te vertragen.'

'Deze kúnnen jullie niet aanhouden,' zei Myers. 'Deze zaak is te belangrijk.'

'Als het zo belangrijk is, waarom is het dan nog niet bekend geworden?' vroeg Lacy.

'Omdat de zaak nog steeds loopt, omdat het daar niet het juiste moment voor was, om heel veel redenen, mevrouw Stoltz, waarvan de belangrijkste is dat niemand die het wist tot nu toe bereid is geweest om zich te melden. Nu meld ik me. De vraag is dus eenvoudig: is de Board on Judicial Conduct bereid onderzoek te doen naar de corruptste rechter in de geschiedenis van het Amerikaanse rechtssysteem?'

'Een van onze eigen rechters?' vroeg Lacy.

'Zeker weten.'

'Wanneer krijgen we zijn naam te horen?' vroeg Hugo.

'U neemt aan dat het een man is.'

'We nemen niets aan.'

'Dat is een goed begin.'

Ten slotte ging het warme briesje liggen en de draaiende ventilator deed weinig meer dan de broeierige lucht verplaatsen. Myers leek zich te realiseren dat hun shirts aan hun lichaam plakten en kwam toen, als gastheer van het kleine gezelschap, eindelijk in actie. 'Laten we naar dat restaurant gaan en iets drinken,' zei hij. 'Daar is een bar met een goede airco.' Hij pakte een kleine olijfkleurige leren tas, intensief gebruikt en kennelijk aan zijn lichaam vastgemaakt. Lacy vroeg zich af wat erin zat. Een klein pistool? Geld? Een vals paspoort? Misschien nog een dossier?

Terwijl ze over de steiger liepen, vroeg Lacy: 'Is dat een van uw stamkroegen?'

'Waarom zou ik daar antwoord op geven?' vroeg Myers vinnig.

Lacy wilde dat ze niets had gevraagd. Dit was een onzichtbare man, een man die leefde alsof zijn nek altijd vlak bij het hakblok lag, in plaats van een gewone schipper die van de ene haven naar de andere voer. Hugo schudde zijn hoofd en Lacy gaf zichzelf een standje.

Het restaurant was nu verlaten en ze namen een tafeltje binnen met uitzicht op de haven. Doordat ze het afgelopen uur in de hitte hadden gezeten, vonden ze het hier bijna te koud. IJsthee voor de onderzoekers, koffie voor meneer Myers. Ze waren alleen, het was onmogelijk dat iemand hen hoorde.

'Stel dat we niet echt enthousiast worden van deze zaak?' vroeg Hugo.

'Dan moet ik uiteindelijk overstappen op plan B, maar dat wil ik liever niet. Plan B betekent de pers, een paar journalisten die ik ken, maar die zijn eigenlijk geen van allen volkomen betrouwbaar: de ene zit in Mobile, de andere in Miami. Eerlijk gezegd denk ik dat ze heel snel bang worden.'

'Waarom denkt u dat wij niet snel bang worden, meneer Myers?' vroeg Lacy. 'We hebben u al verteld dat we ons normaal gesproken niet inlaten met gangsters. Bovendien hebben we meer dan genoeg werk.'

'Dat geloof ik meteen. Er is geen gebrek aan corrupte rechters.'

'Eerlijk gezegd zijn er niet veel. Een paar rotte appels, maar er zijn genoeg procespartijen om ons aan het werk te houden. Heel veel formele aangiftes, waarvan de meeste niet-ontvankelijk zijn.'

'Juist.' Langzaam zette Myers zijn pilotenzonnebril af en legde hem op de tafel. Zijn ogen waren gezwollen en rood, zoals van een zware drinker, en omrand door een bleke huid. Door dat contrast leek hij op een omgekeerde wasbeer. Het was goed te zien dat hij zijn bril zelden afzette. Hij keek nog een keer om zich heen, als om te controleren dat de lui die achter hem aan zaten niet in het restaurant waren, en leek zich te ontspannen.

Hugo zei: 'Over deze Catfish Mafia.'

Myers gromde en glimlachte, alsof hij niet kon wachten om zijn verhaal te vertellen. 'U wilt het horen, hè?'

'U begon erover.'

'Dat is waar.'

De serveerster zette hun drankjes op de tafel en verdween.

Myers nam een slok en begon: 'Het verhaal begint een jaar of vijftig geleden. Een los-vaste bende boeven die zich in verschillende delen van Arkansas, Mississippi en Louisiana hadden misdragen, overal waar ze maar een sheriff konden omkopen. Voornamelijk illegale drank, prostitutie, gokken, allerlei ouderwetse zonden, neem ik aan, met heel veel spierkracht en geen gebrek aan doden. Ze kozen een county uit waar drank mocht worden verkocht die grensde aan een county waar dat verboden was, het liefst op een staatsgrens, waar ze hun operaties opzetten. Elke keer werden de locals het beu en kozen een nieuwe sheriff, waarna de boeven de stad verlieten. Na verloop van tijd vestigden ze zich ergens aan de oever van de Mississippi, in de buurt van Biloxi en Gulfport. Degenen die niet waren doodgeschoten, werden veroordeeld en naar de gevangenis gestuurd. Begin jaren tachtig waren bijna alle oorspronkelijke gangsters verdwenen, maar van de jongere generatie waren er nog een paar over. Toen gokken in Biloxi werd gelegaliseerd, sloeg dat een enorm gat in hun zaken. Ze verplaatsten zich naar Florida en ontdekten de aantrekkingskracht van schimmige landdeals, maar ook van de verbijsterende marges bij de cocaïnehandel. Ze verdienden heel veel geld, voerden een reorganisatie door en werden een groep die bekendstaat als de Coast Mafia.'

Hugo schudde zijn hoofd. 'Ik ben opgegroeid in het noorden van Florida en heb daar op de middelbare school gezeten en rechten gestudeerd; ik heb daar mijn hele leven gewoond en er de afgelopen tien jaar onderzoek gedaan naar corruptie door de rechterlijke macht, maar ik heb nog nooit van de Coast Mafia gehoord.'

'Ze maken ook geen reclame, en hun namen staan nooit in de krant. Ik betwijfel of een van de leden de afgelopen tien jaar is gearresteerd. Het is een klein netwerk, strak georganiseerd en erg gedisciplineerd. Ik vermoed dat de meeste leden familie van elkaar zijn. De groep zou waarschijnlijk zijn geïnfiltreerd, gearresteerd en naar de gevangenis zijn gestuurd zonder de opkomst van een man die ik nu maar even Omar zal noemen. Een slechte vent, maar heel slim. Midden jaren tachtig nam Omar de bende mee naar het zuiden van Florida, op dat moment ground zero voor de cocaïnehandel. Ze hadden een paar goede jaren, maar nadat ze een paar Colombianen belazerden, ging de zaak naar de klote. Ze schoten op Omar en op zijn broer, die dat niet overleefde; zijn lichaam is nooit gevonden. Ze vluchtten uit Miami maar niet uit Florida. Omar heeft een briljante criminele geest en hij kwam ongeveer twintig jaar geleden op het lumineuze idee om casino's te bouwen op het land van indianen.'

'Waarom verbaast dit me niet?' mompelde Lacy.

'Juist! Zoals jullie waarschijnlijk weten, zijn er nu negen indiaanse casino's in Florida, en zeven daarvan zijn eigendom van de Seminoles, de grootste stam, en een van de drie die de federale overheid heeft erkend. De casino's van de Seminoles zijn samen goed voor een brutowinst van vier miljard dollar per jaar. Omar en zijn mannen vonden die kans onweerstaanbaar.'

Lacy zei: 'Uw verhaal gaat dus over georganiseerde misdadigers, indianen die casino's bezitten en een corrupte rechter, die allemaal samenspannen?'

'Dat is een goede samenvatting.'

'Maar de FBI heeft jurisdictie over indiaanse kwesties,' zei Hugo.

'Ja, maar de FBI heeft nooit veel enthousiasme getoond als het erom ging indianen voor welke misdaden dan ook te vervolgen. Nogmaals, meneer Hatch, en luister alstublieft goed want ik herhaal mezelf nog maar eens: ik wil absoluut niets met de FBI te maken hebben! Zij kennen de feiten niet. Ik wel, en ik praat met jullie.'

'Wanneer krijgen we het hele verhaal te horen?' vroeg Lacy.

'Zodra jullie baas, meneer Geismar, het groene licht geeft. Jullie moeten met hem praten, hem vertellen wat ik heb gezegd en ervoor zorgen dat hij begrijpt welke gevaren hieraan kleven. En als hij tegen mij zegt, aan de telefoon, dat de Board on Judicial Conduct mijn formele aangifte serieus zal nemen en volledig zal onderzoeken, zal ik zo veel mogelijk hiaten opvullen.'

Hugo trommelde met zijn vingers op het tafeltje en dacht aan zijn gezin. Lacy keek naar een andere garnalenboot die langzaam door de haven voer en vroeg zich af hoe Michael zou reageren. Myers keek hen aan en had bijna medelijden met hen.

3

De thuisbasis van de Board on Judicial Conduct besloeg de helft van de tweede verdieping in een kantoorgebouw van vier verdiepingen in het centrum van Tallahassee, twee blokken van het Capitool. Elk onderdeel van de 'suite' – van de versleten, gerafelde vloerbedekking en de smalle, gevangenisachtige ramen die er op de een of andere manier in slaagden het meeste zonlicht af te ketsen tot de plafondtegels met vlekken veroorzaakt door tientallen jaren sigarettenrook en de muren met de goedkope planken die doorbogen en doorzakten onder het gewicht van dikke dossiers en vergeten memorandums – getuigde niet alleen van de kleine en alsmaar kleiner wordende budgetten, maar ook van het duidelijke feit dat het werk van de dienst niet echt een prioriteit was voor de gouverneur en de wetgevende macht. Elk jaar in januari moest Michael Geismar, al heel lang directeur van de BJC, nederig naar het Capitool lopen en aanzien dat de commissies van het Huis van Afgevaardigden en de Senaat de overheidstaart verdeelden. Hij moest smeken, vroeg altijd om meer geld en kreeg altijd minder. Zo zag het leven eruit van de directeur van een dienst waarvan de meeste wetgevers niet eens wisten dat hij bestond.

Het bestuur bestond uit vijf leden die om politieke redenen waren benoemd, over het algemeen gepensioneerde rechters en advocaten die de goedkeuring van de gouverneur konden wegdragen. Ze kwamen zes keer per jaar bij elkaar om formele aangiftes te beoordelen, hoorzittingen voor te zitten die op processen leken en om te worden bijgepraat door Geismar en zijn mensen. Hij had meer mensen nodig, maar daar was geen geld voor. Zijn zes onderzoekers – vier in Tallahassee en twee in Fort Lauderdale – werkten gemiddeld vijftig uur per week en waren vrijwel allemaal stiekem op zoek naar een andere baan.

Als Michael Geismar dat wilde, wat zelden het geval was, kon hij vanuit zijn hoekkantoor nog zo'n bunkerachtig gebouw zien dat zelfs nog hoger was dan zijn eigen gebouw, en daarachter een allegaartje van kantoorgebouwen van de regering. Zijn kantoor was groot, doordat hij muren had laten slopen, en hij had een lange tafel laten plaatsen, de enige in de doolhof van hokjes van de BJC. Als het bestuur voor officiële kwesties bij elkaar kwam, huurden ze een vergaderzaal in het gebouw van het hooggerechtshof van Florida.

Vandaag zaten er vier mensen aan de tafel: Michael, Lacy, Hugo en BJC's geheime wapen Sadelle, een oude juridisch assistente die, zelfs nu ze al bijna zeventig was, nog steeds enorme hoeveelheden materiaal kon doorspitten en dat allemaal ook nog onthield. Dertig jaar eerder had Sadelle haar rechtenstudie afgerond, maar ze was – drie keer – gezakt voor het rechtbankexamen, waardoor ze was veroordeeld tot de rol van permanent juridisch assistent. Ze was vroeger een zware rookster geweest, zodat een groot deel van de berookte ramen en plafonds aan haar te danken was. Ze vocht al drie jaar tegen longkanker, maar had nog nooit een hele werkweek verzuimd.

De tafel lag bezaaid met papieren, vele niet aan elkaar geniet, met tekst geaccentueerd met geel of gecorrigeerd met rood.

Hugo zei: 'De man is oké. We hebben gesproken met contactpersonen in Pensacola, met mensen die hem kenden toen hij nog advocaat was. Goede reputatie en zo, tenminste tot hij werd veroordeeld. Hij is wie hij zegt dat hij is, ook al heeft hij nu een andere naam.'

Lacy voegde eraan toe: 'Zijn gevangenisdossier is onberispelijk. Hij heeft zestien maanden en vier dagen in een federale gevangenis in Texas gezeten, en het grootste deel van die tijd de leiding gehad over de juridische gevangenisbibliotheek. Hij was de gevangenisadvocaat, heeft verschillende medegevangenen geholpen met hun beroep en er zelfs twee vervroegd vrij gekregen omdat hun advocaten hun veroordeling hadden verknald.'

'En zijn eigen veroordeling?' vroeg Michael.

Hugo antwoordde: 'Ik heb diep genoeg gegraven om te kunnen verifiëren wat Myers vertelde. De FBI zat achter een vastgoedfraudeur aan, ene Kubiak uit Californië, die zich twintig jaar had beziggehouden met stadsvernieuwing in de omgeving van Destin en Panama City. Ze hebben hem te pakken genomen en hij zit nu dertig jaar voor een lange serie misdaden, voornamelijk bankfraude, belastingfraude en het witwassen van geld. Toen hij zijn mond opendeed, heeft hij heel veel mensen verraden, onder wie ene Ramsey Mix, die snel inbond en een deal sloot. Hij verlinkte ieder ander in die voorlopige tenlastelegging, vooral Kubiak, en heeft grote schade aangericht. Waarschijnlijk is het maar goed ook dat hij zich onder een andere naam schuilhoudt, want hij kreeg maar zestien maanden, ieder ander minstens vijf jaar en Kubiak de hoofdprijs.'

'Privéleven?' vroeg Michael.

Lacy antwoordde: 'Twee keer gescheiden, nu single. Echtgenote nummer twee verliet hem toen hij naar de gevangenis ging. Een zoon uit het eerste huwelijk; hij woont in Californië en bezit een restaurant. Nadat Myers schuld bekende, betaalde hij een boete van honderdduizend dollar. Bij zijn veroordeling getuigde hij dat zijn juridische kosten ongeveer datzelfde bedrag besloegen. Dat, plus de boete, betekende het einde van zijn carrière en in de week voordat hij de gevangenis in ging vroeg hij zijn faillissement aan.'

Hugo gooide een paar uitvergrote foto's op de tafel en zei: 'Wat dit wel enigszins intrigerend maakt. Toen we hem spraken, heb ik een foto van zijn boot gemaakt: een bijna zestien meter lange Sea Breeze-motorboot, uitstekend geoutilleerd, bereik driehonderdtwintig kilometer, vier slaapplaatsen. Hij staat op naam van een lege vennootschap op de Bahama's, zodat ik de eigenaar niet kon achterhalen, maar ik schat de waarde op minstens een half miljoen dollar. De man is zes jaar geleden uit de gevangenis ontslagen en volgens de Orde van Advocaten van Florida heeft hij drie maanden geleden zijn vergunning teruggekregen. Hij heeft geen kantoor en zegt dat hij op zijn boot woont, die hij misschien ook wel huurt. Hoe dan ook, het lijkt een dure levensstijl. Dus is de voor de hand liggende vraag: hoe kan hij zich dat allemaal permitteren?'

Lacy beantwoordde de vraag. 'De kans is groot dat hij iets van zijn geld in het buitenland heeft gestald toen de FBI zich meldde. Het was een grote RICO-zaak met heel veel slachtoffers. Ik heb een contactpersoon gesproken, een voormalige openbaar aanklager, en die zegt dat altijd werd vermoed dat Greg Myers ergens geld had verstopt. Hij zegt dat heel veel verdachten probeerden geld te verbergen. Maar dat zullen we waarschijnlijk nooit te weten komen. Als de FBI het zeven jaar geleden niet kon vinden, mag je er gerust van uitgaan dat wij het nu ook niet kunnen vinden.'

Michael mompelde: 'Alsof we tijd hebben om ernaar te zoeken.'

'Precies.'

'Dus deze vent is een oplichter?' vroeg Michael.

Hugo zei: 'Hij is zeker weten een veroordeelde misdadiger, maar hij heeft zijn straf uitgezeten en zijn boetes betaald, en hij is nu een eerlijk lid van onze Orde van Advocaten, net als wij drieën.' Hij keek met een vluchtige glimlach naar Sadelle, die echter niet werd beantwoord.

Michael zei: 'Misschien is "oplichter" te sterk uitgedrukt. Laten we dus zeggen dat hij een twijfelachtige reputatie heeft. Ik denk niet dat ik in dat verborgen geld geloof. Als het waar is dat hij in het buitenland geld heeft gestald en tegen een faillissementsrechter heeft gelogen, kan hij nog altijd worden veroordeeld voor fraude. Zou die man dat willen riskeren?'

Hugo zei: 'Geen idee. Hij leek erg voorzichtig. En we mogen niet vergeten dat hij al zes jaar uit de gevangenis is. In Florida moet je vijf jaar wachten voordat je een verzoek kunt indienen om weer te worden toegelaten tot de Orde van Advocaten. Misschien heeft hij in die vijf jaar een paar dollars verdiend. Hij leek heel vindingrijk.'

Lacy vroeg: 'Waarom is dat belangrijk? Doen we onderzoek naar hem of naar een corrupte rechter?'

'Goed punt,' zei Michael. 'En hij liet doorschemeren dat de rechter een vrouw is?'

'Ja, een beetje wel,' zei Lacy. 'Hij was daar niet echt duidelijk over.'

Michael keek Sadelle aan en zei: 'Ik neem aan dat we in Florida ook politiek correcte vrouwelijke rechters hebben.'

Ze haalde moeizaam adem en praatte met haar gebruikelijke schorre stem, aangetast door de nicotine. 'Hangt ervan af. Er zijn tientallen vrouwen die verkeerszaken behandelen en zo, maar dit lijkt een schurk op het niveau van de *circuit court*. Daar zijn ongeveer zeshonderd rechters, van wie een derde vrouw is. Met negen casino's verspreid over de staat is het tijdverspilling om te gaan gissen.'

De circuit court was vroeger een rondreizende rechtbank, maar tegenwoordig worden er belangrijke civiele en criminele zaken behandeld, ook in hoger beroep.

'En deze zogenaamde maffia?'

Sadelle zoog zoveel lucht naar binnen als haar longen konden bevatten, en zei: 'Wie weet? Ooit was er een Dixie Mafia, een Redneck Mafia, een Texas Mafia – allemaal vrijwel identieke bendes. De meeste konden zich vooral beroepen op legendarische verhalen maar niet op criminele efficiëntie. Het was vaak gewoon een stelletje kerels dat graag whisky verkocht en benen brak. Nergens is iets te vinden over een Catfish Mafia of Coast Mafia. Dat betekent niet dat ze niet bestaan, maar ik heb in elk geval niets kunnen vinden.' Haar stem begaf het en ze hapte naar adem.

'Niet zo snel!' zei Lacy. 'Ik kwam een artikel tegen in de krant van Little Rock van bijna veertig jaar geleden. Het was het bijzonder kleurrijke verhaal van ene Larry Wayne Farrell, die verschillende meervalrestaurants in de Arkansas-delta bezat. Maar hij bleek aan de voorkant meerval te verkopen en aan de achterkant illegaal gestookte drank. Op een bepaald moment werden hij en zijn neven ambitieus en breidden ze hun activiteiten uit met gokken, prostitutie en gestolen auto's. Zoals Myers al zei, verplaatsten ze zich door het Diepe Zuiden, altijd op zoek naar een omkoopbare sheriff. Uiteindelijk bleven ze in de buurt van Biloxi hangen. Het is een lang artikel en de details zijn niet echt interessant, maar deze kerels hebben een verbijsterend aantal lijken achtergelaten.'

Sadelle zei: 'Tja, dan zat ik dus fout. Bedankt voor deze informatie.'

'Graag gedaan.'

Hugo vroeg: 'Mag ik de voor de hand liggende vraag stellen? Als hij officieel een formele aangifte indient en wij de dagvaarding officieel aan die rechter betekenen en met ons onderzoek beginnen, waarom kunnen we dan niet gewoon naar de FBI gaan als het dan echt gevaarlijk wordt? Op dat moment kan Myers ons toch niet tegenhouden?'

'Natuurlijk niet,' zei Michael. 'Dat gaat dus ook gebeuren. Hij heeft niets over het onderzoek te zeggen. En als wij hulp nodig hebben, krijgen we die zeker.'

'We doen het dus?' vroeg Hugo.

'Uiteraard, Hugo. We hebben geen keus: als hij die formele aangifte indient en een rechter beschuldigt van wangedrag of corruptie, hebben we volgens onze statuten geen keus en moeten we wel een onderzoek instellen. Zo eenvoudig is het. Ben je bang?'

'Nee.'

'Lacy, twijfels?'

'Natuurlijk niet.'

'Uitstekend. Stel meneer Myers dan maar op de hoogte. Als hij mijn stem wil horen, bel je hem maar en verbind je hem door.'

Het kostte twee dagen om hem aan de telefoon te krijgen, en toen Lacy hem eindelijk te pakken had, leek Myers weinig zin te hebben om met haar of Michael te praten. Hij zei dat hij het druk had met zaken en haar wel zou terugbellen. De verbinding was slecht en haperend, alsof hij ergens ver uit de kust voer. De volgende dag belde hij Lacy op met een andere telefoon en zei dat hij met Michael Geismar wilde praten, die hem ervan verzekerde dat zijn formele aangifte prioriteit zou krijgen en meteen zou worden onderzocht.

Een uur later belde Myers Lacy weer en vroeg om een onderhoud. Hij zei dat hij haar en Hugo weer wilde zien om de zaak te bespreken. Er was heel veel achtergrondmateriaal dat hij nooit zwart op wit kon krijgen, cruciale informatie die essentieel zou zijn voor hun onderzoek. Hij zou de formele aangifte alleen ondertekenen en indienen als ze hem ontmoetten.

Michael gaf zijn fiat, waarna ze wachtten tot Myers doorgaf waar hij hen wilde ontmoeten. Hij wachtte een week, zei dat hij en Carlita 'een beetje rondvoeren in de buurt van Abaco' op de Bahama's en over een paar dagen terug zouden zijn in Florida.

Laat op een zaterdagmiddag, het was zo'n achtendertig graden, reed Lacy een woonwijk binnen, door een hek dat nooit afgesloten leek te worden. Ze moest om een aantal vijvers heen rijden, allemaal met een goedkope fontein die heet water in de lucht spoot. Ze kwam langs een drukke golfbaan, rijen identieke huizen die allemaal zo ontworpen waren dat hun dubbele garage goed zichtbaar was, en parkeerde haar auto ten slotte vlak bij een groot open park met een aantal onderling verbonden zwembaden. Honderden kinderen zwommen en speelden in het water, terwijl de moeders met een drankje onder grote parasols zaten.

De Meadows had de Grote Recessie overleefd en was daarna opnieuw in de markt gezet als een multiraciale gemeenschap voor jonge gezinnen. Hugo en Verna Hatch hadden hier vijf jaar geleden, na kind nummer twee, een huis gekocht. Nu ze vier kinderen hadden, was hun tweehonderd vierkante meter grote bungalow eigenlijk te klein. Maar een grotere woning was geen optie. Hugo verdiende zestigduizend dollar per jaar, evenveel als Lacy, maar zij was single en kon iets sparen, terwijl de Hatches elke verdiende cent meteen uitgaven.

Ze waren echter gek op feesten, en in de zomer was Hugo bijna elke zaterdagmiddag bij de barbecue bij het zwembad te vinden, met een koud biertje in de hand, hamburgers grillend en over voetbal pratend met zijn vrienden, terwijl de kinderen in het zwembad speelden en de vrouwen in de schaduw zaten. Lacy ging bij de vrouwen zitten en liep, na de gebruikelijke begroeting, naar een zwembadhuisje waar Verna in de koelte met de baby zat.

Pippin was één maand oud en was tot nog toe een uitzonderlijk chagrijnig kind gebleken. Lacy paste weleens op de kinderen van de Hatches, zodat hun ouders er even tussenuit konden. Meestal was het helemaal geen probleem om een oppas te krijgen, want de beide oma's woonden niet meer dan vijfenveertig kilometer bij hen vandaan. Hugo en Verna kwamen uit een grote, verspreid wonende familie met ontelbaar veel ooms en tantes, neven en nichten, en geen gebrek aan drama's en conflicten. Lacy was vaak jaloers op de geruststellende zekerheid van zo'n clan, maar ook wel blij dat ze zich niet hoefde bezig te houden met zoveel mensen en hun problemen. Af en toe wilden Verna en Hugo hulp met de kinderen, maar niet altijd van hun familie.

Lacy nam Pippin op de arm toen Verna iets te drinken ging halen. Terwijl ze het kind wiegde, keek ze naar de mensen op het terras: een mengeling van zwarte, blanke, Latijns-Amerikaanse en Aziatische mensen, allemaal jonge stellen met kleine kinderen. Er waren twee juristen van het ministerie van Justitie, vrienden van Hugo van zijn rechtenstudie en een andere vriend die voor de Senaat van de staat werkte. Er waren geen andere singles, geen mogelijke kandidaten, maar dat had Lacy ook niet verwacht. Ze had zelden een date, omdat er zo weinig geschikte mannen waren, of in elk geval heel weinig die ze aantrekkelijk vond. Ze had een nare scheiding achter de rug, een afschuwelijke ervaring waar ze tegenwoordig, acht jaar later, nog steeds last van had.

Verna kwam terug met twee biertjes en ging tegenover haar zitten. Ze fluisterde: 'Waarom wordt ze altijd stil als jij haar vasthoudt?'

Lacy glimlachte en haalde haar schouders op. Ze was nu zesendertig en vroeg zich elke dag weer af of ze ooit een eigen kind in haar armen zou houden. Ze had geen idee, maar terwijl de tijd verstreek werd de kans daarop steeds kleiner. Verna zag er moe uit, net als Hugo. Ze wilden een groot gezin, maar vier kinderen waren toch zeker wel genoeg? Lacy durfde dat gesprek niet aan te gaan, maar voor haar lag het antwoord op die vraag voor de hand. Die twee hadden het geluk gehad dat ze hadden kunnen studeren, de eersten in hun beide families, en het was hun droom dat hun kinderen die kans ook zouden krijgen. Maar hoe kon je in vredesnaam verwachten dat je de studie van vier kinderen kon betalen?

Heel zacht zei Verna: 'Hugo zegt dat Michael jullie een belangrijke zaak heeft gegeven.'

Dat verbaasde Lacy, want Hugo vond het heel belangrijk om zijn werk niet mee naar huis te nemen. Dat niet alleen, maar ook eiste de BJC om diverse redenen geheimhouding. Af en toe, 's avonds laat na een paar biertjes, zaten ze weleens met z'n drieën te lachen om het belachelijke gedrag van een rechter naar wie ze een onderzoek instelden, maar dan gebruikten ze nooit een echte naam.

Lacy zei: 'Het zou een belangrijke zaak kunnen worden, maar evengoed ook niet.'

'Hij heeft me niet veel verteld, maar hij lijkt zich een beetje zorgen te maken. Het gekke is dat ik jullie werk nooit als gevaarlijk heb beschouwd.'

'Wij ook niet. We zijn geen agenten met vuurwapens, maar juristen met dagvaardingen.'

'Hij zei dat hij wilde dat hij een vuurwapen mocht dragen. Dat baart me echt zorgen, Lacy. Je moet me beloven dat jullie geen gevaar zullen lopen.'

'Verna, ik wil je dit beloven: zodra ik het gevoel heb dat ik een vuurwapen zou moeten dragen, neem ik ontslag en zoek ik een andere baan. Ik heb nog nooit met een pistool geschoten.'

'Nou, in mijn wereld, in onze wereld, zijn er al veel te veel vuurwapens en daardoor gebeuren er veel te veel nare dingen.'

Pippin, die al een kwartier had liggen slapen, werd opeens met een gilletje wakker. Verna stak haar handen naar haar uit en zei: 'Wat een kind, wat een kind...'

Lacy gaf de baby aan Verna en liep weg om te kijken of de hamburgers al klaar waren.

4

Toen Myers eindelijk contact opnam, zei hij tegen Lacy dat hij wilde dat ze hem in dezelfde haven in St. Augustine kwamen opzoeken. Alles was hetzelfde: dezelfde broeierige hitte en luchtvochtigheid, dezelfde aanlegplaats achter aan de steiger en Myers droeg zelfs hetzelfde bloemenshirt.

Terwijl ze aan dezelfde houten tafel onder het schaduwdoek op zijn boot zaten, dronk hij hetzelfde merk bier uit een flesje en begon te vertellen.

Zijn Omar heette in werkelijkheid Vonn Dubose. Hij was een afstammeling van de oorspronkelijke gangsters die met hun wandaden waren begonnen in een achterkamer van een meervalrestaurant in de buurt van Forrest City, Arkansas. Zijn opa van moeders kant was de eigenaar van het restaurant en stierf jaren later tijdens een hinderlaag van de politie. Zijn vader hing zichzelf op in de gevangenis, tenminste, in het officiële rapport stond dat ze hem hangend hadden gevonden. Ontelbare ooms en neven ondergingen eenzelfde lot, en de bende was behoorlijk uitgedund toen Vonn ontdekte hoe aantrekkelijk de cocaïnehandel in het zuiden van Florida was. Hij had een paar goede jaren gehad en daardoor de middelen om zijn kleine syndicaat nieuw leven in te blazen. Inmiddels was hij bijna zeventig, woonde ergens aan de kust en had officieel geen adres, bankrekening, rijbewijs, burgerservicenummer of paspoort. Nadat Vonn goudgeld had verdiend met het casino, dunde hij zijn bende uit tot een handvol neven zodat de inkomsten over minder mensen verdeeld hoefden te worden. Hij bleef volkomen anoniem en verschool zich achter een muur van buitenlandse bedrijven, die allemaal werden gecontroleerd door een advocatenkantoor in Biloxi. Voor zover bekend was hij heel rijk, maar leefde hij eenvoudig.

‘Hebt u hem ooit ontmoet?’ vroeg Lacy.

Myers moest lachen om die vraag. ‘Doe niet zo raar. Niemand ontmoet die man, oké? Hij blijft in de schaduw, net als ik zeg maar. Je kunt in de omgeving van Pensacola geen drie mensen vinden die zullen toegeven dat ze Vonn Dubose kennen. Ik heb daar veertig jaar gewoond en ik had tot een paar jaar geleden zelfs nog nooit van hem gehoord. Hij komt en gaat.’

‘Maar hij heeft geen paspoort,’ zei Hugo.

‘Geen geldig paspoort. Als ze hem ooit te pakken krijgen, zullen ze een stuk of zes valse vinden.’

In 1936 kreeg de Tappacola Nation bepaalde rechten van het Bureau voor Indiaanse Zaken. De Tappacola waren een kleine stam van ongeveer vierhonderd mensen verspreid over de Panhandle, van wie de meesten in kleine huizen in het moerasachtige binnenland van Brunswick County woonden. De stam had een soort hoofdkantoor in een reservaat van ongeveer één hectare, dat ze tachtig jaar eerder van de federale overheid hadden gekregen. In 1990 ontdekte de machtige Seminole Nation in Zuid-Florida hoe lucratief casino’s konden zijn, net als andere stammen in het land. In diezelfde tijd kochten Vonn en zijn bende goedkoop land dat aan het Tappacolareservaat grensde. Op een bepaald moment begin jaren negentig – dat zou niemand ooit zeker weten, doordat de gesprekken daarover allang waren verstomd – nam Vonn contact op met de Tappacola met een deal die te goed was om waar te zijn.

‘Treasure Key,’ mompelde Hugo.

‘Inderdaad. Het enige casino in Noord-Florida, heel handig een kilometer of vijftien van de Interstate 10 en vijftien kilometer ten noorden van de stranden. Een fullservicecasino, 24/7 geopend, Disney-achtig amusement voor de hele familie, het grootste waterpark in de staat, appartementen te koop, te huur of beschikbaar voor timesharing, noem maar op. Een waar paradijs voor iedereen die wil gokken of van de zon wil genieten, perfect binnen het bereik van vijf miljoen mensen. Ik weet de brutowinst niet, omdat de indianen die de casino’s runnen aan niemand verantwoording hoeven af te leggen, maar ze zeggen dat de brutowinst van Treasure Key jaarlijks zeker een half miljard dollar bedraagt.’

‘Wij waren er vorig jaar zomer,’ zei Hugo, alsof hij iets verkeerds had gedaan. 'Zo'n lastminuteweekenduitstapje voor anderhalve dollar. Het was niet slecht.'

'Niet slecht? Het is fantastisch! Daarom is het er altijd bomvol en verdienen de Tappacola goudgeld.'

'En dat delen ze met Vonn en zijn mannen?' vroeg Hugo.

'Onder andere, maar laten we niet op de zaken vooruitlopen.'

Lacy zei: 'Dat is in Brunswick County, dus in het Twenty-Fourth Judicial District. Er zijn twee *circuit court*-rechters in het Twenty-Fourth: één man, één vrouw. Ben ik warm?'

Myers tikte glimlachend op een gesloten dossier dat midden op tafel lag. 'Dit is de formele aangifte, die geef ik jullie later. De rechter is de edelachtbare Claudia McDover, inmiddels al zeventien jaar rechter. Later zullen we het over haar hebben, maar eerst wil ik de achtergrond schetsen. Die is van cruciaal belang.

Terug naar de Tappacola. De stam was ernstig verdeeld over het onderwerp gokken in casino's. De tegenstanders werden aangevoerd door Son Razko, een onruststoker en een christen die op morele gronden tegen gokken was. Hij organiseerde zijn volgelingen, die in de meerderheid leken te zijn. De voorstanders van het casino beloofden rijkdom voor iedereen: nieuwe huizen, een levenslange uitkering, betere scholen, gratis studeren en gratis gezondheidszorg – de lijst was eindeloos. Vonn Dubose steunde het offensief voor goedkeuring van het casino in het geheim, maar zoals gebruikelijk kon dat nooit bewezen worden. In 1993 werd er tijdens een referendum over gestemd. Er waren ongeveer driehonderd stemmers, stamleden van achttien jaar en ouder, en op veertien leden na stemde iedereen. De stemming vond plaats onder het toeziend oog van de U.S. Marshals, voor het geval dat er gewelddadigheden zouden plaatsvinden. Son Razko en zijn aanhangers wonnen met vierenvijftig procent van de stemmen, waarna er een vervelend proces volgde over stemfraude en intimidatie, maar de circuit court-rechter wees die eis af. Het casino was dood, en niet lang daarna Son ook.

Ze vonden zijn lichaam in de slaapkamer van een andere man, samen met de echtgenote van die man, allebei met twee kogels in hun hoofd. Ze waren naakt en zo te zien op heterdaad betrapt. Haar echtgenoot, Junior Mace, werd gearresteerd en beschuldigd van beide moorden. Hij was tijdens de discussie over het gokken een trouw aanhanger geweest van Razko. Mace hield vol dat hij onschuldig was, maar liep toch gevaar de doodstraf te krijgen. Doordat de zaak zoveel aandacht kreeg, verplaatste de pas gekozen rechter Claudia McDover het proces naar een andere county, maar eiste wel dat ze de jurisdictie behield. Zij zat het proces voor en oordeelde steeds ten gunste van de openbaar aanklager.

Het casino werd geconfronteerd met twee belangrijke obstakels: Son Razko en de locatie. Een groot deel van het Tappacola-land bestond uit laaggelegen moeras en moerassige rivierarmen, vrijwel onbewoonbaar dus, maar er was voldoende hooggelegen land voor een groot casino met het noodzakelijke terrein eromheen. Het probleem was de bereikbaarheid: de weg naar het reservaat was oud en slecht onderhouden, zodat die de verkeersstroom amper zou kunnen verwerken. Maar door het vooruitzicht van belastinginkomsten, goedbetaalde banen en een nieuw uitgaanscentrum gaf de overheid van Brunswick County toestemming voor de aanleg van een nieuwe vierbaansweg van State Route 288 naar de grens van het reservaat, op een steenworp afstand van de plaats waar het casino zou worden gebouwd.

Om deze weg te kunnen aanleggen, moest nog wel particulier land worden onteigend, want de meeste landeigenaren die recht van overpad moesten verstrekken waren tegen de bouw van het casino. De county begon elf processen, met als doel de onteigening van elf percelen langs de geplande route. Rechter McDover zat de processen voor, behandelde de advocaten als oud vuil en plaatste de zaken op wat haar "snelrecht"-lijst bleek te zijn. Een paar maanden later was het eerste proces al een feit en twijfelde vrijwel niemand er meer aan, zeker de advocaten niet, dat zij aan de kant van de county stond en wilde dat de weg zo snel mogelijk werd aangelegd. Vlak voordat het eerste proces zou beginnen organiseerde ze in haar rechtszaal een schikkingsbijeenkomst en eiste dat alle advocaten aanwezig waren. Tijdens een marathonsessie ramde ze er een schikking door, waarbij de county iedere landeigenaar twee keer de getaxeerde waarde van zijn land betaalde. Volgens de wetten van Florida bestond er geen twijfel dat de county het land kon onteigenen, maar het probleem was de vergoeding. En de tijd. Door de processen erdoorheen te rammen, bespaarde rechter McDover het casino jaren vertraging.

Nu de onteigeningsprocessen volgens plan verliepen en Son Razko uit de weg was geruimd, vroegen de voorstanders van het gokken een tweede referendum aan en ze wonnen deze keer met dertig stemmen verschil. Er werd een nieuw proces aangevraagd wegens fraude, maar dat verzoek werd afgewezen door rechter McDover. Nu was de weg vrij voor de bouw van Treasure Key, dat in 2000 werd geopend.

De beroepszaken van Junior Mace vonden moeizaam hun weg door het rechtssysteem. En hoewel verschillende beroepsrechters kritiek hadden op de rechter en haar vonnissen, kon niemand ernstige fouten ontdekken. Het vonnis bleef overeind, ook jaren later nog.'

'Die zaak hebben we tijdens onze rechtenstudie bestudeerd,' zei Hugo.

'Die moord was zestien jaar geleden! Hoe oud was je toen, twintig?' vroeg Myers.

'Zoiets. Ik kan me de moorden niet herinneren, en het proces ook niet, maar we hebben het er tijdens de studie wel over gehad, volgens mij bij strafprocesrecht. Toen hadden we het over het gebruik van gevangenisverklikkers tijdens een *capital murder*-proces.' Moord waarvoor de doodstraf kan worden gegeven.

'Ik neem aan dat jij er nooit iets over hebt gehoord?' vroeg Myers aan Lacy.

Lacy antwoordde: 'Nee, ik ben niet in Florida opgegroeid.'

Myers zei: 'Ik heb een dik dossier over die moordzaak, compleet met de *habeas*-info. Ik heb het in de loop der jaren bijgehouden en weet er alles van, voor het geval dat je meer wilt weten.'

'Dus het is echt zo dat Mace zijn vrouw in bed betrapte met Son, en hij dat niet pikte?' vroeg Lacy.

'Dat betwijfel ik. Hij beweert dat hij ergens anders was, maar zijn getuige à decharge kwam niet goed over. Zijn pro-Deoadvocaat was een groentje met weinig ervaring, absoluut niet opgewassen tegen de openbaar aanklager, die juist heel goed was. Rechter McDover gaf hem toestemming twee verklikkers op te roepen die zeiden dat Mace in de gevangenis had lopen opscheppen over die moorden.'

'Moeten we met Mace praten?' vroeg Hugo.

'Daar zou ik inderdaad mee beginnen.'

'Maar waarom?' vroeg Lacy.

'Omdat de kans groot is dat Junior Mace iets weet en hij misschien wel met jullie wil praten. De Tappacola zijn gesloten en niet bepaald spraakzaam, heel argwanend tegenover buitenstaanders, vooral tegenover lui met gezag of een uniform. Bovendien zijn ze als de dood voor Dubose en zijn bende. Ze laten zich snel intimideren. En waarom zouden ze hun mond ook níét houden? Ze krijgen van alles: huizen en auto's, scholen en gezondheidszorg, geld voor studies. Waarom zouden ze de boel in het honderd sturen? Wat zou het als het casino een paar vuile zaakjes doet met een stelletje gangsters? Als je je mond opendoet, word je misschien doodgeschoten.'

'Kunnen we het nu even over die rechter hebben?' vroeg Lacy.

'Zeker. Claudia McDover, zesenvijftig, voor het eerst gekozen in 1994 en sindsdien elke zes jaar herkozen. Een hardwerkende rechter die haar werk en haar rechtszaal heel serieus neemt. Ze wordt elke keer probleemloos herkozen. Erg slim, erg gedreven. Haar ex-echtgenoot was een bekende arts in Pensacola die gek was op jonge verpleegstertjes. Nare scheiding waarbij zij, Claudia, behoorlijk werd genaaid door manlief en zijn bende advocaten. Ze was gekwetst en woedend, en ging rechten studeren om wraak te kunnen nemen, maar op een bepaald moment vond ze haar ex niet meer belangrijk. Ze vestigde zich in Sterling, de "hoofdstad" van Brunswick County, waar ze bij een klein vastgoedkantoor ging werken. Het beviel haar daar niet en ze had algauw tabak van de praktijken in zo'n klein stadje. Op een bepaald moment leerde ze Vonn Dubose kennen, maar dat deel van het verhaal ken ik niet. Ik heb horen vertellen dat ze af en toe een relatie hadden, maar nogmaals, dat is niet geverifieerd en dat kan misschien ook niet. In 1993, nadat de Tappacola tegen de bouw van het casino hadden gestemd, had Claudia McDover opeens belangstelling voor de politiek en stelde ze zich verkiesbaar als circuit court-rechter. Ik weet hier zelf niets van. In die tijd was ik een drukbezette advocaat in Pensacola en ik wist niet eens waar Sterling lag. Ik had wel iets over de Tappacola gehoord en ook weleens wat gelezen over die strijd om dat casino, maar ik had er helemaal geen belangstelling voor. Volgens de verhalen had ze een bijzonder goed gefinancierde en uitstekend opgezette verkiezingscampagne, en ze versloeg haar tegenstander met duizend stemmen verschil. Ze was net een maand in functie toen Son Razko werd vermoord en zoals ik al zei zat zij het proces van Junior Mace voor. Dit was in 1996, en in deze tijd kochten Vonn Dubose, zijn medeplichtigen, een beperkt aantal partners en buitenlandse bedrijven grote percelen land in Brunswick County vlak bij het reservaat. Toen het ernaar uitzag dat de Tappacola een casino wilden, waren er ook een paar andere speculanten in gesprongen, maar na het eerste referendum wilden deze lui die markt verlaten. Vonn was maar al te bereid hun land op te kopen; hij wist wat er zou gebeuren en had algauw alle land rondom het reservaat in bezit. Met Son Razko uit de weg, en ook nog eens op zo'n dramatische manier, wonnen de voorstanders het tweede referendum. De rest is bekend.'

Lacy zette haar laptop aan en vond al snel een grote, officiële foto van rechter Claudia McDover, compleet met zwarte toga en een hamer in de hand. Ze droeg haar korte, donkere haar in een bobkapsel, heel stijlvol, met een designerbril die haar gezicht domineerde en het moeilijk maakte haar ogen te lezen. Geen glimlach, geen spoortje warmte of humor, een en al pure zakelijkheid. Zou ze echt hebben meegewerkt aan de onterechte veroordeling van een man die nu al vijftien jaar in de dodencel zat? Dat was moeilijk te geloven.

'En waar was sprake van corruptie?' vroeg Lacy.

'Overal. Zodra de Tappacola met de bouw van het casino begonnen, begon Dubose ook. Zijn eerste project was een golfwijk, Rabbit Run, naast het casinoterrein.'

Hugo zei: 'We zijn erlangs gereden. Ik dacht dat het deel uitmaakte van Treasure Key.'

'Nee, maar van de drivingrange van de golfbaan loop je in vijf minuten naar het casino. Onderdeel van de geheime afspraak met de Tappacola is dat ze zich niet met de golfbaan bemoeien. Zij regelen alles rondom het gokken en het amusement, en Dubose het golfen en de rest. Hij begon met achttien holes op Rabbit Run, en langs alle fairways staan fraaie appartementengebouwen.'

Myers legde een dossier op de tafel en zei: 'Dit hier is de formele aangifte, in een beëdigde verklaring van Greg Myers. Hierin beweer ik dat edelachtbare Claudia McDover eigenaar is van ten minste vier appartementen op Rabbit Run, met dank aan een anonieme onderneming die CFFX heet en officieel gevestigd is in Belize.'

'Dubose?' vroeg Lacy.

'Dat weet ik zeker, maar ik kan het niet bewijzen – nog niet.'

'Hoe zit het met de eigendomsaktes?' vroeg Hugo.

Myers tikte op het dossier. 'Die zitten hierin. Daarop zul je zien dat CFFX ten minste twintig appartementen aan buitenlandse bedrijven heeft overgedragen. Ik heb redenen om aan te nemen dat rechter McDover een belang heeft in vier appartementen, die officieel eigendom zijn van buitenlandse bedrijven. We hebben hier te maken met slimme boeven met uitstekende advocaten.'

'Hoeveel zijn die appartementen waard?' vroeg Lacy.

'Op dit moment ongeveer een miljoen dollar per stuk. Rabbit Run heeft het goed gedaan, heeft zelfs de Grote Recessie overleefd. Dankzij het casino heeft Dubose voldoende geld en hij is dol op omheinde woonwijken met schattige huisjes en appartementengebouwen langs de fairways. Hij is van achttien holes overgestapt op zesendertig en vierenvijftig, en heeft genoeg land voor zelfs nog meer.'

'Waarom heeft hij die appartementen aan rechter McDover gegeven?'

'Misschien omdat hij gewoon een aardige vent is. Ik neem aan dat het deel uitmaakte van de oorspronkelijke deal. Claudia McDover heeft haar ziel aan de duivel verkocht om gekozen te worden en wordt sinds die tijd betaald. De bouw van het casino en de ontwikkeling van Brunswick County zijn aanleiding geweest voor heel veel rechtszaken. Onenigheid over grenzen, milieuclaims, onteigeningsrecht, processen tegen landeigenaren – en zij is erin geslaagd daar met haar neus bovenop te zitten. Iedereen die aan de kant van Dubose staat lijkt altijd te winnen en zijn vijanden verliezen. Ze is superslim en kan elk vonnis staven met een uitgebreid, goed beargumenteerd juridisch verhaal. Het komt zelden voor dat haar vonnis in een beroepszaak wordt herroepen. In 2001 hadden zij en Dubose een meningsverschil, ik weet niet waarover, maar het was heftig. Er wordt beweerd dat ze een groter aandeel van de winst van het casino wilde. Maar Dubose vond dat ze al genoeg compensatie kreeg en dus sloot rechter McDover het casino.'

'Hoe heeft ze dat precies voor elkaar gekregen?' vroeg Lacy.

'Dat is nog zo'n goed verhaal. Zodra het casino was geopend – en vanaf dag één werd er al goudgeld mee verdiend – realiseerde de county zich dat ze weinig belastinginkomsten zouden krijgen. De indianen in de vs betalen geen belasting over casinowinsten, en de Tappacola waren niet bereid te delen. De county voelde zich genaaid, vooral na alle moeite die het had gekost om ruim tien kilometer vierbaansweg aan te leggen. Dus haalde de county snel een truc uit de kast en kreeg de wetgevende macht van de staat zover dat ze tol mochten heffen op de nieuwe weg.'

Hugo schoot in de lach en zei: 'Juist, anderhalve kilometer voor het casino moet je dus stoppen bij een tolhokje en vijf dollar betalen om door te mogen rijden.'

'Eerlijk gezegd verliep alles perfect: de indianen waren tevreden en de county streek ook wat centen op. Dus toen Dubose en rechter McDover die ruzie hadden, kreeg zij een collega-advocaat zover een dwangbevel aan te vragen met als argument dat die tolhokjes te druk en onveilig waren. Er zijn wel wat aanrijdingen geweest, maar niets ernstigs. Het was echt complete onzin, maar ze vroeg meteen een dwangbevel aan voor sluiting van de tolweg. Het casino bleef wel open, doordat een paar mensen erin slaagden om er via achterafwegen naartoe te gaan en zo, maar feitelijk was het gesloten. Dat heeft zo'n zes dagen geduurd, terwijl Vonn en Claudia wachtten tot de ander zou toegeven. Uiteindelijk werden ze het eens, werd dat onzinnige verzoek voor een dwangbevel ingetrokken en was iedereen tevreden. Dat was een keerpunt in de geschiedenis van het casino en de corruptie die het heeft veroorzaakt: rechter McDover liet iedereen weten dat zij het voor het zeggen heeft.'

Hugo zei: 'U praat over Dubose alsof iedereen hem kent.'

'Niemand kent hem, daar was ik wel duidelijk over geweest, dacht ik zo. Hij leidt een organisatie, een kleintje waarin de grote bazen familie van elkaar zijn en iedereen een heleboel geld krijgt. Hij geeft een neef op Bermuda opdracht een bv op te richten en wat land te kopen. Een andere neef krijgt opdracht een bedrijf in Barbados op te richten en een paar appartementen te verhandelen. Dubose wordt beschermd door de advocaten van buitenlandse lege vennootschappen. Hij blijft achter de schermen en laat geen enkel spoor na.'

'Wie regelt zijn juridische zaken?' vroeg Lacy.

'Een klein kantoor in Biloxi, een paar belastingadvocaten die ervaring hebben met louche zaken. Zij vertegenwoordigen Duboses bende al jaren.'

Lacy zei: 'Zo te horen is rechter McDover absoluut niet bang voor Dubose.'

'Dubose is te slim om een rechter eruit te werken, hoewel ik ervan overtuigd ben dat hij dat wel heeft overwogen. Hij heeft haar nodig en zij hem. Denk daar maar eens over na: je bent een ambitieuze en louche projectontwikkelaar in Florida en bovendien ben je feitelijk eigenaar van een casino, wat natuurlijk illegaal is, dus heb je heel veel bescherming nodig. Dan kun je toch maar beter een gerespecteerde rechter achter de hand hebben?'

'Dit ruikt heel erg naar RICO,' zei Hugo.

'Ja, maar we doen niets met de RICO immers, meneer Hatch? RICO is federaal, en federaal betekent FBI. Het kan me niets schelen wat er met Dubose gebeurt. Ik wil rechter McDover te pakken nemen, zodat mijn cliënt als klokkenluider een klein vermogen kan incasseren.'

'Hoe klein?' vroeg Lacy.

Myers dronk zijn bier op en veegde met de rug van zijn hand zijn mond af. 'Dat weet ik niet. Volgens mij is het aan jullie om dat uit te zoeken.'

Carlita kwam de kajuit uit en zei: 'De lunch is klaar.'

Myers stond op en zei: 'Kom alstublieft mee.'

Lacy en Hugo keken elkaar even aan. Ze waren er al twee uur, hadden razende trek en geen idee waar ze een lunch konden krijgen, maar ze vroegen zich opeens af of het wel een goed idee was om op de boot te eten.

Maar Myers liep de trap al af. 'Kom maar mee,' zei hij.

Ze liepen achter hem aan de kajuit in. In de kleine pantry stond een tafel met een glazen blad, waar voor drie personen was gedekt. Ergens was een airco hard aan het werk, zodat het lekker koel was. Het rook er sterk naar gegrilde vis. Carlita liep wat rond, duidelijk helemaal gelukkig omdat ze voor een paar gasten kon koken. Ze bracht een schaal vistaco's, schonk mineraalwater in uit een fles en vroeg of iemand wijn wilde. Dat was niet zo, dus verdween ze nog verder naar beneden.

Myers raakte zijn eten niet aan, maar ging verder met zijn verhaal. 'Dat is echter niet de formele aangifte die ik wil indienen; hierin stel ik alleen dat er sprake is van corruptie bij de appartementen die eigendom zijn van rechter McDover op Rabbit Run. Het grote geld bij deze samenzwering is haar aandeel in de maandelijkse winst van het casino, daar gaat het me echt om, omdat dat een goudmijn is voor mijn cliënt. Als ik dat niet voor elkaar krijg, zal ik de formele aangifte wijzigen. Zo niet, dan zijn er voldoende redenen om haar uit haar ambt te ontzetten en waarschijnlijk officieel in staat van beschuldiging te stellen.'

'Hebt u in de formele aangifte de naam van Vonn Dubose genoemd?' vroeg Lacy.

'Nee. Ik verwijs naar zijn bedrijven als "criminele organisaties".'

'Dát is origineel,' zei Lacy.

'Hebt u een beter voorstel, mevrouw Stoltz?' snauwde Myers.

'Kunnen we eindelijk eens ophouden met dat meneer en mevrouw?' vroeg Hugo. 'Zij heet Lacy, jij bent Greg en ik ben Hugo.'

'Prima.' Ze namen alle drie een hap, Myers kauwde en bleef doorpraten. 'Een vraag: in de reglementen staat dat jullie vanaf vandaag vijfenveertig dagen de tijd hebben om een exemplaar van de formele aangifte aan rechter McDover te betekenen. Vanaf nu tot dat moment zijn jullie bezig met je onderzoek en dat baart me dus zorgen. Ik weet zeker dat die lui er geen idee van hebben dat iemand zich verdiept in hun onderneming, hun zaakjes. Dus rechter McDover schrikt zich rot als ze die formele aangifte in ontvangst neemt, en vanaf dat moment kunnen er een heleboel idiote dingen gebeuren: ze neemt meteen een stel advocaten in de arm, ontkent alles fanatiek en begint misschien zelfs met het rondpompen van geld. Dubose raakt in paniek, zet zijn verdediging klaar en kijkt misschien zelfs of hij iemand kan intimideren.'

'En je vraag?'

'Oké, hoe lang kunnen jullie wachten tot jullie haar hiervan op de hoogte brengen? Hoe lang kunnen jullie dit rekken? Het lijkt me van cruciaal belang dat jullie zo veel mogelijk onderzoek doen voordat ze wéét dat jullie een onderzoek instellen.'

Lacy en Hugo keken elkaar aan.

Lacy haalde haar schouders op en zei: 'Wij zijn bureaucraten en weten dus heel goed hoe we tijd moeten rekken. Maar als zij echt in de aanval gaat op de manier die jij denkt, zullen haar advocaten op alle slakken zout leggen. Dus als we de voorschriften niet volgens de letter volgen, zullen ze alles op alles zetten om die formele aangifte van tafel te vegen.’

Hugo voegde eraan toe: ‘Laten we op veilig spelen en zeggen dat we vijfenveertig dagen hebben voor ons onderzoek.’

‘Dat is niet genoeg,’ zei Myers.

‘Meer hebben we niet,’ zei Lacy.

‘Wat kun je ons vertellen over jouw mysterieuze cliënt?’ vroeg Hugo. ‘Hoe komt het dat hij weet wat hij weet?’

Myers nam een slokje water en glimlachte. ‘Jullie gaan er alweer van uit dat het een “hij” is.’

‘Oké, hoe wil je hem of haar dan noemen?’

‘Er zijn maar drie schakels in onze korte keten: ik, de contactpersoon die de cliënt naar mij heeft doorverwezen, en de cliënt zelf. De contactpersoon en ik noemen de cliënt “de mol”. De mol kan een man of vrouw zijn, oud of jong, zwart of blank of bruin, maar dat is nu allemaal niet van belang.’

Lacy zei: ‘De mol? Dat is niet erg origineel.’

‘Wat maakt het uit? Heb je een betere naam?’

‘Ach, we moeten het er maar mee doen. Hoe komt het dat die mol zoveel weet?’

Myers propte een halve zachte taco in zijn mond en kauwde langzaam. De boot deinde traag door iets groters wat voorbij kwam varen. Ten slotte zei hij: ‘De mol staat heel dicht bij rechter McDover en wordt volkomen door hare edelachtbare vertrouwd te veel, blijkt. Meer kan ik nu niet zeggen.’

Nadat het even stil was geweest, zei Lacy: ‘Ik heb nog een andere vraag. Je zei dat deze mensen, met wie je Dubose en zijn bende bedoelde, heel slim zijn en goede advocaten hebben. Maar kennelijk heeft McDover ook een goede advocaat nodig om haar deel van het zwarte geld wit te wassen. Wie gebruikt zij?’

‘Phyllis Turban, een trust- en vastgoedadvocaat in Mobile.’

‘Wauw, de vrouwen komen er niet goed af in dit verhaal,’ zei Lacy.

‘Zij en McDover hebben samen rechten gestudeerd, zijn allebei gescheiden, hebben geen kinderen en zijn goede vriendinnen. Misschien zijn ze wel meer dan goede vriendinnen.’

Nadat ze deze informatie hadden verwerkt, zei Lacy: ‘Oké, om de zaak tot nu toe samen te vatten: ons doelwit, rechter Claudia

McDover, laat zich omkopen door een stel schurken, roomt geld af van een casino dat eigendom is van de indianen, en wast dat geld op de een of andere manier wit met de hulp van een heel goede vriendin die toevallig vastgoedadvocaat is.'

Myers glimlachte en zei: 'Ik zou willen zeggen dat je het aardig snapt. Ik heb zin in een biertje. Nog iemand? Carlita!'

Ze lieten hem op de steiger achter, beloofden contact te houden en zwaaiden naar hem ten afscheid. Myers had laten doorschemeren dat hij zich zelfs nog onzichtbaarder wilde maken nu de formele aangifte was ingediend, die al heel binnenkort problemen zou veroorzaken. Lacy en Hugo hadden niets gehoord waaruit ze konden afleiden hoe of waarom Vonn Dubose en Claudia McDover argwanend zouden staan tegenover Greg Myers, de voormalige Ramsey Mix en een man die ze zogenaamd nooit hadden ontmoet. Dat was nog een hiaat in zijn verhaal, waar er toch al veel te veel van waren.

5

De volgende dag bleven ze op kantoor. Ze brainstormden met Michael Geismar en stelden een plan op. Nu de formele aangifte was ingediend, begon de klok te tikken. Als alles volgens plan verliep, reden Lacy en Hugo binnenkort naar het stadje Sterling om een kopie ervan aan de edelachtbare Claudia McDover te betekenen. Als het zover was, moesten ze zo veel mogelijk weten.

Maar eerst moesten ze op bezoek bij de dodencellen. Hugo was daar tijdens zijn rechtenstudie al een keer geweest. Lacy had haar hele loopbaan al over Starke gehoord, maar nooit een reden gehad om ernaartoe te gaan. Ze vertrokken heel vroeg om de ochtendspits rondom Tallahassee voor te zijn, en tegen de tijd dat het verkeer op de I-10 minder werd, viel Hugo in slaap. De gevangenis was tweeënhalf uur rijden. Lacy had niet de halve nacht met een huilende baby door het huis hoeven lopen, maar ook zij had niet veel geslapen. Zij en Hugo, maar ook Michael, hadden het gevoel dat ze hun neus in een smerige zaak staken die eigenlijk door iemand anders opgeruimd hoorde te worden. Als ze Greg Myers konden geloven, was er al heel lang sprake van ernstige criminele activiteiten in Brunswick County, dus zouden onderzoekers met veel meer middelen en ervaring deze zaak moeten krijgen. Zij waren immers juristen, geen politieagenten. Ze wilden geen wapens dragen en waren opgeleid om onderzoek te doen naar corrupte rechters, niet naar syndicaten die zich bezighielden met de georganiseerde misdaad.

Lacy had daar het grootste deel van de nacht aan liggen denken. Toen ze zichzelf erop betrapte dat ze zat te gapen, reed ze naar een fastfooddrive-in en bestelde koffie. 'Wakker worden,' zei ze nijdig tegen haar partner. 'We moeten nog anderhalf uur rijden en ik heb ook moeite om wakker te blijven.'

'Sorry,' zei Hugo en hij wreef in zijn ogen.

Ze dronken hun koffie en reden door met Lacy achter het stuur, terwijl Hugo haar in het kort vertelde wat er in een van Sadelles memo's stond: 'Volgens onze collega zijn er in Brunswick County van 2000 tot 2009 tien processen gevoerd waarbij een bedrijf op de Bahama's betrokken was dat Nylan Title heet en waarvan de wettelijke vertegenwoordiger een advocaat is in Biloxi. In elke zaak probeerde de eiser de identiteit van de werkelijke eigenaren van Nylan Title te verkrijgen, en elke keer zei onze vriendin Claudia McDover: "Nee, verboden terrein." Op een bedrijf dat op de Bahama's staat ingeschreven zijn de daar geldende wetten van toepassing, en zij beschermen hun bedrijven. Het zijn alleen maar lege vennootschappen, maar het is legaal. Maar goed, Nylan Title heeft kennelijk een paar uitstekende advocaten, want het is mislukt, in elk geval in de rechtszaal van rechter McDover: tien-nul.'

'Wat voor processen?' vroeg Lacy.

'Over bestemmingsplannen, contractbreuk, waardevermindering van vastgoed, zelfs een afgebroken groepsvordering van een paar eigenaren van appartementen wegens slecht uitgevoerde werkzaamheden. De county daagde Nylan voor de rechter wegens onenigheid over de taxatie van onroerend goed en belastingen.'

'Wie trad op namens Nylan?'

'Diezelfde advocaat uit Biloxi. Hij is de woordvoerder van het bedrijf en schijnt te weten wat er speelt. Als Nylan inderdaad Vonn Dubose is, houdt hij zichzelf goed verborgen, precies zoals Myers al zei. "Lagen advocaten", noemde hij het. Leuke term.'

'Klinkt aantrekkelijk.'

Hugo nam een slok koffie en legde het memo neer. Hij zei: 'Weet je Lacy, ik vertrouw die Greg Myers niet.'

'Hij is niet bepaald vertrouwenwekkend.'

'Maar je zult moeten toegeven dat alles wat hij tot nu toe heeft gezegd klopt. Als hij ons gebruikt, wat wil hij dan bereiken?'

'Dat vroeg ik me om halfvier vanochtend ook af. We moeten rechter McDover betrappen met een heleboel contant geld, punt uit. Als dat in beslag is genomen, krijgt de mol zijn of haar aandeel als beloning en daar krijgt Myers dan weer een deel van. Als Vonn Dubose en zijn mannen worden gearresteerd, prima, maar wat heeft Myers daaraan?'

'Niets, tenzij McDover natuurlijk samen met Dubose de klos is.'

'Hij gebruikt ons, Hugo. Hij heeft een formele aangifte ingediend wegens vermeende corrupte praktijken, of rechtstreekse diefstal, door een rechter. Het is ons werk om dat te onderzoeken. Iedereen die een formele aangifte tegen een rechter indient, gebruikt ons om de waarheid te achterhalen. Dat is ons werk nu eenmaal.'

'Tuurlijk, dat is zo, maar iets met die vent klopt er niet.'

'Dat gevoel heb ik ook. Ik vind Michaels voorstel wel oké: we snuffelen wat rond, knabbelen aan de randen, achterhalen iets van wat er is gebeurd, proberen uit te zoeken wie de eigenaar is van die vier appartementen, doen ons werk heel omzichtig, en zodra we echte bewijzen vinden van misdaden gaan we naar de FBI. Myers kan ons daar niet van weerhouden.'

'Mee eens, maar hij kan verdwijnen en nooit meer met ons praten. Als hij bewijzen van corruptie bij het casino in handen heeft, krijgen we die nooit als de FBI zich daarop stort.'

'Wat heeft Sadelle nog meer klaargelegd voor deze aangename rit naar Starke?'

Hugo pakte een ander memo. 'Alleen wat achtergrondinfo over rechter McDover. Haar verkiezingen, campagnes, tegenstanders, dat soort dingen. Omdat verkiezingen onpartijdig zijn, weten we niet veel over haar politieke kleur. Geen verslagen van bijdragen aan andere kandidaten in andere verkiezingen. Geen eerdere formele aangiftes die bij de BJC zijn ingediend. Geen formele aangiftes die bij de Orde van Advocaten van de staat zijn ingediend. Geen ernstige misdaden of misdrijven. Sinds 1998 heeft ze de hoogste waardering gekregen van de Orde van Advocaten van de staat. Ze schrijft veel en er is een lange lijst van papers die ze heeft gepubliceerd in juridische tijdschriften en zo. Ze houdt ook regelmatig toespraken tijdens seminars en op rechtenfaculteiten. Drie jaar geleden heeft ze aan de FSU zelfs een serie colleges over procesrecht gegeven. Ze heeft echt een fantastisch cv, veel beter dan de gemiddelde circuit court-rechter. Niet echt vermogend: een zeventig jaar oude woning in het centrum van Sterling met een getaxeerde waarde van 230.000 dollar, met een hypotheek van 110.000 dollar. De eigendomsakte staat op haar naam, McDover, haar meisjesnaam. Ze heeft het huis vlak na haar echtscheiding gekocht en woont daar sinds die tijd ook. Single sinds 1988, geen kinderen, geen andere huwelijken. Voor zover bekend geen lid van een kerk, clubs, alumniverenigingen, politieke partijen, niets. Rechtenstudie aan Stetson, waar ze een van de beste studenten was. Bachelor aan North Florida in Jacksonville. Wat info over haar scheiding van haar echtgenoot de dokter, maar niets belangrijks.'

Lacy luisterde aandachtig terwijl ze kleine slokjes van haar koffie nam. 'Als Myers gelijk heeft, roomt ze geld af van een indiaans casino. Dat vind ik moeilijk te geloven, wat vind jij? Ik bedoel, ze is een van onze circuit court-rechters, door het volk gekozen en zeer gewaardeerd.'

'Inderdaad. We hebben rechters bizarre dingen zien doen, maar niets wat zo grof is als dit.'

'Hoe verklaar je het dan? Wat is haar motief?'

'Jij bent ook een alleenstaande werkende vrouw. Die vraag kun jij beter beantwoorden.'

'Dat kan ik niet. Wat staat er in dat andere memo?'

Hugo zocht in zijn aktetas en haalde er een paar documenten uit.

Zodra ze het platteland van Bradford County hadden bereikt, zagen ze borden waaruit bleek dat hier verschillende gevangenissen waren. Vlak bij Starke, een stadje met vijfduizend inwoners, namen ze een afslag en volgden de borden naar de Florida State Prison. Hier woonden vijftienhonderd gevangenen, inclusief vierhonderd terdoodveroordeelden.

Alleen in Californië zaten meer mensen in de dodencellen dan in Florida. Texas was een goede derde, maar omdat die staat die aantallen laag wilde houden, waren er daar nog maar zo'n 330. De staat Californië, die weinig belang hechtte aan executies, had er 650. Florida zou het liefst een tweede Texas zijn, maar dat werd verhinderd door de beroepszaken. In 2010 had in Starke slechts één man een dodelijke injectie gekregen.

Ze lieten de auto op een drukke parkeerplaats achter en liepen naar een administratiegebouw. Omdat zij als jurist voor de staat werkten, was hun bezoek al aangekondigd. Bij de controleposten mochten ze doorlopen, begeleid door een bewaker die zoveel gezag had dat alle deuren snel werden geopend. In de Q-vleugel, Florida's beruchte dodencellen, werden ze, nadat ze weer een controlepost gepasseerd waren, naar een langwerpig vertrek gebracht. Op een deur hing een bordje met de tekst: GESPREKSRUIMTE ADVOCATEN. Daar opende de bewaker een deur naar een kleine omsloten ruimte die door een wand van plexiglas in tweeën was verdeeld.

'Eerste bezoek aan de dodencellen?' vroeg de bewaker.

Lacy zei: 'Ja.'

Hugo zei: 'Ik ben hier één keer eerder geweest, tijdens mijn rechtenstudie.'

'Geweldig. Hebben jullie de goedkeuringsverklaring?'

'Die heb ik,' zei Hugo. Hij zette zijn aktetas op de tafel en ritste hem open. Junior Mace werd vertegenwoordigd door een pro-Deoadvocaat van een groot kantoor in Washington. Voordat Lacy en Hugo met hem mochten praten, moesten ze het advocatenkantoor beloven dat ze niets met hem zouden bespreken wat iets te maken had met zijn lopende habeas-corpusprocedure. Hugo haalde het document tevoorschijn en de bewaker nam er alle tijd voor om het door te lezen. Toen het zijn goedkeuring kon wegdragen, gaf hij het terug en zei: 'Mace is een vreemde vogel, dat kan ik jullie wel vertellen.'

Lacy wendde haar blik af en wilde niet reageren. Omdat ze de vorige nacht niet had kunnen slapen en zich zorgen had gemaakt over alle rommel waar haar hoofd vol mee zat, had ze op internet een paar artikelen gelezen over de dodencellen in Florida. Iedere gevangene zat drieëntwintig uur per dag in eenzame opsluiting. Het andere uur was voor 'recreatie', de kans om over een klein stukje grasland te lopen en naar de zon te kijken. Elke cel was één meter tachtig bij drie meter, met een drie meter hoog plafond. Elk bed was kleiner dan één meter bij twee meter, en stond vlak bij een roestvrijstalen wc. Er was geen airco, geen celgenoot en bijna geen menselijk contact, behalve rond etenstijd de gebruikelijke gesprekjes met de bewakers.

Dus als Junior Mace voordat hij hier vijftien jaar geleden kwam nog geen 'vreemde vogel' was geweest, dan was het echt zijn schuld niet dat hij nu een beetje vreemd was. Eenzame opsluiting leidt tot zintuiglijke afstomping en allerlei psychische problemen. Experts op het gebied van het gevangeniswezen begonnen zich dit te realiseren, en een organisatie die zich inzette voor hervorming van de eenzame opsluiting deed veel moeite om gehoord te worden, maar die organisatie was nog niet tot in Florida doorgedrongen.

Een deur aan de overkant ging open en er kwam een bewaker binnen, gevolgd door Junior Mace. De gevangene had handboeien om en droeg de gebruikelijke blauwe gevangenisbroek en oranje T-shirt die altijd werden gedragen door terdoodveroordeelden. Een andere bewaker liep achter hem aan. Nadat de bewakers zijn handboeien hadden losgemaakt, verlieten ze het vertrek.

Junior Mace zette twee stappen en ging aan zijn kant van de tafel zitten. Het plexiglas scheidde hen van elkaar. Hugo en Lacy gingen ook zitten, waarop iedereen zich even ongemakkelijk voelde.

Hij was tweeënvijftig, had lang, dik en grijs haar dat hij achterover had gekamd en in een paardenstaart had gebonden. Zijn donkere huid was niet gebleekt door de zon. Ook zijn ogen waren donker, en groot, bruin en triest. Hij was groot en slank, met goedgevormde bicepsen. Doet waarschijnlijk veel aan gewichtheffen, dacht Hugo. Volgens zijn dossier was zijn vrouw Eileen tweeëndertig geweest toen ze stierf. Ze hadden drie kinderen die, nadat Junior was gearresteerd en opgesloten, allemaal waren opgevoed door familieleden.

Lacy pakte een van de twee telefoons aan haar kant van het tussenschot en zei: 'Dank u wel dat u ons wilde ontmoeten.'

Hij had zijn telefoon ook vast. Hij haalde zijn schouders op en zweeg.

'Ik weet niet of u onze brief hebt ontvangen, maar wij werken voor de State Board on Judicial Conduct en we stellen een onderzoek in naar rechter Claudia McDover.'

'Die heb ik gekregen,' zei hij. 'Ik zit hier en ben akkoord gegaan met deze ontmoeting.' Hij praatte langzaam, alsof hij eerst over elk woord moest nadenken.

Hugo zei: 'Dus eh... we zijn niet hier om over uw zaak te praten. Daar kunnen we u niet mee helpen, en bovendien hebt u een paar goede advocaten in Washington.'

'Ik leef nog, dus ik neem aan dat ze hun werk goed doen. Wat willen jullie van me?'

Lacy zei: 'Informatie. We hebben namen nodig van mensen met wie we kunnen praten. Van Tappacola die aan de goede kant staan, aan uw kant. Voor ons is dat een totaal andere wereld, dus we kunnen daar niet zomaar naartoe om vragen te stellen.'

Hij kneep zijn ogen tot spleetjes en zijn mondhoeken gingen naar beneden als een soort omgekeerde glimlach. Hij keek hen knikkend aan en zei na een tijdje: 'Luister, mijn vrouw en Son Razko zijn in 1995 vermoord. Ik ben in 1996 veroordeeld en weggebracht, geboeid achter in een busje. Dat was voordat het casino werd gebouwd, dus eigenlijk denk ik niet dat ik jullie echt kan helpen. Ze moesten ons uit de weg ruimen, mij en Son, voordat ze konden gaan bouwen. Ze hebben Son vermoord, tegelijk met mijn vrouw, en zijn erin geslaagd mij daarvoor te laten veroordelen.'

'Weet u wie dat heeft gedaan?' vroeg Hugo.

Hij glimlachte, hoewel die glimlach zijn ogen niet bereikte. Langzaam zei hij: 'Meneer Hatch, ik zeg al zestien jaar lang steeds weer dat ik niet weet wie mijn vrouw en Son Razko heeft vermoord. Er waren een paar mensen op de achtergrond, een paar buitenstaanders die langzaam in beeld kwamen. Onze Chief in die tijd was een goede man, maar hij werd gecorrumpeerd. Deze buitenstaanders kregen invloed op hem – ik weet niet hoe, maar er was ongetwijfeld geld mee gemoeid – waarna hij ervan overtuigd raakte dat het casino het antwoord was. Son en ik vochten terug en we wonnen het eerste referendum in 1993. Ze dachten dat ze zouden winnen en zij begonnen met de voorbereidende werkzaamheden om heel veel geld te verdienen met het casino en het land eromheen. Toen ons volk dat de eerste keer afwees, besloten die lui Son uit de weg te ruimen. En mij ook, neem ik aan. En ze bedachten een manier om dat voor elkaar te krijgen: Son is dood en ik zit hier. Met dat casino wordt nu al tien jaar goudgeld verdiend.'

Lacy vroeg: 'Ooit gehoord van de naam Vonn Dubose?'

Hij zweeg en leek even in elkaar te krimpen. Het was duidelijk dat het antwoord ja was, dus toen hij nee zei, knoopten ze dat goed in hun oren. Dat zou op de terugweg een interessant gespreksonderwerp zijn. 'Vergeet niet,' zei hij, 'dat ik al heel lang weg ben. Vijftien jaar hier in eenzame opsluiting vreet je ziel, je vechtlust en je hersens weg. Ik ben heel veel vergeten en kan me niet altijd herinneren wat ik me zou moeten herinneren.'

'Maar als u Vonn Dubose kende, zou u hem niet vergeten,' drong Lacy aan.

Junior klemde zijn kaken op elkaar en schudde zijn hoofd. 'Ik ken hem niet.'

Hugo zei: 'Ik kan me voorstellen dat u geen hoge dunk hebt van rechter McDover.'

'Dat is een understatement. Zij leidde een nepproces en zorgde ervoor dat een onschuldige man werd veroordeeld. Zij verhult de boel ook. Ik heb altijd gedacht dat ze meer wist dan ze had mogen weten. Het was een complete nachtmerrie, meneer Hatch. Vanaf het moment dat ze me vertelden dat mijn vrouw dood was, en Son, en daarna de verbijstering over het feit dat ik daarvan werd beschuldigd en werd gearresteerd en in de gevangenis werd gesmeten. Tegen die tijd zat ik in het systeem en zag ik alleen nog maar slechte mensen: agenten, openbaar aanklagers, de rechter, de getuigen, de juryleden... Ik werd opgeslokt door een systeem dat op volle toeren draaide. Binnen de kortste keren werd ik erin geluisd, schuldig verklaard en veroordeeld, en nu zit ik hier.'

'Wat verhult de rechter?' vroeg Lacy.

'De waarheid. Volgens mij weet zij dat ik Son en Eileen niet heb vermoord.'

'Hoeveel mensen kennen de waarheid?' vroeg Hugo.

Junior legde de telefoon op de tafel en wreef in zijn ogen alsof hij al dagen niet had geslapen. Hij streek met zijn rechterhand door zijn dikke haar, helemaal tot aan zijn paardenstaart. Voorzichtig pakte hij de telefoon weer op en zei: 'Niet veel. De meeste mensen beschouwen mij als een moordenaar. Zij geloven het verhaal, en waarom ook niet? Ik ben schuldig bevonden in een rechtszaal en nu zit ik hier, weg te rotten en op de naald te wachten. Die krijg ik ooit een keer, en dan brengen ze me terug naar Brunswick County en begraven ze me ergens. Dat verhaal zal altijd zo blijven: Junior Mace betrapte zijn vrouw met een andere man en vermoordde hen in een vlaag van woede. Dat is toch immers een geweldig verhaal?'

Even bleef het stil. Lacy en Hugo maakten een paar aantekeningen en dachten ondertussen na over hun volgende vraag.

Junior verbrak de stilte met: 'Even voor jullie informatie: dit is een advocatenbezoek, er is dus geen tijdlimiet. Als jullie geen haast hebben, ik heb het ook niet, hoor. Op dit moment is het bijna veertig graden in mijn cel en er is geen ventilatie, zodat mijn kleine ventilator de hete lucht alleen maar wat verplaatst. Dit is een fijn verzetje voor me, en jullie zijn van harte welkom, wanneer jullie maar in de buurt zijn.'

'Dank u wel,' zei Hugo. 'Krijgt u veel bezoekers?'

'Niet zoveel als ik zou willen. Mijn kinderen komen af en toe langs, maar dat zijn moeilijke bezoeken. Ik heb jarenlang niet gewild dat ze me hier zagen, en ze zijn echt heel snel volwassen geworden. Nu zijn ze getrouwd, ik ben zelfs opa, maar ik heb mijn kleinkinderen nog nooit gezien. Ik heb wel foto's van ze, mijn muur hangt er vol mee. Hoe zouden jullie dat vinden? Vier kleinkinderen en ik heb ze nog nooit kunnen vasthouden.'

'Wie heeft uw kinderen opgevoed?' vroeg Lacy.

'Tot haar dood hielp mijn moeder. Dus vooral mijn broer Wilton en zijn vrouw, en zij hebben echt alles gedaan wat ze konden. Het was gewoon een nare situatie. Stel je voor dat je klein bent en je moeder wordt vermoord, en iedereen zegt dat je vader dat heeft gedaan en dat ze hem ter dood hebben veroordeeld.'

'Denken uw kinderen dat u schuldig bent?'

'Nee. Zij hebben de waarheid gehoord van Wilton en mijn moeder.'

'Zou Wilton met ons willen praten?' vroeg Hugo.

'Dat weet ik niet, maar jullie kunnen het altijd proberen. Ik vraag me af of hij er iets mee te maken wil hebben. Jullie moeten goed begrijpen dat onze mensen het tegenwoordig vrij goed hebben, veel beter dan vroeger. Achteraf gezien betwijfel ik of Son en ik wel gelijk hadden toen we ons tegen het casino verzetten. De bouw van het casino heeft gezorgd voor banen, scholen, wegen, een ziekenhuis en een welvaartsniveau waar onze mensen nooit van hadden kunnen dromen. Wanneer een Tappacola achttien wordt, heeft hij recht op een levenslange uitkering van vijfduizend dollar per maand en dat kan meer worden; dat heet het dividend. Zelfs ik, nu ik hier in de dodencel zit, krijg dividend. Ik zou het wel willen sparen voor mijn kinderen, maar die hebben het niet nodig. Dus stuur ik het naar mijn advocaten in Washington, dat is het minste wat ik kan doen, vond ik. Toen ze mijn zaak aannamen, was er geen dividendsysteem en ze hebben nooit verwacht een cent te krijgen. Iedere Tappacola krijgt gratis gezondheidszorg, gratis onderwijs en studie als hij of zij dat wil. We hebben onze eigen bank en betalen een lage rente op leningen voor huizen en auto's. Zoals ik al zei: het leven is vrij goed, veel beter dan vroeger – dat is de positieve kant van het verhaal. De negatieve is dat er ernstige motivatieproblemen zijn, vooral bij de jeugd. Waarom zou je studeren en een carrière nastreven als je de rest van je leven een uitkering krijgt? Waarom zou je proberen een baan te vinden? Het casino heeft zo ongeveer de helft van alle volwassenen van onze stam in dienst, en dat is een constante bron van frictie: wie krijgt een gemakkelijk baantje en wie niet? Er is sprake van een verborgen machtsstrijd en politiek gekonkel. Maar alles bij elkaar beseft de stam dat het iets goeds heeft. Waarom zouden ze dat in de waagschaal stellen? Waarom zou iemand zich zorgen om mij maken? Waarom zou Wilton jullie helpen om een corrupte rechter aan de schandpaal te nagelen als iedereen daardoor een probleem kan krijgen?'

'Weet u iets van corruptie bij het casino?' vroeg Lacy.

Mace legde de telefoon neer en streek weer door zijn haar, alsof hij moeizaam nadacht over die vraag. Zijn aarzeling leek erop te wijzen dat hij niet zozeer moeite had met de waarheid, maar met welke versie ervan hij moest kiezen. Hij pakte de telefoon weer en zei: 'Nogmaals, het casino is een paar jaar nadat ik hier kwam geopend. Ik heb het nog nooit gezien.'

Hugo zei: 'Kom op, meneer Mace. U zei zelf dat het een kleine stam is. Een groot casino voor een kleine groep mensen. Het moet onmogelijk zijn om geheimen te bewaren, dus ik weet zeker dat u de geruchten hebt gehoord.'

'Welke?'

'Geruchten over geld dat wordt afgeroomd en via een achterdeurtje verdwijnt. Men schat dat de brutowinst van Treasure Key tegenwoordig een half miljard dollar bedraagt en dat negentig procent daarvan in cash binnenkomt. Onze bron vertelde ons dat een bende georganiseerde criminelen samenwerkt met de indiaanse leiders, en dat ze de winst enorm afromen. En daar hebt u nooit iets over gehoord?'

'Misschien heb ik dat gerucht wel gehoord, maar dat betekent nog niet dat ik iets weet.'

'Wie dan wel? Met wie kunnen we daarover praten?' vroeg Lacy.

'Jullie moeten wel een goede bron hebben, anders zaten jullie hier niet. Ga terug naar jullie bron.'

Lacy en Hugo keken elkaar aan, allebei met hetzelfde beeld in hun hoofd van Greg Myers die op zijn boot in de buurt van de Bahama's

voer, met een koud biertje in de hand en Jimmy Buffett op de stereo.
'Later misschien,' zei Hugo. 'Maar nu hebben we iemand nodig die ter plaatse is, iemand die het casino kent.'

Mace schudde zijn hoofd. 'Wilton is mijn enige bron en hij zegt niet veel. Ik weet niet hoeveel hij weet en maar heel weinig daarvan sijpelt helemaal door tot hier, in Starke.'

Lacy vroeg: 'Zou u Wilton willen bellen en zeggen dat het goed is als hij met ons praat?'

'En wat zou ik daarmee opschieten? Ik ken jullie niet. Ik weet niet of jullie te vertrouwen zijn. Ik geloof wel dat jullie goede bedoelingen hebben, maar misschien komen jullie terecht in een situatie waarin de boel zomaar uit de hand kan lopen. Ik weet het niet, hoor. Daar moet ik goed over nadenken.'

'Waar woont Wilton?' vroeg Hugo.

'In het reservaat, niet ver van het casino. Hij heeft geprobeerd daar een baan te krijgen, maar hij werd afgewezen. Niemand van mijn familie werkt in het casino; ze willen ze niet aannemen. Het is een politiek spelletje.'

'Er is dus sprake van rancune?'

'O ja, zeker. Iedereen die zich tegen de komst van het casino heeft verzet staat feitelijk op een zwarte lijst en komt daar niet aan het werk. Ze krijgen wel hun maandelijkse uitkering, maar geen baan.'

'En wat vinden ze van u?' vroeg Lacy.

'Zoals ik al zei geloven de meesten dat ik Son heb vermoord, hun leider, dus hebben ze weinig medelijden met me. De voorstanders van het casino haten me al vanaf het allereerste begin. Ik hoef u natuurlijk niet te vertellen dat ik weinig fans heb onder mijn mensen. En daar moet mijn familie voor boeten.'

Hugo vroeg: 'Wanneer rechter McDover wordt ontmaskerd en de corruptie wordt bewezen, zou dat uw zaak kunnen helpen?'

Mace stond langzaam op en rekte zich uit, alsof hij pijn had. Daarna liep hij een paar passen naar de deur en weer terug naar de tafel. Hij rekte zich nog even uit, kraakte zijn knokkels, ging zitten en pakte de telefoon. 'Dat zie ik niet gebeuren. Mijn proces is al heel lang geleden afgerond. Al haar vonnissen zijn tijdens beroepszaken uitgeplozen, en ook nog eens door heel goede advocaten. Wij zijn van mening dat ze fout zat bij verschillende zaken, wij zijn van mening dat tien jaar geleden een nieuw proces gevoerd had moeten worden en zo, maar de hoven van beroep hebben haar steeds in het gelijk gesteld. Niet unaniem, dat niet: alle besluiten over mijn zaken waren verdeeld, met heel veel sterke dissidenten die aan mijn kant stonden. Maar de meerderheid beslist en dus zit ik hier. De twee verklikkers die er feitelijk voor hebben gezorgd dat ik ben veroordeeld, zijn al jaren geleden verdwenen. Wisten jullie dat?'

Lacy zei: 'Dat heb ik gelezen in een memo.'

'Allebei ongeveer tegelijk.'

'Ideeën?'

'Twee theorieën. De eerste, en de beste, is dat ze allebei zijn vermoord niet lang nadat mijn vonnis was bevestigd. Het waren beroepscriminelen, betaalde leugenaars die een leuk centje hebben verdiend tijdens mijn proces en die de jury ervan konden overtuigen dat ik in de gevangenis had lopen opscheppen over die moorden. Maar het probleem met verklikkers is nu eenmaal dat ze hun mening vaak herroepen, dus de eerste theorie is dat de echte moordenaars die verklikkers uit de weg hebben geruimd voordat ze de kans kregen hun verhaal te herzien. Dat is mijn mening.'

'En de tweede theorie?' vroeg Hugo.

'Dat mijn mensen hen uit wraak hebben vermoord. Dat betwijfel ik, maar het is niet erg vergezocht. De emoties waren hoog opgelopen en ik neem aan dat alles mogelijk was. Hoe dan ook, die twee verklikkers zijn verdwenen en al jaren niet meer gezien. Ik hoop dat ze dood zijn; zij hebben er tenslotte voor gezorgd dat ik hier zit.'

Lacy zei: 'We zouden niet over uw zaak mogen praten.'

'Dat is het enige waar ik over kán praten, en wie kan het iets schelen? Iedereen weet er immers van.'

'Dat zijn dus minimaal vier doden,' zei Hugo.

'Minimaal.'

'Zijn er meer?' vroeg Lacy.

Hij knikte, bleef knikken, maar ze wisten niet of het een soort tic was of dat het bedoeld was als een bevestiging. Ten slotte zei hij: 'Hangt ervan af hoe fanatiek je op zoek gaat.'

6

Het eerste rechtbankgebouw dat door de belastingbetalers van Brunswick County werd gebouwd brandde tot de grond toe af en het tweede werd weggeblazen. Na de orkaan van 1970 keurde de countyoverheid een ontwerp met heel veel steen, beton en staal goed. Het resultaat was een vreselijk lelijke hangar in Sovjetstijl van drie verdiepingen, met weinig ramen en glooiende metalen daken die al vanaf de eerste dag lekten. In die tijd was de county – halverwege tussen Pensacola en Tallahassee – dunbevolkt en de stranden rustig en schoon. Tijdens de volkstelling van 1970 woonden er officieel 8.100 blanken, 1.570 zwarten en 411 indianen. Een paar jaar na de opening van de 'nieuwe rechtbank' kwam de kust langs de Florida Panhandle tot leven, doordat projectontwikkelaars snel appartementengebouwen en hotels uit de grond stampten, waardoor de kilometerslange ongerepte stranden van de 'Emerald Coast' een zelfs nog populairdere bestemming werden. De bevolking groeide en in 1984 had Brunswick County een grotere rechtbank nodig. Ze hielden vast aan de postmoderne stijl en bouwden een verbijsterend fallusvormige aanbouw die veel mensen aan een kankergezwel deed denken. De locals noemden het dan ook de Tumor in plaats van de Annex, de officiële naam. Twaalf jaar later, toen de bevolking maar bleef groeien, bouwde de county eenzelfde tumor aan de andere kant van de 'nieuwe rechtbank' en verklaarde dat ze nu alle zaken aankonden.

De zetel van de county was het stadje Sterling. Brunswick en twee aangrenzende county's vormden Florida's Twenty-Fourth Judicial District. Van de twee circuit court-rechters was Claudia McDover de enige die haar hoofdkwartier in Sterling had, zodat ze het eigenlijk voor het zeggen had in de rechtbank. Ze had voorrang op grond van haar dienstjaren, ze had gezag, en iedere countywerknemer liep met een wijde boog om haar heen. Ze had een enorm kantoor op de derde verdieping met een schitterend uitzicht en wat zonlicht door een van de weinige ramen. Ze had de pest aan het gebouw en droomde vaak dat ze genoeg macht had om het te laten slopen en een nieuwe rechtbank te laten bouwen. Maar dat was niet meer dan een droom.

Na een rustige dag aan haar bureau zei ze tegen haar secretaresse dat ze om vier uur zou vertrekken, vroeg voor haar doen. Haar schuchtere en goedgetrainde secretaresse nam deze informatie in zich op, maar ze vroeg niets – niemand vroeg ooit aan Claudia McDover waarom ze iets deed.

McDover verliet Sterling in haar nieuwe Lexus en reed via een countyweg naar het zuiden. Twintig minuten later reed ze de grootse toegangsweg naar Treasure Key in, dat ze stiekem als 'haar casino' beschouwde. Ze was ervan overtuigd dat het zonder haar niet zou bestaan: zij had de macht om morgen de deuren te sluiten, als ze dat wilde. Maar dat zou niet gebeuren.

Ze nam de rondweg langs de rand van het terrein en glimlachte zoals altijd toen ze de overvolle parkeerplaatsen en volle shuttlebussen zag die de gokkers van en naar hun hotels brachten, de opzichtige neonbillboards die reclame maakten voor optredens van verarmde countryzangers en goedkope circusacts. Ze glimlachte overal om, want dat betekende dat het de indianen goed ging. Mensen hadden banen, mensen hadden plezier, gezinnen waren op vakantie. Treasure Key was een heerlijke plek, en het feit dat zij een klein beetje van die actie aftapte stoorde haar absoluut niet.

Niets stoorde Claudia McDover tegenwoordig. Na haar zeventien jaren als rechter had ze een goede reputatie opgebouwd, was ze zeker van haar baan en kreeg ze positieve kritieken. Nadat het casino al elf jaar de winst met haar had 'gedeeld' was ze een ongelofelijk rijke vrouw, die haar geld op buitenlandse rekeningen had gezet en elke maand meer geld ontving. En hoewel ze zakendeed met mensen die ze niet mocht, was niemand op de hoogte van hun zwendelsamenzwering. Dat ging inmiddels al elf jaar zo, vanaf de dag waarop het casino was geopend.

Ze reed door een hek Rabbit Run binnen, de schitterende golfbaan met woningen. Zij was de eigenaar van vier van de appartementen hier, of eigenlijk was ze eigenaar van de buitenlandse bedrijven die ze bezaten. Een ervan gebruikte ze zelf en de andere drie verhuurde ze via haar advocaat. Haar flat op de vierde fairway was een vesting van twee verdiepingen met verstevigde deuren en ramen; 'orkaanbestendig' had ze jaren geleden als argument aangevoerd. In een kleine slaapkamer had ze een kluis laten bouwen van drie bij drie meter met betonnen muren en beveiligd tegen brand en diefstal. In deze kluis bewaarde ze kleine 'draagbare' bezittingen zoals geld, goud en sieraden, maar ook een paar objecten die niet gemakkelijk 'draagbaar' waren: twee litho's van Picasso, een vierduizend jaar oude Egyptische urn, een porseleinen theeservies van een andere dynastie en een verzameling zeldzame romans – eerste editie – uit de negentiende eeuw. De slaapkamerdeur was verborgen achter een draaiende boekenkast, zodat iemand die door haar flat liep niet kon weten dat deze kamer en die kluis bestonden. Maar er liep niemand door haar appartement. Er werd weleens een gast uitgenodigd voor een drankje op de patio, maar dit appartement was niet bedoeld om er iets te drinken, gasten te ontvangen of te wonen.

Ze opende de gordijnen en keek naar de golfbaan. Het waren de hondsdagen van augustus, de lucht was heet en plakkerig, en de golfbaan verlaten. Ze vulde een theepot met water en zette die op een kookplaat. Terwijl die warm werd, voerde ze twee telefoongesprekken, beide met een advocaat met een lopend proces in haar rechtszaal.

Om vijf uur, precies op tijd, arriveerde haar gast. Ze ontmoetten elkaar altijd om vijf uur 's middags op de eerste woensdag van de maand. Soms, als ze het land uit was, veranderden ze de datum, maar dat kwam zelden voor. Hun communicatie verliep altijd persoonlijk, in haar appartement, waar ze niet bang hoefden te zijn voor verborgen zenders, microfoontjes of wat voor surveillance dan ook. Ze communiceerden één tot twee keer per jaar via de telefoon. Ze hielden alles eenvoudig en lieten nooit een spoor achter. Ze waren veilig, al vanaf het begin, maar namen nog altijd geen risico's.

Claudia dronk thee en Vonn genoot van zijn wodka met ijs. Zoals altijd had hij een bruine leren tas meegenomen en op de bank gelegd. In de tas zaten vijf pakjes honderddollarbiljetten met een stevig elastiek eromheen en in elk pakje zat tienduizend dollar. Maandelijks roomden ze een half miljoen dollar af, en voor zover zij wist verdeelden ze dat evenredig. Claudia vroeg zich al jaren af hoeveel hij echt inpikte van de indianen. Ze had geen idee en dat kwam doordat hij het vuile werk verrichtte. Maar in de loop der tijd was ze best tevreden met haar aandeel. Waarom ook niet?

De bijzonderheden kende ze niet. Hoe werd het contante geld apart gezet? Hoe werd het uit de boeken gehouden en uit het zicht van de toezichthouders? Wie vervalste de boeken om hun afroompraktijken geheim te houden? Wie binnen het casino pakte het contante geld en legde het apart voor Vonn? Waar ging hij naartoe om het op te halen? En wie gaf het aan hem? Hoeveel mensen binnen het casino werden omgekocht? Dat wist ze allemaal niet, ook niet wat hij deed met zijn deel van het geld nadat het het casino had verlaten. Daar hadden ze het nooit over.

Ze wist niets over zijn bende, maar dat wilde ze ook niet. Ze had alleen te maken met Vonn Dubose en een enkele keer met Hank, zijn trouwe assistent. Vonn had haar achttien jaar geleden ontdekt, toen ze nog een verveelde advocaat was in een klein stadje die probeerde redelijke inkomsten te verwerven en nog steeds wraak wilde nemen op haar ex. Vonn had een geweldig plan voor een enorm nieuwbouwproject dat zou worden gefinancierd door een casino op indiaans land, maar er zat een oude rechter in de weg. Zorg ervoor dat je die rechter kwijtraakt, en misschien ook een paar tegenstanders, en Vonn zou zijn handen vrij hebben. Hij bood aan haar campagne te financieren plus alles wat verder nog nodig was om gekozen te worden.

Hij was een jaar of zeventig, maar kon makkelijk doorgaan voor zestig. Hij was altijd zongebruind en had in zijn kleurrijke golfshirts gewoon een van de rijke pensionado's kunnen zijn die in het zonnige Florida van het leven genoten. Hij had twee echtscheidingen achter de rug en was nu alweer jaren single. Nadat Claudia rechter was geworden, had hij toenadering tot haar gezocht, maar zij had geen belangstelling gehad. Hij was zo'n vijftien jaar ouder, wat niet zo heel veel was, maar er was gewoon geen klik. Maar toen, op haar negenendertigste, had ze zich neergelegd bij het feit dat ze de voorkeur gaf aan vrouwen. En eerlijk gezegd vond ze hem saai: hij was ongeschoold, had alleen belangstelling voor vissen, golfen en de bouw van alweer een winkelcentrum of golfbaan, en zijn schaduwzijde joeg haar nog altijd angst aan.

In de loop der jaren, toen er geruchten rondgingen en bijzonderheden boven water kwamen en de hoven van beroep vragen stelden, had Claudia zich afgevraagd of Junior Mace zijn vrouw en Son Razko echt had vermoord. Voor en tijdens het proces was ze overtuigd geweest van zijn schuld en had ze het juiste vonnis willen afleveren voor de mensen die haar kort tevoren hadden gekozen. Nu ze meer ervaring had, twijfelde ze ernstig aan zijn schuld. Maar haar werk als zijn rechter zat er allang op en ze kon weinig doen om de fout te herstellen. Waarom zou ze ook? Son en Junior waren weg, het casino was gebouwd en haar leven was goed.

Maar als Junior het niet had gedaan, dan had iemand van Vonns bende de twee kogels in het hoofd van Son Razko en Eileen Mace geschoten en de beide verklikkers die Junior erbij hadden gelapt laten verdwijnen. Hoewel Claudia deed alsof ze absoluut niet onder de indruk was, was ze doodsbenauwd voor Dubose en zijn mannen. Tijdens hun enige heftige meningsverschil, nu alweer tien jaar geleden, had ze hem ervan overtuigd dat wanneer haar iets overkwam hij direct zou worden ontmaskerd.

In de loop der jaren hadden ze een beschaafde relatie van wederzijds wantrouwen ontwikkeld, waarbij ze ieder een duidelijk afgebakende rol speelden. Zij kon het casino op elk moment met een halfbakken smoes sluiten, en ze had laten doorschemeren dat ze absoluut niet bang was om dat ook daadwerkelijk te doen. Hij was degene die het vuile werk deed en de Tappacola in het gareel hield. Ze hadden er allebei baat bij en werden elke maand rijker. Het was verbazingwekkend hoeveel hartelijkheid kon worden geveinsd en hoeveel wantrouwen kon worden genegeerd wanneer er een heleboel geld in het spel was.

Ze zaten binnen, in de koelte, namen slokjes van hun drinken, keken naar de verlaten fairway en genoten van hun plannetjes en hun enorme rijkdom.

'Hoe gaat het met North Dunes?' vroeg ze.

'Volgens plan,' zei hij. 'De bestemmingsplancommissie komt volgende week bij elkaar en zal vermoedelijk groen licht geven. Binnen twee maanden zouden we aan het werk moeten kunnen.'

North Dunes was de laatste aanvulling op zijn golfimperium, met zesendertig holes, met meren en vijvers, met fraaie appartementen en zelfs nog mooiere herenhuizen – allemaal gebouwd rondom een prachtig zakencentrum met een marktplein en amfitheater, op slechts anderhalve kilometer van het strand.

'Doen de toezichthouders wat ze moeten doen?' vroeg ze.

Domme vraag. Het geld dat Dubose bij haar afleverde, was niet het enige omkoopgeld dat hij over de county verdeelde.

'Vier tegen één,' zei hij. 'Poley verzet zich natuurlijk.'

'Waarom zorg je er niet voor dat je hem kwijtraakt?'

'Nee, nee, we hebben hem nodig. We mogen het niet te gemakkelijk laten lijken. Vier tegen één is juist prima.'

Omkoopsommen waren niet echt noodzakelijk in hun deel van het land. Beloof elke vorm van groei, van chique omheinde woonwijken tot goedkope winkelcentra, geef een fraaie brochure uit vol halve waarheden, noem het 'economische ontwikkeling' met de belofte van belastinginkomsten en banen, en de gekozen volksvertegenwoordigers grepen al naar hun rubberen stempels. Zodra mensen begonnen over milieukwesties, verkeer of overvolle scholen werden ze afgedaan als liberalen of bomenknuffelaars of, nog erger, *northerners* – noordelingen. Vonn had dat spelletje jaren geleden al perfect leren spelen.

'En het extra appartement?' vroeg ze.

'Natuurlijk, edelachtbare. Aan de golfbaan of in een appartementengebouw?'

'Hoe hoog is het appartementengebouw?'

'Hoe hoog wil je zitten?'

'Ik zou de oceaan graag willen zien. Kan dat?'

'Geen probleem. Het is een gebouw van tien verdiepingen, en vanaf de zesde kun je op een heldere dag de Gulf zien.'

'Dat wil ik graag. Oceaanzicht. Niet het penthouse, maar iets wat erop lijkt.'

Het idee van een extra appartement was geperfectioneerd door een legendarische projectontwikkelaar uit Florida die de bijnaam Appartementen Conroy had. Omdat ze snel een appartementengebouw aan het water wilden bouwen, werden de bouwplannen gehaast aangepast en werd hier en daar een muur verplaatst, met als resultaat een extra appartement waar de bestemmingsplancommissie niets van af wist. Dat appartement kon voor tientallen redenen worden gebruikt, geen van alle echt legaal. Vonn had het trucje geleerd en zijn favoriete rechter had in de loop der jaren een indrukwekkende portfolio met appartementen opgebouwd. Ze bezat inmiddels ook aandelen in legitieme bedrijven: een winkelcentrum, een waterpark, twee restaurants, een paar kleine hotels en een heleboel braakliggend land dat gewoon lag te wachten tot er iets mee werd gedaan.

'Wil je nog iets drinken?' vroeg ze. 'Er zijn nog twee dingen die we moeten bespreken.'

'Ik pak het wel.' Hij stond op en liep naar het aanrecht waar ze de alcoholische dranken bewaarde, iets wat ze zelf nooit dronk. Hij schonk zichzelf een borrel in, deed twee ijsblokjes in zijn glas en liep terug naar de bank. 'Ik luister.'

Ze haalde diep adem, want dit zou niet gemakkelijk worden. 'Wilson Vango.'

'Wat is er met hem?' snauwde Dubose.

'Luister nou even. Hij heeft veertien jaar gezeten en heeft nu een slechte gezondheid: longemfyseem, hepatitis en een paar psychische problemen. Hij heeft een paar pakken slaag en andere aanvallen overleefd, en lijkt nu een hersenbeschadiging te hebben.'

'Goed zo.'

'Over drie jaar komt hij in aanmerking voor vervroegde vrijlating. Nu heeft zijn vrouw eierstokkanker, is zijn gezin arm, enzovoort, een afschuwelijke situatie. Maar goed, iemand is naar de gouverneur gestapt en hij wil de rest van Vango's straf kwijtschelden, maar alleen als ik daarmee akkoord ga.'

Vonns ogen schoten vuur en hij zette zijn glas neer. Woedend wees hij naar haar en zei: 'Die klootzak heeft veertigduizend dollar van een van mijn bedrijven gestolen. Ik wil dat hij in de gevangenis sterft, bij voorkeur na nog een mishandeling. Begrepen, Claudia?'

'Kom op, Vonn. Ik heb hem ter wille van jou de maximale straf gegeven en hij heeft nu lang genoeg gezeten. Die arme vent is stervende, net als zijn vrouw. Rustig aan alsjeblieft.'

'Echt niet, Claudia. Ik doe het nooit rustig aan. Hij mag van geluk spreken dat hij gevangenisstraf kreeg in plaats van een kogel in zijn hoofd. Verdomme Claudia, Vango komt niet vrij.'

‘Oké, oké. Neem nog een glas. Ontspan je, rustig aan.’

‘Niets aan de hand. Wat is er nog meer?’

Ze nam een slok thee en bleef even zwijgen. Toen de sfeer iets minder gespannen was, zei ze: ‘Ik ben nu zesenvijftig. Ik ben al zeventien jaar rechter en ik begin mijn baan beu te worden. Dit is mijn derde termijn en als ik volgend jaar geen tegenstander heb, weet ik zeker dat ik vierentwintig jaar lang rechter kan blijven. Dat is genoeg. Phyllis wil ook met pensioen, en we willen de wereld verkennen. Ik heb het helemaal gehad met Sterling, Florida, en zij heeft genoeg van Mobile. We hebben geen kinderen die ons binden, dus waarom zouden we niet ergens naartoe gaan? En iets van ons indiaanse geld uitgeven?’ Ze zweeg even en keek naar hem. ‘Wat vind je daarvan?’

‘Ik vind het wel prettig zoals het nu is, dat begrijp je natuurlijk wel. Het fijne aan jou is dat je zo gemakkelijk te corrumperen was, en sinds dat een feit was ben je hopeloos verliefd geworden op het geld. Net als ik. Het verschil is dat ik met corruptie geboren ben, dat zit in mijn DNA: ik steel liever geld dan dat ik het verdien. Maar jij was goed, en het gemak waarmee je voor de schaduwzijde koos was verbazingwekkend.’

‘Ik was niet goed. Ik werd gedreven door haat en een felle behoefte om mijn ex te vernederen. Ik wilde wraak en daar is niets goeds aan.’

‘Wat ik wil zeggen is dat ik betwijfel of ik een andere rechter kan vinden die zo graag wil worden omgekocht.’

‘Heb je zo iemand nu nog nodig? Als ik vertrek, zijn alle inkomsten uit het casino voor jou, en dat is helemaal geen slechte buffer. Je hebt de politici in je zak. Je hebt de halve county bebouwd en je hebt nog meer dan genoeg in de pijplijn. Het is heel duidelijk, in elk geval volgens mij, dat je het ook zonder omgekochte rechter prima zult doen. Ik heb gewoon geen zin meer om te werken en eerlijk gezegd – ook al is dat geen juiste term in een gesprek tussen ons beiden – wil ik een tijdje eerlijk leven.’

‘Met geld of met seks?’

‘Geld, klojo,’ zei ze grinnikend.

Vonn glimlachte, nam kleine slokjes van zijn wodka en dacht diep na. Stiekem was hij heel erg te spreken over dit plan. Eén mond minder te voeden, en niet zo’n kleintje ook. ‘We overleven het wel,’ zei hij.

'Natuurlijk. Ik heb nog geen besluit genomen, maar ik wilde dat je wist dat ik het overweeg. Ik heb helemaal geen zin meer om als scheidsrechter op te treden bij echtscheidingen en om kinderen de rest van hun leven naar de gevangenis te sturen. En ik heb dit alleen nog maar aan Phyllis verteld.'

'Je kunt me je diepste geheimen toevertrouwen, edelachtbare.'

'Gezworen kameraden.'

Vonn stond op en zei: 'Ik moet ervandoor. Volgende maand zelfde tijd?'

'Ja.'

Onderweg naar de voordeur nam hij een lege bruine leren tas mee die er net zo uitzag als de tas die hij mee naar binnen had genomen, alleen was deze iets lichter.

7

De contactpersoon heette Cooley, ook een voormalige advocaat, hoewel zijn afscheid van zijn beroep veel minder spectaculair was verlopen dan dat van zijn vriend Greg Myers. Cooley was erin geslaagd de krantenkoppen te vermijden door snel schuld te bekennen aan een voorlopige tenlastelegging in Georgia en zelf zijn vergunning in te leveren. Hij was niet van plan te proberen die terug te krijgen.

Ze ontmoetten elkaar op de rustige binnenplaats van het Pelican Hotel in South Beach, en namen op de kleine patio de recentste papieren door.

Op de eerste pagina's stond een samenvatting van Claudia McDovers reizen gedurende de afgelopen zeven jaar, compleet met data, eindbestemmingen, verblijfsduur et cetera. De vrouw hield van reizen en deed dat in stijl, meestal met een privévliegtuig, hoewel geen enkele charter op haar naam werd gereserveerd. Phyllis Turban, haar advocaat, regelde de details en maakte meestal gebruik van één of twee vliegmaatschappijen in Mobile. Ten minste één keer per maand reed Claudia naar Phyllis in Pensacola of Panama City, stapte daar in een klein vliegtuig en dan vertrokken ze voor een weekend naar New York of New Orleans. Er waren geen bewijzen voor wat ze deed tijdens deze uitstapjes, maar de mol had wel een paar ideeën. Claudia bracht elke zomer twee weken door in Singapore en zou daar een huis bezitten. Voor de langere reizen vloog ze met American Airlines en eerste klas. Ze vloog minstens drie keer per jaar met een privévliegtuig naar Barbados. Het was niet zeker of Phyllis Turban haar gezelschap hield tijdens de reizen naar Singapore en Barbados, maar de mol belde regelmatig naar Turbans kantoor in Mobile – met prepaid- en niet-traceerbare mobiele telefoons – en stelde dan vast dat zij daar niet was als McDover in het buitenland was. En de advocaat ging altijd weer aan het werk als de rechter dat ook deed.

In een memo schreef de mol: 'Op de eerste woensdag van elke maand verlaat CM haar kantoor iets vroeger dan gebruikelijk en rijdt naar een appartement op Rabbit Run. Een tijdlang was het onmogelijk om vast te stellen waar ze naartoe ging, maar nadat er een gpszendertje aan de binnenkant van haar achterbumper was bevestigd werd bekend waar ze precies naartoe ging. Het adres van het appartement is 1614D Fairway Drive. Volgens het kadaster van Brunswick County is dit appartement twee keer in andere handen overgegaan en nu eigendom van een bedrijf dat ingeschreven staat in Belize. We kunnen eenvoudig aannemen dat ze naar dit appartement rijdt, een bepaald bedrag van het casino ontvangt en weer vertrekt met het gehele of gedeeltelijke bedrag. Nog steeds speculerend, kan het zijn dat ze het geld omzet in goud, zilver, diamanten en verzamelobjecten. Van bepaalde handelaren in New York en New Orleans is bekend dat ze handel ruilen voor cash, maar wel tegen een behoorlijke premie. Vooral diamanten en sieraden kunnen heel gemakkelijk het land uit worden gesmokkeld. Contant geld kan ook per gewone nachtpakketdienst worden verstuurd naar een willekeurige plaats, vooral naar het Caribisch gebied.'

Greg zei: 'Ik hou niet van dit gespeculeer. Hoeveel weet hij echt?'

Cooley zei: 'Meen je dat nou? Kijk naar haar reisschema: exacte verplaatsingen gedurende een periode van zeven jaar. Bovendien klinkt het alsof deze vent verstand heeft van het witwassen van geld.'

'Vent? Een man dus?'

'Nee, voor jullie is het een man noch een vrouw.'

'Maar hij of zij is mijn cliënt.'

'Kappen, Greg. We hebben een afspraak.'

'Maar om zoveel te weten, moet hij dagelijks contact met de rechter hebben. Een secretaresse misschien?'

'Hij of zij heeft me een keer verteld dat McDover secretaresses vermorzelt en ze na een jaar of twee ontslaat. Hou op met gissen, wil je? De mol is doodsbang. Heb je die formele aangifte al ingediend?'

'Ja. Ze zijn nu met het onderzoek bezig en zullen de aangifte binnenkort aan die vrouw betekenen. Met als gevolg paniek in de tent. Kun je je de afschuw voorstellen wanneer McDover beseft dat het feestje afgelopen is?'

'Ze raakt niet in paniek, daarvoor is ze veel te kil en te slim,' zei Cooley. 'Ze zal haar advocaten bellen en die gaan dan aan het werk. Ze belt Dubose, waarna hij in actie komt. Hoe zit het met jou, Greg? Jouw naam staat op die aangifte, jij uit die beschuldigingen.'

'Mijn naam zal moeilijk te traceren zijn. Vergeet niet dat ik McDover of Vonn Dubose nog nooit heb ontmoet, en zij kennen mij ook niet. Er wonen minstens achttienhonderd Greg Myers in dit land met allemaal verschillende adressen, telefoonnummers, familieleden en banen. Dubose zal niet weten waar hij moet beginnen met zoeken. Bovendien, zodra ik ook maar iets zie, spring ik in mijn boot en word ik een stipje in de oceaan, dus hij kan me nooit vinden. Waarom is die mol zo bang? Zijn naam zal nooit bekend worden gemaakt.'

'Jeetje, Greg, geen idee. Misschien weet hij of zij niets van de wereld van georganiseerd crimineel geweld. Misschien is hij of zij bang dat wanneer er te veel vuiligheid over McDover bekend wordt, dat terug kan leiden naar hem of haar.'

'Nou, daar is het nu te laat voor,' zei Greg. 'De formele aangifte is ingediend en de radertjes draaien.'

'Ga je deze info binnenkort gebruiken?' vroeg Cooley, zwaaiend met een paar papieren.

'Dat weet ik niet, daar moet ik nog even over nadenken. Laten we zeggen dat we hiermee kunnen bewijzen dat de rechter graag samen met haar partner met privévliegtuigen reist. Dat stelt dus niets voor. McDovers advocaten zullen zeggen dat er niets aan de hand is zolang Phyllis de rekening betaalt, en omdat Phyllis op dit moment geen processen voert in McDovers rechtszaal zie ik niet wat hier verkeerd aan is.'

'Phyllis Turban heeft een klein kantoor in Mobile en haar specialiteit is het opstellen van uitgebreide testamenten. Ik durf te wedden dat ze netto niet meer verdient dan 150.000 dollar. De privévliegtuigen die ze gebruiken kosten 3.000 dollar per uur en die draaien gemiddeld tachtig uur per jaar. Reken maar uit, dat is een kwart miljoen dollar alleen al aan charters, en dat is alleen maar wat wij weten. McDover verdient dit jaar als circuit court-rechter 146.000 dollar. Samen zouden ze de kerosine niet eens kunnen betalen.'

'Naar Phyllis Turban wordt geen onderzoek ingesteld. Misschien zou dat wel moeten, maar dat kan me niets schelen. Als we ook maar een cent voor deze zaak willen opstrijken, moeten we een zittende rechter ontmaskeren.'

'Begrepen.'

'Hoe vaak ontmoet je die mol?' vroeg Myers.

'Niet zo vaak. Hij of zij is tegenwoordig nogal schuchter, en doodsbang.'

'Waarom doet hij of zij dit dan?'

'Omdat hij of zij McDover haat. En vanwege het geld. Ik heb hem of haar ervan overtuigd dat hij of zij hier heel rijk van kan worden. Ik hoop alleen dat niemand door mijn toedoen wordt vermoord.'

Lacy woonde in een driekamerappartement in een verbouwd pakhuis vlak bij de campus van Florida State en vijf minuten rijden van haar kantoor. De architect die het gebouw had verbouwd, had geweldig werk verricht en de twintig appartementen waren snel verkocht. Dankzij een enorme levensverzekering die haar vader had afgesloten en haar moeders gulheid had Lacy een fikse aanbetaling kunnen doen. Ze vermoedde dat dit het enige leuke cadeau van haar ouders zou blijven: haar vader was al vijf jaar dood en haar moeder, Ann Stoltz, leek met de jaren steeds gieriger te worden. Ze was bijna zeventig en werd minder goed oud dan Lacy graag had gezien. Ann reed niet verder dan een kilometer of acht van haar huis, en kwam dus veel minder vaak op bezoek.

Lacy's enige gezelschap was Frankie, haar Franse buldog. Sinds ze op haar achttiende uit huis was gegaan voor haar studie had ze nooit met een man samengewoond, maar ze was ook nooit echt in de verleiding geweest. Tien jaar eerder had haar enige echte liefde gezinspeeld op samenwonen, maar ze hoorde al snel dat hij van plan was er met een getrouwde vrouw vandoor te gaan. En dat deed hij dus ook, op een schandalige manier. Eerlijk gezegd vond Lacy het, nu ze zesendertig was, prima dat ze alleen woonde, midden in haar bed kon slapen, alleen haar eigen rommel hoefde op te ruimen, haar eigen geld kon verdienen en uitgeven, kon komen en gaan zoals ze wilde, aan haar carrière kon werken zonder zich druk te hoeven maken over die van hem, haar avonden kon plannen zonder de input van iemand anders, kon koken of niet, en dat ze de enige was die iets te zeggen had over de afstandsbediening. Ongeveer een derde deel van haar vriendinnen was een jonge gescheiden vrouw, beschadigd en gekwetst, en wilde niets met een man te maken hebben, tenminste nu niet. Een ander derde deel zat klem in een slecht huwelijk zonder veel hoop dat ze daar een einde aan konden maken. En haar andere vriendinnen waren tevreden met hun relatie en waren of met hun carrière bezig of hadden kinderen.

Ze had er de pest aan als ze moest rekenen. Waar ze ook de pest aan had, was dat de maatschappij ervan uitging dat ze ongelukkig was omdat ze de juiste man nog niet had ontmoet. Waarom zou haar leven bepaald moeten worden door wanneer en met wie ze trouwde? Ze had er een hekel aan als mensen ervan uitgingen dat ze eenzaam was. Als ze nog nooit met een man had samengewoond, hoe zou ze dan een man kunnen missen? En waar ze helemaal klaar mee was, waren de nieuwsgierige vragen van haar familieleden, vooral van haar moeder en de zus van haar moeder, tante Trudy. Geen van beide vrouwen was in staat een lang gesprek met haar te voeren zonder te vragen of ze op zoek was naar een 'serieuze' relatie.

'Wie zegt dat ik op zoek ben naar een serieuze relatie?' was haar gebruikelijke antwoord, maar meestal ging ze haar moeder en Trudy uit de weg, juist vanwege die gesprekken. Omdat ze gelukkig en single was en niet op zoek naar De Ware, beschouwden ze haar als een mislukkeling, als iemand met wie ze medelijden moesten hebben omdat ze alleen was. Haar moeder was een eeuwig treurende weduwe en Trudy had een afschuwelijke echtgenoot, maar toch vonden ze allebei dat hun eigen leven beter was.

Nou ja. Het hoorde nu eenmaal bij het single zijn dat je je moest bezighouden met de foute opvattingen van anderen.

Ze maakte nog een kop groene thee, cafeïnevrij, en vroeg zich af of ze naar een oude film zou kijken. Maar het was al bijna tien uur, een doordeweekse dag, en ze had slaap nodig. Sadelle had twee van haar laatste memo's gemaild, en Lacy besloot er eentje door te nemen voordat ze haar pyjama aantrok. Ze wist al jaren dat Sadelles memo's effectiever waren dan slaappillen.

Het kortste memo heette: 'Tappacola: feiten, cijfers, roddels.' De tekst luidde:

Bevolking: niet zeker van het exacte aantal Tappacola *Native Americans* – indianen (trouwens, de term 'Native American' is een politiek correct bedenksel van onwetende blanke mensen die het een beter gevoel geeft als ze die term gebruiken, terwijl de Native Americans zichzelf indianen noemen en hun neus ophalen voor de mensen die dat niet doen, maar ik dwaal af). Volgens het Bureau of Indian Affairs was het aantal Tappacola in 2010 441, een vermeerdering ten opzichte van de 402 in 2000. Maar het financiële welzijn dankzij het casino heeft nieuwe druk op de bevolking gezet doordat, voor het eerst in de geschiedenis, heel veel meer mensen wanhopig graag een Tappacola willen worden. Dat komt door een uitkering die over het algemeen 'dividend' wordt genoemd. Volgens de verklaring van Junior Mace krijgt iedere Tappacola van achttien jaar of ouder maandelijks een cheque van vijfduizend dollar. Dit is onmogelijk te verifiëren omdat de stam over geen enkele kwestie aan wie dan ook verantwoording aflegt. Wanneer een vrouw trouwt, wordt haar maandelijkse dividend vreemd genoeg gehalveerd.
Het dividend verschilt enorm van stam tot stam, en van staat tot staat. Jaren geleden werd een stam in Minnesota bekend vanwege zijn casino met een brutowinst van bijna een miljard dollar dat eigendom was van slechts vijfentachtig stamleden. Het jaarlijkse dividend aan ieder stamlid is meer dan één miljoen dollar. Men denkt dat dit nog steeds het record is.
In de VS zijn 562 erkende stammen, maar slechts 200 daarvan runnen casino's. Er zijn ongeveer 150 andere stammen die erkend willen worden, maar de FBI is wantrouwig geworden. Het is heel moeilijk voor nieuwe stammen om erkend te worden. Veel critici beweren dat ze nu opeens zo trots zijn op hun afkomst omdat ze ook in de casinobusiness willen stappen. De meeste indianen delen niet mee in deze rijkdom en vele leven nog altijd in armoede.
In elk geval worden de Tappacola, net als de meeste stammen, overspoeld met lui die beweren familie van hen te zijn, als gevolg van de verleidelijke dividenduitkeringen. De stam heeft een commissie die bloedlijnen onderzoekt en vaststelt. Een aanvraag wordt afgewezen als iemand minder dan een achtste deel Tappacola is, en dat heeft tot veel frictie geleid.
Frictie bij de stam blijkt echter niet ongebruikelijk. Volgens een arti-

kel van zeven jaar geleden in het *Pensacola News Journal* worden er elke vier jaar een nieuwe Chief en een nieuwe stamraad gekozen; er zijn tien raadszetels. De Chief heeft kennelijk veel te zeggen over alle stamkwesties, vooral over het casino. Het lijkt een erg belangrijke functie, want in die tijd bedroeg het salaris 350.000 dollar per jaar. De Chief heeft ook veel invloed op het personeelsbeleid en hij neemt een heleboel familieleden aan bij de administratie, die allemaal een leuk salaris verdienen. Daardoor zijn de verkiezingen een heftige strijd, verbitterd en vol beschuldigingen van verkiezingsfraude en intimidatie (zullen ze wel van ons niet-natives hebben geleerd). Het is een soort 'de winnaar krijgt alles'-scenario.

De huidige Chief is Elias Cappel (trouwens, heel weinig indianen gebruiken tegenwoordig nog de kleurrijke namen van vroeger; op een bepaald moment in de geschiedenis hebben de meeste westerse namen aangenomen). Chief Cappel werd gekozen in 2005 en heel fijn vier jaar later herkozen. Zijn zoon Billy zit in de raad.

De stam heeft zijn geld goed gebruikt. Ze hebben goede scholen gebouwd, een gratis geneeskundige post die meer op een kliniek lijkt dan op een ziekenhuis, recreatievoorzieningen, dagopvangcentra, wegen, en de meeste zaken die een goede overheid regelt. Wanneer iemand na college naar de universiteit wil, is er een fonds om het collegegeld van een universiteit in de staat te betalen, plus kost en inwoning. De stam geeft ook geld uit aan het voorkomen en behandelen van drugs- en alcoholverslaving.

De Tappacola maken en handhaven als een soeverein land hun eigen wetten, zonder zich echt iets aan te trekken van externe invloeden. De stam heeft een politiechef die ongeveer net zo functioneert als een countysheriff, en een volledig politiekorps. De agenten schijnen allemaal goedgetraind en geoutilleerd te zijn. De politie heeft een enorme drugseenheid. (Ondanks hun geslotenheid hebben de Chief en een paar raadsleden er geen moeite mee om feiten naar buiten te brengen waardoor ze positief worden afgeschilderd, en een sterke politiemacht is een van hun favoriete onderwerpen.) Ze hebben een eigen rechtbank met drie rechters om meningsverschillen en wangedrag te berechten; de rechters worden benoemd door de Chief en goedgekeurd door de raad. Er is natuurlijk een gevangenis, ook voor stamleden met een lange straf.

De Tappacola zijn er goed in om hun meningsverschillen en tegenstellingen binnenskamers te houden. Jarenlang heeft het *Pensacola News Journal*, en in mindere mate de *Tallahassee Democrat*, rondgesnuffeld op zoek naar roddels, eigenlijk alleen maar om te achterhalen hoeveel geld de stam verdiende en welke partij de baas was. Beide kranten zijn weinig te weten gekomen. Kennelijk zijn de Tappacola er goed in hun mond te houden.

Hoewel het memo redelijk interessant was, deed het wat het moest doen en Lacy begon te gapen. Ze trok haar pyjama aan en begon aan haar avondritueel in de badkamer, met de deur open, alweer blij dat ze alleen was en niemand haar lastigviel. Even voor elf uur – ze sliep al bijna – ging de telefoon.

Het was Hugo en hij klonk zoals altijd vermoeid.

'Dit kan niets goeds betekenen,' zei ze.

'Nee. Luister, we hebben hulp nodig vannacht. Verna is kapot en ik ben er niet veel beter aan toe. Pippin ligt luidkeels te gillen en iedereen is wakker. We moeten even slapen. Verna wil mijn moeder hier niet hebben en ik die van haar niet. Wil je ons een grote dienst bewijzen?'

'Tuurlijk, ik kom eraan.'

Dit was de derde keer sinds de geboorte van de laatste baby dat Lacy was gebeld om 's nachts te komen helpen. Ze had de vier kinderen al een paar keer te logeren gehad zodat Hugo en Verna van een rustig etentje konden genieten, maar ze had nog maar twee keer bij hen geslapen. Snel trok ze een spijkerbroek en T-shirt aan, en liet Frankie bij de deur staan, die er duidelijk niets van snapte. Ze reed snel door de verlaten straten naar de Meadows en was twintig minuten na het telefoongesprek bij de Hatches. Verna stond haar bij de voordeur op te wachten, met Pippin op haar arm, die even stil was. 'Ze heeft vast buikpijn,' fluisterde ze. 'Ik ben deze week al drie keer met haar bij de huisarts geweest. Ze kan kennelijk niet slapen.'

'Waar zijn de flesjes?' vroeg Lacy en ze nam de baby behoedzaam over van haar moeder.

'Op de koffietafel. Het is een puinhoop in huis, sorry hoor.' Haar lip trilde en de tranen sprongen haar in de ogen.

'Toe nou, Verna, ik ben het maar. Ga lekker naar bed en probeer wat te slapen. Morgen ziet de wereld er weer een stuk beter uit.'

Verna tikte haar op de wang en zei: 'Dank je wel.' Ze verdween de gang in.

Lacy hoorde een deur die zacht werd gesloten. Ze nam Pippin stevig in haar armen, liep heen en weer door de rommelige woonkamer en klopte zachtjes op haar billen. Het was helemaal stil in huis, maar die adempauze duurde niet lang. Toen Pippin weer begon te krijsen, stopte Lacy een flesje in haar mond en ging op een schommelstoel zitten. Ze bleef de baby knuffelen tot ze eindelijk in slaap viel. Een halfuur later, toen de baby diep sliep, legde Lacy haar in een schommelwieg en draaide het knopje om voor een zacht wiegeliedje. Pippin fronste, ging even verliggen en leek zelfs alweer te gaan huilen, maar toen ontspande ze zich en viel weer in slaap.

Even later liet Lacy de baby alleen en ze liep op haar tenen naar de keuken. Daar deed ze de plafondlamp aan en schrok van de chaos die daar heerste. De gootsteen stond vol vuile vaat. Het aanrecht was bedolven onder potten en pannen en eten dat opgeruimd moest worden. De tafel lag vol lege snoepverpakkingen, rugzakken en zelfs niet-opgevouwen wasgoed. Ze besloot te wachten tot het licht werd en het gezin wakker begon te worden. Ze deed het licht in de keuken uit en, in een van die verrukkelijke ogenblikken die ze met niemand kon delen, glimlachte ze en was ze dankbaar voor haar gelukkige lot omdat ze single was en van niets en niemand last had.

Ze maakte een nestje op de bank vlak bij de baby en viel uiteindelijk in slaap. Pippin werd om kwart over drie hongerig wakker, maar een fles die stevig in haar mond werd geduwd had succes. Lacy verschoonde haar luier, wiegde haar weer in slaap en sliep tot het bijna zes uur was.

8

Wilton Mace woonde in een roodstenen splitlevelwoning aan een grindweg, drie kilometer van het casino. Aan de telefoon had hij niet willen praten, en hij had gezegd dat hij eerst met zijn broer wilde overleggen. De volgende dag belde hij Hugo terug en ging akkoord met een ontmoeting. Hij zat op hen te wachten in een tuinstoel onder een boom naast de carport, sloeg vliegen van zich af en dronk ijsthee. Het was bewolkt en niet zo warm. Hij bood Lacy en Hugo zoete thee aan, maar ze bedankten. Hij wees naar twee andere klapstoelen en ze gingen zitten. Een peuter met een luier om speelde in een plastic kinderbadje in de achtertuin, onder het toeziend oog van zijn oma.

Wilton was drie jaar jonger dan Junior en kon bijna doorgaan voor zijn eeneiige tweelingbroer: donkere huid, zelfs nog donkerdere ogen, lang grijs haar, bijna tot op zijn schouders. Hij had een diepe stem en leek, net als Junior, over elke lettergreep na te denken.

'Is dat uw kleinzoon?' vroeg Lacy in een poging het ijs te breken, omdat Wilton daar geen haast mee leek te maken.

'Kleindochter, de eerste. Dat is mijn vrouw, Nell.'

'We hebben Junior vorige week in Starke gesproken,' zei Hugo.

'Fijn dat jullie hem hebben bezocht. Ik ga er twee keer per maand naartoe en dat is niet bepaald de leukste manier om de dag door te brengen. Junior is vergeten door zijn mensen en dat is zwaar voor een man, vooral voor iemand die zo trots is als Junior.'

'Hij zei dat de meeste Tappacola denken dat hij zijn vrouw en Son Razko heeft vermoord,' zei Lacy.

Wilton knikte, een hele tijd, en zei toen: 'Dat is waar. Het is een leuk verhaal, gemakkelijk door te vertellen, gemakkelijk te geloven: hij betrapte ze in bed en schoot ze dood.'

'U hebt hem dus gesproken na ons bezoek?' vroeg Hugo.

'Ik belde hem gisteren. Hij mag twintig minuten per dag telefoneren. Hij vertelde me wat jullie van plan zijn.'

'Hij vertelde ons dat u hebt geprobeerd een baan in het casino te krijgen, maar dat dat niet is gelukt. Kunt u dat uitleggen?' vroeg Lacy.

'Heel simpel: de stam is verscheurd en beide kanten hebben zich ingegraven. Komt door dat referendum over het gokken. De winnaars hebben het casino gebouwd en hun Chief regelt alles, ook het aannemen en ontslaan van personeel. Omdat ik aan de verkeerde kant stond, kan ik geen baan krijgen. Er zijn tweeduizend man nodig om het casino te laten draaien, en de meesten komen van buiten. De Tappacola die willen werken moeten aan de goede kant staan om daar een baan te kunnen krijgen, maar ik sta aan de verkeerde kant.'

'Het ligt dus nog altijd gevoelig?' vroeg Hugo.

Wilton kreunde en glimlachte. 'We zouden net zo goed twee stammen kunnen zijn, en bloedvijanden. Er is geen enkele poging tot verzoening gedaan. En dat wil eigenlijk ook niemand.'

Lacy zei: 'Junior vertelde dat hij en Son misschien fout zaten toen ze zich tegen de komst van het casino verzetten omdat het goed voor de stam is geweest. Bent u het daarmee eens?'

Weer bleef het lang stil, terwijl hij hierover nadacht. Zijn kleindochter begon te huilen en werd naar binnen gebracht. Hij nam een slok thee en zei ten slotte: 'Het is altijd moeilijk om toe te geven dat je fout zat, maar ik denk dat dat het geval was. Het casino heeft ons uit de armoede gered en ons mooie dingen gegeven, dus dat is positief, heel positief. We zijn gezonder, gelukkiger, veilig. Het geeft een bepaalde voldoening als je ziet dat buitenstaanders hier en masse naartoe komen en ons hun geld geven. We hebben het gevoel dat we eindelijk iets terugkrijgen, misschien een soort wraak. Maar sommigen van onze stam maken zich ook zorgen, ons leven is nu gebaseerd op gratis geld. Ledigheid leidt tot problemen: we zien meer drank en onze kinderen gebruiken meer drugs.'

Hugo vroeg: 'Nu jullie zo welvarend zijn, waarom zijn er dan niet meer kinderen?'

'Stomheid. De stamraad wordt gedomineerd door een stelletje stomkoppen en zij stellen slechte regels op. Als een vrouw achttien wordt, heeft ze recht op een maandelijkse cheque – dat is nu al jaren vijfduizend dollar. Maar als ze trouwt wordt dat bedrag gehalveerd: ik krijg vijfduizend, zij tweeënhalfduizend. Dus hebben steeds meer van onze jonge vrouwen geen zin om te trouwen. De mannen zijn aan de drank en veroorzaken problemen, dus waarom zou je een man nemen als je meer geld krijgt zonder? Sommigen denken ook dat een vermindering van onze populatie grotere cheques betekent voor de rest. Alweer een slecht plan. Voor een gezonde samenleving moet je juist in kinderen investeren.'

Lacy keek naar Hugo en zei: 'We zouden over McDover moeten praten.'

'Ik weet niet veel over die rechter,' zei Wilton. 'Ik heb het proces bijgewoond en vond haar te jong en te onervaren. Ze deed niets om de rechten van mijn broer te beschermen. In de beroepszaak is ze wel aangevallen, maar haar vonnissen zijn gehandhaafd, ook al was dat vaak met een minimale meerderheid.'

'Hebt u de beroepszaken gelezen?' vroeg Hugo.

'Ik heb alles gelezen, meneer Hatch. Heel vaak. Mijn broer staat de doodstraf te wachten voor misdaden die hij niet heeft begaan. Het minste wat ik kan doen is de moeite nemen de bijzonderheden door te nemen en hem steunen. En ik heb er natuurlijk alle tijd voor.'

'Had Son Razko een affaire met Juniors vrouw?' vroeg Hugo.

'Dat is erg onwaarschijnlijk, maar niets is onmogelijk wat dat betreft. Son was een principiële man en gelukkig getrouwd. Ik heb nooit geloofd dat hij het met mijn schoonzus deed.'

'Wie heeft hen dan vermoord?'

'Dat weet ik niet. Niet lang na de opening van het casino kregen we ons deel van de koek, maar wel kleinere bedragen. In die tijd was ik pick-upchauffeur – geen lid van de vakbond natuurlijk – en met mijn salaris en het salaris van mijn vrouw als kok, plus onze dividendcheques, konden we vijfentwintigduizend dollar sparen. Dat geld gaf ik aan een privédetective in Pensacola. Hij zou een van de besten zijn. Hij heeft bijna een jaar lopen graven, maar niets gevonden. Mijn broer had een vreselijke advocaat tijdens het proces, een domme knul die niet wist hoe het eraan toeging in een rechtszaal, maar tijdens zijn beroepszaak had hij een paar goede advocaten. Zij hebben ook gegraven, jarenlang, en niets gevonden. Dus nee, meneer Hatch, ik kan u niet de naam van een mogelijke verdachte vertellen. Mijn broer is er op een geweldige manier in geluisd, en het ziet ernaar uit dat de staat Florida hem uiteindelijk zal doden.'

'Kent u ene Vonn Dubose?' vroeg Lacy.

'Ik heb zijn naam weleens gehoord, maar ik ken hem niet.'

'Staat hij goed bekend?'

Wilton rammelde met de ijsblokjes in zijn glas en zag er opeens moe uit. Lacy had medelijden met hem en probeerde zich voor te stellen hoe zwaar het was als je een broer had die de doodstraf had gekregen, vooral als je in zijn onschuld geloofde. Uiteindelijk zei hij: 'Ooit ging het gerucht dat een belangrijke schurk, ene Dubose, het brein was achter dit alles: het casino, de nieuwe gebouwen eromheen, de snelle uitbreiding van hier tot aan de kust, maar ook de moord op Son en Eileen. Maar daar heeft niemand het meer over, dat is weggespoeld door een golf van plezier en gokspellen en geld en jackpots en waterglijbanen en happy hours, en niet te vergeten de verzorgingsstaat. Dat is nu niet belangrijk, want het leven is goed. Als die man echt bestaat en een vinger in de pap heeft, dan kan niemand dat iets schelen, dan wil niemand hem dwarszitten. Als hij via de voordeur dat casino binnenkwam en de waarheid vertelde, zou hij worden vereerd als een held. Hij heeft dit allemaal geregeld.'

'Wat gelooft u?'

'Wat ik geloof is niet belangrijk, meneer Hatch.'

'Oké, het is niet belangrijk, maar ik zou het toch graag willen weten.'

'Oké. Ja, de georganiseerde misdaad had iets te maken met de bouw van het casino, en die mannen, zonder naam en zonder gezicht, krijgen nog steeds hun deel. Zij gebruiken vuurwapens en hebben onze Chief en zijn volgelingen behoorlijk geïntimideerd.'

Lacy vroeg: 'Hoe groot is de kans dat wij een insider bij het casino vinden die met ons wil praten?'

Hij schoot in de lach en daarna mompelde hij: 'Jullie begrijpen het gewoon niet.' Hij rammelde weer met zijn ijsblokjes en leek zich te concentreren op iets aan de overkant van de straat. Lacy en Hugo keken elkaar aan en wachtten. Na een lange stilte zei hij: 'Als stam, als volk, als ras, vertrouwen we buitenstaanders niet. We praten niet. Natuurlijk, ik praat nu met jullie, maar over vrij algemene onderwerpen. We vertellen geen geheimen, aan niemand, nooit. Dat past gewoon niet bij ons. Ik verafschuw de mensen aan de andere kant, maar zou jullie toch nooit iets over hen vertellen.'

Lacy zei: 'Misschien een ontevreden medewerker, iemand die minder discreet is dan u bent. Met die tweedracht en dat wantrouwen moeten er toch een paar mensen zijn die niet blij zijn met de Chief en zijn volgelingen?'

'Er zijn wel mensen die de Chief haten, maar vergeet niet dat hij tijdens de laatste verkiezing zeventig procent van de stemmen kreeg. Zijn kring van vertrouwelingen is heel loyaal, zij hebben allemaal een vinger in de pap en iedereen is tevreden. Het zal bijna onmogelijk zijn om een insideverklikker te vinden.' Hij zweeg en bleef zwijgen. Weer bleef het lang stil, en dat leek hem absoluut niet te storen. Ten slotte zei hij: 'En ik raad jullie aan je er verre van te houden. Als rechter McDover onder één hoedje speelt met die schurken, dan wordt ze goed beschermd door een stel mannen die dol zijn op geweld en intimidatie. Dit is indianenland, mevrouw Stoltz, en alle regels die voor een geordende samenleving zorgen, alle dingen waar u in gelooft, bestaan hier domweg niet. Wij regeren onszelf. Wij maken de wetten. De staat Florida noch de federale regering heeft veel te zeggen over wat wij doen, vooral niet als het gaat over het managen van het casino.'

Na een uur vertrokken ze, nadat ze – behalve zijn waarschuwing – niets hadden gehoord waar ze misschien iets aan hadden. Ze reden terug naar de Tappacola Tollway, de drukke vierbaansweg die de county had aangelegd om een paar dollar te vangen. Vlak bij de ingang van het reservaat stopten ze bij een slagboom en betaalden vijf dollar om door te mogen rijden. Hugo zei: 'Ik neem aan dat dit de plek is waar rechter McDover besloot het verkeer tegen te houden met haar gerechtelijk bevel.'

'Heb je die zaak gelezen?' vroeg Lacy toen ze weer gas gaf.

'Sadelles samenvatting. De rechter voerde aan dat het verkeer een gevaar vormde voor de gezondheid en heeft de weg zes dagen lang door agenten laten blokkeren. Tien jaar geleden, in 2001.'

'Kun je je de gesprekken tussen haar en Vonn Dubose voorstellen?'

'Ze had geluk dat ze niet werd doodgeschoten.'

'Nee, daar is ze te slim voor. Net als Dubose. Ze hebben kennelijk overeenstemming bereikt, waarna het gerechtelijk bevel werd ingetrokken.'

Meteen na de slagboom zagen ze opzichtige borden die hun vertelden dat ze zich nu in het Tappacola-reservaat bevonden. Andere borden wezen de weg naar Rabbit Run en in de verte zagen ze de contouren van appartementengebouwen en huizen langs fairways. Die lagen vlak bij het reservaat, dus kon iemand, precies zoals Greg Myers had gezegd, in vijf minuten van de golfwinkel naar het casino wandelen. Op een plattegrond had het Tappacola-reservaat meer uitstulpingen en inkepingen dan een zorgvuldig getekend kiesdistrict. Dubose en co hadden het meeste land eromheen opgeslokt en iemand, waarschijnlijk Dubose zelf, had het casino zo dicht mogelijk bij zijn land gesitueerd – dat was briljant.

Na een glooiende bocht zagen ze het indrukwekkende casino met de enorm hoge entree in het midden met neonlicht en ronddraaiende schijnwerpers. Aan weerszijden stonden identieke hoge hotelgebouwen. Ze lieten de auto achter op een drukke parkeerplaats en namen een shuttle naar de ingang, waar ze uit elkaar gingen en een uur lang door de gokhallen zwierven. Om vier uur 's middags troffen ze elkaar weer voor koffie in een bar met uitzicht op de dobbel- en blackjacktafel en zaten daar een tijdje naar te kijken. Met de achtergrondmuziek, het continue gerinkel van de slotmachines die munten uitbraakten voor de winnaars, het gebrul van mensen aan een verhitte dobbeltafel en de luidruchtige geluiden van mensen die te veel dronken, was het wel duidelijk dat er heel veel geld van eigenaar wisselde.

9

Eddie Naylor was de directeur van de Florida Gaming Commission, een voormalige staatssenator die zijn zetel graag had opgegeven voor het enorme salaris dat de nieuwe dienst betaalde toen het casinogokken begin jaren 1990 in opkomst was en de staat vond dat hij dat moest reguleren. Zijn kantoor stond drie blokken van dat van Lacy, en een afspraak was geen probleem geweest. In tegenstelling tot het armoedige pand van de Board on Judicial Conduct bevond zijn suite zich in een modern, prachtig ingericht gebouw met bedrijvig personeel en een kennelijk onbeperkt budget. Florida was overgelukkig met de gokbusiness en het soepele belastingregime werkte probleemloos.

Na één blik op Lacy besloot Naylor achter zijn grote bureau vandaan te komen en verder te kletsen rondom de koffietafel. Minstens twee keer voordat de koffie werd gebracht betrapte ze hem erop dat hij naar haar benen keek, die dankzij een bijna te kort rokje goed te zien waren. Na een paar inleidende opmerkingen zei ze: 'Zoals u wel weet onderzoekt ons kantoor aanklachten tegen niet-federale rechters in de staat. Daar zijn er een heleboel van en zij houden ons van de straat. Onze onderzoeken zijn vertrouwelijk, dus verzoek ik u in die zin om uw medewerking.'

'Zeker,' zei Naylor. Niets aan de man wekte vertrouwen, van zijn schichtige blik en geslepen glimlach tot zijn slecht passende pak en zijn overhemd dat om zijn buik spande. Heeft waarschijnlijk een riante onkostenvergoeding, dacht ze. Hij zou gemakkelijk kunnen doorgaan voor een lobbyist in Tallahassee.

Om haar te imponeren gaf hij haar een opgeklopte samenvatting van de taken van 'zijn commissie'. Elke vorm van gokken in de staat was ondergebracht bij één dienst, en hij was de man die daar de baas over was: paardenrennen, hondenrennen, loterij, fruitmachines, casino's, schepen, zelfs *jai alai*. Het leek een gigantische operatie, maar dat kon hij wel aan.

'Hoeveel zicht hebt u op de indiaanse casino's?' vroeg ze.

'Alle casino's in Florida worden geleid door de indianen, en de Seminoles zijn veruit de grootste stam met de meeste casino's. Maar eerlijk gezegd hebben we heel weinig zicht en controle op de indiaanse casino's. Een stam met federale erkenning is een land op zich dat zijn eigen wetten maakt. In Florida hebben we met alle casino-eigenaren verdragen gesloten, zodat we een klein percentage belasting mogen innen op de winst. Heel klein, maar alles bij elkaar is het veel. Er zijn nu negen casino's en die draaien allemaal uitstekend.'

'Mag u een casino binnenstappen en een inspectie uitvoeren?'

Plechtig schudde hij zijn hoofd en gaf toe: 'Nee, en we mogen de boeken ook niet controleren. Elk casino dient elk kwartaal een rapport in met de bruto-inkomsten en nettowinst, en daarop baseren we de belasting. Maar eerlijk gezegd moeten we hen gewoon op hun woord geloven.'

'Een casino kan dus opgeven wat het maar wil?'

'Ja, dat is nu wettelijk geregeld en de kans dat dat verandert is niet erg groot.'

'En een casino betaalt helemaal geen federale belastingen?'

'Klopt. Door die verdragen hebben we hen min of meer overgehaald om een beetje aan de staat te betalen. In ruil daarvoor leggen we hier en daar een weg aan en zorgen we voor een paar zaken, zoals spoedeisende geneeskundige behandelingen en wat steun op het gebied van onderwijs. Af en toe vragen ze de staat om hulp voor iets, maar eerlijk gezegd is het allemaal volkomen vrijwillig. Als een stam weigert welke belasting dan ook te betalen, kunnen we daar niets tegen doen. Maar gelukkig heeft nog geen enkele stam dat gedaan.'

'Hoeveel betalen ze?'

'Anderhalf procent van de nettowinst. Vorig jaar ongeveer veertig miljoen dollar. Daarmee financieren we het grootste deel van onze commissie en de rest gaat naar het noodfonds van Florida. Mag ik vragen waar u naartoe wilt?'

'Jazeker. Er is een formele aangifte ingediend waarin een circuit court-rechter van wangedrag wordt beschuldigd. Er is een projectontwikkelaar bij betrokken die kennelijk onder één hoedje speelt met een stam en zijn casino, en een rechter die een deel krijgt van de winst.'

Naylor zette zijn koffiekopje neer en schudde zijn hoofd. 'Eerlijk gezegd, mevrouw Stoltz, verbaast me dit niet. Als een casino met zijn financiën wil knoeien en de winst afroomt, kan daar weinig tegen gedaan worden. Dat is een perfecte ingang voor corruptie. Je begint met mensen die niet zo rechtdoorzee zijn, en opeens maken ze meer winst dan je je kunt voorstellen. Ze trekken allerlei schurken en handlangers aan die een handje willen helpen. Tel daarbij op het feit dat de meeste zaken worden gedaan met contant geld dat absoluut niet te traceren is... Gewoon een vervelende mix. Wij hier bij de commissie raken vaak erg gefrustreerd doordat we er zo weinig zicht op hebben.'

'Corruptie komt dus voor?'

'Ik zei niet dat het voorkomt, maar dat het mogelijk is.'

'Maar niemand houdt het in de gaten?'

Hij sloeg zijn benen weer over elkaar en dacht erover na. 'Tja, de FBI heeft het recht onderzoek te doen naar misstanden op indiaans land, naar elke vorm van wangedrag. Dat is behoorlijk intimiderend, neem ik aan. En nogmaals, die mensen zijn niet zo ontwikkeld, dus het idee dat de FBI langskomt om rond te snuffelen houdt hen in toom. Ik zou eraan moeten toevoegen dat de meeste casino's fatsoenlijke bedrijven in de arm hebben genomen die weten hoe je een bedrijf moet runnen.'

'Mag de FBI een inval doen met een huiszoekingsbevel en de boekhouding meenemen?'

'Dat weet ik niet zeker. Dat is nog nooit gebeurd, voor zover ik weet. En de afgelopen twintig jaar heeft de FBI weinig belangstelling getoond voor indiaanse kwesties.'

'Hoe komt dat?'

'Weet ik niet precies, maar ik neem aan dat het te maken heeft met mankracht. De FBI richt zich op terrorisme en computercriminaliteit. Een beetje gesjoemel in een indiaans casino is niet echt belangrijk. Waarom zouden ze daar aandacht aan besteden? De indianen hebben het nog nooit zo goed gehad, tenminste niet in de afgelopen twee eeuwen.' Hij liet nog een suikerklontje in zijn koffie vallen en roerde met een vinger. 'Dit gaat toch niet over de Tappacola?'

'Jawel.'

'Dat verbaast me niet echt.'

'Waarom niet?'

'In de loop der jaren heb ik geruchten gehoord.' Hij nam een slok en wachtte.

'Oké. Wat voor geruchten?'

'Invloeden van buiten. Schimmige lui die er al vanaf het begin bij betrokken zijn en goudgeld verdienen aan de nieuwbouwprojecten rondom het casino. Alleen vermoedens, meer niet. Het is ons werk niet om misdaden te onderzoeken, dus bemoeien we ons er niet mee. Als we misstanden signaleren, moeten we de FBI inseinen.'

'Geruchten over het afromen van geld?'

Hij schudde zijn hoofd. 'Nee, daar heb ik niets over gehoord.'

'Geruchten over een rechter?'

Nog steeds hoofdschuddend zei hij: 'Nee. Het zou me verbazen als die waar waren.'

'Het is verbazingwekkend, maar we hebben een bron.'

'Nou, er is daar heel veel contant geld en dat doet rare dingen met een mens. Ik zou maar heel voorzichtig zijn, mevrouw Stoltz. Heel voorzichtig.'

'U lijkt meer te weten dan u wilt vertellen.'

'Helemaal niet.'

'Oké. Maar vergeet niet dat onze onderzoeken geheim zijn.'

'U hebt mijn woord.'

Terwijl Lacy haar eerste en enige bezoek bracht aan de Florida Gaming Commission bracht haar partner zijn eerste en enige bezoek aan een golfbaan. Op voorstel van Michael Geismar, en met diens zelden gebruikte golfclubs, haalde Hugo zijn BJC-collega Justin Barrow over om te gaan golfen. Justin had een vriend ingeschakeld die weer iemand anders kende en na een heleboel discrete manipulatie en regelrechte leugens was er op Rabbit Run *tee time* voor gasten geregeld. Justin was een weekendspeler, zodat hij de basisspelregels en voldoende etiquetteregels kende om geen argwaan te wekken. Hugo wist er helemaal niets van en had daar ook geen enkele behoefte aan. In de wereld waarin hij was opgegroeid, was golf een spel voor blanken die lid waren van blanke golfclubs.

De eerste tee op Rabbit Run East lag om de hoek van de driving range en het clubhuis, zodat niemand het merkte dat Justin wel en Hugo niet afsloeg. Het was halfelf op een ochtend in augustus, al tweeëndertig graden, en de golfbaan was verlaten. Hoewel Hugo, de chauffeur van het golfkarretje, niets af wist van het spel, waren zijn opmerkingen over Justins slechte spel niet van de lucht. Toen Justin er drie keer achter elkaar niet in was geslaagd om de bal uit een *greenside bunker* te slaan, vond Hugo dat zo grappig dat hij bijna hardop begon te lachen. Op de derde green pakte Hugo zijn geleende putter en een golfbal, en ging hij er nog van uit dat iedereen de bal in de hole kon slaan. Toen hij er herhaaldelijk niet in slaagde om de bal vanaf één meter in de hole te slaan, overlaadde Justin hem met beledigingen.

Aan de hand van satellietfoto's hadden ze de vier appartementen gelokaliseerd die op de een of andere manier eigendom waren van rechter Claudia McDover. Michael wilde dat ze ernaartoe gingen en foto's maakten. Bij de vierde tee keken Hugo en Justin naar de lange par 5, op een bochtig deel van de baan, en zagen een rij fraaie appartementen rechts van hen, zo'n tweehonderdvijftig meter verderop en verboden terrein.

Hugo zei: 'Inmiddels weet ik dat je meeste slagen *out of bounds* gaan, dus probeer je bal de volgende keer daarnaartoe te slaan, naar die appartementen. Een harde effectbal, een van je specialiteiten.'

Justin zei: 'Waarom probeer jij het niet, opschepper, dan merk je zelf hoe gemakkelijk dat is.'

'Deal.' Hugo zette een tee in het gras, legde er een bal op, probeerde te ontspannen en maakte een lange, brede zwaai. De bal vloog meters de lucht in en boog langzaam naar links. De bocht werd steeds groter en de bal was al niet meer te zien toen hij in het bos verdween. Zwijgend haalde hij nog een bal uit zijn zak, legde die op de tee en sloeg hem met zelfs nog meer vastberadenheid weg. De bal vloog weg, laag en snel, en kreeg langzaam meer hoogte. Hij leek recht op de appartementen rechts van hen af te vliegen, maar had algauw zoveel hoogte dat hij eroverheen zeilde.

Justin zei: 'In elk geval gebruik je nu de hele baan. Die twee slagen lagen kilometers uit elkaar en landden out of bounds.'

'Dit is mijn eerste keer.'

'Dat heb ik gehoord.' Justin legde een bal op de tee en keek naar de fairway. 'Ik moet hier voorzichtig zijn, want door een goede slag zou ik de bal in die appartementen kunnen slaan en ik wil geen ruit breken.'

'Sla hem maar gewoon weg, dan ga ik hem zoeken.'

De slag ging zoals gepland, een harde effectbal die out of bounds rolde en in het struikgewas voor de appartementen terechtkwam.

'Perfect,' zei Hugo.

'Jeetje, dank je wel.'

Ze sprongen in het golfkarretje en reden over het midden van de fairway en daarna iets meer naar rechts naar de appartementen toe. Justin liet een bal op het gras vallen alsof het zijn afslag was geweest, en haalde een apparaatje tevoorschijn dat op een laser-*rangefinder* leek, een apparaatje dat werd gebruikt om de afstand tussen zijn bal en de vlag te meten. In werkelijkheid was het een videocamera, en terwijl Hugo nonchalant naar de rand van de patio van nummer 1614D liep, alsof hij op zoek was naar een zoekgeraakte bal, maakte Justin close-upbeelden van het appartement. Hugo had een kleine digitale camera aan zijn riem waarmee hij foto's maakte, terwijl hij met zijn ijzer zeven in de struiken porde. Gewoon een paar slechte golfers op zoek naar zoekgeraakte ballen. Gebeurde elke dag, of iemand nu keek of niet.

Drie uur later, nadat ze heel veel ballen hadden gezocht, hielden Hugo en Justin het voor gezien. Toen ze bij de *pro shop* wegreden, zwoer Hugo in stilte dat hij nooit meer een voet op een golfbaan zou zetten.

Op de terugweg naar Tallahassee maakten ze een omweg naar het stadje Eckman voor een gesprek met advocaat Al Bennett.

Bennett had een mooi kantoor aan Main Street en leek blij dat Hugo de monotonie van het opstellen van testamenten doorbrak. Justin ging ondertussen naar een koffiebar om de tijd te doden.

Vijf jaar geleden was Bennett voor de eerste en laatste keer de politiek in gegaan in een poging de herverkiezing van Claudia McDover te voorkomen. Hij voerde een felle campagne en gaf te veel geld uit, en nadat slechts eenendertig procent van de kiezers op hem had gestemd, ging hij snel terug naar Eckman en was zijn wens om het volk te dienen als sneeuw voor de zon verdwenen.

Hugo had hem gebeld zonder iets uit te leggen, alleen gezegd dat hij een paar korte vragen had over een lokale rechter.

Toen ze bij elkaar zaten vertelde Hugo dat de BJC een aangifte tegen rechter McDover onderzocht en dat het onderzoek geheim was, maar dat de aangifte heel goed ongegrond kon zijn. Het was een gevoelige kwestie en Bennett moest Hugo beloven dat hij zijn mond zou houden.

'Natuurlijk,' zei Bennett, die er graag bij betrokken wilde worden, een beetje opgewonden. Tijdens hun gesprek vroeg Hugo zich verbaasd af hoe de man er in vredesnaam in was geslaagd om eenendertig procent van de stemmen te krijgen. Hij praatte snel, nerveus en met een hoog stemmetje dat gewoon pijn deed aan je oren. Hugo kon zich hem niet voorstellen tijdens een verkiezingscampagne of voor een jury.

Hugo was niet gerust op dit gesprek. Over het algemeen hielden advocaten geheimen waar hun eigen cliënten bij betrokken waren geheim, maar over ieder ander konden ze vreselijk roddelen. Hoe meer getuigen ze verhoorden, hoe meer lekken er konden ontstaan, en dan zouden rechter McDover en haar bondgenoten al snel weten dat ze geschaduwd werden. Lacy was het met hem eens, maar Michael wilde Bennett toch kunnen afvinken.

Hugo vroeg: 'Was het een akelige campagne?'

Bennett antwoordde: 'Nou, je zou kunnen zeggen dat de uitkomst akelig was. Verdomd, ik heb een verpletterende nederlaag geleden. Dat deed pijn, maar ik ben er nu bijna overheen.'

'Werd er vuil spel gespeeld?'

Bennett dacht even na en leek de neiging om zijn vroegere tegenstander af te kraken te weerstaan. 'Het is nooit heel persoonlijk geworden. Ze bleef volhouden dat ik geen ervaring had als rechter. Daar kon ik niets tegen inbrengen, dus kaatste ik de bal terug en zei dat zij ook geen ervaring had gehad voordat ze rechter werd. Maar het kostte te veel tijd om dat uit te leggen en zoals u weet kunnen kiezers zich maar korte tijd concentreren. Bovendien, meneer Hatch, moet u niet vergeten dat rechter McDover een goede naam heeft.'

'Viel u haar aan?'

'Niet echt, ik kon niet veel vuile was ontdekken.'

'Heeft iemand aan haar kant ethische normen overtreden?'

Hij schudde zijn hoofd. 'Nee.' Toen vroeg hij: 'Wat voor ethisch wangedrag onderzoeken jullie?'

Hugo besloot snel om geen details bekend te maken. Als Bennett een akelige campagne tegen McDover had gevoerd en geen geruchten had gehoord over wangedrag, wilde hij hem niet vertellen hoe de beschuldigingen luidden. 'U hebt dus niets gehoord?' vroeg hij.

Bennett haalde zijn schouders op. 'Niet echt. Heel lang geleden heeft ze een nare scheiding meegemaakt. Ze is nog altijd single, woont alleen, geen kinderen, geen clubs en dergelijke. We waren niet op zoek naar problemen en die kwamen ook niet vanzelf boven tafel. Sorry.'

'Geen probleem. Bedankt voor uw tijd.'

Hugo verliet Eckman, alweer een getuige die kon worden afgevinkt, in de overtuiging dat hij een hele dag had verspild tijdens hun onderzoek naar Claudia McDover.

Op dezelfde dag dat Hugo in een golfkarretje over Rabbit Run reed, ging Lacy op bezoek bij de weduwe van Son Razko. Louise Razko woonde in een klein huis in de buurt van Fort Walton Beach, ongeveer een uur rijden van het Tappacola-reservaat. Ze was hertrouwd en dus eigenlijk geen weduwe meer. Eerst wilde ze niet praten, maar halverwege hun tweede telefoongesprek ging ze akkoord met een korte afspraak in een wafelrestaurant. Doordat ze werkte, kon ze pas na werktijd afspreken. Lacy moest drie uur rijden voor haar afspraak om zes uur 's avonds.

Volgens het dossier en de verslagen was Louise Razko eenendertig geweest toen haar man vermoord en naakt was gevonden, in dezelfde slaapkamer als de vrouw van Junior Mace. Zij en Son hadden twee kinderen, nu jonge volwassenen die Florida allebei hadden verlaten. Louise was een paar jaar geleden hertrouwd en had het reservaat toen verlaten. Ze was bijna vijftig, had grijs haar en een gedrongen lichaam, en leek veel ouder dan ze was.

Lacy vertelde waar ze mee bezig waren, maar Louise toonde weinig belangstelling. 'Ik ga niet over die moorden en zo praten, hoor,' zei ze in eerste instantie.

'Prima, dan praten we daar niet over. Kunt u zich rechter McDover herinneren?'

Louise dronk ijsthee met een rietje en wekte de indruk dat ze liever ergens anders wilde zijn. Ten slotte haalde ze haar schouders op en zei: 'Alleen van de rechtszitting.'

'Dus u hebt het proces gevolgd?' vroeg Lacy, zonder nadruk, om het gesprek op gang te brengen.

'Natuurlijk heb ik het proces gevolgd. Alles.'

'Wat vond u van de rechter?'

'Waarom is dat nu opeens belangrijk? Dat proces is al jaren geleden gevoerd. Doen jullie onderzoek naar de rechter om iets wat ze toen heeft gedaan?'

'Nee, absoluut niet. Volgens de aangifte die we onderzoeken is de rechter betrokken bij een samenzwering en het lijkt erop dat ze omkoopsommen aanneemt en zo. Het heeft allemaal met het casino te maken.'

'Ik praat liever niet over het casino. Dat is een vloek voor mijn volk.'

Geweldig, Louise! Als we het niet over het casino kunnen hebben, en niet over de moord op je man, waarom ben ik hier dan helemaal naartoe gereden? Lacy krabbelde iets op een schrijfblok, alsof ze diep nadacht. 'Heeft een van uw familieleden ooit in het casino gewerkt?'

'Waarom vraagt u dat?'

'Omdat we informatie nodig hebben over het casino en dat blijkt heel moeilijk te krijgen. Een insider zou heel nuttig kunnen zijn.'

'Vergeet dat maar. Niemand zal met jullie praten. De mensen die daar werken, zijn blij dát ze een baan hebben en die cheques krijgen. De mensen die daar niet kunnen werken zijn jaloers, misschien zelfs verbitterd, maar ook tevreden met hun cheques. Niemand zal bereid zijn het casino in een kwaad daglicht te stellen.'

'Hebt u weleens gehoord van ene Vonn Dubose?'

'Nee. Wie is dat?'

'Als ik u zou vertellen dat hij waarschijnlijk de man is die uw man heeft vermoord om hem kwijt te zijn zodat hij een casino kon bouwen, zou u dat dan geloven?' Lacy geloofde het zelf wel, maar het probleem was dat ze zo weinig bewijzen had. Ze had deze nogal boude beschuldiging geuit om Louise aan de praat te krijgen.

Louise nam nog een slok en keek naar buiten. Lacy wist nu een paar dingen over de Tappacola. Ten eerste, en dat was niet verrassend, vertrouwden ze buitenstaanders niet; dat kon ze hun niet kwalijk nemen. Ten tweede hadden ze geen haast als ze een kwestie bespraken. Ze praatten meestal langzaam, bedachtzaam, en leken geen enkel probleem te hebben met lange stiltes tijdens een gesprek. Eindelijk keek Louise Lacy aan en zei: 'Junior Mace heeft mijn man vermoord. Dat is bewezen tijdens dat proces. Ik werd vernederd.'

Zo gedecideerd mogelijk zei Lacy: 'Stel dat Junior uw man niet heeft vermoord? Als hij en Eileen Mace zijn vermoord door dezelfde criminelen die de Tappacola hebben overgehaald het casino te bouwen, dezelfde mensen die goudgeld hebben verdiend met de panden rondom het casino, dezelfde mensen die zeer waarschijnlijk heel veel geld van het casino afromen? En stel dat deze mensen zakendoen met rechter McDover. Schrikt u daar dan van?'

Louises ogen werden vochtig en er druppelde een traan over haar rechterwang. 'Hoe weet u dit?' vroeg ze. Ze had die ene versie van het verhaal zo lang geloofd dat het moeilijk zou zijn om opeens iets anders te geloven.

'Omdat wij onderzoekers zijn, dat is ons werk.'

'Maar de politie heeft die moorden jaren geleden al onderzocht.'

'Het was een nepproces met als resultaat een verkeerd vonnis. De twee kroongetuigen waren verklikkers die door de politie en de openbaar aanklagers waren overgehaald om de jury voor te liegen.'

'Ik zei dat ik niet over die moorden wilde praten.'

'Klopt. Laten we het over het casino hebben. Ik verwacht niet dat u wilt meewerken voordat u er goed over hebt nagedacht. Maar we moeten namen hebben van mensen, van jullie mensen, die weten wat er speelt. Als u ons één of twee namen geeft, komt niemand dat ooit te weten. Dat beloof ik. Het is ons werk om de identiteit van onze getuigen geheim te houden.'

'Ik weet niets, mevrouw Stoltz. Ik heb nog nooit een voet in het casino gezet, en mijn familie ook niet. De meesten van ons zijn verhuisd. Natuurlijk, we nemen die cheques aan, omdat het ons land is, maar het casino heeft de ziel van ons volk vernietigd. Ik weet er niets van. Ik walg van het casino en van de mensen die er werken.' Ze klonk zo overtuigend dat Lacy begreep dat het gesprek afgelopen was.

Alweer konden ze iemand van hun lijstje schrappen.

10

Michael Geismar liep heen en weer in zijn kantoor, zijn stropdas los en mouwen opgerold, en met de gekwelde blik van een onderzoeker die tegen te veel muren aan was gelopen. Lacy keek naar een foto van een van McDovers appartementen en vroeg zich af wat ze daar in vredesnaam aan hadden. Hugo nam zoals gebruikelijk slokjes van een cafeïnehoudend energiedrankje in een poging wakker te blijven. Sadelle ramde op haar laptop, op zoek naar alweer een ongrijpbaar feit.

Michael zei: 'We hebben niets. Vier appartementen, eigendom van buitenlandse bedrijven die weer eigendom zijn van iemand die zich goed schuilhoudt, iemand die we niet kunnen identificeren. Als we haar hiermee confronteren zal rechter McDover, ongetwijfeld via haar advocaten, gewoon ontkennen dat ze van haar zijn of beweren dat ze ze heeft gekocht als een investering. Een dergelijke investering zou gezien haar salaris ongepast kunnen lijken, maar is niet echt een overtreding van de ethische gedragsregels voor rechters. Ik hoef jullie er niet aan te herinneren dat zij genoeg advocaten in stelling zal brengen om de zaak de komende tien jaar te rekken. We moeten meer vuile zaakjes aan het licht brengen.'

Hugo zei: 'Ik ga niet weer golfen. Wat een tijdverspilling zeg, in allerlei opzichten.'

Michael antwoordde: 'Oké, dat was misschien geen goed idee. Heb jij een beter voorstel?'

Lacy zei: 'We geven het niet op, Michael. We hebben genoeg ontdekt om te mogen aannemen dat Greg Myers de waarheid vertelt, of in elk geval iets wat daar heel dichtbij ligt. We kunnen de zaak niet laten rusten.'

'Dat suggereer ik ook niet, niet nu. Over drie weken moeten we de aanklacht aan McDover betekenen, of Greg Myers vertellen dat we uit ons onderzoek afleiden dat zijn aangifte ongegrond is. Ik denk dat we het erover eens zijn dat die wel gegrond is. Dus, we betekenen de aangifte en eisen vervolgens al haar dossiers en verslagen op. Op dat moment heeft ze zich verschanst achter een muur advocaten, zodat al onze verzoeken zullen worden aangevochten. Laten we zeggen dat we haar dossiers uiteindelijk krijgen: rechtbankverslagen, juridische verslagen, verslagen over de zaken die ze vroeger of nu in behandeling heeft. We eisen ook haar privéadministratie op, omdat we goede redenen hebben om aan te nemen dat ze schuldig is aan diefstal, omkoping of verduistering.'

'We kennen de regels,' zei Hugo.

'Natuurlijk kennen we die, Hugo, maar doe me een lol, oké? Ik probeer vast te stellen waar we staan en omdat ik de baas ben heb ik daar het volste recht toe. Wil je terug naar die golfbaan?'

'Alsjeblieft niet!'

'Iemand die slim genoeg is om deze lege vennootschappen zo goed op te zetten, zal de info over haar privéfinanciën niet ergens bewaren waar we die kunnen vinden, mee eens?'

Lacy en Hugo knikten, alleen om hun baas een lol te doen.

Toen bleef het stil. Michael bleef ijsberen en op zijn hoofd krabben. Hugo nam slokjes van zijn cafeïnedrankje en probeerde na te denken. Lacy krabbelde op haar schrijfblok en dacht na. Het enige geluid kwam van Sadelle die op haar toetsenbord tikte.

Ten slotte zei Michael: 'Sadelle, je hebt niets gezegd.'

'Ik ben slechts een juridisch assistent,' zei ze. Toen kuchte ze, kokhalsde bijna en zei: 'Ik ben elf jaar teruggegaan en heb drieëndertig nieuwbouwprojecten gevonden in Brunswick County: golfbanen, winkelcentra, woonwijken, het miniwinkelcentrum in Sea Stall, zelfs een bioscoop met veertien zalen. Nylan Title op de Bahama's is bij veel van deze zaken betrokken, maar er zijn tientallen andere buitenlandse bedrijven die andere buitenlandse bedrijven bezitten, en bv's die eigendom zijn van buitenlandse bedrijven. Zelf denk ik dat dit betekent dat iemand probeert iets geheim te houden. Het stinkt. Het is ook nieuw, eerlijk gezegd, om te zien dat zoveel buitenlandse bedrijven zoveel aandacht besteden aan een achtergebleven gebied als Brunswick County. Ik heb een paar dossiers opgegraven van de andere county's van de Panhandle: Okaloosa, Walton, zelfs Escambia die zijn zetel heeft in Pensacola, en hoewel die allemaal veel meer nieuwbouwprojecten hebben dan Brunswick, zijn daar veel minder buitenlandse bedrijven bij betrokken.'

'Geen succes met Nylan Title?' vroeg Hugo.

'Nee. De wetten en procedures op de Bahama's zijn onmogelijk te omzeilen, tenzij de FBI natuurlijk in actie komt.'

'Dat zal moeten wachten.' Michael keek naar Lacy en vroeg: 'Heb je Myers onlangs nog gesproken?'

'Echt niet! Ik spreek hem alleen als hij wil praten.'

'Nou, het is tijd voor een gesprek. Het is tijd om meneer Myers te vertellen dat zijn aangifte in gevaar komt. Als hij niet met meer informatie komt, en een beetje snel ook, moeten we de zaak misschien laten rusten.'

'Meen je dat?' vroeg Lacy.

'Nee, niet echt, nog niet. Maar we moeten hem onder druk zetten. Hij is degene met een interne bron.'

Het duurde twee dagen en een stuk of zes telefoontjes naar drie verschillende mobiele telefoons om een reactie van Myers te krijgen. Toen hij haar eindelijk terugbelde, leek hij blij haar stem te horen en zei dat hij ook aan een nieuwe ontmoeting had gedacht; hij had meer informatie. Lacy vroeg of hij misschien op een gemakkelijker bereikbare locatie kon afspreken. St. Augustine was heel mooi en zo, maar het was drieënhalf uur rijden voor hen. Zij hadden het druk en hij kennelijk niet. Om voor de hand liggende redenen wilde hij niet naar de Panhandle komen. 'Heel veel oude vijanden daar,' zei hij bijna trots. Ze kwamen Mexico Beach overeen, een stadje aan de Gulf, ongeveer twee uur rijden ten zuidoosten van Tallahassee. Ze ontmoetten elkaar rond lunchtijd in een tent vlak bij het strand en bestelden gegrilde garnalen.

Myers kletste maar door over zijn gratenvisexpedities in de buurt van Belize en zijn duikavonturen bij de Britse Maagdeneilanden. Hij was zelfs nog zongebruinder en leek iets afgevallen. Niet voor het eerst betrapte Hugo zich erop dat hij jaloers was op het zorgeloze leventje van deze man die op een mooie boot woonde en kennelijk geen geldzorgen had. Myers dronk bier uit een koud, berijpt glas – ook iets waar Hugo jaloers op was. Lacy was absoluut niet jaloers en vond Myers zelfs nog irritanter dan eerst. Ze had geen enkele belangstelling voor zijn avonturen, maar wilde feiten, bewijzen dat zijn verhaal klopte.

Met zijn mond vol garnalen vroeg Myers: 'En hoe gaat het met het onderzoek?'

'Niet best,' zei Lacy. 'Onze baas zet ons onder druk: we moeten meer vuiligheid zien te vinden, anders moeten we je aangifte misschien laten rusten. En de klok tikt door.'

Myers hield op met kauwen, veegde zijn mond af met de rug van zijn hand en zette zijn zonnebril af. 'Jullie mogen die aangifte niet laten rusten. Ik heb het gezworen, onder ede. McDover is eigenaar van die vier appartementen en ze heeft ze gekregen als omkoopsom.'

Hugo vroeg: 'En hoe moeten we dat bewijzen, als alles in het buitenland is verborgen? Wat dat betreft zijn we tegen een muur op gelopen. Alle aktes zijn onbereikbaar op Barbados, Grand Cayman, in Belize. We hebben in allerlei landen aanwijzingen nagetrokken, zonder bewijzen te vinden. Het is één ding om onder ede te zweren dat zij de eigenaar is van de bedrijven die eigenaar zijn van die appartementen, maar we hebben bewijzen nodig, Greg.'

Myers glimlachte, nam een slok bier en zei: 'Die heb ik, wacht maar.'

Lacy en Hugo keken elkaar aan.

Greg prikte een nieuwe garnaal aan zijn vork, verzoop hem in cocktailsaus en propte hem naar binnen. 'Eten jullie niets?'

Ze prikten zonder veel eetlust met hun plastic vork in hun garnalenmandjes.

Myers had kennelijk al een hele tijd niets meer gegeten en hij had dorst, maar hij zat ook tijd te rekken. Aan het tafeltje naast hen zat een vreemd uitziend stel, te dichtbij voor een serieus gesprek, maar dat vertrok toen de serveerster Myers zijn tweede biertje bracht.

'We wachten,' zei Lacy.

'Oké, oké,' zei hij. Hij nam een slok en veegde zijn mond weer af met de rug van zijn hand. 'Elke eerste woensdag van de maand verlaat de rechter haar kantoor in Sterling ongeveer een uur eerder dan normaal en rijdt in een minuut of twintig naar een van haar appartementen op Rabbit Run; daar zet ze haar Lexus op de oprit en stapt uit. Twee weken geleden droeg ze een marineblauwe mouwloze jurk en Jimmy Choo-pumps, en had ze een kleine Chanel-handtas bij zich, dezelfde waarmee ze haar kantoor had verlaten. Ze liep naar de voordeur en deed hem van het slot met haar sleutel. Bewijs van eigendom, bewijsstuk één. Ik heb foto's. Ongeveer een uur later stopte een Mercedes SUV naast de Lexus en een man stapte uit aan de passagierskant. De chauffeur bleef achter het stuur zitten, verroerde zich niet. De passagier liep naar de voordeur. Ik heb foto's en ja, dames en heren, volgens mij hebben we eindelijk een foto van de ongrijpbare Vonn Dubose. Hij had een bruinleren tas bij zich waar zo te zien iets in zat. Toen hij op de bel drukte, keek hij om zich heen en leek absoluut niet nerveus. Ze liet hem binnen. Hij bleef zesendertig minuten binnen en toen hij naar buiten kwam, had hij dezelfde tas bij zich, maar aan de manier waarop hij hem droeg te zien had hij kennelijk iets achtergelaten. Maar ik weet het niet zeker. Hij stapte in zijn auto en vertrok. Een kwartier later deed zij hetzelfde. Deze ontmoetingen vinden, zoals ik al zei, plaats op de eerste woensdag van elke maand, en we denken dat deze afspraken van tevoren worden gemaakt zonder telefoon of e-mail.'

Myers duwde zijn lege garnalenmandje opzij, nam weer een slok en haalde uit de olijfkleurige leren koerierstas die hij altijd bij zich had twee blanco mappen. Hij keek om zich heen en gaf een map aan Lacy en een aan Hugo. De foto's waren twintig bij vijfentwintig centimeter en in kleur, en kennelijk vanaf de overkant van de straat genomen. Op foto één stond de achterkant van de Lexus met een duidelijk zichtbaar nummerbord.

Greg zei: 'Natuurlijk heb ik de kentekens nagetrokken; deze auto staat op naam van onze vriendin Claudia McDover, kennelijk een van de weinige bezittingen die op haar naam staan. Vorig jaar nieuw gekocht bij een dealer in Pensacola.'

Op foto twee stond Claudia helemaal, met haar gezicht gedeeltelijk verborgen achter een grote zonnebril. Lacy keek naar haar tien centimeter hoge hakken en vroeg: 'Hoe weet je wie die schoenen heeft ontworpen?'

'Dat weet de mol,' zei Myers en hij liet het daarbij.

Op foto drie stond Claudia met haar rug naar de camera en maakte ze de voordeur open, kennelijk met een sleutel, hoewel dat niet te zien was.

Foto vier was de zwarte Mercedes SUV die naast de Lexus stond, ook met een duidelijk zichtbaar nummerbord. Myers zei: 'Hij staat op naam van een man met een appartement in een torenflat vlak bij Destin en hij heet, niet verrassend, geen Vonn Dubose. We zijn nog steeds op zoek. Kijk even naar foto vijf.'

Foto vijf was van de man zelf, een aardig uitziende, gebruinde pensionado die in Florida woonde, gekleed in een golfshirt en golfschoenen, slank en kalend, met een gouden horloge om zijn linkerpols. Myers zei: 'Voor zover ik weet, en ik heb geen idee wat er in de FBI-dossiers staat maar ik neem aan dat zij niets hebben, is dit de enige foto die er bestaat van Vonn Dubose.'

'Wie heeft hem gemaakt?' vroeg Lacy.

'Een vent met een camera. Het staat ook op video. Laten we zeggen dat de mol vindingrijk is.'

'Niet voldoende, Greg,' snauwde Lacy, opeens kwaad. 'Het is duidelijk dat iemand McDover volgt. Wie is dat? Je speelt nog steeds een kat-en-muisspelletje en ik zou graag willen weten waarom.'

Hugo zei: 'Luister Greg, we moeten je vertrouwen, maar we moeten ook weten wat jij weet. Iemand schaduwt McDover. Wie is dat verdomme?'

Uit gewoonte, een irritante gewoonte, keek Myers weer om zich heen, zag dat het nog steeds veilig was, zette zijn pilotenzonnebril af en zei zacht: 'Ik krijg mijn informatie van de tussenpersoon, voor jullie nog steeds naamloos. Hij heeft contact met de mol, van wie ik de naam nog steeds niet ken en ik weet nog steeds niet of ik dat ook wel wil. Zodra de mol iets heeft wat belangrijk genoeg is om door te geven, spoort de tussenpersoon me op, geeft het aan mij en ik geef het aan jullie. Het spijt me als deze gang van zaken jullie niet bevalt, maar je mag niet vergeten dat de mol en de tussenpersoon en ik en jullie en iedereen die bij deze zaak betrokken is op een dag zomaar dood gevonden kunnen worden, met een kogel tussen de ogen. Het kan me niets schelen of jullie me wel of niet vertrouwen. Het is mijn taak om genoeg informatie door te geven om jullie te helpen rechter Claudia McDover erbij te lappen. Wat hebben jullie nog meer nodig?' Hij nam een snelle slok uit zijn gecondenseerde glas en vervolgde: 'Kijk nu alsjeblieft weer naar foto vijf. We weten niet of deze man Vonn Dubose is, maar laten we daarvan uitgaan. Kijk naar zijn tas:

bruin leer, groot, meer een pukkel dan een aktetas, vaak gebruikt, of misschien is het gewoon de "versleten" look die tegenwoordig in is, en niet klein. Dit is geen dunne aktetas met een paar dossiers erin. Nee, deze tas wordt gebruikt om iets in te vervoeren. Maar wat? Onze man denkt dat McDover en Dubose elkaar elke eerste woensdag van de maand ontmoeten voor een uitwisseling. Waarvoor zou Dubose, gekleed als een golfer, zo laat op de dag zo'n grote tas nodig hebben? Kijk eens naar foto zes, die is zesendertig minuten later gemaakt dan nummer vijf: dezelfde man, dezelfde tas. Als je de video bekijkt, lijkt het door de manier waarop hij hem vasthoudt alsof de tas minder weegt. Maar ik zou het eerlijk gezegd niet weten.'

'Dus hij brengt haar één keer per maand geld,' zei Lacy. 'Hij brengt iets naar het appartement.'

'Hoe recent zijn deze foto's?' vroeg Hugo.

'Van twaalf dagen geleden, 3 augustus.'

'Maar het is onmogelijk om na te gaan of dit echt Vonn Dubose is?' vroeg Lacy.

'Voor zover ik weet wel. Nogmaals, Dubose is nooit gearresteerd. Hij heeft geen strafblad, geen identiteit. Hij gebruikt contant geld voor zijn dagelijkse uitgaven. Hij verschuilt zich achter ondergeschikten en zakenpartners, en hij laat geen sporen achter. We hebben wat graafwerk verricht en jullie ongetwijfeld ook, maar er is nooit een rijbewijs, burgerservicenummer of paspoort afgegeven aan ene Vonn Dubose, nergens in dit land. Hij heeft een chauffeur, zoals we kunnen zien. Hij zou John Smith kunnen heten, met perfecte papieren.'

Myers haalde nog twee mappen uit zijn tas en gaf er een aan Hugo en een aan Lacy, die vroeg: 'Wat is dit?'

'Een gedetailleerde samenvatting van McDovers reizen in de laatste zeven jaar: data, plaatsen, gecharterde vliegtuigen, enzovoort. Ze reist bijna altijd met haar vriendin Phyllis Turban, die de vliegtuigen huurt en de rekeningen betaalt. Turban boekt ook de kamers als ze hotels gebruiken, zij regelt alle details. Tot nu toe staat niets op McDovers naam.'

'En waarom is dit nuttig?' vroeg Lacy.

'Op zich is dat niet erg nuttig, maar het ondersteunt de theorie dat deze ambitieuze dames een smak geld uitgeven aan vluchten door het hele land en waarschijnlijk met zwart geld waardevolle objecten kopen. Met hun gezamenlijke inkomsten zouden ze de kerosine niet eens kunnen betalen. We weten hoeveel het salaris van de rechter bedraagt en ik kan wel raden wat Turban netto verdient, en ik durf te wedden dat het minder is dan wat McDover verdient. Misschien komt het ooit zover dat het nodig is om een zaak te baseren op de netto-inkomsten, uitgaven en bezittingen, dus verzamel ik alles wat ik maar kan vinden.'

Hugo zei: 'Ga alsjeblieft door met graven. We hebben heel veel hulp nodig.'

'Jullie zijn niet echt van plan mijn aangifte te laten vallen. Ik bedoel, verdomme, kijk toch eens naar die foto's! Hoe kun je beweren dat dat appartement niet van haar is als ze daar al minstens zeven jaar komt en de sleutel heeft? Dat appartement staat op naam van een lege vennootschap in Belize en heeft op dit moment een marktwaarde van minstens één miljoen dollar.'

'Blijft ze er weleens slapen, of ontvangt ze er gasten?' vroeg Lacy.

'Volgens mij niet.'

'Ik was er vorige week,' zei Hugo. 'Ik speelde golf en heb wat foto's vanaf de fairway gemaakt.'

Myers keek hem vragend aan. 'Wat heb je ontdekt?'

'Helemaal niets. Een absolute tijdverspilling, zoals de meeste partijtjes golf.'

'Ga eens een keertje gratenvissen vangen, dat is veel leuker.'

Toen Lacy vlak voor het einde van een film met Cary Grant haar teennagels lakte, zoemde haar telefoon: NUMMER ONBEKEND. Een stemmetje zei haar dat het Myers weleens kon zijn, en dat stemmetje had gelijk.

'Belangrijk nieuws,' zei hij. 'Morgen is het vrijdag.'

'Hoe raad je het zo?'

'Wacht even. Zo te zien gaan de vrouwen naar New York. Claudia neemt om een uur of twaalf een vliegtuig op het vliegveld van Panama City, exacte tijd is niet belangrijk, want als je een vliegtuig chartert vertrek je wanneer je wilt. Lear 60, registratienummer N38WW, eigendom van en verhuurd door een chartermaatschappij in Mobile. We nemen aan dat haar vriendin de advocaat ook aan boord zal zijn, en ze gaan naar New York om zich te vermaken, waarschijnlijk met een zak vol geld om eens goed te kunnen shoppen. Voor het geval dat jullie dat niet weten, privévliegtuigen worden amper gecontroleerd: de bagage wordt niet gescand en niemand wordt gefouilleerd. Ik neem aan dat de slimme jongens van Homeland Security denken dat rijke mensen niet veel zin hebben om hun eigen vliegtuig onderweg op te blazen. Hoe dan ook, je zou letterlijk honderd pond zuivere heroïne kunnen meenemen en naar een willekeurig binnenlands vliegveld kunnen vliegen.'

'Interessant, maar wat wil je hiermee zeggen?'

'Als ik jullie was en niets beters te doen had, zou ik naar de terminal voor privévliegtuigen gaan, die daar Gulf Aviation heet, en een kijkje nemen. Ik zou Hugo in de auto laten, want je ziet niet veel zwarte mannen in de charterwereld, dus zou hij heel erg opvallen. Ik zou hem ook een camera geven zodat hij een paar foto's kan maken. Misschien stapt Phyllis het vliegtuig uit voor een bezoekje aan het damestoilet. Wie weet? Misschien ontdek je een heleboel, maar je zult in elk geval zien met wie je te maken hebt.'

'Zou ik opvallen, denk je?'

'Lacy, lieve schat, jij valt altijd op. Je bent veel te knap om niet op te vallen. Trek een spijkerbroek aan, kam je haar achterover en zet een andere bril op. Het komt wel goed. Er is een lounge met tijdschriften en kranten, daar zitten altijd mensen. Als iemand je iets vraagt, zeg je gewoon dat je op een passagier wacht. Het is een openbare ruimte, dus mag je er gewoon zijn. Ik zou Claudia eens goed bekijken. Kijk wat ze aanheeft, maar ook wat ze bij zich heeft. Ik verwacht niet dat haar zakken vol geld zitten, maar misschien heeft ze één of meer extra tassen bij zich. Gewoon voor de lol, maar het is geen vervelende manier om je tijd door te brengen. Zelf zou ik de kans benutten voor een ontmoeting met een vrouw uit Florida die misschien wel de corruptste rechter in de geschiedenis van Amerika is. En die binnenkort op alle voorpagina's staat, hoewel ze daar zelf nog geen idee van heeft. Ga erop af.'

'Doen we.'

11

Rechter McDover parkeerde haar auto vlak bij de plek waar Hugo nogal ongemakkelijk in Lacy's Prius zat.

Hij had zijn gezicht verborgen achter een krant en zijn camera naast zich gelegd. Aan zijn verzameling uiterst onbruikbare foto's vanaf de golfbaan van Rabbit Run kon hij er nu een paar toevoegen van een Lear 60 die op het vliegveld stond. Terwijl Claudia met haar koffertje achter zich aan over de parkeerplaats naar de ingang van Gulf Aviation liep, maakte hij een paar foto's van haar achterkant. Ze was zesenvijftig, slank en ze kon, in elk geval van achteren, doorgaan voor een twintig jaar jongere vrouw. Hij moest toegeven dat ze er vanaf hier zelfs beter uitzag dan Verna, die er na haar vierde kind moeite mee had weer af te vallen. Hij kon gewoon niet ophouden met naar de achterkant van alle goedgevormde vrouwen kijken. Zodra ze naar binnen was gegaan, legde Hugo zijn camera en krant weg en viel in slaap.

In de loop van haar jarenlange criminele ervaring had Claudia McDover geleerd als een verdachte te denken. Ze zag alles, van de zwarte man die op de passagiersstoel van een kleine Toyota de krant zat te lezen – wat enigszins vreemd leek om twaalf uur 's middags – via de aantrekkelijke roodharige vrouw aan de balie die haar een brede glimlach schonk en de gekwelde zakenman in zijn donkere pak wiens vlucht kennelijk te laat was, tot de knappe jonge vrouw op de bank die in een *Vanity Fair* zat te bladeren en een beetje misplaatst leek. Binnen een paar seconden had Claudia de lobby gescand, besloten dat het veilig was, en alle gezichten in haar geheugen geprent. In haar wereld kon elke telefoon worden afgetapt, kon elke onbekende haar in de gaten houden, kon elke brief worden geopend en elke e-mail worden gehackt. Maar ze was niet paranoïde en leefde niet in constante angst. Ze was alleen voorzichtig en met haar jarenlange ervaring was voorzichtigheid een tweede natuur geworden.

Een jonge man in een keurig uniform stapte naar voren, stelde zichzelf voor als een van de piloten en nam haar koffertje van haar over. De knappe roodharige drukte op een knop, de deuren gleden open, en Claudia verliet de terminal. Dergelijke uitgangen, hoewel weinig opvallend en onzichtbaar voor de buitenwereld, vond ze nog altijd opwindend. Terwijl de massa in eindeloze rijen stond en wachtte op vluchten die overvol waren, vertraging hadden of werden geannuleerd, en ten slotte, als men geluk had, als een kudde vee naar vieze vliegtuigen werd geloodst vol stoelen die veel te smal waren voor een gemiddeld Amerikaans lichaam van tegenwoordig, beende zij, rechter Claudia McDover van Florida's Twenty-Fourth Judicial District, als een koningin naar haar privévliegtuig, waarin de champagne al koud stond en de vlucht op tijd en non-stop zou plaatsvinden.

Phyllis zat te wachten. Zodra de piloten hun gordel vastmaakten en aan hun voorbereidingen begonnen, gaf Claudia haar een kus en pakte haar hand. Na de start, en zodra het vliegtuig op een hoogte van ruim elfduizend meter was, ontkurkte Phyllis een fles Veuve Clicquot en proostten ze, zoals altijd, op de Tappacola.

Ze hadden elkaar leren kennen tijdens hun tweede jaar rechten op Stetson en de overeenkomsten waren opvallend geweest. Ze waren allebei kapot van hun afschuwelijke eerste huwelijk en hadden om de verkeerde redenen besloten rechten te gaan studeren. Claudia was kapotgemaakt en vernederd door haar echtgenoot en zijn kwalijke advocaten, en ze zon op wraak. In Phyllis' echtscheidingsconvenant stond dat haar ex haar studies moest betalen en om dat zo lang mogelijk te rekken koos ze voor een studie geneeskunde. Maar dat werd een mislukking, waarna ze rechten ging studeren en hem liet opdraaien voor nog eens drie jaar extra kosten. Tijdens hun derde jaar begonnen zij en Claudia stiekem te daten, maar ze gingen na hun bachelor ieder hun eigen weg. Als vrouw in een zwakke banenmarkt namen ze wat ze maar konden krijgen: Claudia ging naar een klein kantoor in een klein stadje en Phyllis werkte als pro-Deoadvocaat in Mobile tot ze de straatboefjes beu was en haar toevlucht zocht bij een advocatenkantoor. Nu de indianen hen rijk hadden gemaakt, reisden ze in stijl, leefden ze in bescheiden luxe en maakten ze plannen voor hun laatste ontsnapping naar een nog onbekende locatie.

Toen de champagne op was, vielen ze in slaap. Claudia werkte al zeventien jaar keihard als rechter – ze moest er immers altijd voor zorgen dat ze werd herkozen – en Phyllis maakte ook lange dagen op haar drukke kleine kantoor, dus sliepen ze nooit genoeg. Tweeënhalf uur nadat ze Florida hadden verlaten, landde het vliegtuig op Teterboro, New Jersey, de thuisbasis van meer privévliegtuigen dan welk ander vliegveld ter wereld ook. Een zwarte personenauto stond te wachten en nam hen mee. Twintig minuten later waren ze bij hun appartementengebouw in Hoboken, een slanke, nieuwe torenflat aan de Hudson, precies tegenover het financiële district aan de overkant van de rivier. Vanaf hun appartement op de vijftiende verdieping hadden ze een spectaculair uitzicht op het centrum van Manhattan; het Vrijheidsbeeld stond vlakbij. Het was een ruim appartement, en spaarzaam gemeubileerd. Het was een investering, geen thuis, alleen een plek om te houden tot ze besloten hem te verkopen. Het was uiteraard eigendom van een buitenlandse lege vennootschap, die op de Canarische Eilanden stond geregistreerd.

Phyllis vond het heerlijk om het internationale legevennootschapsspel te spelen, en was constant bezig met het verplaatsen van geld en ondernemingen, en altijd op zoek naar het beste nieuwe belastingparadijs. Na verloop van tijd had ze hier zoveel ervaring mee dat ze een expert was geworden in het verbergen van hun geld.

Toen het donker was geworden trokken ze een spijkerbroek aan en namen een taxi naar SoHo en dineerden in een kleine Franse bistro. Later, in een schemerig verlichte bar, dronken ze nog meer champagne en giechelden om hoe ver ze waren gekomen, niet alleen qua afstand, maar ook met hun leven.

De Armeen heette Papazian en ze waren nooit te weten gekomen of dat zijn voor- of achternaam was. Maar dat was ook niet belangrijk: hun transacties werden in het geheim uitgevoerd en geen van beide partijen stelde vragen, omdat niemand antwoorden wilde.

Zaterdagochtend om tien uur belde hij aan en maakte, na de vereiste beleefdheden, zijn aktetas open. Hij spreidde zijn donkerblauwe fluwelen doek op de kleine ontbijttafel uit en legde hierop zijn waren: diamanten, robijnen en saffieren. Zoals altijd bracht Phyllis hem een dubbele espresso, waar hij kleine slokjes van nam terwijl hij elke edelsteen beschreef. Ze deden al vier jaren zaken met elkaar, zodat ze wisten dat Papazian alleen maar de beste stenen verhandelde. Hij had een winkel in het centrum, waar ze hem hadden leren kennen, maar nu was hij heel graag bereid bij hen thuis te komen. Hij had geen idee wie ze waren of waar ze vandaan kwamen, hij had alleen belangstelling voor de transactie, en het geld. Nog geen halfuur later hadden ze een handvol van zijn beste waren uitgekozen – 'draagbare rijkdom', zoals Phyllis graag zei – en overhandigden hem het geld. Langzaam telde hij de 230.000 dollar in honderddollarbiljetten, hardop mompelend in zijn eigen taal. Toen iedereen tevreden was, dronk hij het laatste restje espresso op, zijn tweede, en verliet hun appartement.

Nu het meeste vuile werk gedaan was, kleedden de vrouwen zich om en namen een taxi naar het centrum. Ze kochten schoenen bij Barneys, genoten van een lange lunch in Le Bernardin en liepen ten slotte naar de diamantwijk, waar ze even bij een van hun favoriete handelaren binnenstapten. Met contant geld kochten ze een serie nieuwe, ongebruikte gouden munten: Zuid-Afrikaanse Krugerrands, Canadese Maple Leafs en, om de lokale economie te helpen, Amerikaanse Eagles. Allemaal contant, geen papierwerk, geen documenten, geen sporen. De kleine winkel had minstens vier bewakingscamera's die vroeger een bron van zorg waren geweest. Iemand zou ergens kunnen meekijken, maar die zorgen waren opzijgezet. In hun zaken waren er altijd risico's, je moest gewoon weten welke je kon accepteren.

Die zaterdagavond gingen ze naar een musical op Broadway, dineerden vervolgens bij Orso, waar ze echter geen beroemdheden zagen, en gingen na middernacht naar bed, met een voldaan gevoel over de dag waarop ze alweer wat geld hadden witgewassen. Op zondagochtend pakten ze hun spullen in, inclusief hun fraaie verzameling nieuwe en gruwelijk dure schoenen, en namen een taxi terug naar Teterboro, waar het vliegtuig al stond te wachten voor de vlucht terug naar het zuiden.

12

Hugo was laat voor de bespreking. Tijdens het wachten bekeek Michael de nieuwe foto's en het reisoverzicht, en beantwoordde Lacy een paar mailtjes. 'Enig idee waarom dit overzicht maar tot zeven jaar teruggaat?' vroeg hij.

'Nee. Myers weet het niet, maar hij denkt dat de mol daar rond die tijd is verschenen. De mol is duidelijk iemand dicht bij McDover, dus misschien is dat wel de reden dat hij of zij erbij betrokken is geraakt.'

'Nou, hij of zij geeft in elk geval veel geld uit. Ik kan me niet voorstellen dat deze foto's zijn gemaakt door iemand die gewoon op straat in een auto zat. Het is veel waarschijnlijker dat de fotograaf in een van die appartementen zat.'

'Precies aan de overkant zijn vier appartementen,' zei Lacy. 'Twee zijn te huur, voor duizend dollar per week. We denken dat hij of zij er een heeft gehuurd, de camera heeft geplaatst en precies wist wanneer McDover en Dubose zouden arriveren. Dat is toch een soort inside-information.'

'Inderdaad. Myers weet waar hij het over heeft, Lacy. Deze lui doen behoorlijk vuile zaakjes. Geen idee of we dat kunnen aantonen, maar de bewijzen worden steeds sterker. Wat zal McDover zeggen als ze hiermee wordt geconfronteerd?'

'Ik denk dat we dat binnenkort wel weten.'

De deur zwaaide open en Hugo kwam binnen. Hij zei: 'Sorry dat ik te laat ben. Alweer een zware nacht.' Hij smeet zijn aktetas op de tafel en nam een slok uit een grote beker koffie. 'Ik had hier eerder kunnen zijn, maar ik werd gebeld door een vent die me niet wilde vertellen hoe hij heet.'

Michael knikte, wachtend, nog steeds met een van de foto's in de hand.

Lacy zei: 'Oké?'

'De eerste keer dat hij belde was om een uur of vijf vanochtend, een beetje vroeg, maar ik was toevallig wakker. Hij zei dat hij in het casino werkte en misschien nuttige informatie had. Zei dat hij wist dat we onderzoek deden naar de stam en de rechter, en dat hij kon helpen. Ik drong een beetje aan en hij hing op. Ongeveer een uur geleden belde hij weer, met een andere telefoon, en zei dat hij me wilde zien om een deal te sluiten. Ik vroeg wat voor deal, maar hij hield zich op de vlakte. Hij zei dat er heel veel schimmige dingen gebeurden en dat het slechts een kwestie van tijd was voordat alles bekend werd. Hij is lid van de stam, kent de Chief en de lui die het casino runnen, en wil niet ook slachtoffer worden als de storm losbarst.' Hugo ijsbeerde door het vertrek, zoals hij de laatste tijd meestal deed. Hij werd slaperig als hij zat.

Lacy zei: 'Dit zou weleens interessant kunnen zijn.'

Michael liet zich in zijn draaistoel vallen en vouwde zijn handen achter zijn hoofd. 'Meer niet?'

'Nee, maar hij wil vanavond een ontmoeting. Hij zei dat hij een late dienst heeft en pas om negen uur vrij is.'

'Denk je dat hij echt iets weet?' vroeg Michael.

'Wie weet? Hij klonk erg zenuwachtig en gebruikte twee verschillende telefoons, prepaid denk ik. Hij vroeg me een paar keer naar geheimhouding en wilde weten hoe we zijn identiteit geheim kunnen houden. Hij zei dat veel van zijn mensen doodziek zijn van die corruptie, maar niet durven praten.'

'Waar wil hij ons ontmoeten?' vroeg Lacy.

'Hij woont niet ver van het casino, in het reservaat. Hij zei dat hij een locatie uitzoekt en ons belt als we in de buurt zijn.'

'We moeten wel voorzichtig zijn,' zei Michael. 'Dit zou best eens een hinderlaag kunnen zijn.'

'Volgens mij niet,' zei Hugo. 'Ik had de indruk dat ik een man aan de lijn had die hulp nodig heeft en hulp wil.'

'Welke mobiele telefoon gebruik je?'

'Die van de BJC. Ik ken de regels, baas.'

'Oké, maar hoe kwam hij aan je nummer?' vroeg Michael. 'Aan wie heb je je nummer gegeven tijdens dit onderzoek? Jullie allebei, bedoel ik.'

Hugo en Lacy keken elkaar aan en probeerden het zich te herinneren.

Lacy zei: 'Myers, Junior Mace, de gevangenisleiding, Wilton Mace, Razko's weduwe, Al Bennett, de advocaat die vijf jaar geleden de tegenkandidaat was van McDover, en Naylor van de Gaming Commission. Dat is het, volgens mij.'

'Dat is alles,' zei Hugo. 'Toen ik hiernaartoe reed, vroeg ik me dat ook af.'

'Dat lijkt me voldoende voor een lek,' zei Michael.

'Maar geen van die mensen heeft ook maar iets met Dubose en die corruptie te maken,' zei Lacy.

'Voor zover we weten,' zei Hugo.

'Dus jullie willen wel gaan?' vroeg Michael.

'Natuurlijk gaan we,' zei Lacy.

Michael stond op en liep naar het smalle raam. Hij zei: 'Dit zou weleens een doorbraak kunnen zijn. Iemand in het casino.'

'We gaan,' zei Lacy.

'Oké, maar wees alsjeblieft voorzichtig.'

Ze zaten in Lacy's auto, helemaal achteraan op de parkeerplaats van het casino. Het was een maandagavond, een rustige avond aan de tafels en de automaten, het was al bijna elf uur en ze wachtten tot hun informant contact opnam.

Om vier minuten voor elf belde hij met aanwijzingen. Ze verlieten de parkeerplaats, reden drie kilometer over een donkere, smalle, kronkelige weg en stopten bij een verlaten metalen gebouw. Een oud bord op wielen vertelde hun dat dit ooit een bingohal was geweest. In de verte zagen ze één huis. De felle lichten van Treasure Key waren ver weg. Het was een warme nacht, klam, met veel muggen.

Hugo stapte uit en strekte zijn benen. Met zijn één meter achtentachtig en negentig kilo, en nog altijd met de arrogantie van een all-American was hij niet gauw bang. Lacy voelde zich veilig in zijn aanwezigheid; in haar eentje was ze hier nooit naartoe gegaan. Hugo belde het laatste nummer van hun man, maar niemand nam op.

Er bewoog iets in het donker naast het gebouw. 'Hallo!' riep Hugo en Lacy stapte uit.

Een stem zei: 'Kom iets meer mijn kant op.' Een silhouet was gedeeltelijk zichtbaar, maar het bewoog niet. De man droeg een petje en het oranje puntje van een sigaret bewoog in en uit zijn mond. Samen liepen ze rustig door tot hij zei: 'Dat is ver genoeg. Ik wil niet dat jullie mijn gezicht zien.'

'Ik neem aan dat u ons gezicht wel kunt zien?' zei Hugo.

'Dat is ver genoeg. U bent meneer Hatch?'

'Inderdaad.'

'Wie is die vrouw?'

'Ik ben Lacy Stoltz. Wij zijn collega's.'

'U hebt me niet verteld dat u een vrouw zou meenemen.'

'U hebt niets gevraagd,' zei Hugo meteen. 'Zij is mijn partner en wij werken samen aan deze zaak.'

'Dat bevalt me niet.'

'Jammer dan.'

Het bleef stil, terwijl hij een trekje nam en hen kritisch bekeek. Hij schraapte zijn keel, spuugde en zei: 'Ik heb gehoord dat jullie achter rechter McDover aan zitten.'

'Wij werken voor de Florida Board on Judicial Conduct,' zei Lacy. 'Wij zijn advocaten, geen agenten. Het is ons werk om aangiftes tegen rechters te onderzoeken.'

'Die rechter hoort in de gevangenis thuis, net als een stel anderen.' Hij praatte snel en nerveus. Hij blies een grote wolk rook uit, die in de lucht bleef hangen.

'U zei dat u in het casino werkt,' zei Hugo.

Een lange stilte. Toen: 'Dat klopt. Wat weten jullie over de rechter?'

Lacy zei: 'Er is een formele aangifte ingediend waarin ze wordt beschuldigd van wangedrag. We mogen geen details bekendmaken.'

'Wangedrag, hè?' zei hij en hij begon zenuwachtig te lachen. Hij liet de sigaret op de grond vallen, waar die nog even lag na te gloeien. 'Kunnen jullie iemand arresteren of steken jullie, je weet wel, alleen maar je neus in andermans zaken?'

Hugo zei: 'Nee, wij arresteren geen mensen.'

Weer een zenuwachtig lachje uit het donker. 'Dan verspil ik mijn tijd. Ik moet met iemand praten die macht heeft.'

Lacy zei: 'Wij hebben het recht om onderzoek te doen naar een rechter en die zo nodig uit zijn of haar ambt te ontzetten.'

'De rechter is hier niet het grootste probleem.'

Ze wachtten op meer, maar kregen alleen stilte. Ze tuurden in het donker, maar de man was kennelijk verdwenen. Hugo zette een paar stappen naar voren en vroeg: 'Bent u daar nog?'

Geen antwoord.

'Dat is ver genoeg,' fluisterde Lacy. 'Volgens mij is hij weg.'

Een paar seconden lang bleef het onaangenaam stil, tot Hugo zei: 'Ik denk dat je gelijk hebt.'

'Ik vind dit maar niets. Laten we gaan.'

Snel openden ze hun portieren en stapten in. Terwijl Lacy achteruitreed, beschenen de koplampen de zijkant van het gebouw. Niemand te zien. Ze keerde op de weg en reed in de richting van het casino.

'Heel vreemd,' zei Hugo. 'Dit gesprek hadden we ook wel telefonisch kunnen voeren.'

Voor hen verschenen koplampen.

'Denk je dat ik hem bang heb gemaakt?' vroeg ze.

'Wie weet? Als hij oprecht is, overweegt hij informatie door te geven die bepaalde mensen de das kan omdoen. Natuurlijk heeft hij zo zijn twijfels. Ik denk dat hij bang werd en is gevlucht.'

Hugo tikte tegen zijn middel en zei: 'Deze gordel is alweer losgeraakt, de derde keer al vanavond. Waarom laat je hem niet eens maken?'

Lacy keek naar hem en wilde net iets zeggen toen Hugo een kreet slaakte. Verblindende koplampen reden op hun weghelft, een pick-up was over de middenstreep gereden. Het was een frontale botsing, bumper tegen bumper, met zo'n kracht dat Lacy's Prius door de lucht zeilde en een halve salto maakte. De pick-up, een Dodge Ram 2500, woog bijna drieduizend kilo, twee keer zoveel als de Prius, en kwam er dus het beste vanaf. Hij kwam tot stilstand in de berm van de smalle weg, met de verwrongen voorkant bijna in een ondiepe greppel.

De stuurairbag explodeerde tegen Lacy's borst en gezicht. Ze was duizelig. De bovenkant van haar hoofd kwam in contact met het plafond van de Prius toen dat werd ingedrukt en het maakte een lelijke snee in haar schedel. De airbag aan de passagierskant ging niet open. Hugo, zonder gordel en zonder airbag, smakte tegen de voorruit en verbrijzelde dat met zijn hoofd en schouders. Het glas sneed zijn gezicht aan flarden en maakte een lange snee in zijn hals.

Overal lagen wrakstukken, glas en metaal.

De rechtervoorband van de pick-up draaide rond. De chauffeur stapte langzaam uit, deed zijn zwarte motorhelm en beenbeschermers af, en keek achterom. Er stopte een andere pick-up. Hij strekte zijn benen, wreef over zijn linkerknie en strompelde naar de voorkant van de vernielde Prius om een kijkje te nemen. Hij keek naar de vrouw, met haar gezicht onder het bloed en haar airbag verfrommeld voor zich, en zag dat de zwarte man veel wonden had en bloedde. Hij aarzelde even, strompelde verder, stapte in de tweede pick-up, wachtte en wreef over zijn been. Hij zag dat zijn neus bloedde. De chauffeur stapte weer in en reed weg, langzaam, zonder licht. De pick-up reed een akker in en verdween. Niemand belde 911.

Het dichtstbijzijnde huis stond ongeveer achthonderd meter verderop langs de weg. Hier woonde de familie Beale, en Iris Beale, de vrouw en moeder, hoorde de botsing, hoewel ze eerst niet wist wat er was gebeurd. Maar ze wist zeker dat het iets ongewoons was wat onderzocht moest worden. Ze maakte haar man Sam wakker, zei dat hij zich moest aankleden en moest gaan kijken. Tegen de tijd dat Sam ter plaatse was, was er al een andere auto gestopt. Een paar minuten later hoorden ze sirenes en zagen ze de zwaailichten van twee auto's van de Tappacola-politie. Ze werden gevolgd door twee wagens van de Tappacola-brandweer. Vrijwel meteen werd een reddingshelikopter van het dichtstbijzijnde regionale ziekenhuis in Panama City opgeroepen.

Nadat ze de restanten van de voorruit hadden verwijderd, trokken ze Hugo door de opening naar buiten. Hij leefde nog, maar was bewusteloos en had bijna geen pols. Het chauffeursportier werd met een hydraulische hefboom opengebroken, zodat ze Lacy eruit konden halen, die probeerde te praten maar alleen onverstaanbare klanken uitbraakte. Ze werd in een ambulance gelegd en naar de kliniek van de stam vlak bij het casino gebracht. Daar moest ze wachten op de helikopter. Onderweg ernaartoe raakte ze bewusteloos, zodat ze niet hoorde dat Hugo was overleden. De korte vlucht naar het ziekenhuis zou ze dus zonder haar collega maken.

Op de plaats van het ongeluk maakte de politie foto's en video's, nam maten op en ging op zoek naar getuigen, maar die waren er dus niet. De chauffeur van de pick-up was er ook niet. De airbag aan de kant van de chauffeur was helemaal geopend, maar ze zagen geen bloed en geen tekenen van verwondingen, maar op de vloer voor de passagiersstoel lag een kapotte whiskyfles. De chauffeur was gewoon verdwenen. De politie wist al voordat de pick-up werd weggesleept dat hij zes uur eerder was gestolen bij een winkelcentrum in Foley, Alabama. Lacy's Prius werd op een lepelwagen gezet en naar een omheind depot vlak bij het administratiegebouw van de stam gebracht.

Hugo's lichaam werd naar de kliniek van de stam gebracht en in de koelruimte in de kelder gelegd, waar een enkele keer een dode werd bewaard. Aan de overkant van de straat zat de politiechef, Lyman Gritt, aan zijn bureau naar Hugo's weinige bezittingen te kijken: een sleutelring, opgevouwen dollarbiljetten, wat kleingeld en een portefeuille. Een brigadier zat aan de andere kant van het bureau, al even roerloos. Geen van beiden bood aan het telefoontje te plegen.

Ten slotte maakte de politiechef de portefeuille open en haalde er een van Hugo's visitekaartjes uit. Hij zocht de website van de BJC op en zag de naam Michael Geismar. 'Hij zou dat telefoontje moeten plegen, ja toch?' vroeg hij. 'Hij kent meneer Hatch immers en misschien zijn gezin ook.'

'Goed idee,' zei de brigadier.

Om twintig over twee die nacht nam Michael de telefoon op. Een stem zei: 'Sorry dat ik u bel, maar volgens mij werkt u samen met meneer Hugo Hatch. Ik ben de politiechef van de Tappacola-stam in Brunswick County.'

Michael stapte uit bed en zijn vrouw deed het licht aan. 'Ja! Wat is er gebeurd?'

'Een ongeluk, een ernstig auto-ongeluk, en meneer Hatch is hierbij om het leven gekomen. Iemand moet zijn familie op de hoogte brengen.'

'Wát? Meent u dat nou? Nee, dit kunt u niet menen. Wie bent u?'

'Ik ben politiechef Lyman Gritt, meneer, het hoofd van de politie hier. Ik meen het echt. Het ongeluk is ongeveer twee uur geleden gebeurd in ons reservaat. De jonge vrouw, Lacy Stoltz, is naar het ziekenhuis in Panama City gebracht.'

'Ongelofelijk!'

'Het spijt me, meneer. Heeft hij een gezin?'

'Of hij een gezin heeft? Ja meneer Gritt, hij heeft een gezin: een leuke jonge vrouw en vier kleine kinderen. Ja, een gezin. Dit is absoluut onwerkelijk.'

'Het spijt me, meneer. Kunt u hen op de hoogte brengen?'

'Ik? Waarom ik? Dit kán gewoon niet waar zijn! Hoe moet ik weten dat dit geen stomme grap is of zo?'

'Meneer, u kunt naar onze website gaan en mijn naam opzoeken. U kunt het ziekenhuis in Panama City bellen, daar zou de vrouw inmiddels wel moeten zijn aangekomen. Ik kan u verzekeren dat dit afschuwelijke nieuws echt waar is, en het zal niet lang meer duren voordat de journalisten er lucht van krijgen en de familie gaan bellen.'

'Oké, oké. Laat me even nadenken.'

'Neem de tijd, meneer.'

'En Lacy is oké?'

'Dat weet ik niet, meneer. Ze is gewond, maar ze leeft.'

'Oké. Natuurlijk, ik rij er nu naartoe. Geef me uw telefoonnummer, voor het geval dat.'

'Natuurlijk meneer, en bel ons alstublieft als we op welke manier dan ook kunnen helpen.'

'Zeker. En bedankt. Ik weet dat dit niet gemakkelijk is.'

'Nee meneer, dat is zo. Een vraag, meneer: waren ze vannacht voor hun werk in ons reservaat?'

'Ja, dat waren ze. Inderdaad.'

'Mag ik vragen waarom? Ik ben de politiechef.'

'Het spijt me, later misschien.'

Michael Geismar bleef bij Verna Hatch en de kinderen tot haar moeder er was, en daarna vertrok hij zo snel mogelijk. Dit moment zou hij nooit meer vergeten: de afschuw, de shock, de ontreddering, de wanhoop van het gezin toen ze hoorden dat Hugo nooit meer thuis zou komen, waarna ze elkaar ervan probeerden te overtuigen dat het gewoon niet waar kon zijn. Af en toe was hij de schurk, de gehate boodschapper die ongewild was belast met de taak hen ervan te overtuigen dat Hugo dood was.

Nooit eerder was hij getuige geweest van zoveel pure, emotionele wanhoop, en nooit weer zou hij zo'n nachtmerrie meemaken. Hij merkte dat hij huilde toen hij in de vroege ochtenduren Tallahassee verliet. Hij arriveerde even na zes uur in Panama City.

13

Lacy's toestand was stabiel, maar ze was nog steeds buiten bewustzijn. De voorlopige diagnose was: een snee in de zijkant van haar hoofd waar vierentwintig hechtingen voor nodig waren, een hersenschudding die een zwelling van de hersens veroorzaakte, schaafwonden op haar gezicht door het sterke schuivende contact met de airbag en kleine sneetjes in haar hals, op haar linkerschouder, elleboog, hand en knie. Haar hoofd was geschoren en haar artsen hadden besloten om haar nog vierentwintig uur in een kunstmatige coma te houden. Een van hen vertelde Michael dat het nog een dag of twee zou duren voordat ze haar op verder letsel konden onderzoeken, maar dat hij tot nu toe niets had gesignaleerd wat als levensbedreigend werd beschouwd.

Haar moeder Ann Stoltz arriveerde om acht uur 's ochtends vanuit Clearwater, samen met haar zus Trudy en zwager Ronald. Ze gingen bij Michael zitten die hun alles vertelde wat hij wist, maar dat was niet veel.

Meteen nadat ze zich geïnstalleerd hadden, vertrok Michael naar het reservaat. Op het politiebureau wachtte hij een halfuur tot Lyman Gritt op zijn werk verscheen. De politiechef vertelde dat het onderzoek nog gaande was, maar dat ze inmiddels wisten dat de botsing kennelijk was veroorzaakt doordat de pick-up over de middenstreep reed en op de Prius botste. De pick-up was gestolen en stond op naam van een man uit Alabama. De chauffeur was verdwenen, maar had kennelijk gedronken. Niemand had hem weg zien gaan en ze hadden geen spoor van hem gevonden. De airbag van de Prius aan de passagierskant was niet geopend en meneer Hatch had geen gordel gedragen. Hij was zwaargewond, had een enorme hoofdwond en was kennelijk doodgebloed. 'Wilt u de foto's zien?'

'Misschien later.'

'Wilt u de voertuigen zien?'

'Ja, dat wel,' zei Michael.

'Oké, dan doen we dat en daarna breng ik u naar de plaats van het ongeluk.'

'Zo te zien zijn er heel veel onbeantwoorde vragen.'

'We zijn nog bezig met ons onderzoek, meneer,' zei Gritt. 'Misschien kunt u me iets vertellen over wat ze hier vannacht deden.'

'Misschien, maar nu nog niet. Daar hebben we het nog wel over.'

'Een politieonderzoek vereist volledige medewerking, meneer. Ik moet alles weten. Wat deden ze hier?'

'Dat kan ik u nu nog niet vertellen,' zei Michael, ook al wist hij heel goed dat hij hierdoor alleen maar nog meer argwaan wekte. Maar op dit moment kon hij niemand vertrouwen. 'Luister, een man is overleden tijdens een bijzonder verdacht auto-ongeluk. U moet me beloven dat de voertuigen in beslag worden genomen en veilig worden gestald tot iemand ze kan onderzoeken.'

'Iemand? Aan wie denkt u dan, meneer?'

'Dat weet ik niet.'

'Moet ik u eraan herinneren dat dit op Tappacola-land is gebeurd en wij hier het onderzoek uitvoeren? Niemand controleert ons werk.'

'Natuurlijk, dat begrijp ik. Ik ben gewoon een beetje van slag, oké? Geef me even de tijd om hierover na te denken.'

Gritt stond op en liep naar een tafel in de hoek van zijn kantoor. 'Kijk hier eens naar,' zei hij. Midden op de tafel lag een grote, stijlvolle dameshandtas met een stel sleutels ernaast. Een halve meter daarvandaan lagen een portefeuille en sleutels.

Michael liep ernaartoe en keek ernaar.

Gritt zei: 'Bij een gewelddadige dood bekijken we altijd de persoonlijke bezittingen en stellen een inventarislijst op. Dat heb ik nog niet gedaan. Ik heb de portefeuille alleen geopend om er een visitekaartje uit te halen en zodoende heb ik u gevonden. Ik heb nog niet in de handtas gekeken.'

'Waar zijn hun mobiele telefoons?' vroeg Michael.

Gritt schudde zijn hoofd al. 'Er zijn geen mobiele telefoons gevonden. We hebben al zijn zakken doorzocht en de auto bekeken, maar niets gevonden.'

'Dat kan niet!' zei Michael verbijsterd. 'Iemand heeft hun mobiele telefoons meegenomen.'

'Weet u zeker dat ze die bij zich hadden?'

'Natuurlijk! Wie heeft er nou geen mobieltje bij zich? En in hun telefoons staan de recentste telefoongesprekken, ook het gesprek met de man die ze zouden ontmoeten.'

'Wie was dat?'

'Dat weet ik niet, echt niet.' Michael wreef in zijn ogen. Opeens hapte hij naar adem en vroeg: 'Waar zijn hun aktetassen?'

Weer schudde Gritt zijn hoofd. 'Er zijn geen aktetassen gevonden.'

'Ik moet even zitten.' Michael liet zich in een stoel bij de tafel vallen en keek verbijsterd naar de persoonlijke bezittingen.

'Wilt u misschien wat water?' vroeg Gritt.

'Ja graag.' In de aktetassen zaten de dossiers, en in de dossiers zat alles. Michael werd misselijk bij de gedachte dat Vonn Dubose en Claudia McDover alles bekeken: foto's van de vier appartementen, foto's van Vonn zelf en van Claudia voor en na hun afspraak, foto's van de rechter voor haar vlucht naar New York, alle gedetailleerde reisverslagen, een kopie van Greg Myers' formele aangifte, memo's van Sadelle, alles. Alles!

Michael nam een paar slokjes water en veegde het zweet van zijn voorhoofd. Toen hij zich weer sterk genoeg voelde, stond hij op en zei: 'Luister, ik kom morgen terug om deze spullen op te halen en naar de voertuigen te kijken. Maar nu moet ik eerst naar mijn kantoor. Pas goed op al deze spullen.'

'Dat is ons werk, meneer.'

'En ik moet haar sleutels hebben, oké?'

'Geen probleem, lijkt me.'

Michael pakte de sleutels, bedankte de politiechef en liep naar buiten. Hij belde Justin Barrow bij de BJC en gaf hem opdracht meteen naar Lacy's appartement te gaan: zoek de conciërge, leg uit wat er is gebeurd en vertel dat Lacy's baas de sleutel heeft en eraan komt. Omdat ze de code van haar alarminstallatie niet kenden, moest de conciërge die uitschakelen. Hij zei: 'Bewaak het appartement tot ik er ben. Zorg ervoor dat er niemand in of uit gaat.'

Michael reed snel terug naar Tallahassee en probeerde zichzelf ervan te overtuigen dat de kans klein was dat Lacy en Hugo hun aktetassen bij zich hadden gehad. Die hadden ze niet nodig gehad, toch? Ze hadden laat op de avond een afspraak met een onbekende getuige. Wat hadden ze dan aan die dossiers? Maar hij wist ook dat zij, zoals iedere onderzoeker en zelfs zoals iedere advocaat, zelden ergens voor hun werk naartoe gingen zonder hun trouwe aktetas. Hij vervloekte zichzelf voor het vrij relaxte dossierbeleid bij de BJC. Hadden ze eigenlijk wel een dossierbeleid? Omdat al hun zaken uiterst vertrouwelijk werden behandeld, was het gebruikelijk zorgvuldig om te gaan met de dossiers. Dat hoorde bij het werk, en hij had nooit het idee gehad dat het noodzakelijk was om zijn mensen op het hart te drukken hun spullen goed te bewaken.

Hij stopte twee keer voor koffie en om zijn benen te strekken, en vocht tegen zijn vermoeidheid door te blijven telefoneren. Hij belde Justin die al bij Lacy's appartement was: de conciërge weigerde hem binnen te laten voordat haar baas er was met haar sleutel. Terwijl Michael al rijdend koffiedronk, praatte hij met twee journalisten die het kantoor hadden gebeld. Hij belde Verna en sprak met haar zus. Ze had natuurlijk niet veel te vertellen; Verna was in de slaapkamer met haar twee oudste kinderen. Hij wilde vragen of iemand Hugo's aktetas en mobiele telefoon wilde zoeken, maar daarvoor leek het niet het juiste moment. Ze hadden al genoeg om zich druk over te maken. Zijn secretaresse regelde een groepsgesprek met zijn personeel, en Michael beantwoordde zo veel mogelijk van hun vragen. Zij waren, heel begrijpelijk, te geschokt om aan het werk te gaan.

De conciërge wilde erbij zijn als ze Lacy's appartement binnengingen. Michael vond de juiste sleutel voor de voordeur en maakte hem open, waarna de conciërge snel het alarm uitschakelde. Frankie, haar Franse buldog, jankte om voer en water, en had een puinhoop gemaakt in de keuken. De conciërge zei: 'Oké, ik geef dat beest wel wat voer. Schieten jullie een beetje op?' Terwijl hij op zoek ging naar hondenvoer, doorzochten Michael en Justin de kamers. Justin vond Lacy's aktetas op een stoel in haar slaapkamer. Michael maakte hem open en haalde er een schrijfblok en twee dossiers uit: de officiële BJC-werkdossiers, allebei met het zaaknummer erop. Samen gingen ze op zoek naar andere belangrijke documenten, en vonden haar iPhone, die in de badkamer aan de lader lag. Ze bedankten de conciërge die de vloer dweilde en zacht mopperde, maar wel zo hard dat ze het konden horen, en vertrokken met de aktetas en de iPhone.

Bij zijn auto zei Michael: 'Luister Justin, ik kan daar niet weer naartoe. Zij associëren mij met dat vreselijke nieuws, dus jij moet Verna vragen of ze wil kijken of ze zijn aktetas en mobiele telefoon kan vinden, oké? Zeg tegen haar dat het heel belangrijk is.'

Michael Geismar was de baas, dus had Justin niet veel keus.

Dankzij alle drukte was het huis van de Hatches gemakkelijk te vinden. Aan weerszijden van de straat stonden auto's en een aantal mannen stond in de voortuin, alsof het binnen te vol was. Justin liep er schoorvoetend naartoe en knikte naar hen. De mannen waren beleefd, maar zeiden niet veel. Eentje, een blanke man gekleed in een overhemd met stropdas, kwam hem vaag bekend voor. Justin vertelde hem dat hij een collega was van Hugo bij de BJC. De man zei dat hij Thomas heette en bij het ministerie van Justitie werkte. Hij en Hugo hadden samen rechten gestudeerd en hadden nu een goede band. Bijna fluisterend vertelde Justin waarom hij hier was: het was noodzakelijk dat hij Hugo's aktetas vond en meenam, omdat er BJC-dossiers in zaten met gevoelige informatie en dergelijke. Dat begreep Thomas. En de mobiele telefoon van het kantoor was verdwenen. Was het mogelijk dat hij die thuis had laten liggen? Thomas zei: 'Niet waarschijnlijk,' en hij ging naar binnen.

Twee vrouwen kwamen huilend naar buiten en werden getroost door hun respectievelijke mannen. Dankzij het grote aantal geparkeerde auto's wist Justin dat het huis vol zat met verbijsterde familieleden en vrienden.

Een eeuwigheid later kwam Thomas naar buiten, met lege handen. Hij en Justin liepen naar de rand van het trottoir voor een beetje privacy. Thomas zei: 'Zijn aktetas is er wel. Ik vertelde Verna wat er aan de hand is en zij vond het goed dat ik erin keek. Het lijkt in orde, maar ze wilde niet dat ik hem meenam. Ik heb haar gezegd dat ze er goed op moet passen en ik denk dat ze dat begreep.'

'Ik ga haar niet vragen hoe het met haar gaat.'

'Het is afschuwelijk. Ze zit in de slaapkamer met de twee oudste kinderen en kan amper een woord uitbrengen. Hugo's moeder ligt op een bank. Er zijn allemaal ooms en tantes. Er is een arts bij hen. Het is gewoon afschuwelijk.'

'Geen mobiele telefoon?'

'Nee, die had hij bij zich. Hij belde haar gisteravond om een uur of tien om te vragen hoe het ging. Ik vroeg of hij een privémobieltje had, en zij zei nee. Hij gebruikte de BJC-telefoon voor alles.'

Justin haalde diep adem en zei: 'Bedankt. Tot ziens.'

Toen hij wegreed, belde hij Michael.

Aan het begin van de middag werd Hugo's lichaam met een lijkwagen naar een uitvaartcentrum in Tallahassee gebracht, waar hij werd klaargemaakt voor zijn begrafenis, ook al had Verna nog niet nagedacht over alle details.

Lacy bleef die dag op de intensive care. Haar vitale functies waren prima en haar artsen waren blij met haar vooruitgang. Een nieuwe scan liet zien dat de zwelling iets minder was en als alles goed ging wilden de artsen haar binnen zesendertig tot achtenveertig uur uit haar coma halen. Lyman Gritt wilde haar spreken, maar kreeg te horen dat hij moest wachten.

Na een rusteloze nacht ging Michael woensdag al heel vroeg naar kantoor en wachtte op Justin. Nog steeds versuft door de nachtmerrie las hij over Hugo op de voorpagina van de ochtendkrant. Er stonden twee foto's bij: een publiciteitsfoto van Hugo toen hij voor Florida State speelde, en een foto in colbert en stropdas die voor de BJC-website was gemaakt. Michael las de namen van zijn vier kinderen en begon bijna weer te huilen. De begrafenis was zaterdag, over drie dagen, en hij moest er niet aan denken hoe afschuwelijk dat zou zijn.

Hij en Justin vertrokken om zeven uur en reden naar het reservaat. Lyman Gritt had de inhoud van Hugo's portefeuille geïnventariseerd, het geld geteld en alles gefotografeerd. Hij vroeg of Michael de inventarislijst wilde ondertekenen, waarna hij alles aan hem overhandigde. Lacy's handtas mocht Michael ook meenemen.

Ze liepen met z'n drieën door de straat naar een klein depot met een omheining van harmonicagaas, een afgesloten hek en een stuk of twaalf autowrakken. Zonder iets aan te raken onderzochten ze de twee voertuigen. De pick-up rook nog steeds naar whisky. De Prius was veel erger beschadigd en er lag zoveel bloed dat Michael noch Justin veel wilde onderzoeken. Dit was het bloed van hun vriendin en het was nog vers.

'Er zal wel een proces volgen,' zei Michael ernstig, ook al wist hij dat niet zeker. 'Dus is het noodzakelijk dat deze worden opgeslagen in de staat waarin ze nu verkeren. Is dat een probleem?'

'Natuurlijk niet,' zei Gritt.

'Bovendien zullen de verzekeringsmaatschappijen erbij gehaald worden, en zij zullen hun taxateurs sturen.'

'We hebben dit al eerder besproken, meneer Geismar.'

'En u hebt overal gezocht naar hun mobieltjes?'

'Zoals ik al zei, we hebben overal gezocht en niets gevonden.'

Michael en Justin wisselden een sceptische blik met elkaar. Ze vroegen of ze foto's mochten maken en Gritt zei dat hij dat prima vond. Toen ze klaar waren, reden ze achter de politiechef aan naar de landweg waar het ongeluk was gebeurd. Ze keken rond, gespannen eerst, en verbaasden zich erover hoe verlaten de plek was: de perfecte plaats voor een ongeluk zonder getuigen. In de verte zagen ze het huis van de familie Beale en de oude bingoschuur niet ver daarvandaan, maar geen andere gebouwen.

Michael keek naar het wegdek en zei: 'Geen remsporen.'

'Niet één,' zei Gritt. 'Ze had niet eens tijd om te reageren. Ik heb het idee dat de pick-up daar over de middenstreep is gereden; hier zijn ze op elkaar gebotst.' Gritt stond in het midden van de rijstrook die naar het oosten leidde. 'Haar auto heeft een halve draai gemaakt en stond met de neus die kant op; hij heeft deze rijbaan niet verlaten. De pick-up, die natuurlijk veel zwaarder was, is hiernaartoe gestuiterd en stond bijna in de greppel. Hij is duidelijk snel op haar weghelft terechtgekomen, voordat ze kon reageren.'

'Enig idee van de snelheid tijdens de botsing?' vroeg Michael.

'Nee, maar dat kan een reconstructiedeskundige vrij exact bepalen.'

Michael en Justin namen het tafereel in zich op en zagen olievlekken en stukjes verbrijzeld glas, aluminium en metaal. Aan de rand van het asfalt, bijna in de berm, zagen ze iets wat alleen maar opgedroogd bloed kon zijn. Op het gras lag een stukje stof, ook vol bloedvlekken. Daar was een van hun collega's verongelukt en een andere ernstig gewond geraakt. Het leek een bijzonder misplaatste plek om te sterven.

Ze maakten nog een paar foto's en wilden opeens weg.

Drie kilometer ten noorden van Sterling, op het platteland van Brunswick County, had Frog Freeman een winkeltje en een benzinepomp. Hij woonde ernaast in een oud huis dat zijn opa had gebouwd, en omdat hij er altijd was en de winkel zijn leven was, bleef hij elke avond tot tien uur open. Na het invallen van de duisternis deed hij zo weinig zaken dat hij best om zes uur kon sluiten, maar hij had toch niets anders te doen. Die maandagavond had hij de zaak niet om tien uur gesloten, omdat er water uit de bierkoeler lekte. Frog verkocht heel veel bier, het meeste ijskoud, en dus was een niet-werkende bierkoeler onacceptabel. Omdat hij alle reparaties zelf uitvoerde, was hij druk aan het werk met de koeler toen er een klant binnenkwam voor ijs, ethanol en twee blikjes bier.

Wat een vreemde combinatie, dacht Frog, terwijl hij zijn handen afveegde en naar de kassa liep. Hij had deze winkel al meer dan vijftig jaar en kon alleen al door wat zijn klanten kochten voorspellen wat ze van plan waren. Hij had alles al meegemaakt, maar ijs, ethanol en bier was ongebruikelijk.

Frog was drie keer beroofd, waarvan twee keer onder bedreiging van een pistool, en was jaren geleden begonnen terug te vechten. Hij had zes bewakingscamera's in de winkel hangen: vier zichtbare camera's, zodat potentiële dieven misschien begrepen welke gevaren ze liepen, en twee verborgen camera's, waaronder eentje boven de voorveranda.

Frog stapte in zijn kantoortje achter de kassa en keek op het beeldscherm. Witte pick-up, Florida-kentekenplaten. Op de passagiersstoel zat een jonge vent en er was iets mis met zijn neus; hij drukte er een zakdoek tegenaan en daar leken vlekken in te zitten. De chauffeur kwam in beeld met de zak ijs en een bruine zak met daarin het ethanol en het bier. Hij kroop achter het stuur, zei iets tegen zijn passagier en reed weg.

Die knaap heeft gevochten, dacht Frog, en hij ging verder met zijn reparatie.

Dodelijke verkeersongelukken kwamen zelden voor in Brunswick County. De volgende ochtend gonsde het van de geruchten bij de koffie bij Frog. Een zwarte vent en een blanke meid uit Tallahassee waren per ongeluk in het reservaat beland en een dronken kerel was recht op hen in gereden. Gestolen pick-up en die dronken vent was ervandoor gegaan, zomaar. Tot nog toe had niemand hem gezien. Het idee van een dronken chauffeur die waggelend bij de plaats van het ongeluk wegliep, ergens in het reservaat verdween en het ongezien verliet, was een rijke bron van humor, speculaties en ongeloof.

'Hij zou het daar nog geen uur overleven,' zei iemand.

'Loopt waarschijnlijk nog steeds rondjes,' zei een ander.

'Maak je geen zorgen, de indianen zullen er wel een puinhoop van maken,' zei een derde.

Later die dag, toen er steeds meer bijzonderheden bekend waren, begon Frog het verband te zien. Hij kende de sheriff goed en wist dat de sheriff problemen had met de Tappacola-politie. De stam was zo rijk dat ze een eigen politiekorps hadden opgezet dat twee keer zo groot was als dat van de county, en ook veel beter geoutilleerd was. Rancune was dus onvermijdelijk.

Hij belde Clive Pickett, de sheriff van Brunswick County, en zei dat hij misschien belangrijke informatie had. Pickett kwam na werktijd langs en samen bekeken ze de video. Het eerste wat hij zei was: 'Dat is vreemd.' Hij zei dat het maandagavond rustig was geweest in de county, zoals eigenlijk op elke andere avond, en de enige actie zoals gebruikelijk bij het casino had plaatsgevonden. Niemand had de politie gebeld voor een vechtpartij, een mishandeling, een gluurder of verdachte personen. Nee, er was niets aan de hand geweest tot die twee voertuigen op elkaar knalden.

'Maar dat is zo'n vijftien kilometer hiervandaan, toch?' vroeg de sheriff.

'Hemelsbreed.'

'Dus het tijdstip klopt?'

'Kennelijk wel.'

De sheriff krabde aan zijn kin, diep in gedachten verzonken. 'Dus, als die knul met die gebroken neus die gestolen pick-up bestuurde, hoe is hij er dan in geslaagd om daar weg te komen, een lift te krijgen van een onbekende en hier nog geen kwartier later te zijn?'

‘Geen idee. Jij bent de sheriff.’
‘Misschien was die onbekende geen onbekende.’
‘Dat dacht ik ook.’ Frog beloofde een kopie te maken van de video en die naar de sheriff te sturen.
Ze spraken af een paar dagen te wachten voordat ze de indianen op de hoogte brachten.

14

Woensdag laat in de middag riep Michael zijn overgebleven personeelsleden van het kantoor Tallahassee bij elkaar; de twee onderzoekers van het BJC-kantoor in Fort Lauderdale waren er niet bij. Justin Barrow, die zes jaar ervaring had, was nu de hoofdonderzoeker. Hij had een week eerder een slecht partijtje golf met Hugo gespeeld en kende de belangrijkste feiten van de aangifte die Greg Myers had ingediend, maar hij wist niets van de enorme samenzwering erachter. Hij had zelf zaken waarmee hij zich moest bezighouden. Maddy Reese, die nog geen jaar in dienst was, wist helemaal niets van het verleden van Vonn Dubose, de corruptie bij het casino en rechter Claudia McDover.

Michael begon bij het begin, met Myers, en vertelde hun alles. Ze luisterden met een mengeling van ongeloof en angst: de baas zou hun die zaak toch zeker niet geven? Hij vertelde dat vrijwel geen enkele beschuldiging van Myers bewezen was, dat hij vrijwel zeker wist dat de BJC er ook niet in zou slagen ze te bewijzen, maar dat hij vrijwel zeker wist dat Lacy en Hugo naar deze fatale plaats waren gelokt. 'Er klopt iets niet met dat ongeluk,' zei hij. 'Ze zijn naar een afgelegen plek gelokt door een potentiële informant. We weten niet of ze hem echt hebben gesproken, en dat zullen we ook niet weten zolang Lacy nog niet kan praten. Op een recht stuk van de weg, met helder weer en zonder ander verkeer, zijn ze frontaal op een gestolen pick-up gereden waarvan de chauffeur waarschijnlijk nooit zal worden gevonden. Er is kennelijk geknoeid met de airbag aan de passagierskant en met de passagiersgordel, die het dus niet deden. En hun BJC-mobieltjes zijn verdwenen, waarschijnlijk gestolen. We zullen aandringen op een onderzoek, maar we hebben te maken met de Tappacola-politie, dus niet met een gewoon politiekorps.'

'Zeg je nu dat Hugo is vermoord?' vroeg Maddy.

‘Nog niet, ik zeg alleen dat de omstandigheden rondom zijn dood uiterst verdacht zijn.’

‘En de FBI? Hebben zij daar geen jurisdictie?’

‘Wel dus, en misschien vragen we hun op een bepaald moment ook wel om hulp, maar nu nog niet.’

Maddy schraapte haar keel en vroeg: ‘En wat gebeurt er ondertussen met die zaak?’

‘Die ligt op mijn bureau,’ zei Michael. ‘Ik weet nog niet wat ik ermee ga doen, maar voorlopig is het mijn zaak.’

‘Ik hoop dat je het niet erg vindt dat ik dit zeg,’ zei Justin, ‘maar volgens mij zijn wij hier niet echt geschikt voor. Als deze criminele activiteit echt plaatsvindt, waarom doen wij daar dan onderzoek naar? Dit is een zaak voor mannen met een pistool en een badge en dat soort dingen.’

‘Mee eens. En ik vrees dat ik jouw vraag zal meenemen in mijn graf. We wisten dat het gevaarlijk kon zijn en wilden alleen een beetje aan de buitenkant rondsnuffelen om te zien wat we konden ontdekken. Vergeet niet dat er een formele aangifte is ingediend, en zodra die op ons bureau lag moesten we die wel onderzoeken. Ik denk dat we voorzichtiger hadden moeten zijn. Ik had hun moeten verbieden om die maandagavond naar het reservaat te gaan.’

‘Klopt, maar die twee laten zich niet snel bang maken,’ zei Maddy.

Er ontstond een lange, geladen stilte terwijl alle aanwezigen aan hun collega’s dachten. Ten slotte vroeg Maddy: ‘Wanneer kunnen we bij Lacy op bezoek?’

‘Ze zijn van plan haar binnenkort uit haar coma te halen. Ik ga er morgenochtend naartoe. Als alles goed gaat, kan ik met haar praten. Iemand moet haar het nieuws over Hugo vertellen. Misschien kunnen jullie haar over een paar dagen opzoeken. Vergeet niet dat de begrafenis zaterdag al is; we gaan er allemaal naartoe.’

‘Ik kan niet wachten,’ zei Justin.

De politie in Foley, Alabama, kreeg te horen dat de gestolen Dodge Ram-pick-up waarnaar ze op zoek waren op indiaans grondgebied in Florida in een depot stond. Ze informeerden de eigenaar, die zijn verzekeringsmaatschappij op de hoogte bracht. Op woensdagmiddag stapte een man het politiebureau binnen en zei dat hij iets over de diefstal wist. Hij was een privédetective, bekend bij een paar agenten, die nu werd betaald om een jonge huisvrouw te schaduwen, omdat haar man vermoedde dat ze iets had met een andere man. De detective had in zijn auto op de parkeerplaats van een winkelcentrum gezeten toen hij zag dat een Honda-pick-up met Florida-kentekenplaten vlak bij de Dodge Ram stopte. Er zaten twee mannen in de Honda, maar ze stapten niet uit. Ze zaten ongeveer een kwartier naar passerende auto's en voetgangers te kijken, en hadden daar zo te zien niets te zoeken. De passagier stapte uit en liep naar de Dodge. Op dat moment pakte de detective, omdat hij zich verveelde en niets anders te doen had, zijn mobiele telefoon en maakte een video.

De dief opende heel handig het chauffeursportier met een plat stuk metaal – hij had hier duidelijk ervaring mee – en had de motor binnen een paar seconden gestart en reed weg, gevolgd door zijn vriend in de Honda. Op de video waren duidelijk de Florida-kentekenplaten van de Honda te zien. Weinig autodiefstallen werden zo gemakkelijk opgelost en de politie van Foley behield de video en bedankte de betrokken burger. Ze ontdekten dat het kenteken op naam stond van een man in De Funiak Springs, Florida, in Walton County, zo'n vijfentwintig kilometer van het casino. De man, Berl Munger, had een lang en kleurrijk strafblad als kleine crimineel en was op dit moment op borgtocht vrij. Omdat het slechts ging om de diefstal van een pick-up, geen ernstige misdaad dus, en omdat ze hiervoor contact moest opnemen met de politie van een andere staat, legde de politie van Foley het dossier in het mandje met zaken die binnenkort maar niet per se morgen moesten worden afgehandeld.

Greg Myers en zijn geliefde boot lagen in de haven van Naples, Florida. Het was laat in de middag, hij zat iets te drinken op de Conspirator en scande zoals elke dag de kranten uit Pensacola, Tallahassee en Jacksonville. Doordat hij op een boot woonde, voelde hij zich ontheemd en had hij het gevoel dat hij nooit wist waar hij de volgende dag zou zijn. Door het nieuws uit zijn oude woonplaatsen bij te houden, hield hij een band met zijn verleden, in elk geval met de positieve dingen uit die tijd. En dat was belangrijk voor hem geworden. Bovendien had hij daar heel veel vijanden en een enkele keer stond hun naam in de krant.

Hij schrok toen hij het nieuws over Hugo las, overleden bij een auto-ongeluk laat op de avond in het Tappacola-reservaat. En over zijn partner, Lacy Stoltz, die zwaargewond was geraakt. Afschuwelijk nieuws en om meer dan één reden: er zou een onderzoek volgen, er zouden aanwijzingen worden nagetrokken en uiteindelijk zouden er verdachten zijn. Zoals altijd vreesde hij het ergste: dat Dubose achter dit ongeluk zat, dat dit ongeluk niet was wat het leek.

Hoe meer hij las, hoe ellendiger hij zich voelde. Hoewel hij Lacy en Hugo slechts drie keer had ontmoet, vond hij hen aardig en voelde hij bewondering voor hen. Ze waren slim en bescheiden, verdienden niet veel geld, maar waren toegewijd aan hun werk. Door hem zaten ze op het spoor van een corrupte rechter en haar bondgenoten. Door hem was Hugo nu dood.

Greg verliet de boot en liep over de steiger. Hij zag een bankje met uitzicht op de baai en bleef daar een hele tijd zitten, zichzelf vervloekend om wat er was gebeurd. Opeens was een geheimzinnige samenzwering veel gevaarlijker geworden.

15

Donderdagochtend om acht uur was Michael Geismar in het ziekenhuis. Hij liep naar Ann Stoltz, die in haar eentje in de wachtkamer zat. Lacy's vitale functies bleven goed, de artsen waren de vorige avond gestopt met het toedienen van slaapmiddelen, en ze werd langzaam wakker.

Een halfuur later kwam een verpleegkundige Ann vertellen dat haar dochter wakker was.

'Ik vertel het haar wel van Hugo,' zei Michael. 'Ga jij eerst maar, dan kom ik een paar minuten later.'

Omdat Lacy nog steeds op de intensive care lag, had Michael niet gevraagd of hij haar mocht bezoeken. Toen hij de kamer binnenkwam, schrok hij van haar gezicht: het was gekneusd, rood en paars, met zwellingen en sneetjes, en zo opgezwollen dat ze bijna onherkenbaar was. Door de smalle, opgezette spleetjes kon hij haar pupillen bijna niet zien. Een beademingsbuis zat in haar mondhoek en was met tape vastgeplakt. Zacht raakte hij haar hand aan en zei hallo.

Ze knikte en wilde iets mompelen, maar de beademingsbuis zat in de weg.

Ann Stoltz zat in een stoel en depte haar ogen.

'Hoe gaat-ie, Lacy?' vroeg Michael, hevig geëmotioneerd. Zo'n knap gezicht, nu zo'n puinhoop.

Ze knikte licht.

Ann fluisterde: 'Ik heb haar niets verteld.'

Een verpleegkundige kwam geluidloos binnen en bleef naast Ann staan.

Michael boog zich naar Lacy toe en zei: 'Jullie zijn frontaal geraakt. Een afschuwelijke botsing, Lacy.' Hij slikte moeizaam, keek naar Ann en zei: 'Lacy, Hugo heeft het niet overleefd, oké? Hugo is dood.'

Ze kreunde jammerlijk en sloot de smalle spleetjes. Ze kneep in zijn hand.

De tranen sprongen Michael in de ogen en hij ploeterde verder. 'Het was jouw schuld niet, Lacy, dat moet je begrijpen. Het was jouw schuld niet.'

Ze kreunde weer en schudde heel licht met haar hoofd.

Een arts kwam naast het bed staan, tegenover Michael, en keek naar de patiënt. Hij zei: 'Lacy, ik ben dokter Hunt. Je bent ruim achtenveertig uur bewusteloos geweest. Begrijp je me?'

Ze knikte weer en haalde diep adem. Een kleine traan ontsnapte aan haar gezwollen oogleden en druppelde op haar linkerwang.

De arts controleerde haar toestand door een paar korte vragen te stellen, haar vingers op te laten steken en haar naar objecten aan de andere kant van de kamer te laten kijken. Ze reageerde goed, hoewel soms met enige aarzeling. 'Doet je hoofd pijn?' vroeg hij.

Ze knikte.

Dokter Hunt keek de verpleegkundige aan en gaf opdracht Lacy een pijnstiller te geven. Daarna keek hij naar Michael en zei: 'U mag nog een paar minuten met haar praten, maar niet over het ongeluk. Ik heb begrepen dat de politie met haar wil praten, maar dat gaat op de korte termijn dus niet gebeuren. We wachten eerst maar eens af hoe ze er over een paar dagen aan toe is.' Hij liep weg van het bed en verliet de kamer zonder verder nog iets te zeggen.

Michael keek Ann aan en zei: 'We moeten iets vertrouwelijks bespreken, oké? Heel even maar.'

Ann knikte en verliet de kamer.

Michael zei: 'Lacy, had je maandagavond je BJC-telefoon bij je?'

Ze knikte.

'Hij is weg, die van Hugo ook. De politie heeft je auto en de plaats van het ongeluk onderzocht, ze heeft overal gekeken, maar geen mobieltjes gevonden. Vraag me niet hoe dat mogelijk is, want dat weet ik niet. Maar als de verkeerde mensen je telefoon hebben gehackt, moeten we ervan uitgaan dat ze Myers kunnen vinden.'

Haar gezwollen ogen gingen iets open en ze bleef knikken.

Hij zei: 'Onze technische man zegt dat het vrijwel onmogelijk is om de telefoons te hacken, maar het kan wel. Heb jij Myers' telefoonnummer?'

Ze knikte.

'In het dossier?'

Ze knikte.

'Geweldig. Dan ga ik ermee aan de slag.'

Een andere arts kwam binnen en wilde haar onderzoeken.

Michael had genoeg gehad voor één bezoek, zijn gehate missie was voltooid, en hij kon haar kennelijk toch niet vragen wat er die maandagavond was gebeurd. Hij boog zich naar haar toe en zei: 'Lacy, ik moet ervandoor. Ik zal Verna zeggen dat je oké bent en aan hen denkt.'

Ze begon weer te huilen.

Een uur later haalden de verpleegkundigen haar van de beademing en verwijderden een paar slangetjes; haar vitale functies waren normaal. Die donderdagochtend viel ze af en toe in slaap, maar tegen twaalf uur had ze er genoeg van om zoveel te slapen. Haar stem was schor en zwak, maar ze werd met het uur sterker. Ze praatte met Ann, tante Trudy en oom Ronald, een man die ze nooit had gemogen, maar die ze nu dankbaar was.

De intensive care had een beperkte capaciteit en nu Lacy stabiel was en niet langer in levensgevaar verkeerde, besloten de artsen dat ze naar een privékamer mocht worden verplaatst. Die verhuizing viel samen met de komst van Gunther, Lacy's oudere en enige broer; ze had geen zussen. Zoals gebruikelijk was Gunther al te horen voordat ze hem zagen. Hij stond in de gang te discussiëren met een verpleegkundige over het aantal bezoekers dat tegelijkertijd was toegestaan. Het maximum was drie en Gunther vond dat belachelijk en bovendien kwam hij net uit Atlanta, had hij drie uur gereden zonder te pauzeren om zijn zusje te zien en als het haar niet beviel dan moest ze de beveiliging maar bellen. En als ze de beveiliging belde, belde Gunther zijn advocaten misschien wel.

Zijn stemgeluid was meestal het signaal dat er problemen op komst waren, maar op dat moment vond Lacy het een heerlijk geluid. Ze grinnikte zelfs, maar daardoor trok er een pijnscheut door haar heen, van haar hoofd tot aan haar knieën.

Ann Stoltz zei: 'Volgens mij is hij er.'

Trudy en Ronald gingen rechtop zitten alsof ze zich schrap zetten voor iets onaangenaams.

De deur zwaaide open zonder dat er was geklopt en Gunther beende naar binnen, met een verpleegkundige achter zich aan. Hij tikte zijn moeder op het voorhoofd, negeerde zijn oom en tante, en stormde bijna op Lacy af. 'O mijn god, meid, wat hebben ze met je gedaan?' vroeg hij en hij drukte een kus op haar voorhoofd.

Ze probeerde te glimlachen.

Hij keek op en zei: 'Hallo, Trudy. Hallo, Ronald. Zeg maar dag, Ronald, want jij moet op de gang wachten. Zuster Ratched hier dreigt de beveiliging te bellen vanwege de een of andere arbitraire en onredelijke regel die ze hier in deze tent hebben.'

Trudy wilde haar tas pakken, toen Ronald zei: 'We gaan, we zijn over een paar uur terug.' Ze verlieten de kamer, zichtbaar blij dat ze niet met Gunther in één ruimte hoefden te zijn.

Gunther keek naar zuster Ratched, stak twee vingers op en zei: 'Eén bezoeker, twee bezoekers: ik en mijn moeder. Kun je niet tellen? Wil je ons, nu we onder het maximum zitten, alsjeblieft alleen laten zodat ik onder vier ogen met mijn zus kan praten?'

Zuster Ratched was ook blij dat ze kon vertrekken. Ann schudde haar hoofd en Lacy wilde lachen, maar wist dat dit te veel pijn zou doen.

Afhankelijk van het jaar, of zelfs van de maand, was Gunther Stoltz een van de tien beste projectontwikkelaars in Atlanta of een van de vijf vastgoedhandelaren die de grootste kans hadden failliet te gaan. Hij was eenenveertig, had al twee keer een faillissement aangevraagd en leek voorbestemd om eeuwig op het scherpst van de snede te functioneren zoals wel meer projectontwikkelaars graag leken te doen. In goede tijden en als de rente laag was, leende hij heel veel geld, bouwde als een gek en joeg er geld doorheen alsof het niet op kon. Wanneer de markt zich tegen hem keerde, hield hij zich schuil voor de banken en dumpte hij zijn bezittingen tegen afbraakprijzen. Er was geen middenweg, hij was niet van plan om goed te plannen of – dat was wel het laatste! – wat geld te sparen. Als het slecht met hem ging bleef hij hopen op een betere toekomst, en als het goed met hem ging vergat hij de slechte tijden. Atlanta zou nooit ophouden met groeien en het was zijn taak om het vol te stouwen met zelfs nog meer winkelcentra, appartementen en kantoorgebouwen.

Tijdens zijn kortstondige invasie had Lacy al een belangrijke aanwijzing gekregen: het feit dat hij met de auto vanuit Atlanta was gekomen, en niet met een privévliegtuig, was een duidelijk teken dat het niet goed ging met zijn nieuwbouwprojecten.

Met zijn neus bijna tegen de hare gedrukt zei hij: 'Ik vind het zo erg, Lacy, dat ik niet eerder ben gekomen. Ik was met Melanie in Rome en ben zo snel mogelijk teruggekomen. Hoe voel je je, lieverd?'

'Ik heb me weleens beter gevoeld,' zei ze schor. De kans was groot dat hij al jaren niet in Rome was geweest; het was echt iets voor hem om de namen van fraaie plaatsen te noemen. Melanie was echtgenote nummer twee, een vrouw die Lacy niet kon uitstaan en gelukkig slechts zelden zag.

'Ze is net vanochtend bij bewustzijn gekomen,' zei Ann. 'Het zou zonde zijn geweest als je eerder was gekomen.'

'Hoe gaat het met jou, moeder?' vroeg hij, zonder Ann aan te kijken.

'Uitstekend, dank je wel. Was het nu echt nodig om zo grof te zijn tegen Trudy en Ronald?'

En van het ene op het andere moment stonden de familieverhoudingen op scherp. Helemaal tegen zijn gewoonte in haalde Gunther diep adem en ging er niet op in. Nog steeds met zijn blik op zijn zus gericht, zei hij: 'Ik heb de verhalen in de kranten gelezen. Afschuwelijk, zeg! En je vriend is dus overleden, Lacy? Ik kan het gewoon niet geloven. Wat is er gebeurd?'

Ann mengde zich in het gesprek: 'De dokter zei dat ze niet over het ongeluk mag praten.'

Gunther keek zijn moeder aan en zei: 'Nou, het kan me niets schelen wat de dokter zei. Ik ben hier en ik wil met mijn zus kunnen praten zonder dat iemand me vertelt waar we over kunnen of mogen praten.' Hij keek Lacy weer aan en vroeg: 'Wat is er gebeurd, Lacy? Wie bestuurde dat andere voertuig?'

Ann zei: 'Ze krijgt niet alles mee, Gunther. Ze heeft sinds maandagavond in coma gelegen. Rustig aan, oké?'

Maar rustig aan doen was niets voor Gunther. Hij zei: 'Ik ken een geweldige advocaat, we slepen die klootzak voor de rechter en plukken hem helemaal kaal. Het was toch zeker allemaal zijn schuld, hè Lacy?'

Ann ademde zo luid mogelijk uit, stond op en verliet de kamer.

Lacy schudde licht met haar hoofd en zei: 'Dat kan ik me niet herinneren.' Toen sloot ze haar ogen en viel in slaap.

Halverwege de middag had Gunther minstens de helft van Lacy's privékamer in beslag genomen. Hij had twee stoelen geregeld, een verrijdbaar karretje, een nachtkastje met een lamp erop en een kleine slaapbank waardoor hij ruimte had voor zijn laptop, iPad, niet één maar twee mobiele telefoons en een stapel paperassen. Zuster Ratched had ertegen geprotesteerd, maar ze had al snel ontdekt dat elke opmerking van haar werd beantwoord met een vernietigend en dreigend antwoord. Trudy en Ronald kwamen een paar keer binnen om te kijken hoe het met Lacy ging, maar kregen het gevoel dat ze zich op verboden terrein begaven. Uiteindelijk gooide Ann de handdoek in de ring en vertelde haar beide kinderen aan het einde van de dag dat ze een paar dagen terugging naar Clearwater, zo snel mogelijk terugkwam en dat Lacy maar moest bellen als ze iets nodig had.

Als Lacy sliep, maakte Gunther geen gebruik van de telefoon of hij liep ermee de gang op, en werkte hij koortsachtig, maar geluidloos, op zijn laptop. Als ze wakker was, zat hij vlak bij haar of bromde hij in zijn telefoon als alweer een deal dreigde te mislukken. Herhaaldelijk eiste hij dat de verpleegkundigen of hulpen hem meer koffie brachten en als de koffie niet kwam, beende hij naar het restaurant beneden, waar het eten er 'vreselijk' uitzag. De artsen kwamen langs op hun ronde en keken allemaal naar hem alsof hij op het punt stond een confrontatie aan te gaan, en vermeden het hem uit te dagen.

Maar voor Lacy werkte zijn energie aanstekelijk, stimulerend. Ze vond hem grappig, ook al durfde ze nog steeds niet te lachen. Toen ze een keer wakker werd, stond hij naast haar bed en veegde hij tranen van zijn wangen.

Om zes uur kwam zuster Ratched vertellen dat haar dienst afgelopen was en ze vroeg Gunther wat hij van plan was. Hij antwoordde op ernstige toon: 'Ik ga niet weg. Deze bank staat hier met een doel, en voor het bedrag dat jullie in rekening brengen hadden jullie echt wel iets kunnen brengen wat comfortabeler is dan deze gammele slaapbank. Ik bedoel, verdomme, een legerbed zou zelfs nog comfortabeler zijn.'

'Ik zal het doorgeven,' zei ze. 'Tot morgen, Lacy.'

'Wat een trut,' mompelde Gunther, net zo luid dat ze het kon horen toen ze de deur sloot.

Voor het avondeten voerde Gunther haar ijs en gelatinepudding, maar hij at zelf niets. Ze keken naar herhalingen van *Friends* tot ze uitgeput was. Toen zij in slaap viel, zat hij weer in zijn nestje e-mails te typen zonder ook maar de indruk te wekken dat hij het rustiger aan zou doen.

Die nacht liepen de verpleegkundigen in en uit. Eerst maakte Gunther vervelende opmerkingen over het lawaai dat ze maakten, maar hij werd al snel rustig toen een knappe vrouw die hij leuk vond hem een Xanax gaf. Tegen middernacht lag hij te snurken, ondanks de gammele slaapbank.

Vrijdagochtend om een uur of vijf begon Lacy te woelen en te kreunen. Ze sliep en ze droomde, maar het was geen aangename droom. Gunther tikte op haar arm en fluisterde dat alles goed zou komen en ze heel snel thuis zou zijn. Ze schrok wakker, hijgend.

'Wat is er?' vroeg hij.

'Wat water,' zei ze, waarop hij een rietje in haar mond stak. Ze nam een grote slok en hij veegde haar mond af. 'Ik zag hem, Gunther, ik zag de pick-up vlak voordat we op elkaar botsten. Hugo gilde en ik keek voor me en zag felle koplampen op ons afkomen. Toen werd alles zwart.'

'Rustig maar, meisje. Herinner je je een geluid? Van de botsing, of de explosie van de airbag in je gezicht?'

'Misschien, dat weet ik niet zeker.'

'Heb je die andere chauffeur gezien?'

'Nee, alleen de koplampen, heel fel. Het gebeurde allemaal zo snel, Gunther. Ik had helemaal geen tijd om te reageren.'

'Natuurlijk niet. Het was jouw schuld ook niet. Die pick-up reed over de middenstreep.'

'Dat was zo, ja, inderdaad.' Ze sloot haar ogen weer en het duurde een paar seconden voordat hij merkte dat ze huilde.

'Het is oké, zus. Het is oké.'

'Hugo is niet echt dood, toch Gunther?'

'Jawel Lacy. Dat moet je accepteren en geloven, en je moet niet steeds weer vragen of het echt zo is. Hugo is dood.'

Ze huilde, maar hij kon haar niet helpen. Hij had medelijden met haar toen ze rilde en worstelde en treurde om haar vriend, maar gelukkig viel ze uiteindelijk weer in slaap.

16

Na de intocht vroeg in de ochtend van artsen, verpleegkundigen en hulpen werd het wat rustiger en kon Gunther zijn aandacht weer aan zijn deals wijden. Met Lacy ging het elk uur beter: haar gezicht was minder gezwollen, maar de kneuzingen kregen allerlei blauwtinten. Rond negen uur kwam Michael Geismar op bezoek en hij schrok van het uitgebreide provisorische kantoor in Lacy's kamer. Ze was wakker en dronk met een rietje lauwe koffie.

Gunther, ongeschoren, op sokken en het achterpand van zijn overhemd tot in zijn knieholten, stelde zichzelf voor als haar broer en voelde meteen een diep wantrouwen tegenover deze vent in zijn donkere pak. Lacy zei: 'Rustig maar, dit is mijn baas,' waarop Gunther inbond. Hij en Michael gaven elkaar over het bed heen aarzelend een hand en toen was alles oké.

Michael vroeg: 'Kun je praten, denk je?'

'Vast wel,' zei ze.

'Lyman Gritt, de politiechef van het reservaat, wil bij je langskomen om een paar vragen te stellen. Ik denk dat het goed is als wij alles even voorbespreken.'

'Oké.'

Michael keek naar Gunther, die niet van plan leek de kamer te verlaten. Michael zei tegen hem: 'Dit is zeer vertrouwelijk. Het heeft te maken met een van onze onderzoeken.'

Zonder ook maar even te aarzelen, zei Gunther: 'Ik ga nergens heen. Zij is mijn zus en ze heeft mijn advies nodig. Ik moet alles weten en ik kan heel goed een geheim bewaren. Toch, Lacy?'

Lacy had geen keus en moest wel zeggen: 'Hij kan blijven.'

Michael was niet in de stemming voor een discussie en bovendien zag hij aan Gunthers blik dat hij een kort lontje had. *Vooruit dan maar.* Michael zei: 'Geen bericht van Myers. Ik heb de drie nummers in je dossier een paar keer gebeld, maar niemand nam op. Volgens mij heeft hij geen voicemail.'

'Ik denk niet dat ze hem kunnen vinden, Michael.'

'Wie is Myers?' vroeg Gunther.

'Dat vertel ik je nog wel,' zei Lacy.

'Of niet,' zei Michael. 'Oké, over maandagavond. Wat kun je me vertellen over jullie afspraak met die informant?'

Lacy sloot haar ogen en haalde diep adem; ze vertrok haar gezicht. Langzaam zei ze: 'Niet veel, Michael, niet veel. We gingen naar het casino. We wachtten op de parkeerplaats. Toen reden we over een donkere weg en stopten bij een klein gebouw.' Daarna bleef ze heel lang stil en leek te slapen.

Michael vroeg: 'Hebben jullie de informant gesproken?'

Ze schudde haar hoofd. 'Geen idee, Michael. Ik kan het me niet herinneren.'

'Heeft Hugo met zijn mobiele telefoon met hem gepraat?'

'Volgens mij wel. Ja, dat moet wel. Die man zei waar we naartoe moesten om hem te ontmoeten. Ja, dat herinner ik me wel.'

'En de botsing? Weet je wat er daarvoor gebeurde? Dat andere voertuig?'

Weer sloot ze haar ogen, alsof haar geheugen in het donker beter functioneerde.

Nadat het even stil was geweest, zei Gunther: 'Vanochtend vroeg had ze een nachtmerrie. Ze werd wakker en zei dat ze koplampen zag, dat ze zich herinnerde dat Hugo gilde en dat de pick-up voor hen verscheen voordat ze zelfs maar kon reageren. Ze wist nog dat het een pick-up was. De botsing herinnert ze zich niet, of het geluid of iets anders. Niets over hun redding, de ambulance, de rit naar het ziekenhuis, de Spoedeisende Hulp. Niets.'

Een van Gunthers mobieltjes waarvan hij het geluid had uitgezet begon te trillen. Het telefoontje was zo dringend dat het ding over de ingepikte tafel in zijn deel van de kamer probeerde te dansen. Hij keek ernaar en verzette zich tegen de verleiding, zoals een alcoholist in een ontwenningskliniek naar een koud biertje kijkt. Hij nam niet op.

Michael knikte naar de deur, waarna de beide mannen naar de gang liepen. Hij vroeg: 'Heb je al met haar artsen gepraat?'

‘Niet echt. Volgens mij mogen ze me niet.’

Wat een verrassing! ‘Nou, mij hebben ze verteld dat haar herinneringen langzaam terug zullen komen. Daar kunnen we haar het best mee helpen door haar hersens te stimuleren, vooral door te praten. Zorg ervoor dat ze praat, maak haar aan het lachen, dwing haar om te luisteren, regel dat ze zo snel mogelijk een paar tijdschriften krijgt en zorg ervoor dat ze die gaat lezen. Ze is gek op oude films, dus ga daar samen met haar naar kijken. Minder slaap en meer geluid, dat heeft ze nodig.’

Gunther luisterde aandachtig, blij dat hij wat kon doen. ‘Begrepen.’

‘Laten we met haar artsen praten en proberen die politiechef zo lang mogelijk bij haar uit de buurt te houden. Hij wil weten wat zij en Hugo op zijn land deden en eerlijk gezegd willen we niet dat hij dat weet. Dat is strikt vertrouwelijk.’

‘Dat snap ik, Michael, maar ik wil alles weten over deze puinhoop. Alles. Vertel me wat je tot nu toe te weten bent gekomen. Dit zaakje stinkt.’

‘Snap ik. Trek je schoenen aan, dan halen we een kop koffie.’

Vrijdag na de lunch, terwijl Gunther met zijn telefoon door de gang liep en wanhopig de ene na de andere deal probeerde te redden die dreigde te mislukken, typte Lacy een mailtje.

Lieve Verna, dit is Lacy, op de iPad van mijn broer. Ik lig nog steeds in het ziekenhuis en ben eindelijk sterk en helder genoeg om je een berichtje te sturen. Ik weet niet hoe ik moet beginnen of wat ik moet zeggen. Ik kan nog altijd niet geloven dat dit is gebeurd. Het is zo onwerkelijk allemaal. Als ik mijn ogen dichtdoe, zeg ik tegen mezelf dat ik hier niet ben, dat Hugo oké is, dat alles in orde is als ik wakker word. Maar dan word ik wakker en besef dat deze ramp echt is, dat hij dood is, dat jij en de kinderen een onbeschrijfelijk verlies hebben geleden. Het spijt me zo, niet alleen jullie verlies, maar ook mijn rol daarin. Ik herinner me niet wat er is gebeurd, behalve dat ik reed en Hugo naast me zat. Dat is nu niet meer belangrijk, maar ik zal dit nooit vergeten. Ik wilde dat ik nu bij je kon zijn, en jou en de kinderen een knuffel kon geven. Ik houd van jullie allemaal en kan niet wachten tot ik jullie zie. Ik vind het zo erg dat ik de begrafenisdienst morgen moet missen. Ik begin al te huilen als ik daar alleen al aan denk. Ik huil heel veel, maar lang niet zoveel als jij. Ik vind het verschrikkelijk voor jou en de kinderen, Verna. Ik denk aan je en bid voor jullie. Liefs, Lacy

Vierentwintig uur later was haar mailtje nog niet beantwoord.

De begrafenisdienst voor Hugo Hatch begon zaterdagmiddag om twee uur en vond plaats in een moderne kerk in een buitenwijk met bijna tweeduizend zitplaatsen. Hugo en Verna waren jaren geleden lid geworden van de Gateway Tabernacle en waren semiactieve leden. De kerkgemeente bestond vrijwel alleen uit zwarten, en ook veel familieleden en de meeste vrienden waren aanwezig. Toen het bijna twee uur was, zette iedereen zich met een somber gezicht schrap voor de golf van emoties die over hen heen zou spoelen. Er waren een paar lege stoelen, maar niet veel.

Eerst was er een slideshow op een enorm scherm boven de preekstoel. Terwijl er sombere muziek uit de luidsprekers klonk, werd de ene na de andere foto van Hugo vertoond, stuk voor stuk pijnlijke herinneringen aan het feit dat hij inderdaad veel te vroeg was gestorven. Schattige kleine Hugo als peuter, Hugo met uit elkaar staande tanden op de basisschool, Hugo op allerlei footballfoto's, Hugo op zijn trouwdag, Hugo spelend met zijn kinderen. Er waren tientallen foto's die heel veel tranen teweegbrachten, en tijdens de dienst zou er heel veel van alles zijn. Eindelijk, na een confronterend halfuur, verdween het scherm en kwam het podium vol te staan met honderd zangers in prachtige, donkerrode koormantels. Hun miniconcert was een mix van rustige, trieste klaagzangen en woeste, stampende oude gospelsongs die door de hele gemeente werden meegezongen.

Er waren maar weinig blanken. Michael en zijn vrouw zaten op de voorste rij op het lange balkon. Toen hij om zich heen keek, zag hij nog meer collega's van de BJC. Het viel hem op dat de meeste blanken op het balkon zaten, alsof ze een beetje afstand wilden bewaren tot de chaos beneden. Michael, een kind van de jaren zestig en opgegroeid met Jim Crow, vond het ironisch dat de zwarten op de beste stoelen zaten terwijl de blanken naar het balkon waren verbannen.

Na de warming-up van een uur nam de dominee het woord en

praatte een kwartier, zijn openingswoord. Hij was een uitstekende en ervaren prater met een krachtige bariton, hij troostte de familie en vrienden, en maakte de gemeente nog harder aan het huilen. De eerste grafrede was van Hugo's oudere broer; hij vertelde grappige verhalen over hun jeugd, maar stortte halverwege in. De tweede was van zijn footballcoach van de middelbare school, een stoere, lompe blanke man die amper drie zinnen had gesproken voordat hij een brok in de keel kreeg en als een klein kind begon te huilen. De derde was van een teamgenoot van Florida State. De vierde van een hoogleraar van zijn rechtenfaculteit. Daarna gaf een sopraan een schitterende vertolking van 'How Great Thou Art' en toen ze klaar was, huilde iedereen, zij ook.

Verna, midden op de voorste rij, slaagde er op de een of andere manier in zich te beheersen. Ze was omringd door familieleden; haar twee oudste kinderen zaten naast haar. Een tante paste op Pippin en de peuter. Zelfs toen de anderen jammerden en instortten, staarde Verna alleen maar naar de kist die drie meter verderop stond en depte zwijgend haar ogen droog.

Op advies van een bevriende arts, en absoluut niet volgens de traditie, had ze besloten de kist te sluiten. Een grote, fraaie foto van haar man stond ernaast op een standaard.

Terwijl de dienst zich voortsleepte, keek Michael op zijn horloge. Hij was een gelovige presbyteriaan en in zijn kerk duurde een kerkdienst hoogstens twintig minuten en tijdens een bruiloft dertig, en als een begrafenisdienst langer duurde dan drie kwartier kreeg iemand de wind van voren.

Maar in de Gateway Tabernacle lette niemand op de tijd. Dit was het laatste afscheid van Hugo Hatch en het zou een glorieus afscheid worden. De vijfde grafrede werd verzorgd door een neef die in de gevangenis had gezeten voor drugs, nu clean was en een baan had, dankzij Hugo.

Het was allemaal heel ontroerend, maar na twee uur wilde Michael echt weg. Hij was wel blij dat hij heel comfortabel in een zachte stoel zat en niet achter de preekstoel moest staan. De familie Hatch had hem in eerste instantie gevraagd of hij tijdens de dienst een paar woorden wilde zeggen, maar Verna trok dat 'aanbod' algauw in. Michael was zich ervan bewust dat ze boos op hem was. Hugo's dood, al dan niet opzettelijk veroorzaakt, had misschien voorkomen kunnen worden als zijn baas hem niet op zo'n gevaarlijke missie had gestuurd. Hugo's oudere broer had twee keer gebeld met vragen over de rit naar het reservaat zo laat op de avond. Nu de familie over de eerste schrik heen was, begon ze vragen te stellen. Michael verwachtte problemen.

De zesde en laatste grafrede was van Roderick, het oudste kind van Hugo en Verna. Hij had een drie pagina's lang eerbetoon aan zijn vader geschreven, dat werd voorgelezen door de dominee. Zelfs Michael Geismar, een koele presbyteriaan, werd nu door emoties overmand.

De dominee rondde de dienst af met een lange zegening, en terwijl het koor neuriede en op de maat heen en weer wiegde, rolden de baardragers Hugo over het middenpad. Verna liep er vlak achter, met een kind aan elke hand, haar kaken vastbesloten op elkaar geklemd, haar wangen nat van de tranen. Ze werd gevolgd door een grote groep familieleden, van wie vrijwel niemand probeerde zich in te houden.

De rouwenden verlieten de kerk en verzamelden zich op de parkeerplaats. De meesten zouden een halfuur later weer bij elkaar komen op de begraafplaats voor een nieuwe dienst die te lang zou duren en te emotioneel zou worden. Niemand had een kwaad woord gezegd over degene die verantwoordelijk was voor Hugo's dood, maar niemand wist natuurlijk wie dat was. 'De dronken bestuurder van een gestolen pick-up die na het ongeluk was weggelopen' was de geaccepteerde versie, dus nu de dominee en de andere sprekers niemand de schuld konden geven, hielden ze zich op de vlakte.

Toen ze Hugo's kist in zijn graf lieten zakken, vermoedden alleen Michael en een paar anderen dat zijn dood geen ongeluk was geweest. Niet ver daarvandaan, op een lichte helling aan de rand van de begraafplaats, zaten twee mannen in een auto en ze keken door een verrekijker naar de mensen.

17

Zaterdagmiddag tegen twaalf uur hadden de verpleegkundigen en de artsen een perfect plan verzonnen om van Gunther af te komen. Het was briljant: als ze zijn zus gewoon overplaatsten, had hij geen enkele reden meer om te blijven. Die vrijdag had Lacy een arts gevraagd wanneer hij dacht dat ze stabiel genoeg was voor de terugreis naar Tallahassee. Daar waren meer dan genoeg ziekenhuizen, en omdat ze nu gewoon moest herstellen en niet geopereerd hoefde te worden, waarom kon ze dan niet terug naar haar eigen woonplaats? Niet lang na dat gesprek beende een verpleegkundige met veel kabaal Lacy's kamer binnen, zodat ze niet alleen de patiënt maar ook haar broer wakker maakte, en daarna liep de situatie snel uit de hand. Gunther eiste op hoge toon dat de verpleegkundigen en zaalhulpen hun privacy respecteerden en 'gewoon menselijk fatsoen' in acht namen, door niet op elk uur van de dag zomaar binnen te stormen. Een tweede verpleegkundige schoot de eerste te hulp, met als enige resultaat nog meer gescheld. Daarna werd het plan beraamd om Gunther het ziekenhuis uit te krijgen.

Ongeveer op het moment dat Hugo werd begraven, verliet Lacy het ziekenhuis in Panama City in een ambulance voor de twee uur durende rit naar Tallahassee. Gunther vertrok ook, maar pas na een scheldkanonnade tegen het personeel. Hij reed achter zijn zus aan in zijn pikzwarte lease-Mercedes S600, waarvoor hij vier jaar lang elke maand 3.100 dollar moest ophoesten. Kennelijk hadden de ziekenhuismedewerkers in Panama City hun collega's in Tallahassee al gewaarschuwd, want toen Lacy's brancard naar de lift werd gereden om haar naar een privékamer op de derde verdieping te brengen, liepen er twee enorme bewakers mee die Gunther dreigend aankeken, die dreigend terugkeek.

'Gedraag je!' siste Lacy tegen haar broer.

Haar nieuwe kamer was groter dan de vorige, en Gunther verplaatste de meubels zo dat er een prettige werkruimte ontstond. Nadat de artsen en verpleegkundigen zich hadden gemeld, keek Gunther zijn zus aan en zei: 'We gaan een stukje lopen. Ik zie nu al dat deze artsen veel beter zijn dan de vorige, en zij zeggen dat het belangrijk is om in beweging te blijven. Straks krijg je nog doorligwonden. Er is niets mis met je benen, kom dus maar mee.'

Behoedzaam hielp hij haar uit bed, deed een paar goedkope katoenen ziekenhuisslippers aan haar voeten en zei: 'Hou mijn elleboog maar vast.' Langzaam liepen ze de kamer uit en kwamen in een brede gang. Hij knikte naar een groot raam achterin en zei: 'Daar lopen we helemaal naartoe en dan weer terug. Oké?'

'Oké, maar ik ben volledig beurs, alles doet me pijn.'

'Dat weet ik. Doe maar rustig aan en als je duizelig wordt, moet je het maar zeggen.'

'Goed.'

Ze schuifelden door de gang, negeerden de terloopse blikken van de verpleegkundigen en hielden elkaar stevig vast, terwijl Lacy's voeten en benen weer begonnen te functioneren. Haar linkerknie was zwaar gekneusd en zat vol sneden, zodat elke beweging pijn deed. Ze klemde haar kaken op elkaar, vast van plan haar broer te imponeren. Hij hield haar stevig vast, wat haar geruststelde. Hij zou geen smoesjes accepteren.

Bij het raam draaiden ze zich om. Haar kamer leek wel een kilometer ver en tegen de tijd dat ze er waren, deed haar linkerknie ontzettend pijn. Hij hielp haar in bed en zei: 'Oké, dit doen we dus elk uur tot je gaat slapen. Begrepen?'

'Als jij het kunt, kan ik het ook.'

'Goed zo.' Hij sloeg de lakens over haar heen en ging op de rand van haar bed zitten. Hij klopte op haar arm en zei: 'Je gezicht gaat er met het uur beter uitzien.'

'Mijn gezicht lijkt op gehakt.'

'Oké, maar dan wel rundergehakt, van goede kwaliteit, biologisch en van runderen die buiten hebben gegraasd. Luister Lacy, we gaan met elkaar praten tot je geen woord meer kunt uitbrengen. Ik heb gisteren even met Michael gepraat, goeie vent trouwens, en hij heeft me veel verteld. Ik weet niet alles van het onderzoek, en dat hoeft ook niet, maar ik weet genoeg. Ik weet dat jij en Hugo maandagavond naar het reservaat gingen om een informant te ontmoeten. Dat was een val, jullie zijn erin geluisd, een bijzonder gevaarlijke situatie. Zodra ze jullie daar hadden, konden jullie geen kant meer op. Die botsing was geen ongeluk: jullie zijn met opzet frontaal geramd door een vent in een gestolen pick-up en meteen na die botsing heeft hij, of degene die bij hem was, jullie auto doorzocht en jullie mobieltjes en jouw iPad meegenomen. Daarna zijn die klootzakken ervandoor gegaan en ze zullen waarschijnlijk nooit gevonden worden. Volg je me nog?'

'Denk het wel.'

'Dus dit is wat we gaan doen: we beginnen met de rit van jou en Hugo naar het reservaat: tijd, route, wat er op de radio was, waar jullie over praatten, alles. Datzelfde doen we voor het moment dat jullie bij het casino in je auto zaten te wachten: tijd, gespreksonderwerpen, radio, mailtjes, alles. En we rijden in jouw auto naar die informant. Ik stel de vragen, honderden, en jij geeft de antwoorden. En nadat ik je een halfuur het hemd van het lijf heb gevraagd, pauzeren we even en kun je slapen als je wilt, en daarna lopen we weer de hele gang door. Zin in?'

'Nee.'

'Jammer dan, meisje, maar je hebt geen keus. We hebben je benen weer aan het werk gezet, en nu zijn je hersens aan de beurt. Oké? Eerste vraag: hoe laat zijn jullie maandagavond uit Tallahassee vertrokken?'

Ze sloot haar ogen en likte langs haar gezwollen lippen. 'Het was het begin van de avond, maar nog niet donker. Een uur of halfacht dus.'

'Was er een reden voor dat jullie zo lang wachtten?'

Ze dacht even na en knikte toen, glimlachend. 'Ja, die man moest tot negen uur werken, hij had een late dienst in het casino.'

'Perfect. Wat had je aan?'

Ze opende haar ogen. 'Dat meen je niet!'

'Dat meen ik wel, Lacy. Denk goed na en geef antwoord op mijn vragen. Dit is geen spelletje.'

'Eh, een spijkerbroek volgens mij, en een dun truitje. Het was warm en we droegen vrijetijdskleding.'

'Welke route nam je?'
'Interstate 10, zoals altijd. Je kunt er maar op één manier komen: afslag naar State 288, vijftien kilometer naar het zuiden, dan linksaf de tolweg op.'
'Hebben jullie naar de radio geluisterd?'
'Die staat altijd aan, maar heel zacht. Volgens mij sliep Hugo.' Ze kreunde en begon meteen te huilen. Haar gezwollen lippen trilden en de tranen stroomden over haar wangen. Hij veegde ze weg met een tissue, maar zei niets. 'Hij is vandaag begraven, hè?' vroeg ze.
'Ja.'
'Ik wilde dat ik erbij had kunnen zijn.'
'Waarom? Hugo zou niet weten of je er wel of niet bij was. Begrafenissen zijn zo'n tijdverspilling, alleen maar een show voor de levenden. De doden maakt het niets uit. De huidige trend is geen begrafenis, maar een "viering". Om wat te vieren? De dode viert helemaal niets.'
'Ik had beter niets kunnen zeggen.'
'Terug naar maandagavond.'

Algauw was bekend dat Lacy terug was, dus tegen de avond kwamen er allemaal mensen op bezoek. Omdat de meesten van hen elkaar kenden, werd het al snel een soort feestje, zodat de verpleegkundigen een paar keer kwamen waarschuwen. Gunther, altijd een flirt, trok alle aandacht naar zich toe, had bijna continu het hoogste woord en discussieerde met de verpleegkundigen. Lacy was doodmoe en liet hem zijn gang gaan.

Eerst had ze het een vreselijk idee gevonden dat zij iedereen zou zien, of eigenlijk dat iedereen haar zou zien. Met haar kale hoofd, hechtingen, kneuzingen en gezwollen ogen en wangen had ze het gevoel dat ze een bijrol had in een goedkope monsterfilm. Maar Gunther stelde haar gerust: 'Relax. Deze mensen houden van je en ze weten dat je net een frontale botsing hebt overleefd. Over een maand ben je weer een schoonheid en zien de meesten van jouw bezoekers er nog steeds heel gewoontjes uit. Wij hebben goede genen, schatje.'

Om negen uur was het bezoekuur voorbij en stuurden de verpleegkundigen iedereen opgelucht weg. Lacy was uitgeput. Gunther had haar die middag vier uur lang gemarteld en was daar alleen mee gestopt toen haar vrienden kwamen. Vier uur lang had hij haar eindeloos vragen gesteld en was hij met haar door de gang gelopen, en hij had haar voor morgen meer beloofd. Hij deed de deur dicht, zei dat hij wilde dat hij die op slot kon doen om iedereen buiten de deur te houden, deed het licht uit en bouwde een bed op de bank. Met behulp van een licht slaapmiddel viel Lacy in een diepe slaap.

Die gil. Die doodsbange gil van iemand die nooit gilde, nooit enige emotie liet zien. Er was iets mis met een gordel. Hij klaagde. Ze keek opzij, daarna die gil terwijl hij zijn brede schouders instinctief naar achteren trok. Die koplampen, zo fel, zo dichtbij, zo verbijsterend onontkoombaar. De botsing, het gevoel dat haar lichaam een fractie van een seconde naar voren schoot voordat ze werd geraakt en achteruit werd gesmeten. Het lawaai, de bom die in haar schoot ontplofte toen vijfduizend kilo staal, metaal, glas, aluminium en rubber tegen haar aan knalde en haar vastpinde. Die keiharde klap in haar gezicht toen de airbag dertig centimeter bij haar vandaan ontplofte en naar voren schoot met een snelheid van driehonderd kilometer per uur en haar leven redde, maar ook veel schade aanrichtte. Haar auto die opzij zwenkte, zelfs even door de lucht vloog terwijl hij honderdtachtig graden draaide en er auto-onderdelen in het rond vlogen. Toen niets meer. Hoe vaak had ze iemand na een ongeluk horen zeggen: 'Ik moet een paar seconden bewusteloos zijn geweest'? Niemand weet ooit hoe lang. Maar er was beweging. Hugo, die klem zat in de voorruit, bewoog zijn benen, probeerde uit of juist in de auto te komen. Hugo die kreunde. En links van haar een schaduw, een man met een zaklamp die hurkte en naar haar keek. Had ze zijn gezicht gezien? Nee. En als dat wel zo was, kon ze het zich niet herinneren. Daarna was hij aan de passagierskant, vlak bij Hugo, of was dat iemand anders? Liepen er twee mensen om haar auto heen? Hugo kreunde. Haar hoofd bloedde, klopte. Voetstappen op glasscherven. De lichten van een auto gleden over de auto en verdwenen. Duisternis. Zwartheid.

'Ze waren met z'n tweeën, Gunther. Er waren er twee.'

'Oké, zus. Je droomt nu, en je zweet. Je hebt een halfuur liggen mompelen en trillen. Wakker worden nu, oké, dan kunnen we praten.'

'Er waren er twee.'

‘Ik hoor je wel. Wakker worden nu, kijk me aan. Het is oké zus, gewoon een nare droom.’ Hij knipte de kleine lamp aan die op de tafel stond.

‘Hoe laat is het?’ vroeg ze.

‘Wat maakt dat nou uit? Je hoeft geen vliegtuig te halen, hoor. Het is halfdrie ’s nachts en je had net een nachtmerrie.’

‘Wat heb ik gezegd?’

‘Niets verstaanbaars, heel veel gemompel en gekreun. Wil je wat water?’

Ze nam een slokje met een rietje en drukte op een knop om haar bed omhoog te zetten. ‘Ik begin het me te herinneren,’ zei ze. ‘Ik zie weer beelden, ik herinner me een paar dingen.’

‘Goed zo. Over die twee mensen die je zag. Laten we het daar eens over hebben. Een was natuurlijk de chauffeur van die pick-up en die andere bestuurde kennelijk de auto waarmee ze zijn verdwenen. Wat heb je gezien?’

‘Ik weet het niet, niet veel. Het waren mannen, volgens mij. Dat weet ik bijna zeker.’

‘Oké. Kun je hun gezichten zien?’

‘Nee. Niets. Ik had net een klap gehad, weet je. Niets is duidelijk.’

‘Prima. Waar lag je mobieltje?’

‘Meestal op de middenconsole. Ik weet niet zeker waar hij toen lag, maar waarschijnlijk daar.’

‘En die van Hugo?’

‘Altijd in zijn rechterachterzak, tenzij hij een colbertje droeg.’

‘Maar dat was toen niet zo, toch?’

‘Nee, zoals ik al zei was het warm en droegen we vrijetijdskleding.’

‘Dus iemand moest zijn arm naar binnen steken om jullie mobieltjes te pakken. Heb je dat gezien? Heeft iemand jou of Hugo aangeraakt?’

Ze sloot haar ogen en schudde haar hoofd. ‘Nee, dat kan ik me niet herinneren.’

De deur ging langzaam open en een verpleegkundige kwam binnen. Ze vroeg: ‘Alles in orde? Je hartslag piekte.’

Gunther zei: ‘Ze droomde. Alles is nu in orde.’

De verpleegkundige negeerde hem en raakte Lacy’s arm aan. ‘Hoe voel je je, Lacy?’

‘Goed hoor,’ zei ze, nog steeds met haar ogen gesloten.

‘Je moet slapen, oké?’

Waarop Gunther zei: ‘Nou, het is nogal moeilijk om te slapen als jullie hier elk uur binnen komen lopen.’

‘Aan de overkant is een motel, misschien vindt u het daar prettiger,’ zei de verpleegkundige op kille toon.

Gunther ging er niet op in en de verpleegkundige vertrok.

18

Toen Lyman Gritt zondagmiddag om vijf uur bij het politiebureau arriveerde, vermoedde hij al dat er iets onplezierigs stond te gebeuren. De Chief had nooit eerder op zo'n tijdstip om een onderhoud gevraagd en was vaag gebleven over het doel ervan.

Toen Lyman zijn pick-up parkeerde, stond de Chief voor het bureau te wachten, samen met zijn zoon Billy Cappel. Billy was een lid van de uit tien leden bestaande 'stamraad' en een dominante figuur in de raad. Terwijl ze elkaar begroetten kwam de voorzitter van de raad, Adam Horn, eraan op zijn motor. Er werd niet veel geglimlacht, en terwijl ze naar binnen liepen kreeg Lyman zelfs nog meer argwaan. De Chief had hem sinds het ongeluk elke dag gebeld en was duidelijk niet tevreden over Gritts werk. De politiechef van het reservaat werd benoemd en was dus afhankelijk van de Chief, maar de mannen hadden nooit een hechte band gehad. Sterker nog, Lyman wantrouwde de Chief, diens zoon en Horn, voor wie de meeste Tappacola weinig respect hadden.

Elias Cappel was nu zes jaar Chief en had de stam goed onder de duim. Als Billy zijn rechterhand was, was Horn zijn linkerhand. De drie mannen hadden hun politieke vijanden effectief de mond gesnoerd en leken stevig in het zadel te zitten. Ze smoorden elke tweedracht in de kiem en regeerden met harde hand. Daar had niemand echt bezwaar tegen zolang het casino goed draaide en de dividendcheques bleven komen.

Ze gingen naar Gritts kantoor en hij ging aan zijn bureau zitten. Hij keek hen aan en had opeens het gevoel dat hij op hete kolen zat. De Chief, een man van weinig woorden en met slechte sociale vaardigheden, begon met: 'We willen het hebben over het onderzoek naar wat er maandagavond is gebeurd.'

Horn zei: 'Zo te zien zijn er nog enkele onbeantwoorde vragen.'

Lyman knikte. 'Natuurlijk,' zei hij. 'Wat willen jullie weten?'

'Alles,' zei de Chief.

Lyman opende een map, bladerde erin en haalde er een rapport uit. Hij vertelde over de basale feiten van het ongeluk, de betrokken voertuigen, de redding, de dood van meneer Hatch. Het dossier was al zes centimeter dik door de processen-verbaal en foto's. De video van de politie van Foley zat er echter niet in en werd ook niet vermeld. Gritt had al vermoed dat hij problemen zou krijgen met de Chief, zodat hij twee dossiers had gemaakt: het officiële dossier op zijn bureau en een geheim dossier dat hij niet in zijn kantoor bewaarde. Doordat Frogs video aan de sheriff was overhandigd, was er zelfs een kans dat de Chief ervan op de hoogte was. Gritt was zo verstandig geweest de video in het officiële dossier te stoppen, maar hij bewaarde ook een kopie thuis.

'Wat deden ze hier, op ons land?' vroeg de Chief, en zijn toon liet er geen twijfel over bestaan dat dit zijn belangrijkste vraag was.

'Dat weet ik nog niet. Ik heb morgen een afspraak met Michael Geismar; daarna weet ik meer. Hij is hun baas. Ik heb die vraag ook gesteld, maar alleen vage antwoorden gekregen.'

'Deze mensen doen onderzoek naar rechters, nietwaar?' vroeg Horn.

'Klopt. Het zijn geen politieagenten, maar onderzoekers; ze hebben rechten gestudeerd.'

'Wat deden ze hier dan verdomme?' wilde de Chief weten. 'Zij hebben helemaal geen jurisdictie op ons land. Ze waren hier maandagavond, voor zaken neem ik aan, rond middernacht!'

'Ik ben nog met mijn onderzoek bezig, Chief. Oké? Er zijn heel veel vragen en we onderzoeken elke aanwijzing.'

'Heb je al met die vrouw gepraat die de auto bestuurde?'

'Nee. Dat heb ik wel geprobeerd, maar haar artsen wilden geen toestemming geven. Ze is gisteren overgeplaatst naar Tallahassee en ik zal haar over een dag of twee bezoeken om te horen wat ze te zeggen heeft.'

Billy zei: 'Je had allang met haar moeten praten.'

Lyman werd woedend, maar zei rustig: 'Zoals ik al zei gaven haar artsen daar geen toestemming voor.'

De sfeer werd steeds meer gespannen en het werd steeds duidelijker, in elk geval voor Lyman, dat dit gesprek waarschijnlijk geen goede afloop zou hebben.

'Heb je al met buitenstaanders gesproken?' vroeg Horn.

'Natuurlijk. Dat maakt deel uit van het onderzoek.'

'Met wie?'

'Even denken... Ik heb een paar keer met meneer Geismar gesproken en hem twee keer gevraagd wat zij hier deden, maar hij was vaag. Ik heb haar artsen gesproken, maar dat leidde tot niets. Beide verzekeringsmaatschappijen hebben een taxateur gestuurd om de voertuigen te bekijken en ik heb met hen gepraat. Enzovoort. Ik weet niet meer met wie ik allemaal heb gesproken. Het hoort bij mijn werk om met buitenstaanders te praten.'

'Weet je al meer over die gestolen pick-up?' vroeg de Chief.

'Niets nieuws,' zei Gritt en hij herhaalde de voornaamste feiten zonder de video van Foley ter sprake te brengen.

'Geen idee wie hem bestuurde?' vroeg de Chief.

'Niet tot vanochtend.'

De drie mannen leken te verstijven.

'Vertel verder,' gromde de Chief.

'Sheriff Pickett kwam vrijdagmiddag laat langs voor een kop koffie. Kennen jullie de winkel van Frog Freeman ten noorden van Sterling? Nou, Frog was maandag nog laat open, niet echt open, maar ook niet helemaal gesloten, en toen kwam er een klant langs voor ijs. Frog is al eens beroofd, dus heeft hij camera's. Willen jullie het zien?'

De drie knikten, grimmig.

Lyman tikte op een paar toetsen van zijn laptop en draaide het beeldscherm om. De video verscheen. De pick-up stond voor de winkel, de chauffeur stapte uit, de passagier drukte een bebloede doek tegen zijn neus, de chauffeur verdween in de winkel en kwam even later weer naar buiten, ze reden weg.

'En wat bewijst dit?' vroeg de Chief.

'Niets, maar het is wel verdacht, gezien de tijd en de locatie en het feit dat er op dat tijdstip bijna niemand over die weg rijdt.'

Horn vroeg: 'Dus jij wilt dat wij geloven dat die vent met die bloedneus de gestolen pick-up bestuurde die dat ongeluk heeft veroorzaakt?'

Lyman haalde zijn schouders op en zei: 'Ik wil helemaal niets. Ik heb die video niet gemaakt, ik laat hem jullie alleen maar zien.'

'Heb je het kenteken al nagetrokken?' vroeg de Chief.

'Ja. Het is een vals kenteken uit Florida, dat nummer bestaat helemaal niet. Waarom zou iemand de moeite nemen valse kentekenplaten op zijn auto te schroeven als-ie niet iets slechts in de zin had? Als je het mij vraagt, wijzen die valse kentekenplaten echt in de richting van die twee. De passagier heeft een bloedneus door de airbag. Ze waren niet slim genoeg om alvast wat ijs mee te nemen in de volgauto, die met de valse kentekenplaten en die natuurlijk werd bestuurd door die andere man op de video. Ze gaan er dus vandoor en zien toevallig dat Frogs winkel nog open is. Ze proberen te ontsnappen, denken niet goed na en zijn waarschijnlijk sowieso al niet erg snugger, zodat ze geen moment aan de bewakingscamera's denken. Stomme fout. Ze worden gefilmd en nu is het slechts een kwestie van tijd tot we ze vinden.'

De Chief zei: 'Tja Lyman, dat gaat dus niet gebeuren, nu niet tenminste, en niet door jou. Je bent op staande voet ontslagen.'

Lyman incasseerde deze stomp in zijn maag met meer zelfbeheersing dan hij voor mogelijk had gehouden. Hij keek naar de drie mannen die met hun armen over elkaar geslagen op hun dikke buik tegenover hem zaten, en vroeg ten slotte: 'En wat is de reden?'

De Chief keek hem met een valse glimlach aan en zei: 'Ik hoef geen reden op te geven. Dit heet "willekeurig ontslag" en staat duidelijk in onze speciale verordeningen. Als Chief heb ik het recht alle afdelingshoofden aan te nemen en te ontslaan. Dat weet je.'

'Inderdaad.' Lyman keek hen aan, realiseerde zich dat het afgelopen was en zei: 'Dus de grote bazen willen dat het onderzoek wordt stopgezet? Deze video zal nooit openbaar worden gemaakt, en alle vragen rondom dit auto-ongeluk zullen nooit worden beantwoord. Een man wordt gedood en de moordenaars komen ermee weg. Klopt dat een beetje, Chief?'

'Ik verzoek je meteen te vertrekken,' gromde de Chief.

'Dit is mijn kantoor en ik heb hier nog wat spullen liggen.'

'Dit is jouw kantoor niet meer. Haal ergens een doos vandaan en verdwijn. We wachten.'

'Je maakt een grapje zeker?'

'Ik meen het echt. En schiet op, oké, het is zondagmiddag.'

'Deze bespreking was niet mijn idee.'

'Kop houden Lyman, en pak je spullen. Geef mij je sleutels en je wapens, blijf van die dossiers af, neem je spullen mee en verdwijn. En Lyman, ik hoef je natuurlijk niet te vertellen dat je maar beter je mond kunt houden.'

'Natuurlijk, zo doen we dat hier, nietwaar? We steken onze kop in het zand, houden onze mond en dekken de grote bazen.'

'Jij snapt het en je kunt meteen beginnen met je mond houden,' zei de Chief.

Lyman begon zijn laden open te trekken.

Michael tikte een beetje aarzelend op Lacy's deur en toen hij hem opende, werd zijn ergste vrees bewaarheid: Gunther was er nog steeds!

Lacy's broer zat op de rand van haar bed met tussen hen in een klein backgammonbord. Met tegenzin klapte hij het dubbel en legde het op de bank in zijn kantoor.

Michael en Lacy kletsten een paar minuten en daarna vroeg Michael beleefd: 'Kunnen we even onder vier ogen met elkaar praten?'

'Waarover?' vroeg Gunther.

'Gevoelige kwesties.'

'Als het met haar werk te maken heeft, kan dat gesprek volgens mij wel wachten tot morgen. Het is immers zondagavond en ze is nog niet in staat om zich met haar werk bezig te houden. Als het over het auto-ongeluk gaat en dat onderzoek en al die onzin, verlaat ik deze kamer niet. Lacy heeft een tweede stel oren en mijn advies nodig.'

Lacy hield zich afzijdig. Michael hief zijn handen in een gebaar van overgave en zei: 'Oké. Ik zal niet over werk praten.' Hij ging op een stoel naast Lacy's bed zitten en keek naar de zijkant van haar gezicht. De zwelling was bijna verdwenen en de kneuzingen verkleurden al.

Gunther vroeg: 'Heb je al gegeten? Het restaurant heeft een paar diepvriesbroodjes die al minstens twee jaar geleden zijn gemaakt en smaken als dakpannen. Ik kan ze je eigenlijk niet aanbevelen, maar ik heb er drie gehad en leef nog steeds.'

'Jeetje, laat maar zitten.'

'Misschien koffie? Slecht, maar drinkbaar.'

Michael zei: 'Goed idee, graag.' Alles om hem de kamer uit te krijgen.

Gunther trok zijn schoenen aan en vertrok.

Michael verspilde geen tijd. 'Ik ben vanmiddag even bij Verna geweest en zoals je kunt verwachten hangt er nog altijd een sombere sfeer.'

'Ik heb haar twee keer een mailtje gestuurd, maar geen reactie teruggekregen. Ik heb twee keer gebeld en met iemand gepraat die haar mobiele telefoon opnam. Ik wil haar zien.'

'Ja, daar wilde ik het dus over hebben en ik hou mijn mond zodra hij weer binnenkomt. Ik hou dit liever onder ons. Verna loopt nog steeds als een soort slaapwandelaar door deze nachtmerrie, logisch natuurlijk, en is nog steeds in shock. Maar ze begint eruit te komen en ik geloof niet dat ik blij ben met wat ik hoor. Er is een stel vrienden van Hugo, ook een paar mannen met wie hij rechten heeft gestudeerd, en die zitten vol goede adviezen. Ze hebben grootse plannen voor een rechtszaak, met als belangrijkste doelwit de Tappacola. Daar is de pot met goud te vinden en ze dromen over manieren om die in handen te krijgen. Eerlijk gezegd, maar ik ben geen schadevergoedingsadvocaat, zie ik niet hoe zij verantwoordelijk kunnen zijn. Het feit dat het ongeluk in het reservaat is gebeurd, betekent niet dat de indianen er schuld aan hebben. Het ongeluk valt ook onder het "stamrecht", en dat wijkt dus af van de gebruikelijke schadevergoedingswetgeving. Omdat Hugo in dienst was van de staat, krijgt Verna de rest van haar leven de helft van zijn salaris uitgekeerd. Zoals we weten is dat niet veel. Hugo had een privélevensverzekering van 100.000 dollar en dat zal probleemloos worden uitgekeerd. Dan is er de autoverzekering van de gestolen pick-up. Volgens de man die de voornaamste woordvoerder lijkt te zijn, en dat is een ongelofelijke blaaskaak, was de pick-up verzekerd bij Southern Mutual met een verzekerd bedrag van maximaal 250.000 dollar. Ondanks het feit dat die pick-up gestolen was, is hij gedekt. Er is misschien een proces voor nodig, maar hij denkt dat ze veel kans maken. Ik ben daar niet van overtuigd. Maar nu wordt het misschien gecompliceerd: ze zijn ook van plan Toyota voor de rechter te slepen in verband met een defecte gordel en airbag. Daardoor zou jij erbij betrokken raken, en daarmee jouw verzekeringsmaatschappij, en dat bevalt me dus helemaal niet.'

'Dat meen je niet, Michael! Geeft Verna mij de schuld?'

'Op dit moment geeft Verna iedereen de schuld. Ze is kapot, doodsbang en totaal niet rationeel. En ik betwijfel of ze wel goed advies krijgt. Ik heb de indruk dat die kerels die om de tafel zitten, haar tafel, plannen maken om iedereen voor de rechter te slepen die ook maar iets met Hugo's dood te maken heeft. Jouw naam werd genoemd en ik hoorde Verna niet protesteren.'

'Bespraken ze dat waar jij bij was?'

'Ja, maar daar trekken zij zich niets van aan. Het huis zit vol mensen en er wordt nog steeds eten gebracht. Ooms en tantes, neven en nichten, iedereen met een mening kan een cupcake pakken en gaan zitten. Ik had er geen goed gevoel bij toen ik vertrok.'

'Ik kan het gewoon niet geloven, Michael. Verna en ik zijn al jaren goede vriendinnen.'

'Het zal tijd kosten, Lacy. Tijd voor jou om te herstellen, tijd voor haar om te herstellen. Verna is een goede vrouw en als ze over de schok heen is, wordt ze wel weer de oude, maar voor nu zou ik het even laten rusten.'

'Ik kan het gewoon niet geloven,' mompelde ze weer.

Gunther kwam binnen met een dienblad en drie koppen dampende koffie. 'Dit spul ruikt zelfs vies,' zei hij. Hij deelde de koffie rond en verontschuldigde zich voordat hij de badkamer in stapte.

Michael boog zich naar haar toe en vroeg fluisterend: 'Wanneer gaat hij weg?'

'Morgen, echt waar.'

'Dat is geen dag te vroeg.'

19

Ann Stoltz arriveerde aan het einde van de maandagochtend om een paar dagen met haar dochter door te brengen. Gelukkig was haar zoon niet in de kamer, ook al was duidelijk te zien dat hij zijn kantoor niet had gesloten en niet echt was vertrokken. Lacy vertelde dat Gunther boodschappen aan het doen was. Het goede nieuws was dat hij rond het middaguur zou vertrekken, omdat Atlanta door zijn afwezigheid instortte en gered moest worden. Het zelfs nog betere nieuws was dat Lacy's arts haar de volgende dag wilde ontslaan, want ze had hem verteld dat haar haar thuis net zo snel zou groeien.

Een verpleegkundige haalde de hechtingen eruit terwijl Ann maar doorratelde over de roddels thuis in Clearwater. Er kwam een fysiotherapeut om Lacy een halfuur te laten stretchen, en hij gaf haar een lijstje met oefeningen die ze thuis elke dag moest doen. Toen Gunther terugkwam, had hij een zak bij zich met broodjes uit een delicatessenwinkel en de boodschap dat hij meteen naar huis moest. Nadat hij een uur met zijn moeder had doorgebracht, wilde hij het ziekenhuis zo snel mogelijk verlaten. Nu hij vier dagen constant bij haar was geweest, had Lacy behoefte aan een pauze.

Hij nam huilend afscheid en smeekte Lacy hem te bellen als er ook maar iets was, vooral wanneer er slijmballen rondslopen als verzekeringstaxateurs of advocaten die zich opdrongen aan verkeersslachtoffers, want hij wist precies hoe hij die mensen moest aanpakken. Hij tikte zijn moeder vluchtig op de wang en verdween. Lacy sloot haar ogen en genoot een hele tijd van de stilte.

De volgende dag, een dinsdag, reed een zaalhulp haar in een rolstoel het ziekenhuis uit en hielp haar in Anns auto. Ze was prima in staat om daar zelf naartoe te lopen, maar het ziekenhuis had zo zijn eigen voorschriften. Een kwartier later stopte Ann op de parkeerplaats van Lacy's gebouw. Lacy keek ernaar en zei: 'Het is nog maar acht dagen geleden, maar het voelt als een maand.'

Ann zei: 'Ik pak de krukken even.'

'Ik heb geen krukken nodig, mam, en ik ga ze dus ook niet gebruiken.'

'Maar de fysiotherapeut zei...'

'Alsjeblieft, die is hier niet, en ik weet zelf heel goed wat ik allemaal wel of niet kan.' Ze liep probleemloos haar appartement in.

Simon, haar Britse buurman, wachtte al op haar. Hij had voor Frankie gezorgd en toen Lacy haar hond zag, bukte ze zich langzaam en tilde hem op.

'Hoe zie ik eruit?' vroeg Lacy aan Simon.

'Wel goed, vind ik, ondanks alles. Het had veel erger kunnen zijn.'

'Je had me een week geleden moeten zien.'

'Fijn je nu te zien, Lacy. We waren allemaal heel ongerust.'

'Kom, drink een kop thee mee.'

Het was heerlijk om uit het ziekenhuis te zijn, en Lacy kletste terwijl Simon en Ann luisterden en lachten. Het gesprek ging niet over Hugo of over het ongeluk; daar zou later nog meer dan genoeg over worden gepraat. Lacy kwam op dreef met Gunther-verhalen, die nu hij weg was opeens veel grappiger waren.

Ann zei steeds weer: 'Hij is opgevoed door zijn vader, niet door mij.'

Die middag belde Lacy vrienden, viel af en toe in slaap, stretchte en deed haar oefeningen precies zoals haar was opgedragen, weigerde pijnstillers, at wat noten en fruitrepen, en bekeek een paar dossiers van haar werk.

Om vier uur 's middags kwam Michael voor een bespreking en ging Ann naar een winkelcentrum in de buurt. Michael zei dat hij een stijve rug had en niet kon zitten. Dus liep hij heen en weer langs het brede voorraam van haar appartement, lopend en pratend, een man met grote zorgen. 'Weet je zeker dat je geen ziekteverlof wilt opnemen?' vroeg hij. 'We kunnen je dertig dagen doorbetalen.'

'Wat zou ik hier dertig dagen moeten doen, Michael? Mijn haar uit mijn hoofd trekken zodra het weer gaat groeien?'

'Je hebt rust nodig. Dat hebben je artsen gezegd.'

'Vergeet het maar,' zei ze. 'Ik neem geen verlof. Volgende week ben ik weer op kantoor, met littekens en al.'

'Dat dacht ik wel. Heb je Verna inmiddels gesproken?'

'Nee. Dat leek jou niet verstandig, weet je nog?'

'Juist. Er is niets veranderd sinds zondag. Ze heeft natuurlijk geen geld meer, niet verrassend, en kan niet wachten om het levensverzekeringsgeld te innen.'

'Je weet hoeveel hij verdiende, Michael. Ze leefden van de ene week naar de volgende. Kunnen we haar helpen?'

'Volgens mij niet. We verdienen geen van allen echt veel. Bovendien is het een groot gezin. Ze redt zich wel tot de cheques binnenkomen. Maar op den duur zal het moeilijk worden met vier kinderen en slechts een half salaris.'

'Tenzij die rechtszaken iets opleveren.'

'Dat is niet te zeggen.' Hij bleef even staan en nam een slok water. Lacy lag op de bank, uitgeput na haar eerste uren uit het ziekenhuis. Hij zei: 'We hebben twee weken, Lacy. Twee weken om de aangifte aan McDover te betekenen of de zaak te laten rusten. Wil je die zaak nog steeds of zal ik hem aan Justin geven?'

'Het is mijn zaak, Michael, helemaal van mij, vooral nu.'

'Waarom verbaast dit me niet? Eerlijk gezegd denk ik niet dat Justin er echt klaar voor is, en hij wil hem ook niet. En dat kan ik hem ook niet kwalijk nemen.'

'Het is mijn zaak.'

'Prima, maar heb je een plan? Zoals de zaak er nu voor staat is de inhoud van de aangifte – ondertekend door onze vriend Greg Myers, die zich schuilhoudt en dat ook maar beter kan blijven doen – omkoping in de vorm van vier appartementen op Rabbit Run, vastgoed dat McDover van projectontwikkelaars heeft gekregen in ruil voor welwillende vonnissen. In de aangifte staan heel weinig bijzonderheden en helemaal geen bewijzen. Er staan namen in van de buitenlandse bedrijven die de officiële eigenaren zijn, maar we kunnen op geen enkele manier bewijzen dat zij er op de achtergrond iets mee te maken heeft. We kunnen wel bij haar binnenstormen met huiszoekingsbevelen en haar dossiers en zo meenemen, maar ik vraag me echt af of we dan veel zullen ontdekken. Als de criminele activiteiten echt zo geraffineerd zijn opgezet, kan ik me niet goed voorstellen dat McDover ook maar een van haar malafide dossiers ergens laat slingeren waar dat gevonden kan worden. Het is dus misschien maar beter om die huiszoekingsbevelen tot later te bewaren. Want anders neemt McDover een paar advocaten in de arm en laat ze meer juridische hulp aanrukken dan me lief is. Het wordt een hevige strijd waarbij elke actie die we ondernemen fel zal worden aangevochten door de tegenpartij. En uiteindelijk is de kans groot dat McDover kan bewijzen dat ze de appartementen heeft gekocht als een investering, iets wat in Florida niet ongewoon is.'

'Je klinkt niet erg enthousiast, Michael.'

'Ik ben nooit enthousiast over onze zaken, maar we hebben echt geen keus. Inmiddels geloven we Myers allebei. We geloven wat er in die aangifte staat en we geloven zijn andere verhalen over grootschalige corruptie, het witwassen van geld en omkoping, en dan heb ik het nog niet eens over moord.'

'Nu je toch over moord begint, laten we het daar eens over hebben. Er was een bende bij betrokken, Michael. Ten eerste die informant die ons naar een plek diep in het reservaat lokte en toen halverwege een zin verdween. Ten tweede die vent in die pick-up. Ten derde zijn partner die naar de plaats van het ongeluk kwam, onze mobieltjes pikte en hem een lift gaf. Plus de man die de pick-up heeft gestolen. Iemand heeft met de gordel en airbag in mijn auto geknocid. Met zoveel voetvolk moeten één of twee mensen aan de touwtjes trekken. En dat is dus een bende. Als we aannemen dat het Dubose is, en ik kan je echt niet de naam van een andere verdachte geven, dan is dat precies het geweld dat in zijn straatje past. Hugo is vermoord, Michael, en wij kunnen die moord niet oplossen. Ik betwijfel ook of de Tappacola dat kunnen.'

'Stel je voor de FBI in te schakelen?'

'Jij en ik weten allebei dat er uiteindelijk niets anders op zit. De vraag is alleen wanneer. Als we hen er nu bij halen, lopen we het gevaar Greg Myers kwijt te raken, terwijl hij dankzij die mol nog steeds de belangrijkste speler is. Als Myers kwaad wordt en verdwijnt, verliezen we een onvervangbare bron, een geweldige bron die op een dag de zaak misschien kan openbreken. We moeten dus wachten.

We betekenen de aangifte, waarna McDover advocaten in de arm zal nemen, zoals je al zei, maar zij zal niet weten wat wij weten. Zij en Dubose zullen denken dat wij denken dat die arme Hugo is gedood door een dronken chauffeur en ik daardoor gewond ben geraakt. Zij zullen denken dat wij niets weten van haar voorliefde voor privévliegtuigen, kostbare manier van reizen, reisjes naar New York, Singapore, Barbados, noem maar op. Zij zullen er geen idee van hebben dat wij zelfs maar vermoeden dat Phyllis Turban bestaat. Het enige wat wij volgens hen hebben is deze nogal slappe aangifte die is ondertekend door een man van wie ze nog nooit hebben gehoord en die ze niet kunnen vinden.'

'Dus waarom zouden we er energie in steken?' vroeg Michael. Lacy was weer helemaal de oude en kon weer helder nadenken. Hersenschudding verdwenen, zwelling verdwenen – er was duidelijk geen blijvende schade. Zoals altijd zette ze de feiten sneller op een rij dan wie ook, en keek ze op een andere manier naar een zaak om het grote geheel te kunnen zien.

'Twee redenen, en allebei even belangrijk,' zei ze. 'Eén: om Myers tevreden te houden en ervoor te zorgen dat hij blijft graven. Als we deze zaak winnen, Michael, zal dat waarschijnlijk alleen maar zijn dankzij de info van de mol die heel veel weet en dicht bij de rechter staat. Twee: we moeten kijken hoe McDover op die aangifte reageert. Myers heeft waarschijnlijk gelijk: ze vermoedt absoluut niet wat haar te wachten staat. De afgelopen elf jaar konden zij en Dubose de county volbouwen, geld van het casino afromen en iedereen die ook maar enige twijfels had omkopen, de benen breken, of erger. Het geld kwam te gemakkelijk binnen en dat heeft hun zintuigen waarschijnlijk verdoofd. Stel je eens voor, Michael, dat geld stroomt al elf jaar binnen en niemand met ook maar enig gezag heeft ooit rondgesnuffeld. Zodra wij die aangifte betekenen zetten we hun wereld op zijn kop.'

Michael hield op met ijsberen en keek naar een vreemd object met vier niet bij elkaar passende poten. 'Een stoel?' vroeg hij.

'Inderdaad, een kopie van Philippe Starck.'

'Woont hij in de buurt?'

'Nee, dat niet. Je kunt er echt op zitten, probeer maar.'

Langzaam liet Michael zich op de stoel zakken en leek verbaasd toen het ding niet in elkaar stortte. Hij keek naar buiten en zag het Capitool in de verte. 'Leuk uitzicht.'

'Dat is mijn plan,' zei ze. 'Heb jij een ander plan?'

'Nee, op dit moment niet.'

20

Die woensdag verveelde Lacy zich al en ze overwoog weer aan het werk te gaan. Haar gezicht zag er veel beter uit, maar ze vond het nog steeds een onprettig idee dat haar collega's haar zo zouden zien.

Ann deed klusjes en deed alles wat Lacy wilde, maar ook zij begon zich te vervelen. Ze reed Lacy naar de supermarkt en naar een arts. Ze reed haar naar het kantoor van een verzekeringstaxateur die haar een cheque overhandigde voor de Prius, die total loss was. Ann was een vreselijk slechte chauffeur en reed stoïcijns door zonder op het overige verkeer te letten. Lacy was doodsbang voor rijdende voertuigen en de gevaarlijke rijstijl van haar moeder maakte het er niet beter op.

Lacy sliep prima en zonder pijnstillers. Haar oefeningen gingen goed en ze begon weer eetlust te krijgen. Het was dus geen verrassing dat Ann tijdens het avondeten zei dat ze naar huis moest. Heel diplomatiek zei Lacy dat ze dat zeker moest doen. Ze was blij met de zorg en aandacht van haar moeder, maar ze herstelde snel en had genoeg van alle oppas. Ze wilde haar huis weer helemaal voor zich alleen.

Wat belangrijker was, ze had iemand leren kennen: de fysiotherapeut die dinsdag even langs was geweest voor een korte sessie, onder het toeziend oog van Ann. Hij heette Rafe en was midden twintig, een dikke tien jaar jonger dan zij, maar dat vond Lacy geen enkel probleem. Toen hij met haar knie bezig was vloog er een vonk over, en misschien nog eentje toen hij afscheid nam. Hij leek zich niets aan te trekken van haar verwondingen en blauwe plekken. 's Avonds stuurde ze hem een kort 'hoe gaat-ie'-mailtje en nog geen uur later stuurde hij al een mailtje terug. Een paar mailtjes later wisten ze van elkaar dat de ander geen relatie had en dat ze wel iets wilden drinken samen. Eindelijk, dacht Lacy, misschien levert deze ramp toch nog iets positiefs op.

Toen ze in bed in een tijdschrift bladerde, schrikte ze op door een mailtje van Verna:

Lacy, sorry dat ik niet eerder heb gemaild of gebeld. Ik hoop dat het goed met je gaat en dat je herstel voorspoedig verloopt. Het was een hele opluchting dat je niet zo zwaargewond was als had gekund. Ik houd mezelf maar net op de been. Eerlijk gezegd ben ik volkomen overdonderd door alles. De kinderen zijn van slag en weigeren naar school te gaan. Pippin huilt zelfs nog meer. Soms huilen ze allemaal en wil ik niet meer. Maar ik weiger in te storten waar ze bij zijn. Zij hebben iemand nodig die sterk is, dus dan verstop ik me in de badkamer en huil me helemaal suf. Ik kom de dagen amper door en denk maar liever niet aan morgen. Morgen zonder Hugo, en volgende week, volgende maand, volgend jaar zonder Hugo. Ik kan me geen beeld vormen van de toekomst. Het heden is een nachtmerrie en het verleden lijkt zo lang geleden en zo gelukkig dat ik er beroerd van word. Mijn moeder is hier, en mijn zus, zodat ik genoeg hulp krijg met de kinderen. Maar niets voelt echt, alles lijkt kunstmatig. Ze kunnen niet blijven en gaan dus algauw weg, en dan blijf ik hier alleen achter met vier kinderen en zonder man. Ik zou je heel graag willen zien, maar nu niet. Ik heb wat tijd nodig. Als ik aan jou denk, denk ik aan Hugo en aan de manier waarop hij is gestorven. Sorry. Geef me alsjeblieft nog wat tijd. Stuur niet meteen een mailtje terug. Verna

Lacy las Verna's mailtje twee keer en pakte toen haar tijdschrift weer. Morgen zou ze aan Verna denken.

Ann vertrok pas aan het einde van de donderdagochtend, uren later dan Lacy had gehoopt.

Voor het eerst in tien dagen was ze heerlijk alleen! Ze liet zich met Frankie op de bank vallen en genoot van de stilte. Ze sloot haar ogen en hoorde niets, en dat was heerlijk. Toen dacht ze aan Verna en aan alle afschuwelijke geluiden in het huis van de Hatches: huilende kinderen, rinkelende telefoons, familieleden die in en uit liepen. En ze voelde zich gewoon schuldig door dat enorme contrast.

Ze deed haar ogen dicht en was bijna in slaap gevallen, toen Frankie zacht begon te grommen.

Er stond een man voor haar deur.

Lacy liep naar de voordeur om te kijken wie het was. De deur zat op slot, dus voelde ze zich veilig: één druk op een knop op het alarmpaneeltje en allerlei alarmbellen zouden afgaan. De man kwam haar vaag bekend voor, zongebruind, heel veel lang grijs haar. Greg Myers, besloot ze. Op vaste grond.

In de intercom zei ze: 'Hallo.'

Zijn stem klonk bekend. 'Ik ben op zoek naar Lacy Stoltz,' zei hij.

'En wie bent u?'

'Myers.'

Grijnzend opende ze de deur en begroette hem. Toen hij binnenkwam, keek ze naar de parkeerplaats maar zag niets ongewoons. 'Waar zijn je panamahoed en dat opzichtige shirt?' vroeg ze.

'Die bewaar ik voor op de boot. Wat is er met al dat prachtige haar van je gebeurd?'

Ze wees naar het lelijke litteken op haar hoofd. 'Vierentwintig hechtingen en nog steeds vrij gevoelig.'

'Je ziet er geweldig uit, Lacy. Ik was zo bang dat je zwaargewond was. De kranten schreven niet veel over je toestand, alleen dat je een hoofdwond had.'

'Ga zitten. Je wilt vast een biertje.'

'Nee, ik moet nog rijden. Doe maar wat water.'

Ze haalde twee flesjes mineraalwater uit de koelkast en ze gingen aan een tafeltje in de ontbijthoek zitten. 'Dus je hebt het nieuws via de kranten gevolgd?' vroeg ze.

'Ja, een oude gewoonte, denk ik. Omdat ik op een boot woon, heb ik behoefte aan contact met de echte wereld.'

'Ik heb sinds het ongeluk geen krant ingekeken.'

'Je hebt niet veel gemist. En ze schrijven al niet meer over jou en Hugo.'

'Ik neem aan dat je me gemakkelijk kon vinden?'

'Zeker. Jij probeert je toch niet schuil te houden?'

'Nee. Zo leef ik niet, Greg. Ik ben niet bang.'

'Lijkt me heerlijk. Luister Lacy, ik kom uit Palm Harbor en heb dus net vijf uur gereden. Ik wil weten wat er is gebeurd, dat moet je me vertellen. Het was geen ongeluk, toch?'

'Nee, dat was het niet.'

'Oké. Ik luister.'

'Ik zal het je vertellen, maar eerst heb ik een vraag. Gebruik je nog steeds dezelfde telefoons als een maand geleden?'

Hij dacht even na en zei: 'Eentje.'

'En waar is die op dit moment?'

'Op de boot. In Palm Harbor.'

'Is Carlita op de boot?'

'Ja. Hoezo?'

'Kun je Carlita nu meteen bellen, zeggen dat ze de telefoon moet pakken en overboord moet gooien? Nu! Je hebt geen keus.'

'Tuurlijk.' Myers pakte een prepaidtelefoon en deed wat hem gezegd was. Na het telefoontje vroeg hij: 'Oké, waarom was dat nodig?'

'Dat maakt deel uit van het verhaal.'

'Vertel.'

Tijdens het verhaal liet Myers af en toe merken hoe erg hij het vond, maar soms leek hij ook ongevoelig voor de tragedie. 'Wat een misser,' mompelde hij een paar keer toen Lacy vertelde dat ze in de val van de informant waren gelopen.

'Is er een autopsie uitgevoerd?' vroeg hij.

Voor zover Lacy wist was er nooit sprake geweest van een autopsie. 'Nee, waarom zouden ze dat doen?'

'Weet ik niet. Vroeg het me gewoon af.'

Lacy sloot haar ogen en tikte tegen haar voorhoofd alsof ze in trance was.

'Wat is er?' vroeg Myers.

'Hij had een lampje, een lampje op zijn hoofd, zoals een mijnwerker of zo.'

'Een hoofdlamp.'

'Misschien. Dat zie ik nu. Hij keek me aan door mijn verbrijzelde zijruit.'

'Heb je zijn gezicht gezien?'

'Nee, het licht was te fel.' Ze sloeg haar handen voor haar gezicht en masseerde haar voorhoofd zachtjes met haar vingertoppen.

Er verstreek een minuut, daarna nog een.

Vriendelijk vroeg Myers: 'Heb je die andere vent gezien?'

Ze schudde haar hoofd. 'Nee, het beeld is nu verdwenen. Ik weet dat ze met z'n tweeën waren, er liepen twee mensen rond: die ene met dat hoofdlampgeval en die andere, volgens mij met een zaklamp. Ik hoorde hun voetstappen toen ze over de glasscherven liepen.'

'Zeiden ze iets?'

'Ik kan het me niet meer herinneren. Ik was verdoofd.'

'Natuurlijk, Lacy. Je had een hersenschudding. Dat zal je geheugen wel een flinke optater hebben gegeven.'

Ze glimlachte, stond op, liep naar de koelkast en haalde er sinaasappelsap uit.

Myers vroeg: 'Wat voor mobiele telefoons?'

'Vrij oude BlackBerry's, verstrekt door de BJC.' Ze schonk twee glazen vol en zette ze op de tafel. 'Ik heb een iPhone, maar die had ik laten liggen. Hugo gebruikte zijn werktelefoon ook privé. Ik weet niet eens of hij wel een andere had. Volgens onze IT-man is het onmogelijk om de staatstelefoons te hacken.'

'Maar het kan wel. Als je maar genoeg betaalt, kun je hackers inhuren.'

'Onze man zegt dat we ons geen zorgen hoeven te maken. Hij heeft ook geprobeerd de telefoons te traceren, maar hij vindt geen enkel signaal, wat hoogstwaarschijnlijk betekent dat ze ergens op de oceaanbodem liggen.'

'Ik maak me overal zorgen over. Daarom leef ik nog steeds.'

Lacy liep naar een groot keukenraam en keek naar de wolken. Met haar rug naar Myers toe vroeg ze: 'Vertel me eens, Greg, wat hebben ze ermee gewonnen door Hugo te vermoorden?'

Myers stond op en strekte zijn benen. Hij nam een slok sap en zei: 'Intimidatie. Op de een of andere manier kregen ze er lucht van dat jullie rondsnuffelden, dus reageerden ze. Voor de politie was het een ongeluk, maar het feit dat ze jullie mobiele telefoons meenamen was ook een boodschap voor jou en de BJC.'

'Zou ik de volgende kunnen zijn?'

'Dat betwijfel ik. Ze hadden je gemakkelijk kunnen doden. Eén dode man is voldoende waarschuwing. Als jou nu iets zou overkomen, zouden ze de zware jongens van de federale regering op hun dak krijgen.'

'En jij?'

'O, ik ben nooit veilig. Hun eerste doel zal zijn Greg Myers vinden, wie hij ook is, en hem – mij dus – stilletjes vermoorden. Maar ze zullen me nooit vinden.'

'Kunnen ze de mol vinden?'

'Nee, volgens mij niet.'

'Heel veel onzekerheden, Greg.'

Hij liep naar het raam en kwam naast haar staan. Het regende nu en de druppels sloegen tegen de ruit. 'Wil je ermee stoppen?' vroeg hij. 'Ik kan die aangifte intrekken en doorgaan met mijn leven. Dat geldt ook voor jou. Jij hebt al genoeg geleden. Het leven is te kort.'

'Dat kan ik niet doen, Greg, nu niet. Als wij ons terugtrekken, winnen die misdadigers weer. Dan is Hugo voor niets gestorven en zou de BJC zichzelf belachelijk maken. Nee, ik ga door.'

'En wat is je einddoel?'

'Dat de corruptie bekend wordt. Dat McDover en Dubose en co in staat van beschuldiging worden gesteld en worden berecht. Dat de mol zijn beloning krijgt. Dat er een onderzoek wordt ingesteld naar Hugo's dood en dat degenen die daar verantwoordelijk voor zijn daarvoor worden gestraft. Dat Junior Mace na vijftien jaar in de dodencel vrijkomt. En dat degene die Son Razko en Eileen Mace heeft vermoord wordt berecht.'

'Nog meer?'

'Nee, daar zal ik het de komende maand al druk genoeg mee hebben.'

'Dat kun je niet in je eentje doen, Lacy. Je hebt heel veel hulp nodig.'

'Ja, dat is zo, en daarom wordt de FBI ook bij de zaak betrokken. Zij hebben de middelen en de expertise; wij niet. Als je wilt dat deze zaak wordt opgelost en de slechteriken worden opgesloten, zul je je moeten neerleggen bij de betrokkenheid van de FBI.'

'Denk je dat ze een onderzoek gaan instellen?'

'Ja, en dat is misschien toch te veel gevraagd.'

'Wanneer wil je hen inschakelen?'

'Het is onwaarschijnlijk dat de FBI erbij wordt betrokken als wij er niet eerst bij worden betrokken. Zoals je weet heeft onze dienst enorm geaarzeld of hij zijn neus wel in indiaanse zaken wilde steken. Dus zijn wij van plan om jouw aangifte aan McDover te betekenen. Dan heeft ze dertig dagen om te reageren. We doen het stapje voor stapje.'

'Jullie moeten mijn identiteit te allen tijde beschermen, Lacy. Als je dat niet kunt beloven, kap ik er onmiddellijk mee. En ik werk niet samen met de FBI. Dat mag je zelf doen, en dan geef ik je alle informatie die we van de mol krijgen, maar ik heb geen contact met de FBI. Begrepen?'

'Begrepen.'

'En wees alsjeblieft voorzichtig, Lacy. Dit zijn extreem gevaarlijke mensen en ze zijn wanhopig.'

'Ik weet het, Greg. Ze hebben Hugo immers vermoord.'

'Dat is waar, en dat spijt me enorm. Ik wilde dat ik jullie nooit had gebeld.'

'Daar is het nu te laat voor.'

Hij haalde een prepaidtelefoon uit zijn zak en gaf die aan haar. 'Deze moet je de komende maand gebruiken. Ik heb er ook een.'

Ze liet hem op haar geopende hand liggen alsof hij was gestolen. Toen knikte ze en zei: 'Oké, denk ik.'

'Over dertig dagen stuur ik je een andere. Hou hem altijd in de buurt. Als de verkeerde mensen hem in handen krijgen, ben ik ten dode opgeschreven, en dan schat ik jouw kansen ook niet al te hoog in.'

Ze keek hem na toen hij wegreed, in een huurauto met kentekenplaten uit Ohio, en pakte zijn goedkope telefoon terwijl ze zich afvroeg hoe ze in vredesnaam in deze puinhoop was beland. Tijdens haar eerste negen jaar bij de BJC was haar interessantste zaak een circuit court-rechter uit Duval County geweest die jacht maakte op aantrekkelijke vrouwen die in zijn rechtszaal een nare scheiding uitvochten. Hij joeg ook op griffiers, klerken en secretaresses, iedere vrouw eigenlijk met een leuk figuur die de pech had in zijn rechtszaal terecht te komen. Lacy had hem gedwongen terug te treden en later was hij de gevangenis in gegaan.

Maar niets wat hierop leek.

Het was onvermijdelijk geweest en nu was het zover, maar toch was Lacy er nog niet klaar voor. Dat zou ze nooit zijn trouwens, maar ze had geen keus. Simon, haar buurman, wilde wel meegaan en haar erdoorheen helpen. Gespannen liep ze naar de kleine Ford, een leenauto die dankzij haar verzekeringspolis de vorige dag was afgeleverd. Ze opende het portier en ging voorzichtig achter het stuur zitten. Ze pakte het stevig vast en voelde haar hartslag in haar handen. Simon stapte in, maakte zijn gordel vast en zei dat zij dat maar beter ook kon doen. Ze stak de sleutel in het contact, startte de motor en zat als verlamd toen de airco langzaam tot leven kwam.

'Diep ademhalen,' zei hij. 'Dit wordt heel gemakkelijk.'

'Er is niets gemakkelijks aan.' Behoedzaam zette ze de auto in z'n achteruit en liet het gaspedaal los. Toen de auto echt in beweging kwam, werd ze licht in haar hoofd en trapte ze weer op de rem.

'Kom op, Lacy. Nu moet je doorzetten,' zei hij. Hij leek wel zo'n Brit die zich nooit laat kennen. 'Je moet wel.'

'Dat weet ik wel.' Ze liet het rempedaal weer los en gaf een beetje gas. Ze draaide het stuur en verliet de parkeerplek, stopte en zette de auto in z'n vooruit. Er was geen ander verkeer op de kleine parkeerplaats naast haar gebouw, maar ze was er toch bang voor.

Simon zei, te opgewekt: 'Weet je, Lacy, je moet het rempedaal loslaten, anders kan de auto niet naar voren rijden.'

'Dat weet ik ook wel,' zei ze weer, bijna mompelend. Ze reed langzaam, nam een bocht en stopte bij de straat, waar weinig verkeer reed.

'Hier rechtsaf,' zei hij. 'Er komt niets aan.'

'Het zweet staat in mijn handen,' zei ze.

'Bij mij ook, het is hier verdomde heet. Goed, nu doorrijden, Lacy. Je doet het prima, alles is oké.'

Ze sloeg rechts af en gaf gas. Ze kon de herinnering aan haar laatste rit niet uitwissen, maar ze deed haar uiterste best. Mompelen hielp, dus zei ze steeds weer: 'Het gaat goed, het is goed.'

'Je doet het geweldig, Lacy, maar je mag nu wel iets sneller rijden.'

Ze keek naar de snelheidsmeter en zag dat ze dertig kilometer per uur reed. Toen nam ze gas terug voor een stopbord. Ze reed om het blok heen, daarna nog een keer. Een kwartier later was ze terug bij haar appartement, met een droge mond en drijfnat van het zweet.

'Nog een keer?' vroeg Simon.

'Over een uurtje, oké?' zei ze. 'Ik moet even liggen.'

'Wat jij wilt, liefje. Bel me maar als je zover bent.'

21

Ze waren nooit eerder in Sterling geweest, een stadje met vijfendertighonderd inwoners, en nadat ze om de spuuglelijke rechtbank heen waren gelopen wisten ze zeker dat ze er nooit weer naartoe wilden.

Michael parkeerde zijn SUV vlak bij een oorlogsmonument en ze stapten uit. Ze wisten zeker dat ze werden bekeken, maar liepen doelbewust over de stoep en via de hoofdingang naar binnen. Voor deze trieste aangelegenheid droegen Michael en Justin een donker pak, alsof ze een belangrijk proces moesten bijwonen. Justin was alleen meegekomen als extra chauffeur en extra spierballen, en om de indruk te wekken dat de BJC voldoende mankracht had en serieuze zaken wilde doen.

Lacy droeg een zwarte lange broek en platte schoenen. Ze liep niet meer mank, maar haar linkerknie was nog steeds dik. Ze droeg ook een beige blouse en een zijden Hermès-sjaaltje om haar hoofd. Ze had getwijfeld of ze naar de bespreking zou gaan zonder hoed, zonder sjaaltje, zonder iets om haar geschoren schedel en onregelmatige snee waaraan je nog precies kon zien waar de hechtingen hadden gezeten te bedekken. Aan de ene kant wilde ze dat Claudia McDover de schade zag en werd gedwongen naar een levend slachtoffer van haar corruptiepraktijken te kijken. Maar aan de andere kant was Lacy ijdel genoeg om het te willen bedekken.

Ze namen de trap naar de tweede verdieping en liepen naar het kantoor van edelachtbare Claudia F. McDover, circuit court-rechter, Twenty-Fourth Judicial District. De receptioniste begroette hen zonder een glimlach. Michael zei: 'Ik ben Michael Geismar en volgens mij heb ik u aan de telefoon gehad. Wij hebben om vijf uur een afspraak met de rechter.'

'Ik zal haar vertellen dat u er bent.'

Om kwart over vijf opende de receptioniste de deur en zei: 'Rechter McDover.'

Toen ze haar kantoor binnenkwamen, begroette zij hen met een geforceerde glimlach. Lacy gaf haar geen hand.

Aan een vergadertafel in een hoek van het grote vertrek zaten twee mannen. Ze stonden op en stelden zichzelf voor als de advocaten van rechter McDover. Hun aanwezigheid was geen verrassing, want Michael had deze afspraak de vorige dag telefonisch gemaakt, zodat rechter McDover vierentwintig uur de tijd had gehad om een paar advocaten in te schakelen.

De oudere man was Edgar Killebrew, een beruchte witteboordenadvocaat uit Pensacola. Hij was lang en dik, en keurig gekleed in een marineblauw krijtstreeppak, en zijn dunner wordende grijze haar was strak achterovergekamd en hing tot over zijn kraag. Hij had de naam luidruchtig en flamboyant te zijn, maar ook intimiderend omdat hij altijd klaar was voor de strijd en zelden een juryzaak verloor. Zijn collega was Ian Archer, een man die niet glimlachte, niemand een hand gaf en wrevelig overkwam.

Niet op hun gemak gingen ze aan de vergadertafel zitten. Rechter McDover zat aan de ene kant tussen de advocaten in. Michael zat tegenover haar, tussen Lacy en Justin in. Een ontspannen praatje had geen zin; niemand was immers geïnteresseerd in het weer.

Michael nam het woord. 'Vijfenveertig dagen geleden is er een formele aangifte ingediend tegen rechter McDover. We hebben een onderzoek uitgevoerd en zoals u weet is onze drempel niet erg hoog. Wanneer het ernaar uitziet dat de aangifte gegrond kan zijn, betekenen we die aan de rechter. Daarom zijn we hier vandaag.'

'Dat begrijpen we,' zei Killebrew op scherpe toon.

Lacy keek naar McDover en vroeg zich af of het allemaal waar kon zijn: de jarenlange omkoopsommen in ruil voor gunstige vonnissen, de onmiskenbare diefstal van de Tappacola, de moord op Hugo Hatch, de privévliegtuigen, de enorme hoeveelheid geld en de huizen in het buitenland, en de onterechte veroordeling van Junior Mace. Nee, het leek onmogelijk dat deze aantrekkelijke vrouw, een gekozen rechter in een kleine stad, betrokken zou kunnen zijn bij zulke smerige en vergaande misdaden.

En wat zag McDover toen ze naar Lacy keek? Het sjaaltje dat haar wonden bedekte? Een vrouw die geluk had gehad maar net zo goed dood had kunnen zijn? Een lastpak met wie ze later moest afrekenen? Een bedreiging? Maar wat de rechter ook zag, ze liet niets blijken. Haar gezicht straalde een en al zakelijkheid uit, hoe onplezierig die zaken ook waren.

Het mooie van Lacy's strategie was dat McDover op dat moment niet wist wat de mol hun al had verteld. De rechter wist niet dat ze een vermoeden hadden van het geld, de vliegtuigen, de huizen, alle bezittingen. Ze zou straks ontdekken dat haar vier appartementen argwaan hadden gewekt, maar meer ook niet.

'Mogen we de aangifte inzien?' vroeg Killebrew.

Michael schoof het origineel en drie kopieën naar hen toe. McDover, Killebrew en Archer pakten ze en begonnen te lezen, maar lieten niets blijken. Als de rechter al schrok, verborg ze haar verbazing goed. Niets. Geen woede. Geen ongeloof. Ze las de aangifte door met een koele, ongeëmotioneerde blik. Haar advocaten namen de aangifte door met een arrogante en onverschillige blik. Archer maakte een paar aantekeningen op een schrijfblok. De minuten tikten weg, er hing een gespannen sfeer.

Ten slotte zei McDover, zonder een greintje emotie: 'Dit is absurd.'

'Wie is Greg Myers?' vroeg Killebrew op kille toon.

'Op dit moment maken we zijn identiteit nog niet bekend,' antwoordde Michael.

'Nou, daar komen we snel genoeg achter immers? Ik bedoel, dit is pure laster, dus we slepen hem meteen voor het gerecht en eisen een gigantische schadevergoeding. Hij kan zich niet verbergen.'

Michael haalde zijn schouders op en zei: 'Jullie gaan je gang maar, daar hebben wij niets mee te maken.'

Archer vroeg, nasaal en op een onhebbelijke toon waarmee hij aangaf dat hij veel intelligenter was dan de anderen in het vertrek: 'Wat hebt u tijdens het onderzoek ontdekt waaruit bleek dat deze beschuldigingen gegrond zijn?'

'Dat mogen wij op dit moment nog niet bekendmaken. U weet ongetwijfeld, doordat u de statuten goed hebt doorgenomen, dat rechter McDover dertig dagen de tijd heeft voor een schriftelijke reactie. In die tijd gaan wij door met ons onderzoek. Zodra we uw antwoord hebben ontvangen, zullen wij erop reageren.'

'Ik heb meteen al een antwoord voor jullie,' gromde Killebrew. 'Dit is schandelijk, lasterlijk en complete onzin. Leugens zijn het, allemaal! Er zou een onderzoek naar de Board on Judicial Conduct moeten worden ingesteld, omdat jullie deze nonsens serieus nemen en een van de meest gerespecteerde rechters in de staat Florida zwartmaken.'

'U wilt ons dus ook voor de rechter slepen?' vroeg Lacy koeltjes, waardoor ze hem meteen de pas afsneed.

Killebrew keek haar aan, maar ging er niet op in.

'Ik maak me zorgen over de geheimhouding,' zei McDover. 'Niet over deze beschuldigingen, want die zijn onterecht en dat zullen we binnenkort bewijzen, maar ik moet mijn goede naam hooghouden. Ik ben al zeventien jaar rechter en dit is de eerste keer dat er een aangifte tegen me is ingediend.'

'Dat bewijst dus niets,' zei Lacy, die wel zin had in een kleine discussie.

'Inderdaad mevrouw Stoltz, maar ik wil de garantie dat deze kwestie geheim wordt gehouden.'

Michael antwoordde: 'Wij zijn ons zeer bewust van de noodzaak tot geheimhouding, we realiseren ons dat het om uw reputatie gaat en dus houden we ons voor deze zaak aan de procedures die ervoor zorgen dat ons onderzoek vertrouwelijk blijft.'

'Maar u gaat met potentiële getuigen praten,' zei Killebrew. 'En dan wordt er gekletst. Ik weet hoe dat gaat met zo'n onderzoek: het wordt een heksenjacht, er wordt geroddeld en er vallen slachtoffers.'

'Er zijn al slachtoffers gevallen,' zei Lacy en ze keek zonder zelfs maar te knipperen naar rechter McDover, die haar blik beantwoordde alsof ze zich daar helemaal niet druk over kon maken.

Heel even hing er een verstikkende stilte. Ten slotte zei Michael: 'Deze onderzoeken zijn ons werk, meneer Killebrew. Ik kan u verzekeren dat wij weten hoe we iets geheim moeten houden. Maar heel vaak komen de geruchten bij de andere kant vandaan.'

'Leuk geprobeerd, meneer, maar wij doen niet aan geruchten,' zei Killebrew. 'We dienen zodra het kan een motie in voor een niet-ontvankelijkheidsverklaring, zodat er een einde aan deze onzin komt.'

Michael antwoordde: 'Ik werk nu al bijna dertig jaar bij de BJC en heb nog nooit meegemaakt dat de Board een klacht ongegrond verklaart voordat de reacties waren ingediend. Maar u kunt het altijd proberen.'

'Dat is fijn, meneer Geismar, en hoe vaak hebt u in al die jaren meegemaakt dat u een aangifte betekent waarbij de identiteit van de beschuldigende partij niet bekend wordt gemaakt?'

'Zijn naam is Greg Myers. Dat staat hier, op het voorblad.'

'Dank u wel. Maar wie is Greg Myers, en waar woont hij? Ik zie geen adres, geen contactgegevens, helemaal niets.'

'Het zou ongepast zijn wanneer u contact met de heer Myers zou opnemen.'

'Ik zei niet dat ik contact met hem wil opnemen. Wij willen alleen weten wie hij is en waarom hij mijn cliënt beschuldigt van omkoping. Dat is alles.'

'Dat komt later,' zei Michael.

'Verder nog iets?' vroeg McDover. De rechter had de leiding en wilde het gesprek beëindigen.

'Nee, wij niet,' zei Michael. 'We verwachten uw antwoord over uiterlijk dertig dagen.'

Zonder een hand of zelfs maar een knikje stonden ze op en verlieten het vertrek. Zwijgend liepen ze naar de auto en reden weg. Toen ze de stad achter zich lieten, zei Michael ten slotte: 'Oké, vertel.'

Justin was de eerste die zijn mond opendeed. 'Ik vind het verdacht dat ze de duurste advocaat in de omgeving heeft ingehuurd voordat ze zelfs maar wist wat er aan de hand was. Zou ze hem inhuren als ze niet ergens schuldig aan was? En hoe kan ze zich die man veroorloven met een rechterssalaris? Drugshandelaren en andere belangrijke criminelen hebben genoeg geld voor een vent als Killebrew, maar een circuit court-rechter niet.'

'Ik neem aan dat ze er het geld voor heeft,' zei Lacy.

Michael zei: 'Ze leek wel heel rustig, maar ik zag dat ze bang was. Niet bang voor haar goede naam, dat is wel de minste van haar zorgen. Mee eens, Lacy? Wat zag jij?'

'Ik kreeg niet de indruk dat ze bang was. Daar is ze veel te ongevoelig voor.'

Justin zei: 'Luister, we weten precies wat ze gaat doen. Ze stuurt een dikke reactie waarin ze beweert dat ze die appartementen jaren geleden heeft gekocht als een investering. Het is niet verboden om dat met buitenlandse bedrijven te doen. Het lijkt misschien verdacht, maar het is niet illegaal of zelfs maar onethisch.'

Lacy zei: 'Oké, maar hoe kan ze bewijzen dat ze ervoor heeft betaald?'

Michael zei: 'Ze vindt heus wel wat documenten. Ze heeft Vonn Dubose die in het geheim met de boeken knoeit en nu heeft ze Edgar Killebrew die een rookgordijn optrekt. Dit zal niet gemakkelijk worden.'

'Dat wisten we vanaf het begin,' zei Lacy.

'We moeten meer info krijgen van Myers,' zei Michael. 'We hebben harde bewijzen nodig.'

'Ja, dat klopt, en Myers moet zich zo gedeisd mogelijk houden,' zei Justin. 'Je hebt gezien hoe graag ze hem willen vinden.'

'Ze gaan hem niet vinden,' zei Lacy vol overtuiging, alsof ze meer wist dan haar collega's.

Ze hadden twee uur gereden voor een gesprek van een kwartier, maar dat hoorde nu eenmaal bij hun werk. Als er genoeg tijd was, wilde Lacy in elk geval naar haar vernielde auto om te kijken of er nog spullen in de middenconsole lagen of in de kofferbak. Michael had geprobeerd haar om te praten: wat het ook was – cd's, een paraplu, wat kleingeld – zou niet opwegen tegen de ontzetting die ze zou voelen als ze de bewijzen zag van Hugo's dodelijke verwondingen.

Maar nu ze toch in de buurt waren en een paar minuten overhadden, wilde Michael even bij politiechef Gritt langs en hem en Lacy aan elkaar voorstellen. Gritt was ter plaatse geweest en Lacy wilde hem in elk geval bedanken. Het was bijna zes uur toen ze bij het politiebureau vlak bij het casino stopten.

Aan de balie zat een agent, en toen Michael naar politiechef Gritt vroeg, kreeg hij te horen dat die daar niet meer werkte. Er was nu een nieuwe politiechef en die was al naar huis. 'Wat is er met Gritt gebeurd?' vroeg Michael argwanend.

De agent haalde zijn schouders op, alsof hij daar geen idee van had. 'Dat kunt u aan de Chief vragen, maar ik betwijfel of u antwoord krijgt.'

Ze reden de twee blokken naar het depot en keken door het afgesloten hek naar een stuk of tien autowrakken. Maar aan de trieste verzameling ontbraken Lacy's Prius en de Dodge Ram die erbovenop was geknald. Ze waren verdwenen.

'Nee hè,' mompelde Michael. 'Gritt heeft me beloofd dat die voertuigen hier veilig stonden. Ik zei dat er misschien een onderzoek zou volgen en dacht dat hij het wel begreep.'

'Hoe lang was hij hier de politiechef?' vroeg Lacy.

'Volgens mij zei hij vier jaar.'

'Ik denk dat we met hem moeten praten.'

'We gaan dit heel voorzichtig aanpakken, nietwaar Lacy?'

22

De nieuwe politiechef was Billy Cappel, raadslid en de zoon van de Chief. Toen de Chief Billy's benoeming bekendmaakte, vertelde hij het politiekorps dat het slechts tijdelijk zou zijn, dat Billy deze functie zou uitoefenen tot ze na een zoektocht de juiste man hadden gevonden. Omdat de nieuwe man ongetwijfeld ook een stamlid was, zou de zoektocht kort duren. Maar de Chief en Billy wisten dat de tijdelijke baan algauw in een vaste baan zou veranderen. Als raadslid verdiende Billy vijftigduizend dollar per jaar, naast zijn maandelijkse dividend. Zijn salaris als politiechef was drie keer zo hoog. En dankzij een nieuwe regel kon hij de baas van de politie spelen en raadslid blijven. Dat was een prima deal, vooral voor de Cappel-clan.

Billy's cv op het gebied van ordehandhaving was erg kort, maar dat had hij ook niet echt nodig. Hij had een tijdje als beveiliger in het casino gewerkt, voordat hij als raadslid werd gekozen, en was vrijwilliger geweest bij de reddingsdienst voordat ze daar fulltimepersoneel voor hadden aangenomen.

Op de tweede dag in zijn nieuwe baan belde de politie van Foley. Ze wilden Berl Munger arresteren, de man op de video die had geholpen met de diefstal van de Dodge Ram. Omdat de politie van Foley de staatsgrens niet mocht overschrijden om de arrestatie te verrichten en omdat de politie van Tappacola buiten het reservaat geen jurisdictie had, was de situatie een beetje ingewikkeld. Billy beloofde contact op te nemen met de politie in De Funiak Springs om hun hulp in te roepen. Dat deed hij echter niet, maar hij belde zijn vader, die de boodschap snel doorgaf. Berl Munger was er dus al vlug van op de hoogte dat er in Alabama een arrestatiebevel op hem lag te wachten.

Billy kon de video waar de politie van Foley het over had niet vinden. Hij ging op zoek in elk kantoor, in alle dossiers en op alle computers, maar hij vond niets. Hij vermoedde dat Lyman Gritt de video ergens had verstopt of had meegenomen. Weer belde hij zijn vader en zei dat ze misschien een probleem hadden. Hij belde Foley en vroeg naar de video, maar de politie had al argwaan gekregen en vroeg zich af 'wat die indianen daar verdomme aan het doen waren'. Ze zeiden dat ze de video zouden opsturen, maar maakten daar helemaal geen haast mee.

Berl Munger verdween. Billy en de Chief gingen naar het huis van Lyman Gritt. Tijdens een gespannen gesprek bezwoer Gritt dat hij niets af wist van een video en geen idee had waar die agenten uit Foley het over hadden. De Chief uitte de gebruikelijke dreigementen, maar Gritt was niet snel onder de indruk. Ten slotte verzocht hij hen vriendelijk zijn huis te verlaten. Als politiechef had hij ontdekt dat de Chief bemoeiziek en oneerlijk was. Nu hij werkloos was, verafschuwde hij de man, en de rest van zijn familie.

Gritt had de video op zijn zolder verstopt, net als een kopie van de opnamen die waren gemaakt in de winkel van Frog Freeman. Gritt beschouwde zichzelf als een eerlijke politieagent die door corrupte politici was ontslagen, dus zou hij deze video's misschien ooit nog eens nodig hebben.

Hij was eerlijk, maar ook heel capabel. Twee dagen na het ongeluk, toen de vragen zich opstapelden en de antwoorden moeilijk te vinden bleken, was Gritt naar de plaats van het ongeluk gereden, alleen. Hij had zich verbaasd over drie legpuzzels. De eerste legpuzzel: waarom zou een autodief een pick-up van minstens dertigduizend dollar stelen en daarmee in drie uur naar een afgelegen locatie in een indianenreservaat rijden? De landweg waar het ongeluk was gebeurd, lag midden op het land van de Tappacola-stam en leidde letterlijk nergens heen. De weg begon aan de achterkant van het terrein van het casino, kronkelde dieper het reservaat in en werd alleen gebruikt door een paar Tappacola die in de rimboe woonden. Dankzij het enorme budget zorgde de stam ervoor dat de weg goed werd onderhouden, maar dat gold ook voor zo ongeveer elk schapenpaadje en landweggetje op het land. Op de video was te zien dat de dief heel ervaren was, en dat soort lui verkochten hun gestolen auto's altijd binnen een paar uur aan een garage waar ze werden omgekat. Zij reden echt niet om middernacht zomaar een beetje rond, terwijl ze whisky dronken en roekeloos reden. Voor zover Gritt wist, waren er geen helers in Brunswick County. Hij kon niet geloven dat de chauffeur, drinkend of zelfs dronken, een frontale botsing kon overleven, zelfs niet met een kleine Prius, de knal van de airbag kon absorberen en daarna gewoon kon weglopen. En waar moest hij naartoe? De helft van het reservaat was moeras en onbegaanbaar, en het hoger gelegen land was bedekt met dichte bossen. Het enige goede land was ingepikt door het casino. Om middernacht zou een indringer in het reservaat binnen vijf minuten hopeloos verdwaald zijn. Als die vent met die gebroken neus op Frogs video inderdaad de chauffeur van die gestolen pick-up was, had hij een handlanger die in een andere pick-up reed met valse kentekenplaten uit Florida. Dit was de eerste puzzel en geen van de puzzelstukjes paste.

De tweede legpuzzel was zelfs nog verwarrender: wat deden twee juristen die rechterlijk wangedrag onderzochten om middernacht in het reservaat? Ze hadden zich niet op verboden terrein bevonden – de oorspronkelijke bewoners van Amerika hadden wel geprobeerd buitenstaanders buiten te houden, maar waren daar niet in geslaagd – maar die twee hadden daar absoluut geen jurisdictie. De stamrechtbank had drie leden, goedbetaald, maar zonder enige juridische opleiding, en de BJC van Florida kon hen niets maken.

De derde puzzel was al even onduidelijk: waarom waren ze frontaal op elkaar gebotst? Er was kennelijk geen ander verkeer geweest, alleen die twee voertuigen op dat donkere, rechte stuk weg. Het was een heldere nacht. Er gold geen maximumsnelheid, maar door de vele bochten zou iedere voorzichtige chauffeur niet harder rijden dan vijfenzeventig kilometer per uur. Zelfs met drank op had de verdwenen chauffeur op zijn eigen weghelft kunnen blijven.

Gritt stond precies op de plek waar de botsing had plaatsgevonden en keek naar het asfalt vol olievlekken en brokstukken, en moest toegeven dat hij het niet snapte. Dit was geen gewoon dodelijk autoongeluk met een gevluchte chauffeur. Hier was duidelijk meer aan de hand.

Een stuk of twaalf reddingswagens hadden een wirwar aan bandensporen achtergelaten in de bermen en zelfs in de greppels en op de vlakke akker aan de oostkant. Als de tweede pick-up, die met de valse kentekenplaten, de chauffeur had opgepikt, waar was die dan naartoe gereden? Misschien had hij de weg vermeden om te voorkomen dat hij werd gezien door een Tappacola die na zijn late dienst het casino verliet. Tot dusverre had Gritt met iedereen die in de buurt woonde gesproken en niemand had iets gezien; de meesten hadden liggen slapen. Mevrouw Beale was de enige geweest die de botsing had gehoord.

In de aarde naast een ondiepe greppel langs de weg had Gritt bandensporen gezien die van de plaats van het ongeluk wegleidden. Brede banden, breed voertuig, veel grip, waarschijnlijk een pick-up. Nadat hij ze vijftig meter had gevolgd, vond hij in een paar struiken een prop van keukenpapier, vier stuks, in elkaar gefrommeld en bij elkaar gehouden door een opgedroogde substantie die alleen maar bloed kon zijn. Hij raakte ze niet aan, maar liep terug naar zijn pick-up, haalde een plastic ritszakje uit de kofferbak en stopte de papieren erin met behulp van een stokje. Toen volgde hij de bandensporen weer, maar raakte ze zo'n vierhonderd meter van zijn auto kwijt. Ze kruisten een lege kreekbedding, liepen ongeveer honderd meter door en draaiden naar links op een grindweg die hij nooit eerder had gezien. Vanaf dat punt waren de sporen niet meer te zien. De kronkelige weg liep zo'n achthonderd meter door, langs een huis in de verte, en eindigde bij een verharde weg die Sandy Lane heette. Daarna was Gritt langzaam teruggelopen naar de plaats van het ongeluk en was weer in zijn auto gestapt. Dankzij Frogs video had hij een duidelijke foto van het gezicht van de man. En met een beetje geluk had hij nu ook een bloedmonster.

De chauffeur van de pick-up kende de omgeving beter dan de voormalige politiechef.

De afspraak vond plaats in een ongemeubileerd appartement aan Seagrove Beach, een van de vele appartementen die waren gebouwd en verkocht door een andere gezichtloze onderneming in het uitgebreide netwerk van Duboses organisatie. Nadat Chief Cappel de parkeerplaats op was gereden, alleen, werd hij naar binnen geëscorteerd door een man die hij alleen als Hank kende. De Chief deed al jaren zaken met Dubose en het verbaasde hem hoe weinig hij wist over de man en de mensen om hem heen. Hij nam aan dat Hank een belangrijke positie had, omdat hij tijdens het gesprek in de kamer bleef; Hank zei niets, maar hoorde alles.

Dubose had een lange dag achter de rug. Twee uur eerder had hij Claudia McDover gesproken in haar appartement op Rabbit Run en zij had hem alles verteld over het gesprek met de BJC. Hij had de aangifte gelezen, de gebruikelijke vragen gesteld over wie die Greg Myers verdomme was en geprobeerd de ietwat gestreste rechter te kalmeren. Daarna was hij hiernaartoe gereden, waar hij op de Chief had gewacht.

Cappel had een aktetas bij zich waar hij een laptop uit haalde, die hij op de bar zette. Er stonden geen stoelen in het nieuwe appartement en het rook er nog naar verse verf. Cappel zei: 'Er zijn twee video's. De eerste is van de politie in Foley, Alabama, en daar hebben we vanmiddag eindelijk een kopie van gekregen. We weten bijna zeker dat ze die vorige week ook hebben opgestuurd en dat Gritt hem zoek heeft gemaakt of heeft verstopt. Die video zit niet in het dossier en er staat niets over in. Dit is hem.' De Chief drukte een paar toetsen in en Dubose kwam dichterbij. Samen keken ze naar de video van de diefstal van de Dodge Ram op de parkeerplaats in Foley. Dubose zei niets, maar toen de video afgelopen was, zei hij: 'Laat hem nog eens zien.' Daarna keken ze er een tweede keer naar.

'Wat weet je?' vroeg Dubose.

'Die Honda-pick-up is eigendom van ene Berl Munger, die een telefoontje heeft gekregen en nu verdwenen is. Wat weet jij van hem?'

Dubose stapte achteruit en liep door de woonkamer. 'Niets. Het was een eenmalige klus. We hadden een gestolen pick-up nodig en dus belden we iemand. Munger hoort niet bij de club, hij is gewoon een onafhankelijke onderaannemer. Hij weet niets.'

'Nou, hij heeft iemand gezien toen hij de pick-up afleverde en het geld in ontvangst nam. Hij weet wel iets.'

'Dat klopt inderdaad. Ik neem aan dat hij te horen heeft gekregen dat-ie moest oprotten en weg moest blijven.'

'Dat is zo. Wie was die andere vent, de man die de Dodge Ram heeft gestolen?'

'Geen idee, iemand die samenwerkt met Munger, denk ik. Nogmaals, we kennen die lui niet. We hebben alleen contant betaald voor een gestolen pick-up.' Dubose liep terug naar de bar en keek naar het scherm. 'Laat me die andere video eens zien.'

De Chief drukte weer wat toetsen in, waarna Frogs video verscheen.

Dubose bekeek hem en schudde vol afschuw zijn hoofd. Hij keek weer en vloekte. 'Stomkop die je bent!' mompelde hij.

'Dus je kent die lui?'

'Ja.'

'En die knul met die gebroken neus bestuurde de Dodge Ram tijdens die botsing?'

'Shit, shit, shit!'

'Ik neem aan dat dat ja, ja, ja betekent. Weet je Vonn, ik hou echt niet van al die geheimen. Jij doet dit allemaal op ons land en je vertelt me niets. Ik wil je partner niet zijn, maar in allerlei opzichten hebben we alles met elkaar te maken. Als er een lek in de dijk zit, wil ik dat weten.'

Dubose liep alweer heen en weer, beet op een nagel en probeerde rustig te blijven, maar hij ontplofte bijna. 'Wat wil je weten?' snauwde hij.

'Wie is die knaap met die gebroken neus? En hoe kun je mensen inhuren die zo verdomde stom zijn? Ze gaan 's avonds laat naar een plattelandswinkel, stoppen niet in het donker maar vlak ervoor, smeken erom gefilmd te worden en ja hoor, we hebben foto's van jouw mannetjes vlak na hun belangrijke klus.'

'Ze zijn inderdaad stom, oké? Wie heeft deze video gezien, die tweede?'

'Ik, jij, Billy, Frog, sheriff Pickett en Gritt.'

'Dus we kunnen het geheimhouden?'

'Misschien. Maar Gritt baart me zorgen: hij loog over die eerste video, zei dat hij er niets van af wist, maar de politie in Foley vertelde Billy dat ze die een week geleden al hebben opgestuurd. Gritt is iets van plan en nu hij werkloos is, is hij echt kwaad. Het zou me niets verbazen als hij ergens een kopie van beide video's heeft liggen. Ik heb geprobeerd met hem te praten, maar dat pakte niet goed uit.'

'Wat is hij verdomme van plan?'

'Ik moest hem ontslaan, weet je nog? Jij was ook bij die beslissing betrokken. We moesten hem kwijt, zodat wij het onderzoek kunnen sturen. De BJC is aan het rondsnuffelen en is verdomde argwanend. Wie weet? Misschien gaan zij wel naar de FBI en halen hen over een onderzoek in te stellen. Gritt is nooit een echte teamspeler geweest, dus moest hij weg.'

'Oké, oké,' zei Dubose en hij keek door een openstaande schuifdeur naar het donker buiten. 'Dit is wat we gaan doen: jij gaat met Gritt praten en maakt hem duidelijk dat hij met vuur speelt. Als hij het reservaat verlinkt, moet jij hem tegenhouden.'

'Die metafoor bevalt me niet.'

Dubose draaide zich om en liep naar de Chief alsof hij hem in het gezicht wilde stompen. Hij had een felle blik in zijn ogen, hij ontplofte bijna. 'Het kan me geen zak schelen wat je wel of niet bevalt. We gaan niet ten onder omdat Gritt zich gekwetst voelt doordat hij zijn baan kwijt is. Hij heeft een vrouw en drie kinderen, en een behoorlijk aangenaam leven, ook zonder zijn leuke uniform. Er staat nu te veel op het spel voor hem om nu opeens het licht te zien. Hij houdt zijn mond, vertelt wat hij verbergt en houdt zich gedeisd. Want anders. Begrepen?'

'Ik ben niet van plan een broeder iets aan te doen.'

'Dat hoeft ook niet. Jij hebt geen verstand van intimidatie, Chief, terwijl ik daar een boek over heb geschreven. Ik heb dat altijd geweten, ik heb daar altijd van genoten. En Gritt moet één ding goed begrijpen: als ik te gronde ga, dan sleep ik jou en een heleboel andere mensen met me mee. Maar dat gaat niet gebeuren. Het is jouw taak om Gritt duidelijk te maken dat-ie zijn mond moet houden. Als je dat doet, is er niets aan de hand.'

De Chief klapte zijn laptop dicht. 'En sheriff Pickett?' vroeg hij.

'Die heeft geen jurisdictie met betrekking tot dat ongeluk. Jij wel. Dat is één autowrak minder waar hij zich mee bezig moet houden. Bovendien zorg ik wel voor de sheriff. Jij zorgt ervoor dat je Gritt onder de duim houdt, je gaat na of Munger echt verdwenen is en je houdt die jongens in Foley aan het lijntje. Dan waait deze storm vanzelf over.'

'En die knul met die gebroken neus?'

'Die is hier morgenmiddag kilometers vandaan. Laat dat maar aan mij over.'

23

Lacy werkte weer fulltime en hoewel de sfeer door haar aanwezigheid wel enigszins verbeterde, veroorzaakte Hugo's afwezigheid nog altijd een enorme leegte. Zij en Michael hadden niet verteld wat er allemaal precies was gebeurd, maar iedereen accepteerde nu dat zijn dood meer was dan een tragisch ongeluk. Voor een kleine dienst was de mysterieuze dood van een van hen verontrustend; niemand bij de BJC had zijn werk ooit als gevaarlijk beschouwd.

Lacy bewoog zich langzaam en ze bedekte haar hoofd nog altijd met een steeds groter wordende verzameling sjaaltjes. Lacy was goed gezelschap en inspireerde haar collega's, werd sterker en maakte langere werkdagen.

Twee dagen nadat ze de aangifte aan Claudia McDover hadden betekend, werd Lacy op haar werk gebeld door Edgar Killebrew.

Hoogdravend, zelfs aan de telefoon, zei hij vriendelijk: 'Weet u, mevrouw Stoltz, hoe langer ik deze aangifte bestudeer, hoe meer ik me erover verbaas. Ze is ongegrond en het verbaast me dat de BJC zelfs maar overweegt hier iets mee te doen.'

'Dat zei u al,' zei Lacy rustig. 'Hebt u er bezwaar tegen dat ik ons gesprek opneem?'

'Het kan me geen zak schelen wat u doet.'

Lacy drukte op het opnameknopje van haar telefoon en vroeg: 'En, wat kan ik voor u doen?'

'U kunt die verdomde aangifte niet-ontvankelijk verklaren, dát kunt u doen. En zeg maar tegen die Greg Myers dat ik hem de komende tien jaar zal bezighouden met processen wegens laster.'

'Ik zal het doorgeven en ik ben ervan overtuigd dat meneer Myers weet dat zijn aangifte geen laster of smaad is, omdat die nog niet openbaar is gemaakt.'

'Dat zullen we nog weleens zien. Ik heb besloten geen motie voor een niet-ontvankelijkheidsverklaring in te dienen, domweg omdat dat alleen maar de aandacht op deze kwestie zal vestigen. De Board heeft vijf leden, vijf politieke loonslaven, hielenlikkers van de gouverneur, en ik vertrouw ze niet als iets geheim moet blijven, net zoals ik niemand bij u op kantoor vertrouw. Dit moet zo stil mogelijk worden gehouden. Begrijpt u dat, mevrouw Stoltz?'

'Dit gesprek hebben we twee dagen geleden ook gevoerd, in het kantoor van rechter McDover.'

'Ja, en nu dus weer. Bovendien wil ik graag meer weten over jullie onderzoek. Dat leidt natuurlijk nergens toe, dus ben ik bang dat jullie wanhopig worden en gewoon iedereen bellen die mijn cliënt misschien kent. Zo ontstaan geruchten, gevaarlijke geruchten, mevrouw Stoltz, en nee, ik geloof niet dat iemand – u niet en niemand niet – deze kwestie discreet zal behandelen.'

'U maakt zich te veel zorgen, meneer Killebrew. Wij doen dit dagelijks en we weten hoe we een zaak vertrouwelijk moeten behandelen. En ik mag ons onderzoek niet met u bespreken.'

'Nou, ik waarschuw u: wanneer dit een heksenjacht wordt en de reputatie van mijn cliënt beschadigd raakt, sleep ik u en meneer Geismar en iedereen bij de BJC voor het gerecht wegens smaad.'

'Ga uw gang. Dan slepen we u voor de rechter voor het aanhangig maken van een onzinnige rechtszaak.'

'Geweldig, echt geweldig. Ik kan niet wachten tot ik jullie in de rechtszaal zie; dat is mijn thuis, mevrouw Stoltz, niet dat van jullie.'

'Had u verder nog iets, meneer Killebrew?'

'Nee. Goedendag.'

Hoe rustig ze ook had geklonken aan de telefoon, toch vond ze het gesprek verontrustend. Killebrew was een onbevreesde advocaat, berucht om zijn vernietigende tactieken. Uiteindelijk zou een dergelijke rechtszaak onzinnig blijken, maar het vooruitzicht het tegen hem te moeten opnemen was intimiderend. En hij had gelijk: hij verdiende goudgeld met juryprocessen en zij had zoiets nog nooit meegemaakt. Ze liet Michael de opname horen, maar hij lachte erom. Hij had dergelijke dreigementen al vaker gehoord; zij niet. Zolang de BJC zijn werk deed en geen grenzen overschreed, was de dienst feitelijk immuun voor dergelijke aangiftes. Anders konden ze immers nooit een formele aangifte betekenen.

Ze liep terug naar haar bureau en probeerde zich op andere zaken te concentreren. Voor de tweede keer belde ze het kantoor van de politiechef en vroeg naar Billy Cappel, maar hij had het te druk op dat moment. Een uur later belde ze weer en was hij nog steeds in vergadering. Ze belde haar verzekeringsmaatschappij en vond uiteindelijk de taxateur die haar Prius total loss had verklaard. Hij vertelde haar dat hij haar auto had verkocht aan een autokerkhof in de buurt van Panama City voor duizend dollar, de normale prijs voor een auto die total loss is verklaard. Hij beweerde dat hij niet precies wist wat er met autowrakken gebeurde nadat ze op een autokerkhof waren terechtgekomen, maar hij dacht dat ze in de pers terechtkwamen, werden gesloopt voor onderdelen of voor recycling. Na twee telefoontjes naar het autokerkhof was ze niets wijzer geworden. Na de lunch zei ze tegen Michael dat ze naar de dokter moest en die middag niet meer terugkwam.

In plaats daarvan reed ze naar Panama City, haar eerste lange autorit alleen. Ze hield zich aan de maximumsnelheid en probeerde niet bij elke passerende auto in elkaar te krimpen, maar vond het toch zenuwslopend. Ze haalde moeizaam adem en had een dikke knoop in haar maag, maar was vastbesloten heen en terug te rijden. Bij de sloperij zette ze haar auto op een strook gravel tussen een sleepwagen en een gehavende pick-up, en vroeg een oude man met een shirt dat onder de vetvlekken zat en een zelfs nog viezere baard waar het kantoor was. Hij knikte naar een metalen gebouw met gedeukte muren waarvan de deur openstond. Ze liep naar binnen en kwam in een vertrek met een lange balie waar monteurs gebruikte auto-onderdelen konden kopen. De muren hingen vol met een indrukwekkende verzameling wieldoppen, maar één hoek was gereserveerd voor kalenders met halfnaakte vrouwen. De aanwezigheid van een knappe vrouw maakte een einde aan alle transacties. Een man met de naam Bo op zijn shirt glimlachte en zei: ‘Hallo jongedame, wat kunnen we voor je doen?’

Ze glimlachte, stapte naar voren en zei: ‘Ik ben op zoek naar mijn auto. Hij is drie weken geleden in het Tappacola-reservaat in de vernieling gereden en hiernaartoe gebracht. Ik wil hem graag zien en er een paar persoonlijke bezittingen uit halen.’

Bo’s glimlach verdween en hij zei: ‘Tja, als hij hiernaartoe is gebracht, dan is het jouw auto niet meer. Ik dacht dat-ie total loss was.'

'Ja. Ik heb met mijn verzekeringsmaatschappij gebeld en hoorde dat hij hier was.'

Bo liep naar een beeldscherm en vroeg: 'Heb je het chassisnummer?' Ze gaf hem een fotokopie van haar polis. Hij typte iets in, toen zijn collega Fred bij hem kwam staan. Twee monteurs aan de andere kant van de balie keken aandachtig toe. Bo en Fred fronsten en mompelden en leken verbaasd. Bo zei: 'Kom maar mee,' en hij kwam achter de balie vandaan. Lacy liep achter hem aan door een korte gang en via een zijdeur naar buiten. Achter het gebouw, en uit het zicht achter een hoog hek, was een terrein met honderden kapotte auto's, pick-ups en busjes. In de verte perste een enorme, logge machine een autowrak klein. Bo zwaaide naar een man, die uiteindelijk naar hen toe kwam. Hij droeg een wit shirt, veel schoner dan de shirts van Bo en Fred, en zonder naam erop; hij leek de baas te zijn. Bo gaf hem een papier en zei: 'Ze is op zoek naar die Prius uit het indianenreservaat. Zegt dat-ie van haar was.'

De man fronste en schudde zijn hoofd. 'Die is hier niet. Een paar dagen geleden kwam hier een vent; die heeft hem gekocht, contant betaald en meegenomen op een dieplader.'

Lacy, die deze wereld niet kende, vroeg: 'Wie was dat?'

'Kan ik niet zeggen, mevrouw, en ik weet het echt niet. Volgens mij heeft-ie niet verteld hoe hij heet, hij wilde gewoon die auto en had het geld. Gebeurt heel vaak. Deze mannen kopen een autowrak en verkopen de onderdelen. Had hem nog nooit eerder gezien.'

'En er staat niets zwart op wit?'

Bo lachte en zijn baas grijnsde om haar onwetendheid. De baas zei: 'Nee, mevrouw. Zodra een auto total loss is verklaard en het chassisnummer is vernietigd, kan het niemand meer iets schelen wat ermee gebeurt. Contante verkopen zijn niet ongebruikelijk in onze wereld.'

Ze wist niet wat ze nu nog moest vragen. Ze nam aan dat ze de waarheid vertelden, keek naar het enorme terrein met wrakken en realiseerde zich dat het geen zin had zelf op zoek te gaan.

'Sorry, mevrouw,' zei de baas en hij liep weg.

Verna stuurde een sms: *Wil je praten?*

Ze stuurden elkaar nog een paar berichtjes en spraken af hoe laat.

Lacy ging na het avondeten naar het huis van de Hatches.

Verna was alleen thuis met de kinderen. De twee oudste kinderen zaten aan de keukentafel huiswerk te maken en Pippin en de peuter lagen te slapen. Verna zei dat het na Hugo's dood niet meer zo stil was geweest in het huis. Ze zaten in het donker groene thee te drinken en naar vuurvliegjes te kijken. Verna was blij dat alle familieleden eindelijk waren vertrokken, hoewel haar moeder morgen terugkwam om met Pippin te helpen. Verna was uitgeput, maar ze sliep al wat beter. Als ze wakker werd dacht ze nog steeds dat Hugo bij haar was, maar ze begon de realiteit langzaam maar zeker te accepteren. Met vier kinderen kon ze zich de luxe van een echt rouwproces niet permitteren. Ze zei: 'Ik heb de uitkering van de levensverzekering inmiddels gekregen, dus de druk is van de ketel. Voorlopig tenminste.'

'Dat is fijn, Verna.'

'We kunnen ons nog een jaar redden, denk ik, maar ik zal een baan moeten zoeken. Hugo verdiende zestigduizend dollar per jaar en we hebben nooit een cent gespaard. Ik moet iets van dit geld opzijleggen voor later, voor de kinderen.'

Ze wilde praten, tegen iemand die geen familie was. Ze had gezondheidszorg gestudeerd aan de Florida State University, en had ongeveer een jaar als maatschappelijk werkster gewerkt tot ze zwanger werd van haar eerste. Na het derde kind had ze elke gedachte aan een carrière uit haar hoofd gezet. Ze zei: 'Ik heb wel zin om te werken. Ik ben nu al heel lang fulltime moeder en ik wil nu weleens iets anders. Hugo en ik hebben hier vaak over gepraat en we hadden besloten dat ik weer zou gaan werken zodra Pippin naar de peuterspeelzaal ging. Misschien dat we met twee salarissen naar een groter huis konden verhuizen en zelfs wat konden sparen voor de kinderen. Hugo steunde me daarin, Lacy. Hij was een trotse man en zo, daar kon hij niets aan doen, maar hij voelde zich niet bedreigd door een werkende vrouw.'

Lacy luisterde en knikte. Verna had al heel vaak gezegd dat ze wilde werken.

Verna nam een slok thee en deed haar ogen even dicht. Ze deed ze weer open en zei: 'Je gelooft het vast niet, maar een paar mensen hebben me al om geld gevraagd. Tot nu toe zijn twee neven van

Hugo lang genoeg gebleven om te vragen of ze geld konden lenen. Ik zei: "Nee, verdomme!" en stuurde ze weg, maar die komen heus wel terug. Hoe halen mensen het in hun hoofd om zulke afschuwelijke dingen te doen, Lacy?'

Lacy antwoordde: 'Geen idee.'

Verna zei: 'Veel te veel mensen zeggen me tegenwoordig wat ik moet doen. Zelfs al voor de begrafenis wist iedereen dat ik honderdduizend dollar van de levensverzekering zou krijgen en een paar van die bloedzuigers probeerden zich al naar binnen te wurmen. Ik ben doodziek van die lui. Niet mijn moeder of mijn zussen hoor, maar een paar neven van Hugo die ik de afgelopen vijf jaar amper heb gezien.'

'Geismar vertelde dat er een paar advocaten bij je thuis waren die van plan waren rechtszaken aan te spannen.'

'Die heb ik ook weggestuurd. Een schreeuwlelijk zei dat ik geld kon krijgen van de verzekering van die gestolen pick-up. Dat blijkt helemaal niet zo te zijn. Nadat een voertuig is gestolen, vervalt de verzekering, in elk geval de wettelijke aansprakelijkheid. Ze hadden het over allerlei grote processen, ook eentje tegen Toyota voor de niet-werkende airbag en gordel, maar ik vraag me af of dat een goed idee is. Een vraag, Lacy: toen jij en Hugo die avond naar het casino reden, deed zijn gordel het toen wel?'

'Niet echt. Hij klaagde dat hij niet vast bleef zitten. Dat was nooit eerder gebeurd. Hij heeft een paar keer geprobeerd hem vast te maken, maar er was iets mis mee.'

'Was ermee geknoeid, denk je?'

'Zeker weten, Verna. Volgens mij zijn de airbag en de gordel onklaar gemaakt.'

'En dat ongeluk was geen ongeluk?'

'Nee, dat was het niet. We zijn met opzet aangereden door een pick-up die twee keer zo zwaar was als de Prius.'

'Maar waarom? Dat moet je me vertellen, Lacy! Ik heb er recht op om te weten wat er speelt.'

'Ik zal je zo veel mogelijk vertellen, maar je moet beloven dat je het niet doorvertelt.'

'Kom op zeg, je kent me toch.'

'Heb je een advocaat?'

‘Ja. Een van Hugo’s vrienden van de universiteit regelt alles. Ik vertrouw hem.’

‘Oké, maar niet iedereen hoeft het te weten, nu nog niet.’

‘Vertel het me alsjeblieft.’

Het was bijna tien uur toen Roderick de deur opende en zei: ‘Mama, Pippin huilt.’

Snel veegde Verna de tranen van haar wangen en zei: ‘Wat een verrassing... Wat een kind.’

Toen ze opstonden en naar binnen liepen, zei Lacy: ‘Ik blijf hier vannacht wel, oké? Dan zorg ik voor Pippin en kunnen we misschien nog wat kletsen.’

‘Dank je wel, Lacy. Ik heb inderdaad nog een paar vragen.’

‘Dat geloof ik graag.’

24

De bespreking vond plaats in het FBI-kantoor in Tallahassee, tien minuten lopen vanaf de BJC. De leidinggevende was Luna, een carrièretijger die nooit glimlachte en die, al meteen toen ze aan zijn enorme vergadertafel gingen zitten, leek te twijfelen aan het belang van de bespreking. Rechts van hem zat Pacheco, een knappe en innemende special agent, een dertiger zonder trouwring en met een blik waarmee hij Lacy zodra ze elkaar begroetten leek te verslinden. Aan het andere uiteinde van de tafel, alsof hij aanwezig moest zijn maar dat niet echt wilde, zat de derde agent, Hahn. Lacy zat tegenover Luna en Pacheco, en Michael zat rechts van haar.

Lacy zei: 'Eerst wil ik jullie bedanken voor jullie tijd. We weten dat jullie het druk hebben en dit zal wel even tijd kosten. Is de tijd die we hebben beperkt?'

Luna schudde zijn hoofd en zei: 'Nee. We luisteren.'

'Goed. Gisteren aan de telefoon vroeg ik u naar ene Vonn Dubose. We vragen ons af of jullie iets van hem af weten.'

Pacheco pakte een vel papier en zei: 'Ja, maar niet veel. Dubose heeft geen strafblad. De Catfish Mafia, of de Coast Mafia zoals het nu heet, kennen we al heel lang. Volgens mij kennen jullie ze wel: een kleine bende met een rijk verleden, maar niet hier in Florida. Ongeveer twintig jaar geleden werd ene Duncan in de buurt van Winter Haven betrapt met een pick-up vol marihuana. De DEA vermoedde dat hij voor een georganiseerde bende werkte, waarschijnlijk diezelfde Coast Mafia, maar ze kwamen nergens doordat Duncan niet wilde praten en ook niet wilde onderhandelen. Hij zat een lange gevangenisstraf uit en kwam drie jaar geleden voorwaardelijk vrij. Heeft nooit zijn mond opengedaan. Dat is het wel zo'n beetje. Maar over die Vonn Dubose hebben we helemaal niets.'

Luna zei: 'Voor zover wij weten bestaat er helemaal niet zoiets als de Coast Mafia. Tegenwoordig richten we ons vooral op bekende groeperingen: Al-Qaida, drugsdealers, dat soort aardige lui.'

Lacy zei: 'Oké. Wij hebben een informant en ondanks alles denken we nu dat hij de waarheid vertelt. Hij is een voormalig advocaat, een veroordeelde crimineel en hij schijnt te weten welke lijken er in de kast liggen – niet letterlijk natuurlijk – en hij is ervan overtuigd dat er een georganiseerde bende is waarvan Dubose de touwtjes stevig in handen heeft. Deze informant heeft ongeveer twee maanden geleden contact met ons opgenomen.'

Pacheco vroeg: 'Is dat Greg Myers?'

'Ja, die naam staat op de aangifte die ik gisteren heb gestuurd. Maar dat is een nieuwe naam, niet zijn echte. Volgens Myers zijn Vonn Dubose en zijn broer alweer jaren geleden beschoten tijdens een mislukte drugsdeal in het zuiden van Florida. De broer stierf, Vonn niet. Is daar bij jullie iets over bekend?'

Pacheco schudde zijn hoofd. 'Niets. Hoe kan Myers dat weten?'

'Geen idee. Hij is op de vlucht en heel gesloten.'

'Voor wie is hij op de vlucht?' vroeg Luna.

'Dat weet ik niet zeker, maar niet voor jullie of een andere overheidsdienst. Toen hij schuld bekende, heeft hij een heleboel mensen verraden en nu voelt hij zich bedreigd.'

Pacheco vroeg: 'Is hij veroordeeld voor federale misdaden?'

'Ja, en hij zat in een federale gevangenis. Ik zal straks uitleggen waarom, maar verspil jullie tijd alsjeblieft niet aan het zoeken naar de echte Greg Myers, want we zijn hier niet voor hem. Jullie hebben de formele aangifte gezien die tegen rechter McDover is ingediend. Wij hebben ons voorlopig onderzoek uitgevoerd en denken dat die gegrond is. Het echte verhaal gaat veel verder dan wat er in die aangifte staat. Volgens Myers hebben Vonn Dubose en de Tappacolastam twintig jaar geleden een deal gesloten om een casino te bouwen en vanaf dag één romen ze de winst af. Heel veel contant geld dat nu wordt gedeeld met rechter McDover.'

'Die rechter neemt geld aan?' vroeg Luna.

'Ja, volgens Myers.'

'En waarom zouden ze haar geld geven?'

'De formele aangifte is ons bewijsstuk A, jullie hebben een kopie ontvangen. En dit is ons bewijsstuk B.' Michael schoof een aantal kopieën over de tafel. Lacy zei: 'Dit is een beknopt overzicht van de Tappacola, hun land, hun federale erkenning en wat ze hebben gedaan om dat casino te bouwen. Het gaat daarbij om minstens twee moorden en ene Junior Mace, die nu in de dodencellen in Starke zit. Ik stel voor dat jullie even de tijd nemen om dit door te nemen.'

Ze waren al aan het lezen, langzaam – tot nu toe hadden ze hun volledige aandacht. Systematisch sloegen ze de bladzijden om, Pacheco iets sneller dan de anderen. Aan het hoofd van de tafel zat Hahn zwijgend te lezen. Er hing een gespannen sfeer terwijl ze elk woord kritisch bekeken. Lacy maakte zinloze notities in haar schrijfblok en Michael zat op zijn telefoon mailtjes te lezen.

Toen ze klaar waren, zei Lacy: 'Bewijsstuk C is een vrij gedetailleerd overzicht van de bouw van het casino, de aanleg van een tolweg en alle juridische toeters en bellen eromheen. Doordat Dubose een rechter in zijn zak had, kon hij iedereen afschudden die hem dwarszat. Treasure Key werd in 2000 geopend.' Michael schoof kopieën van bewijsstuk C over de tafel.

'En jullie willen dat we dit nu lezen?' vroeg Luna.

'Ja.'

'Oké. Willen jullie koffie terwijl wij dit lezen?'

'Dat zou fijn zijn.'

Hahn stond snel op en liep weg om een receptioniste te zoeken. De koffie werd gebracht in echte bekers, geen papieren, maar Luna noch Pacheco leek dat op te merken. Zij waren verdiept in bewijsstuk C.

Pacheco was als eerste klaar; hij stoorde zijn baas niet maar maakte aantekeningen in de kantlijn en wachtte. Luna liet zijn exemplaar zakken en zei: 'Een vraag: deze Junior Mace in de dodencellen, moeten we aannemen dat hij die twee moorden die in dat andere bewijsstuk werden genoemd niet heeft gepleegd?'

Michael zei: 'Eerlijk gezegd weten we dat niet, maar Greg Myers denkt dat Mace erin is geluisd en onschuldig is.'

Lacy zei: 'Ik heb met Mace in Starke gepraat en hij beweert echt onschuldig te zijn.'

Pacheco zei snel: 'Ik betwijfel of hij de enige daar is die zegt dat hij het niet heeft gedaan.'

Ze glimlachten, maar lachten niet. Luna keek op zijn horloge, keek naar de paperassen die voor Michael op tafel lagen en vroeg: 'Hoeveel van deze bewijsstukken hebben jullie?'

'Niet veel.'

Lacy zei: 'Goed, in bewijsstuk D ontmoeten jullie de rechter.' Michael schoof ze naar hen toe. 'Eerst zien jullie foto's van haar in een van haar appartementen op Rabbit Run.'

Pacheco keek naar de foto's en zei: 'Ze poseert niet echt voor de camera. Wie heeft deze gemaakt?'

'Dat weten we niet,' zei Lacy. 'Greg Myers heeft een informant wiens naam we niet kennen, omdat Myers die niet kent. Ze communiceren met elkaar via een contactpersoon.'

Vanaf het hoofd van de tafel snoof Hahn ongelovig.

'Dit is een gecompliceerd verhaal en het wordt alleen maar beter,' zei Lacy terwijl ze Hahn aankeek. 'Terug naar het bewijsstuk. Hierin staat wat achtergrondinformatie over McDover, maar niet veel, omdat ze zich op de achtergrond houdt. Haar medeplichtige, of een van haar partners, is een vastgoedadvocaat in Mobile, Phyllis Turban. Haar foto is van de website van de plaatselijke Orde van Advocaten gehaald. Deze vrouwen kennen elkaar al heel lang, zijn heel close met elkaar, reizen graag in stijl en altijd samen. Ze geven meer geld uit dan ze verdienen. In dit bewijsstuk staan de reizen die ze in de afgelopen zeven jaar hebben gemaakt.'

Duidelijk geïntrigeerd hadden de drie agenten zich al verdiept in bewijsstuk D. Het was weer stil in het vertrek terwijl ze de bladzijden omsloegen.

Lacy's koffiebeker was leeg. Ze zaten hier nu al een uur en ze was erg blij met de manier waarop ze tot nu toe waren bejegend. Zij en Michael wisten echter niet wat ze van het vervolg moesten verwachten. Ze gingen ervan uit dat ze een boeiend verhaal konden vertellen, maar hadden geen idee hoe dat zou worden ontvangen. Nu hadden ze de aandacht van de FBI, en hoewel de agenten zich bewust waren van de tijd leken ze geen haast te hebben.

Luna keek haar aan. 'Volgende.'

'Dat is bewijsstuk E, het dunste tot nu toe, en dat is de tijdlijn van onze betrokkenheid bij de zaak,' zei ze terwijl Michael nog meer papieren uitdeelde, die ze grondig doornamen.

Pacheco vroeg: 'Hoe reageerde McDover toen jullie de aangifte betekenden?'

'Behoorlijk koeltjes,' zei Lacy. 'Ze ontkende alles natuurlijk.'

Michael zei: 'Ik vond dat ze bang leek, hoewel mijn beide collega's dat niet met me eens waren. Maar het is ook niet zo belangrijk.'

Pacheco zei: 'Ze zal wel iets te verbergen hebben als ze Edgar Killebrew inhuurde.'

Hahn verbaasde hen door te zeggen: 'Dat was ook mijn eerste gedachte. Wat een gewetenloze man is dat toch!'

Luna hief zijn hand om hem de mond te snoeren en vroeg: 'Nog één bewijsstuk?'

Lacy antwoordde: 'Ja, het laatste. Jullie hebben natuurlijk gezien dat onze collega Hugo Hatch tijdens een auto-ongeluk in het reservaat is omgekomen.'

Ze knikten en hadden een trieste blik in hun ogen.

'Nou, ik bestuurde die auto toen het gebeurde. Ik heb een sjaaltje om mijn hoofd omdat ze in het ziekenhuis mijn hoofd kaal hebben geschoren. Ik had sneden en schaafplekken, een heleboel hechtingen en een hersenschudding, maar ik heb geluk gehad. Ik weet er niet veel meer van, maar de herinneringen beginnen langzaamaan terug te komen. Hoe dan ook, mijn vriend en collega is daar gedood en zijn dood was geen ongeluk. Wij denken dat hij is vermoord.' Michael schoof kopieën van bewijsstuk F naar hen toe, die ze iets geestdriftiger dan eerst oppakten.

Foto's van de Prius en de Dodge Ram; foto's van de plaats van het ongeluk; samenvattingen van de gesprekken met de politiechef; een beschrijving van de niet-functionerende airbag en autogordel; de vermiste telefoons en iPad; en de conclusie dat iemand het ongeluk – dus de moord – had gepland en dat die iemand Vonn Dubose was samen met zijn bende. Lacy en Hugo hadden zich diep in het reservaat laten lokken omdat ze informatie zouden krijgen, en liepen in een hinderlaag. Het motief was hen bang maken, hen intimideren, hen laten zien dat ze dit niet aankonden en Dubose tot alles bereid was om zijn rijk te beschermen. Volgens Myers, en ze hadden geen reden om aan zijn woorden te twijfelen, had niemand met enige autoriteit zich ooit verdiept in het casino en vragen gesteld. De BJC was de eerste nieuwsgierige partij geweest en Dubose had geen seconde geaarzeld om een boodschap door te geven. Hij kende de beperkingen van de BJC met betrekking tot zijn onderzoeken en ging er, terecht, vanuit dat de dienst vrijwel geen capaciteit had om misdaden te bestrijden. En dus ging hij ervan uit dat ze zich zouden terugtrekken als hij hen goed bang maakte.

'Wauw,' zei Pacheco toen hij de papieren op tafel legde. 'Jullie houden je niet in.'

'Onze vriend is gedood,' zei ze. 'En we trekken ons niet terug.'

Michael zei: 'Maar we hebben niet de middelen noch de macht om een onderzoek in te stellen naar deze corruptiezaak. Dat is aan jullie.'

Voor het eerst liet Luna iets van vermoeidheid of frustratie blijken. Hij zei: 'Ik weet het niet, hoor. Dit zou weleens een gruwelijk grote zaak kunnen zijn.'

Luna aarzelde, maar Pacheco leek niet te kunnen wachten. 'Dit is een gigantisch grote zaak,' zei hij en hij keek Lacy alweer glimlachend aan.

'Dat is zo,' zei ze. 'En veel te groot voor ons. Wij kunnen gewoon geen onderzoek doen naar georganiseerde misdaad. Ons werk draait om rechters die voor de verleiding zijn bezweken en domme dingen hebben gedaan. Zij handelen niet ethisch, maar overtreden zelden de wet. Een zaak als deze hebben we nooit eerder bij de hand gehad.'

Luna schoof zijn stapel papieren van zich af en vouwde zijn handen achter zijn hoofd. 'Oké, u bent geen politieagent, maar onderzoeker. U bent hier al weken mee bezig. Als u ons was, mevrouw Stoltz, hoe zou u deze zaak nu dan verder aanpakken?'

'Ik zou beginnen met de moord op Hugo Hatch. Ik ben er natuurlijk emotioneel bij betrokken, maar die moord oplossen kon weleens gemakkelijker zijn dan proberen honderd buitenlandse bedrijven te onderzoeken en achter het geld aan te gaan. Iemand heeft die pick-up gestolen en misschien werd die door iemand anders bestuurd. Ze werkten voor een organisatie, voor een baas die opdracht gaf voor de aanrijding. Gek genoeg denk ik dat die moord een cadeautje was, dat Dubose zijn hand heeft overspeeld, te heftig heeft gereageerd, en iets heeft gedaan waar hij weleens spijt van kon krijgen. Hij heeft altijd al in een wereld geleefd vol geweld en intimidatie, en soms gaan die mensen te ver. Hij voelde zich bedreigd en zijn instinctieve reactie was hard terugslaan.'

Pacheco vroeg: 'En er is geen enkele twijfel aan dat die twee mobiele telefoons en uw iPad zijn gestolen?'

'Geen enkele twijfel. Ze wilden die apparaten ongetwijfeld hebben om meer te weten te komen, maar de diefstal ervan was ook bedoeld als waarschuwing. Misschien wilde Dubose subtiel laten blijken dat ze er waren, op de plaats van het ongeluk.'

'En u weet zeker dat ze daar waren?' vroeg Pacheco vriendelijk.

'Ja. Ik herinner me niet veel, maar wel dat er iemand rondliep, iemand die met een soort hoofdlamp mijn gezicht bescheen. Ik herinner me het geluid van voetstappen op glasscherven. Ik denk dat er twee mannen rondliepen, maar nogmaals, ik was amper bij bewustzijn.'

'Dat begrijp ik,' zei Pacheco.

Lacy zei: 'De Tappacola zullen geen grondig onderzoek instellen naar het ongeluk. De politiechef is al vervangen en de nieuwe is toevallig de zoon van de Chief. We mogen aannemen dat zij erbij betrokken zijn en de zaak van alweer een tragisch auto-ongeluk zullen laten rusten.'

'U denkt dat die Chief onder één hoedje speelt met Dubose?' vroeg Luna.

'Dat weet ik wel zeker. De Chief regeert als een koning en weet alles. Het is onmogelijk dat ze geld afromen zonder dat hij daarbij betrokken is.'

'Terug naar die telefoons,' zei Pacheco. 'Weet u zeker dat ze daar geen informatie van af hebben gehaald?'

Michael antwoordde: 'Ja, die telefoons zijn verstrekt door de staat. Zij hebben, of hadden, zoals gebruikelijk een wachtwoord van vijf tekens, maar daarna zat er een encryptiebeveiliging op. Onze technische mensen zijn er zeker van dat ze veilig zijn.'

'Maar alles kan worden gehackt,' zei Luna. 'En als ze daar wel in zijn geslaagd, wat zouden ze dan ontdekken?'

'Dat zou uiterst schadelijk zijn,' zei Michael. 'Dan hebben ze de telefoongeschiedenis, dus alle telefoongesprekken die ermee zijn gevoerd. En dan kunnen ze Greg Myers misschien vinden.'

'En meneer Myers is nu nog gezond en wel, neem ik aan?' vroeg Luna.

'Zeker weten,' zei Lacy. 'Ze gaan hem echt niet vinden. Hij was twee weken geleden hier in Tallahassee en kwam even bij me langs in mijn appartement om te kijken hoe het met me was. Al zijn oude telefoons liggen op de bodem van de oceaan en hij heeft een hele voorraad nieuwe prepaidtelefoons.'

'En uw iPad?' vroeg Pacheco.

'Daar staat niets op waar ze iets aan hebben. Daar staan alleen privédingen op.'

Luna schoof zijn stoel naar achteren en stond op. Hij strekte zijn benen en zei: 'Hahn.'

Hahn schudde zijn hoofd en wilde heel graag een bijdrage leveren. Misschien is hij het geheime wapen, dacht Lacy. Hahn zei: 'Ik weet het niet. Stel dat we met een stuk of zes agenten naar binnen stormen. Wat gebeurt er dan? Het geld verdwijnt in hun netwerk van buitenlandse rekeningen. De indianen zijn doodsbang voor Dubose en iedereen houdt zijn mond.'

Pacheco mompelde: 'Geweldig.'

Lacy zei: 'Dat zou ik niet doen. Ik zou stilletjes op zoek gaan naar de chauffeur van die pick-up. Stel dat jullie geluk hebben en die vent oppakken. Dan loopt hij het risico de rest van zijn leven in de gevangenis te zitten, dus wil hij misschien wel praten, een deal sluiten.'

'Getuigenbescherming?' vroeg Pacheco.

'Dat is jullie werk en ik weet zeker dat jullie weten hoe dat moet.'

Luna liep terug naar zijn stoel, schoof de papieren zelfs nog verder van zich af, wreef in zijn ogen alsof hij opeens heel moe was en zei: 'Luister, dit is ons probleem. Onze baas zit in het kantoor in Jacksonville. We sturen hem een aanbeveling en hij neemt het besluit. Deel van ons werk is een inschatting maken van de mankracht en het aantal uren dat deze zaak misschien zal opslokken. Eerlijk gezegd is het altijd tijdverspilling als het doelwit zich steeds verplaatst en het is onmogelijk in te schatten waar een onderzoek toe zal leiden, maar regels zijn regels en dit is de federale overheid. Dus onze baas kijkt naar onze aanbevelingen. Hij zal niet eens overwegen om zich te verdiepen in een kleine samenzwering in een indiaans casino, en waarschijnlijk niet erg onder de indruk zijn van een auto-ongeluk dat misschien iets anders was. Nee, tegenwoordig houden we ons bezig met terrorismebestrijding, met het traceren van *sleeper cells*, Amerikaanse tieners die met jihadisten praten en Amerikaanse stomkoppen die proberen een bom in elkaar te zetten. We hebben te weinig personeel en vaak het gevoel dat we steeds verder achteropraken. We vergeten geen moment dat we op 11 september vierentwintig uur te laat waren. Dit is onze wereld, dit is de druk waar we onder bezwijken. Neem me deze toespraak niet kwalijk.'

Even zei niemand iets.

Michael verbrak de stilte met: 'Dat begrijpen we denk ik wel, maar de georganiseerde misdaad gaat gewoon door.'

Luna glimlachte nu even oprecht en zei: 'Dat is waar. En ik vind dit een perfecte zaak voor de FBI, alleen vraag ik me af of onze baas het met me eens is.'

'Mag ik vragen wat jullie zullen aanbevelen?' vroeg Lacy.

'Dat mag u vragen, maar ik kan u daar niet meteen een antwoord op geven. We zullen er hier een paar dagen op kauwen en het daarna met een verslag doorsturen naar Jacksonville.' Zijn lichaamstaal leek aan te geven dat hij er niets mee te maken wilde hebben. Maar Pacheco kon zo te zien niet wachten met het inleveren van zijn badge en het oppakken van getuigen. Hahn liet niets blijken.

Lacy pakte haar papieren bij elkaar en maakte er een keurige stapel van. Het onderhoud was afgelopen. Ze zei: 'Nou, bedankt voor het luisteren. Jullie hebben er alle tijd voor genomen. Wij gaan door met ons onderzoek en wachten op jullie bericht.'

Pacheco liep samen met hen het kantoor uit en stapte ook in de lift. Hij wilde kennelijk zo veel mogelijk tijd met hen doorbrengen, en Michael hield hem goed in de gaten.

Toen hij en Lacy weer in zijn auto zaten, zei hij: 'Hij belt je binnen vierentwintig uur, maar niet over een casino.'

'Klopt,' zei Lacy.

'Leuke baan hebben ze daar.'

25

Precies om negen uur 's ochtends klopte de receptioniste op de deur, kwam zonder op een reactie te wachten binnen en legde de ochtendpost op Lacy's bureau. Ze glimlachte en bedankte haar. Alle reclame was ertussenuit gehaald en werd apart gehouden als oud papier voor 'Florida Recycles!'. Daarna waren er zes enveloppen overgebleven die aan Lacy geadresseerd waren, vijf met de naam en het adres van de afzender erop. De zesde zag er enigszins verdacht uit, zodat ze die als eerste openmaakte. Er zat een handgeschreven briefje in:

Aan Lacy Stoltz. Dit is Wilton Mace. Ik heb geprobeerd te bellen, maar uw telefoon doet het niet. We moeten praten, en snel ook. Mijn nummer is 555-996-7702. Ik ben in de stad, en wacht. Wilton

Ze belde het nummer meteen met haar vaste telefoon. Toen Wilton opnam, praatten ze even met elkaar. Hij was in het Double Tree Hotel, drie blokken van het Capitool, zat daar al sinds de vorige dag op haar telefoontje te wachten en wilde een persoonlijk onderhoud met haar; hij had belangrijke informatie. Lacy zei dat ze eraan kwam en bracht direct Michael op de hoogte.

Michael werd meteen overbeschermend en dat stoorde haar. Maar hij was het met haar eens dat een gesprek in een druk hotel in het centrum niet gevaarlijk kon zijn. Hij eiste wel dat ze hem op de hoogte hield van elke reis en elk gesprek met betrekking tot de zaak-McDover. Ze ging akkoord, maar betwijfelde ernstig of ze dat wel zou doen, ook al was ze steeds minder bereid risico's te nemen.

Volgens afspraak stond Wilton bij de hoofdingang op haar te wachten. Ze liepen naar de koffiebar aan de rand van de lobby en gingen aan een rustig tafeltje zitten. Wilton had voor zijn reis naar de grote stad precies dezelfde kleren aangetrokken als hij een paar weken geleden in de schaduw van zijn boom had gedragen, een eeuwigheid geleden: van top tot teen in spijkerstof, kralen om zijn hals en polsen, zijn lange haar in een paardenstaart. Ze herinnerde zich weer hoeveel hij om zijn broer gaf. Terwijl ze wachtten tot hun koffie werd gebracht, vertelde hij dat hij het vreselijk vond van Hugo, die hij erg aardig had gevonden. Hij vroeg naar haar verwondingen en zei dat ze er geweldig uitzag.

'Hoeveel weet u over het ongeluk?' vroeg ze. 'Wat wordt erover gezegd?'

In de stad praatte hij even langzaam als in het reservaat; de man leek altijd rustig. 'Allemaal vermoedens,' zei hij.

Een serveerster zette hun kopjes voor hen neer: sterke koffie voor Wilton, een latte voor Lacy.

Na een lange stilte zei ze: 'Oké, ik luister.'

'Zegt de naam Todd Short je iets?' vroeg hij.

'Ergens wel. Help me eens.'

'Hij was een van die twee verklikkers die tegen mijn broer getuigden. Voor het proces zetten ze een paar keer een verklikker in Juniors cel en haalden die er na een paar dagen weer uit. Beiden logen tegen de jury en zeiden dat Junior trots had verteld dat hij de klootzak die hij met zijn vrouw had betrapt had vermoord. En dat hij haar ook maar meteen had vermoord. Dat waren bijzonder effectieve getuigenverklaringen, zodat Junior schuldig werd verklaard.'

Lacy nam slokjes van haar latte en knikte. Ze had er niets aan toe te voegen en weigerde het uit hem te trekken. Hij had om dit gesprek gevraagd.

'Maar goed, niet lang na het proces verdween Todd Short. Net als die andere verklikker, een klojo die Robles heette. De jaren verstreken en iedereen ging ervan uit dat die twee waren vermoord, waarschijnlijk door dezelfde mensen die Son en Eileen hadden gedood. Maar nu, vijftien jaar later, is Short weer boven water en we hebben met elkaar gepraat.'

Een stilte, terwijl er meer koffie werd gedronken. Lacy wilde net vragen of hij haar wilde vertellen wat de man had gezegd, toen Wilton nonchalant om zich heen keek, zijn keel schraapte en zei: 'Ik sprak hem drie dagen geleden, buiten het reservaat. Toen ik hem terugzag, herinnerde ik me weer hoe erg ik hem had gehaat. Ik had zin om zijn gezicht met een steen tot moes te slaan, maar we waren in de een of andere fastfoodtent. Het eerste wat hij zegt is dat hij er spijt van heeft en zo. Dat hij een zwerver was met een drugsverslaving en een strafblad, en dat zijn leven nergens toe leidde. Dat hij Robles niet echt goed kende, maar dat hij niet lang na het proces had gehoord dat die vent waarschijnlijk was vermoord, zodat hij ervandoor ging. Hij vertrok naar Californië, waar hij sindsdien een onopvallend leven leidt. Hij is afgekickt en leidt een keurig leven. Nu heeft hij een ongeneeslijke vorm van kanker, wil zijn hart luchten en zijn zonden opbiechten.'

'En dat zijn?'

'Hij zat toen in de gevangenis in Sterling in afwachting van alweer een proces wegens een drugsdelict, waarvoor hij jaren zou worden opgesloten. Hij had al eerder gezeten, wilde niet terug en was dus een gemakkelijk doelwit voor de politie. Ze boden hem een deal aan. De openbaar aanklager ging ermee akkoord dat hij schuld bekende aan iets belachelijks, en na een paar weken in de countygevangenis zou hij weer vrijkomen. Het enige wat hij hoefde te doen was een paar dagen bij Junior in de cel zitten en daarna getuigen tijdens zijn proces. Ik was in de rechtszaal en heb het gezien. Short was een geweldige getuige, heel geloofwaardig, en de jury slikte alles wat hij zei. Dat was onvermijdelijk. Wie zou geen geloof hechten aan een goed verhaal over buitenechtelijke seks? Volgens hem had Junior geamuseerd verteld dat hij vroeg thuiskwam, in de slaapkamer geluiden hoorde, besefte wat er aan de hand was, zijn pistool pakte, de slaapkamerdeur opentrapte en zijn vrouw en Son Razko bezig zag op het bed. In een driftbui schoot hij Son twee keer in het hoofd, en ook op Eileen toen ze niet ophield met gillen. Daarna, en dat heb ik nooit begrepen, pakte hij Sons portefeuille en vertrok. Allemaal onzin natuurlijk, maar Short wist de jury te overtuigen. Zeggen dat het in een driftbui was gedaan, een onweerstaanbare aandrang, zou hebben betekend dat hij de moorden bekende. Maar omdat Junior er niets mee te maken had, kon hij niet gebruikmaken van die verdediging. Zoals ik al zei, had hij een slechte advocaat.'

'Heeft Short geld gekregen?'

'Tweeduizend dollar, aan hem overhandigd door een agent nadat hij had getuigd. Hij bleef een paar weken in de buurt, tot hij die geruchten over Robles hoorde. Toen is hij op de vlucht geslagen.'

Lacy's telefoon lag op de tafel, met het geluid uit. Hij trilde en ze keek ernaar.

'Waarom heb je een ander telefoonnummer genomen?' vroeg Wilton.

'Deze telefoon heb ik van mijn werkgever gekregen, de staat. Mijn oude hebben ze gestolen, meteen na het ongeluk. Mijn nieuwe heeft een ander nummer.'

'Wie heeft hem gestolen?'

'Waarschijnlijk dezelfde mensen die het ongeluk hebben veroorzaakt. Dus wat wil Short nu doen?'

'Hij wil zijn verhaal vertellen aan iemand die wil luisteren. Hij heeft gelogen, de politie en de openbaar aanklager wisten dat hij loog, en hij voelt zich vreselijk schuldig.'

'Een ware held,' zei Lacy en ze nam nog een slokje van haar latte en keek om zich heen in de drukke lobby. Niemand keek of luisterde, maar de laatste tijd hield ze de mensen om zich heen goed in de gaten. 'Luister Wilton, dit kon weleens een doorbraak betekenen, maar dit is mijn zaak niet, oké? Juniors beroepszaken zijn behandeld door die lui in D.C., en hij heeft geluk met zulke goede advocaten. Je moet naar hen toe gaan en hen laten beslissen wat ze met Todd Short willen doen.'

'Ik heb ze een paar keer gebeld, maar zij hebben het te druk. Geen enkele reactie. Juniors laatste habeas-aanvraag is acht dagen geleden afgewezen. We denken dat hij binnenkort wordt geëxecuteerd. Zijn advocaten hebben een felle strijd gevoerd, maar nu zijn onze mogelijkheden uitgeput.'

'Heb je dit al aan Junior verteld?'

'Ik zie hem morgen. Hij zal willen weten wat er gaat gebeuren nu een van de verklikkers zijn bewering herroept. Hij vertrouwt je, Lacy, en ik ook.'

'Bedankt, maar ik ben geen strafrechtadvocaat en ik heb geen idee of dit na vijftien jaar nog relevant is. Er zijn beperkingen aan het bekendmaken van nieuw bewijs, maar ik ken de wet niet. Als je advies wilt, ben je bij mij aan het verkeerde adres, bij de verkeerde jurist. Ik zou jullie graag helpen, maar dit gaat mijn mogelijkheden ver te boven.'

‘Zou jij met zijn advocaten in D.C. willen praten? Ik kan hen niet bereiken.’

‘Waarom kan Junior niet met hen praten?’

‘Hij zegt dat er in de gevangenis altijd iemand meeluistert, hij denkt dat de telefoons worden afgeluisterd. En hij heeft die advocaten al heel lang niet meer gezien. Hij denkt dat ze hem misschien vergeten zijn nu het einde in zicht is.’

‘Dat denk ik niet. Als een verklikker opeens een ander verhaal heeft en onder ede verklaart dat de politie en de openbaar aanklager wisten dat hij loog, en hij contant geld heeft gekregen, dan kunnen die advocaten in D.C. hun geluk niet op.’

‘Jij denkt dus dat er nog hoop is?’

‘Ik weet niet wat ik moet denken, Wilton. Nogmaals, ik heb hier geen verstand van.’

Hij glimlachte en zweeg.

Een rodeoteam met identieke laarzen en Stetsons liep door de lobby, terwijl hun identieke rolkoffers zacht piepten. Toen ze eindelijk weg waren en het lawaai was opgehouden, vroeg hij: ‘Heb je Lyman Gritt ontmoet, de voormalige politiechef?’

‘Nee. Ik hoorde dat hij is vervangen. Waarom?’

‘Hij is een goed mens.’

‘Dat geloof ik graag. Waarom begin je over hem?’

‘Misschien weet hij iets.’

‘Weet jij wat hij misschien weet, Wilton? Speel alsjeblieft geen spelletjes met me.’

‘Nee, dat weet ik niet. De Chief heeft hem ontslagen. Ze liggen met elkaar overhoop. Hij is een paar dagen na jullie ongeluk ontslagen. Het gonst van de geruchten, Lacy. De stam voelt zich niet op zijn gemak. Een zwarte vent en een blanke meid waren om middernacht in het reservaat, om iets uit te zoeken. Hij vindt de dood onder verdachte omstandigheden.’

‘Is het feit dat hij zwart was verdacht?’

‘Niet echt. Wij letten niet op huidskleur, maar je moet toegeven dat het ongewoon was. Er wordt al heel lang gedacht dat er slechte mensen achter het casino zitten, die onder één hoedje spelen met onze zogenaamde leiders. Nu zou dat eindelijk bekend kunnen worden. Iemand, jij en Hugo, had het lef ernaartoe te komen en vragen te stellen. Hij werd gedood, jij bijna. Het onderzoek wordt in de doofpot gestopt door onze nieuwe politiechef, die niet te vertrouwen is. Heel veel geruchten en speculatie, Lacy. En nu, vanuit het niets, komt Todd Short weer in beeld met een ander verhaal. Dat is verwarrend, om het maar zacht uit te drukken.'

Wacht maar tot de FBI zich ermee bemoeit, dacht ze. 'Beloof je dat je me op de hoogte houdt?'

'Hangt ervan af wat ik hoor.'

'Ik zal die advocaten in D.C. bellen,' zei ze. 'Dat is wel het minste wat ik kan doen.'

'Bedankt.'

'En doe Junior de groeten van mij.'

'Waarom ga je niet zelf bij hem op bezoek? Hij krijgt niet veel bezoekers en volgens mij leeft hij niet lang meer.'

'Zal ik doen. Weet hij het van Hugo?'

'Ja, dat heb ik hem verteld.'

'Zeg maar dat ik bij hem langskom zodra ik de kans krijg.'

'Dat zal hij fijn vinden, Lacy.'

Lacy deed verslag van het gesprek aan Michael en keek daarna even in Juniors dossier. Ze belde het advocatenkantoor in D.C. en slaagde er uiteindelijk in een advocaat die Salzman heette uit een bespreking te halen. Zijn megakantoor had duizend advocaten en een uitstekende reputatie op het gebied van pro-Deowerk. Het kantoor had ontelbare uren besteed aan de vertegenwoordiging van Junior sinds zijn veroordeling vijftien jaar geleden. Ze vertelde hem dat Todd Short uit de dood was opgestaan en nu echt zou sterven.

Eerst was Salzman heel sceptisch. Short en Robles waren al zo lang buiten beeld geweest dat hij dit nieuws bijna niet kon geloven. Lacy vertelde dat ze hier helemaal geen verstand van had en vroeg of het nu te laat was.

'O, het is wel laat,' zei Salzman. 'Heel laat, maar in deze tak van sport houden we nooit op, we gaan door tot het allerlaatste moment. Ik ga er zo snel mogelijk naartoe.'

Het was geen echte verrassing toen special agent Allie Pacheco op bezoek kwam. Het was al laat op de dag. Aan de telefoon had hij gezegd dat hij in de buurt was en maar een paar minuten nodig had. Er waren vier dagen verstreken sinds de bijeenkomst in Luna's kantoor. Het had hen verbaasd dat Pacheco Lacy niet had gebeld of gemaild.

Ze kwamen bij elkaar in Michaels kantoor, aan de ene kant van zijn volgestouwde werktafel, en het was meteen duidelijk dat Pacheco in een totaal andere stemming was; zijn snelle glimlach was verdwenen. Hij begon met: 'Luna en ik waren gisteren in Jacksonville om de zaak aan onze baas te presenteren. Onze aanbeveling luidde een onderzoek te starten, en wel meteen. We waren het eens met jullie voorstel om allereerst te proberen de moord op Hugo Hatch op te lossen. Tegelijkertijd wilden we beginnen aan de immense taak om het netwerk van buitenlandse bedrijven van het syndicaat te ontwarren en het geld te traceren. We wilden rechter McDover, Phyllis Turban, Chief Cappel en Billy Cappel laten schaduwen en misschien zelfs toestemming vragen om hun telefoons af te luisteren en hun kantoren te voorzien van microfoons. In onze aanbeveling schatten we dat er in eerste instantie vijf agenten nodig waren, met mij als leider van het onderzoek. Vanochtend zei onze baas: "Nee, op dit moment kunnen we daar gewoon geen mensen voor vrijmaken." Ik drong een beetje aan, maar deze man is heel standvastig en bleef bij zijn besluit. Ik vroeg of ik de zaak de komende maand misschien met één of twee agenten mocht onderzoeken. Weer zei hij nee. Ons officiële antwoord is nee, en dat spijt me. We hebben ons best gedaan en hebben er gezien de omstandigheden zo sterk mogelijk op aangedrongen, ook al is "aangedrongen" misschien niet het juiste woord.'

Michael leek niet verbaasd. Lacy had de neiging te vloeken, maar vroeg: 'Is er een kans dat dit verandert als we meer weten?'

'Wie weet?' antwoordde Pacheco, duidelijk geïrriteerd. 'De zaak kan ook een andere wending nemen. Florida is een favoriete plek om het land binnen te komen, altijd al geweest. We worden overstroomd met tips over illegalen die proberen het land binnen te komen, en die komen hier niet om borden te wassen of beton te storten. Zij organiseren in Amerika opgegroeide mensen om de jihad te voeren. Het vinden, in de gaten houden en tegenhouden van die lui heeft een veel hogere prioriteit dan de corruptie waar we ons vroeger druk over maakten. Maar laten we contact houden. Ik weet wat er speelt. Als er iets gebeurt, wil ik het weten.'

Als er iets gebeurt. Na zijn vertrek bleven Michael en Lacy nog een hele tijd aan zijn werktafel zitten en vertelden elkaar wat ze dachten. Ze gaven toe dat ze teleurgesteld waren, maar verdrongen de gedachte daaraan. Nu ze weinig middelen hadden, moesten ze vindingrijk zijn. In deze fase was hun belangrijkste wapen de dagvaarding. Aan de hand van een van Sadelles vele memo's besloten ze een lijst op te stellen van de ongeveer twintig zaken waarin McDover had gevonnist ten gunste van de geheimzinnige organisaties die allerlei delen van Brunswick County wilden ontwikkelen. Elf van deze rechtszaken eindigden met een vonnis dat had geleid tot de aanleg van de Tappacola-tolweg.

Omdat ze veel invloed hadden op de tekst van de dagvaarding besloten ze bij McDover de dossiers op te vragen van slechts de helft van deze rechtszaken. Als ze haar dossiers van alle elf zouden opvragen, zou ze weten waar ze mee bezig waren en wist ze wat zij vermoedden. Maar als ze slechts enkele dossiers opvroegen, konden ze zien hoeveel zij en haar advocaten bereid waren af te staan en later om meer vragen. Killebrew en zijn mensen zouden uren bezig zijn met het voldoen aan de eisen in de dagvaarding, waardoor hun honorariummeter lekker doortikte.

Van elke rechtszaak lag er een dossier in het kantoor van de griffier van de rechtbank van Brunswick County, en Sadelle had allang kopieën ontvangen van de volumineuze verslagen. Ze waren inmiddels perfect geïndexeerd en met elkaar vergeleken, en er was weinig twijfel aan dat de samenvattingen van de BJC veel vollediger waren dan alles wat Killebrew zou sturen. Maar alle rechters bewaarden hun eigen kantoordossiers die geen onderdeel vormden van het openbare dossier. Het zou fascinerend zijn om te zien in hoeverre McDover zich schikte.

Lacy werkte tot het donker werd aan de tekst van de dagvaarding en was daardoor even niet met haar gedachten bij de FBI.

26

Gunther was terug. Hij verstoorde een rustige zaterdagochtend met het nieuws dat hij halverwege de middag met het vliegtuig zou arriveren. Hoewel Lacy helemaal geen plannen had, deed ze een nutteloze poging te klinken alsof ze het druk had. Maar dat kon hem niets schelen, hij miste zijn zusje, maakte zich grote zorgen om haar en verontschuldigde zich er herhaaldelijk voor dat hij niet eerder was teruggekomen. Hij wist immers dat ze hem nodig had.

Ze stond voor het raam van de terminal voor privévliegtuigen naar de opstijgende en landende privévliegtuigen te kijken. Om drie uur, zijn verwachte aankomsttijd, zag ze een klein tweemotorig vliegtuigje naar de terminal taxiën en er vlakbij stoppen. Gunther stapte uit, helemaal alleen. Hij vloog al twintig jaar, maar zijn vliegcarrière was ten minste twee keer onderbroken doordat de FAA zijn bevoegdheid had ingetrokken. Hij had moeite met autoriteit en was tijdens een vlucht een discussie begonnen met de luchtverkeersleiding. Dergelijke discussies werden nooit door de piloot gewonnen en dus kreeg Gunther een vliegverbod opgelegd. Maar nu was hij er dus kennelijk op slinkse wijze in geslaagd zijn bevoegdheid terug te krijgen.

Hij had een kleine weekendtas bij zich, wat ze als een goed teken beschouwde, en een dikke aktetas die ongetwijfeld boordevol zat met documentatie over belangrijke deals. In de lobby omhelsde hij haar stevig, zei dat ze er geweldig uitzag en leek bijna in tranen toen hij haar vertelde dat hij haar heel erg had gemist.

Ze slaagde er redelijk in om hem ervan te overtuigen dat het haar net zo was vergaan. Terwijl ze de terminal uit liepen, zei ze: 'Dus je mag weer vliegen.'

'Ja, die idioten bij de FAA kunnen een goede vent niet aan de grond houden. Ik heb mijn vergunning twee weken geleden teruggekregen.'

'Schattig vliegtuigje.'

'Van een vriend geleend.'

Toen ze bij haar auto kwamen, nog steeds dezelfde kleine Ford, maakte hij er een opmerking over dat hij zo klein was.

'Het is maar een leenauto,' zei ze. 'Ik heb nog geen nieuwe uitgekozen.'

Gunther wist alles van auto's en begon meteen aan een verhandeling over de verschillende modellen waar ze uit moest kiezen. Hij zei: 'Als we genoeg tijd hebben, gaan we een auto kopen.'

'Goed idee,' zei ze. Zijn huidige auto was een dure Mercedes, en Lacy herinnerde zich een Maserati, een Hummer, een Porsche en een zwarte Range Rover SUV, en verder was er een keer sprake geweest van een Rolls-Royce. Hoe slecht het soms ook ging met de vastgoedhandel, Gunther reed altijd in stijl. Ze kende niemand die haar, met haar budget, minder goed kon helpen met het uitzoeken van een nieuwe auto.

Onderweg zag hij algauw dat ze heel defensief reed. Hij vroeg: 'Gaat het wel, autorijden?'

'Niet echt, maar het gaat steeds beter.'

'Ik heb nog nooit een auto-ongeluk gehad. Ik kan me voorstellen dat het tijd kost voordat je je weer veilig voelt.'

'Heel veel tijd.'

'Je ziet er geweldig uit, Lacy,' zei hij voor de derde keer. 'Ik vind je haar leuk. Heb je er al aan gedacht het kort te houden?'

'Nee, geen moment,' zei ze lachend. Ze was nu een maand uit het ziekenhuis en haar schedel was begroeid met een laagje dun haar dat iets donkerder leek dan het haar dat ze had gehad, maar ze maakte zich geen zorgen. Het groeide tenminste. Ze had de sjaaltjes en hoeden opgeborgen en trok zich er niets meer van aan als iemand ernaar keek.

Hij vroeg naar de laatste ontwikkelingen in haar onderzoek naar de corrupte rechter en het casino, en Lacy gaf hem wat achtergrondinformatie. Gunther kon goed geheimen bewaren en kende in Atlanta waarschijnlijk niemand aan wie hij iets zou kunnen vertellen, maar Lacy kon de vertrouwelijkheidsregels ook niet helemaal negeren. Ze gaf toe dat ze nul op het rekest hadden gekregen toen de FBI had geweigerd zich ermee te bemoeien.

Toen kwam Gunther echt goed los en hij hield zijn mond pas toen ze bij haar appartement waren. Hij fulmineerde tegen de federale regering, de overdreven omvang ervan, de talloze diensten, nutteloze bureaucraten en het idiote beleid. Hij begon over zijn eigen aanvaringen met de EPA, EEOC, IRS, zelfs het ministerie van Justitie, ook al vertelde hij geen bijzonderheden en Lacy vroeg er niet naar. Hoe was het mogelijk dat de FBI, met een miljoen agenten en een miljard dollar, weigerde zo'n duidelijk geval van corruptie te onderzoeken? Er was een man vermoord en toch weigerden de 'Fibbies' een onderzoek te starten. Hij was verbijsterd, woedend.

In het appartement gooide hij zijn weekendtas en aktetas in de logeerkamer en Lacy bood hem thee of water aan, maar Gunther wilde een suikervrije frisdrank. Hij dronk al bijna tien jaar niet meer en hij had er allang geen moeite meer mee om niet te drinken. In het begin had de familie geamuseerd verhalen verteld over zijn drankgebruik, tot de verhalen vervelend en angstaanjagend werden. Op hun aandringen was hij twee keer afgekickt, zonder succes. Maar nadat hij op zijn tweeëndertigste was aangehouden met drank op achter het stuur, was gescheiden en failliet was gegaan, had hij de drank en de drugs opgegeven. Hij had jarenlang niets gebruikt en werkte zelfs als vrijwilliger in een afkickkliniek voor tieners. Als iemand ernaar vroeg, praatte hij vrijuit over zijn verslavingen.

Gunther, zoals Lacy heel goed wist, praatte vrijuit over alles. Om gevoelige onderwerpen te vermijden, vertelde ze over haar gesprek met Wilton Mace in een hotel in het centrum. Dit leidde tot een langdurig verhaal over de moord op Son Razko en Eileen Mace, en Juniors processen. Dat was niet haar zaak, de informatie was openbaar en dus was geheimhouding niet nodig.

Zoals de meeste blanken kon Gunther het zich niet voorstellen dat iemand die onschuldig was in de dodencellen zat: Junior was vast ergens schuldig aan, anders zat hij daar niet. Dit leidde tot een lang, vaak verhit en frustrerend gesprek over het strafrechtsysteem. Het recht was Lacy's lust en leven en ze kende de beperkingen ervan. Gunther wist alles van vastgoed en geld verdienen, en had weinig belangstelling voor andere zaken. Hij gaf toe dat hij zelden een krant inkeek, hoogstens het zakenkatern. Daardoor had hij alle publiciteit gemist over twee recente vrijspraken in Georgia als gevolg van DNA-onderzoek, waarvan één van een man die negenentwintig jaar onschuldig in de gevangenis had gezeten voor verkrachting en moord. Volgens Gunther zaten de gevangenissen vol door de wijdverspreide criminaliteit, en nu ze het toch over zaken hadden, hij moest een paar mensen bellen.

Eindelijk! Lacy was uitgeput en had zelf ook een pauze nodig. Ze wees hem een klein terras bij de keuken, waarop een gietijzeren tafeltje stond: de perfecte locatie voor hem om zijn kantoor in te richten.

Voor het avondeten besloten ze naar een Thais restaurant vlak bij de campus van de FSU te gaan. Ze zaten net, toen Gunther een mobiele telefoon uit zijn zak haalde. 'Ik moet even dit mailtje beantwoorden, zus,' zei hij en hij begon te typen.

Ze keek fronsend toe en toen hij klaar was zei ze: 'Weet je, we leggen onze telefoons op de tafel, op stil, en degene van wie de telefoon als eerste trilt, betaalt de rekening.'

'Ik wilde je toch al vrijhouden.'

'Dat geloof ik meteen.' Ze haalde haar iPhone en de nieuwe BlackBerry van de BJC uit haar tas. Hij legde die van hem ernaast. 'Wat is dat?' vroeg hij en hij wees naar de BlackBerry.

'Staatsbezit. Zijn voorganger werd uit mijn auto gestolen.'

'Geen enkel spoor?'

'Niets. Onze technische mensen zeiden dat hij niet te hacken is, dus neem ik maar aan dat het oké is.' Ze stak haar hand in de voorzak van haar lange broek en zei: 'O ja, bijna vergeten,' en ze haalde de prepaidtelefoon die Myers haar had gegeven tevoorschijn.

'Heb je drie telefoons?' vroeg Gunther.

'Deze telt niet echt mee,' zei ze en ze legde de derde telefoon netjes in de rij naast de andere. 'Deze is van Myers. Volgens mij gebruikt hij er een paar per maand.'

'Slimme vent. Wanneer heb je hem voor het laatst gesproken?'

'Een paar weken geleden. Toen gaf hij me deze telefoon.'

Een exotisch uitziend Aziatisch meisje kwam hun bestelling opnemen. Gunther bestelde thee en drong er bij Lacy op aan dat ze een glas wijn nam. Dit ritueel hadden ze al honderden keren uitgevoerd: zij wilde niets doen om hem in de verleiding te brengen, maar hij was er juist trots op dat hij zich niet meer liet verleiden. Bovendien was hij geen wijndrinker geweest: te zacht, te beschaafd. Lacy bestelde een glas chablis. Als voorgerecht kozen ze een schaal knapperige loempia's. Toen de drankjes werden gebracht en ze elkaar net op de hoogte brachten van hun laatste gesprek met hun moeder Ann, maakte een van de telefoons een zacht geluidje: de telefoon in de indrukwekkende verzameling midden op de tafel waarvan ze dat het minst hadden verwacht.

Myers belde.

Lacy zuchtte, aarzelde en zei: 'Ik denk dat ik maar moet opnemen.'

'Natuurlijk. Dan kun je de rekening ook betalen.'

Langzaam opende ze de telefoon, keek om zich heen en zei zacht: 'Ik hoop dat je iets belangrijks te vertellen hebt.'

Een onbekende stem zei: 'Ik ben op zoek naar Lacy Stoltz.'

Ze aarzelde weer, want ze wist zeker dat dit Greg Myers niet was. 'Ik ben Lacy. Met wie spreek ik?'

'Wij kennen elkaar niet, maar Greg kennen we allebei. Ik ben de contactpersoon, de tussenpersoon, de man die contact heeft met de mol. We moeten praten.' Dit was zo fout dat Lacy even niet kon ademen en duizelig werd. Haar afschuw was kennelijk zichtbaar, want Gunther stak zijn hand uit en pakte haar zacht bij de arm. 'Waar is Greg?' vroeg ze en Gunther kneep zijn ogen bezorgd tot spleetjes.

'Dat weet ik niet. Daar moeten we dus over praten. Ik ben in de stad, niet ver bij jou vandaan. Hoe snel kunnen we elkaar ontmoeten?'

'Ik zit te dineren. Ik...'

'Over twee uur dan, om tien uur. Tussen het Capitool en het Old Capitol Building is een plein. Ik zie je om tien uur op de trap.'

'Hoe gevaarlijk is de situatie nu?'

'Op dit moment zou ik zeggen dat er geen onmiddellijk gevaar is.'

'Oké, maar ik neem mijn broer mee, en hij speelt graag met vuurwapens. Moet hij er een meenemen, voor het geval dat?'

'Nee Lacy, we staan aan dezelfde kant.'

'Is er iets met Greg gebeurd?'

'Daar hebben we het straks over.'

'Mijn eetlust is verdwenen. Ik ben er over een halfuur.'

De Capitol Grounds waren goed verlicht en er liepen ook een paar andere voetgangers rond. Het was immers zaterdagavond en alle ambtenaren hadden het weekend vrij. De man alleen vlak bij de trap van het Old Capitol droeg een korte broek, sportschoenen en een honkbalpetje, en zou nergens in de stad zijn opgevallen. Hij nam nog een laatste trekje van zijn sigaret, trapte hem uit en liep naar hen toe. Hij stak zijn hand uit en zei: 'Jij zult Lacy wel zijn.'

'Klopt, en dit is mijn broer, Gunther.'

'Ik ben Cooley,' zei hij toen ze elkaar even een hand gaven. Hij knikte en zei: 'Laten we gaan lopen.' Ze liepen doelloos over het plein in de richting van het House Office Building.

Cooley zei: 'Geen idee hoeveel je over me weet, vermoedelijk heel weinig.'

'Ik kende je naam niet eens,' zei ze. 'Wat is er aan de hand?' Ze was er al van overtuigd dat er iets met Greg was gebeurd, anders had Cooley zich niet gemeld en zouden ze elkaar nu niet ontmoeten.

Cooley zei zacht: 'Vier dagen geleden waren Myers en zijn vriendin Carlita in Key Largo om te duiken.'

'Ik heb Carlita ontmoet.'

'Nadat ze waren afgemeerd zei hij dat hij in een bar met iemand had afgesproken. Hij liep de steiger af en zij bleef op de boot. Hij is niet meer teruggekomen. Na een paar uur werd ze ongerust. Toen het donker werd, zag ze dat een paar onbekenden vanuit de verte naar de boot keken, dat dacht ze tenminste. Het was druk in de haven, een heleboel boten en mensen die op de dekken aan het feesten waren, en de twee mannen bleven niet lang. Ze belde me die avond, dat was ons noodplan. Ze was natuurlijk ongerust en over haar toeren, en had geen idee wat ze moest doen. Greg ging zelden aan wal en als hij dat wel deed, wist ze altijd precies hoe laat hij terugkwam. Ze deden weleens inkopen hier en daar, maar meestal deed Carlita de boodschappen. Ze gingen een enkele keer naar een film of een restaurant, maar altijd samen. Greg was voorzichtig en plande zijn uitstapjes altijd goed.'

Ze liepen door Duval Street, weg van het Capitool – gewoon drie vrienden die op een warme avond een wandeling maakten.

Lacy vroeg: 'Waar zijn zijn telefoons, laptop, dossiers, aantekeningen?'

‘Er ligt wel wat op de boot, Carlita houdt die nog steeds in het oog. Eerlijk gezegd weet ik niet precies wat daar allemaal ligt. Hij weet niet wie de mol is. Hij en ik praatten of persoonlijk met elkaar of via een prepaidtelefoon, en zorgden er altijd voor geen sporen achter te laten. Maar hij is advocaat, hè? Dus kan het zijn dat hij aantekeningen en zo heeft gemaakt. Voorlopig blijft Carlita daar en wacht; ze wacht tot hij terugkomt, wacht tot ik haar zeg wat ze moet doen. Zelf kan ik niet het risico nemen ernaartoe te gaan.’

‘Kunnen zij je identificeren?’ vroeg Lacy.

‘Wil je raden wie “zij” zijn? Nee, volgens mij zouden ze me niet herkennen, maar wie weet? Ik kan er niet naartoe om haar daar weg te halen.’

‘Kan zij de boot niet verplaatsen?’ vroeg Gunther.

‘Zeker niet. Ze kan de motor niet eens starten en in z’n achteruit zetten. En waar zou ze naartoe moeten?’

Lacy zag een bank en zei: ‘Ik moet even zitten.’ Zij en Gunther gingen zitten en hij hield haar hand vast, terwijl Cooley weer een sigaret opstak en naar het verkeer keek. Er waren geen andere voetgangers in de buurt.

Lacy zei: ‘Greg vertelde dat hij al jaren op de vlucht is en heel veel vijanden heeft gemaakt nadat hij in de problemen was gekomen. Kan het zijn dat dat deel van zijn verleden hem heeft ingehaald?’

Cooley blies een rookwolk uit. ‘Dat betwijfel ik. Wij hebben elkaar in de gevangenis ontmoet. Ik ben ook advocaat geweest, tot ze me vroegen daarmee op te houden. Wij waren dus gewoon twee uit ons ambt gezette jongens die hun straf uitzaten in een federale gevangenis in Texas. Van een andere gevangene hoorde ik het verhaal van Vonn Dubose en het indiaanse casino, dus toen ik vrijkwam ging ik terug naar Florida en begon rond te snuffelen. Het is een lang verhaal, maar ik kende de mol en bracht het balletje aan het rollen. Nu lijkt dat behoorlijk stom. Jij bent gewond geraakt, je vriend is dood, Myers drijft waarschijnlijk ergens met de stroom mee, dertig meter diep met een blok beton om zijn nek.’

‘Denk jij dat het Dubose is?’ vroeg Gunther.

‘Ja. Natuurlijk had Greg vijanden, maar dat is al heel lang geleden. En ik ken een paar van de mensen die hij heeft verraden, en dat waren geen georganiseerde criminelen. Natuurlijk waren ze woedend, maar het zijn geen lui die jaren op zoek blijven naar Greg zodat ze een kogel in zijn kop kunnen schieten en hun eigen leven nog ingewikkelder maken. Kubiak, de leider, zit nog steeds vast. Nu zet Greg zijn naam onder de aangifte en bedreigt de Dubose-clan, en nou zeg, een paar dagen later is hij verdwenen. Een procedurele vraag?'

Lacy haalde haar schouders op alsof ze wilde zeggen: 'Ga je gang.'

'Kan de formele aangifte die Myers tegen rechter McDover heeft ingediend worden afgehandeld als de beschuldigende partij verdwijnt?'

Lacy dacht hier even over na. 'Dat weet ik niet zeker. Voor zover ik weet is dat nooit eerder voorgekomen.'

'Weten jullie zeker dat jullie hiermee door willen gaan?' vroeg Gunther.

Cooley en Lacy gaven geen antwoord. Cooley rookte langzaam zijn sigaret op en schoot de peuk nonchalant op het trottoir. Normaal gesproken zou Lacy er iets van hebben gezegd, maar nu was het onbelangrijk.

'Wat moeten we eerst doen?' vroeg ze.

Cooley zei: 'Carlita kan niet veel langer op die boot blijven. Ze is bijna door haar eten en water heen, en de havenmeester eist havengeld van haar. Ik zou haar willen redden en zijn spullen willen ophalen: telefoons, dossiers, alles wat veiliggesteld moet worden. Maar nogmaals, dat is te riskant. De kans is groot dat iemand de boot in de gaten houdt en z'n kansen afwacht.'

'Ik kan het wel doen,' zei Gunther.

'Echt niet,' zei Lacy verbaasd. 'Jij bemoeit je hier niet mee.'

'Luister, ik heb een vliegtuigje op het vliegveld staan. Ik kan binnen twee uur in Key Largo zijn. Zij, als ze daar echt zijn, hebben geen idee wie ik ben. Carlita weet dan dat ik eraan kom en staat klaar. Zij vertelt ons precies waar de boot ligt en voordat iemand weet wat er gebeurt, ben ik de boot op en weer af. Als ze het zien en achter ons aan naar het vliegveld gaan, kunnen ze nooit snel genoeg een vliegtuig regelen om ons te achtervolgen. Dan zet ik haar onderweg ergens af waar ze de bus kan nemen naar waar ze maar naartoe wil.'

'En als iemand probeert je tegen te houden?' vroeg Cooley.

'Je hebt mijn zus gehoord: ik hou van vuurwapens en heb er een bij me. Bovendien ben ik niet snel bang.'

'Ik weet het niet, Gunther,' zei Lacy. Cooley was meteen voor dat idee te porren, maar Lacy niet.

'We gaan het doen, oké zus? Klein risico, grote beloning. Ik doe het om het team te helpen en jou te beschermen.'

27

Later die avond sprak Michael zijn veto uit over het plan. Hij was woedend dat Gunther er weer in was geslaagd zijn neus in de zaak-McDover te steken en gaf Lacy een uitbrander omdat ze haar professionele discretie overboord had gezet. Ze verdedigde zichzelf zo goed mogelijk door te vertellen dat Cooley tijdens hun etentje had gebeld en ze dat op geen enkele manier geheim had kunnen houden voor haar broer die, zoals ze nu heel goed wisten, alles hoorde en heel opdringerig was. Ze herinnerde haar baas eraan dat hij Gunther in het ziekenhuis ook al veel te veel had verteld toen ze samen koffie hadden gedronken toen zij in coma lag. Dit was geen normaal onderzoek voor hen, en dus golden er andere regels.

Wat veel belangrijker was, was Myers' verdwijning en alle nare gevolgen daarvan. Lacy eiste een gesprek met haar baas, zondagochtend vroeg op kantoor. Michael ging uiteindelijk akkoord, maar wilde niet dat Gunther daarbij was. Dus bleef Gunther in de auto en zat de hele tijd te schreeuwen tegen een bankier die hij uit bed had gebeld.

Die dag, zondag, was Michaels woede verdwenen en was hij bereid te luisteren. Lacy vertelde hem het laatste nieuws van Cooley: eerder die ochtend had hij Carlita gesproken en er was niets veranderd. Myers was niet teruggekomen, zij was in de weer op de boot alsof er niets aan de hand was: ze maakte het dek schoon, lapte de ramen en probeerde net te doen alsof alles normaal was, maar eigenlijk hield ze continu iedereen die in de buurt kwam in de gaten. Ze was verdrietig, doodsbang, gespannen en wilde naar huis, naar Tampa, maar ze had bijna geen geld en helemaal geen plan. Ze had Myers' paperassen bekeken, maar had geen idee wat belangrijk was. Onder het bed stond een doos met 'zijn juridische spullen', maar hij bewaarde de meeste van 'zijn papieren' ergens in Myrtle Beach. Er waren ook twee telefoons en een laptop. Cooley vertelde haar dat er hulp aan kwam, maar had dat alleen gezegd om haar te kalmeren.

Lacy zei dat ze verplicht waren haar te redden als ze dat zonder te veel risico konden doen. Carlita's situatie was immers een rechtstreeks gevolg van hun onderzoek en op dit moment kon niemand anders haar helpen. Zij was in het bezit van dossiers, telefoons en een laptop die hun zaak konden schaden. Inderdaad, Gunther was een ongeleid projectiel, maar hij was bereid op eigen kosten heen en terug te vliegen. Anders moesten ze minstens tien uur rijden, heen én terug, terwijl tijd een belangrijke factor was. Ze zei een paar keer: 'Michael, ik accepteer geen nee.'

'Waarom kan ze de politie niet bellen en aangifte doen van zijn vermissing?' voerde hij aan. 'Laten zij dit afhandelen. Ze kan die boot elk moment verlaten en naar huis gaan. Als daar een misdaad is gepleegd, moet de politie daarover worden geïnformeerd.'

'Dat zei Cooley ook al, maar dat vond ze doodeng. Geen idee waarom, maar we weten niet alles over Myers en zijn boot. Misschien wil ze niet dat de politie daar rondsnuffelt. Misschien heeft ze geen verblijfsvergunning.'

'Zeg dat ze de dossiers moet vernietigen, alles wat verdacht lijkt, dat ze alleen de telefoon die ze gebruikt houdt en alle andere, samen met die laptop, overboord moet kieperen.'

'Dat klinkt allemaal leuk en aardig hier in jouw kantoor, Michael, maar wij weten niet wat zij weet en misschien vraag je haar wel om bewijsmateriaal weg te gooien. Maar dat zal ze zeker niet doen, ze is doodsbang en weet niet meer wat ze moet doen. We moeten haar helpen.'

'Wat gebeurt er met die boot als zij weggaat?'

'Wat maakt dat nou uit? Op een bepaald moment zal iemand de politie wel bellen. Uiteindelijk zullen zij besluiten dat er iemand wordt vermist en dan wel gaan doen wat ze moeten doen. Wij hebben zelf al genoeg problemen.'

'Jij gaat er niet naartoe, Lacy. Ik wil niet het risico lopen dat je weer gewond raakt.'

'Oké, dan moet Gunther het maar alleen doen. Hij kan Carlita van de boot halen.'

'Vertrouw je hem echt?'

'Ja. In bepaalde situaties kan hij heel betrouwbaar zijn.'

Michael maakte zich duidelijk zorgen. Alweer een slachtoffer. Misschien had Myers cruciale informatie achtergelaten. De BJC had absoluut geen ervaring met dit soort zaken. Waar bleven de echte agenten? Hij nam een slok koffie uit een kartonnen beker en zei: 'Weet je Lacy, als Dubose hierachter zit, dan weten ze dat de aangifte tegen McDover is ondertekend door een man die nu onschadelijk is gemaakt. Dan is het voorbij, Lacy. We kunnen hier niet mee doorgaan zonder de aanklagende partij.'

'Laten we ons daar morgen maar druk over maken. Nu moeten we Carlita en alles wat Myers eventueel heeft achtergelaten ophalen.'

'Het is voorbij, Lacy.'

'Nee, dat is niet waar. En ik accepteer geen nee.'

'Dat zei je al.'

'Ik heb een idee, Michael. Jij en Gunther kunnen samen naar Key Largo om haar te halen. Het is perfect weer en volgens hem kunnen er vier passagiers mee. Een probleemloze vlucht.'

'Ik hou niet van kleine vliegtuigjes.'

'Ook niet van grote. Verman je, Michael. Voor je het weet ben je terug. We overtreden geen enkele wet. Het is maar een korte vlucht daarnaartoe, je neemt haar mee, zet haar ergens af en dan ben je weer thuis.'

'En ik zit vier uur met Gunther in een klein vliegtuig?'

'Klopt, maar het is voor een goed doel, dat weet je.'

'Waarom al die moeite, Lacy? Dat dossier wordt straks gesloten.'

'Niet als de FBI erbij wordt gehaald. Ze bedenken zich misschien als ze horen dat er een kroongetuige is verdwenen.'

'Dat klinkt heel wanhopig.'

'Dat komt doordat we ook wanhopig zijn.'

Michael haalde diep adem en schudde gefrustreerd zijn hoofd. 'Ik kan niet mee. We vieren vanmiddag een feestje voor de negentigste verjaardag van mijn schoonmoeder.'

'Dan ga ik. Ons zal niets overkomen, echt niet. Het is maar een korte vlucht op een prachtige zondag. Het is mijn vrije dag. Dus wie kan me tegenhouden als ik wil vliegen?'

'Ik geef je toestemming op één voorwaarde: jij komt niet in de buurt van die boot. Als iemand die in de gaten houdt, herkent hij jou misschien. Niemand kent Gunther, maar dat geldt niet voor jou. Neem Myers' papieren, telefoons en laptop mee. Carlita kent je en ze zal jou eerder vertrouwen dan je broer. Wie niet? Maar goed, zet haar onderweg ergens af, geef haar wat geld voor een taxi of een buskaartje, en zorg ervoor dat ze begrijpt dat ze er met niemand over mag praten.'

Lacy liep al naar de deur. 'Begrepen, Michael.'

Een uur later zaten ze in de Beechcraft Baron en stegen op van het vliegveld van Tallahassee. Gunther, die genoot van het avontuur, zat links en bestuurde het toestel. Lacy zat naast hem met een koptelefoon op en luisterde gefascineerd naar de gesprekken tussen de luchtverkeersleiding en de vliegtuigen. Ze vlogen bijna pal naar het zuiden en waren algauw boven de Gulf. Op drieduizend meter gingen ze horizontaal vliegen en vlogen ze op hun maximumsnelheid van 370 kilometer per uur. Het lawaai van de zuigermotoren werd iets minder, hoewel het in de cabine veel lawaaieriger was dan Lacy ooit eerder had meegemaakt.

Twee uur later begonnen ze met dalen, en Lacy keek naar de oceaan en de eilanden. Ze landden om 11.40 uur. Gunther had bij de terminal voor privévliegtuigen al een huurauto geregeld; hij reed en Lacy had de wegenkaart en gaf aanwijzingen. Cooley was nog steeds ergens in de buurt van Tallahassee en praatte met Carlita. Toen ze bijna bij de Key Largo Harbor Marina waren, gaf Cooley Gunther Carlita's nummer zodat ze een afspraak konden maken.

Het was druk in de haven, schippers vertrokken en vissersboten kwamen terug met de vangst van die ochtend. Een boot met duikers was net aangemeerd en een stuk of twaalf duikers laadden hun spullen uit. Lacy bleef in de auto zitten en keek om zich heen, terwijl Gunther quasidoelloos door de haven liep en de boten bewonderde. Carlita stapte van de Conspirator en slaagde erin te glimlachen alsof alles in orde was. Ze had drie tassen bij zich: een rugzak, een nylon tas vol kleding en Myers' olijfkleurige koerierstas. Gunther nam twee tassen van haar over en samen liepen ze rustig terug naar de parkeerplaats. Lacy hield de hele haven in de gaten, maar zag niemand die naar hen leek te kijken. Carlita was dolblij haar te zien, een bekend gezicht.

Gunther, die altijd meteen zijn mening klaar had, dacht dat de mensen die verantwoordelijk waren voor Myers' verdwijning en vijf dagen lang geen contact met wie dan ook hadden opgenomen, allang weg waren, want als ze met Carlita wilden praten of de boot wilden doorzoeken, hadden ze dat allang gedaan.

Een uur nadat ze het vliegveld hadden verlaten, waren ze alweer bij de terminal voor privévliegtuigen, laadden alles snel in de Beechcraft Baron en stegen om kwart over een op. Lacy belde Michael, maar hij nam niet op; hij zou wel aan het feesten zijn met zijn schoonmoeder. Ze stuurde hem een sms met de boodschap dat de missie was volbracht.

Lacy en Carlita zaten achter in de cabine, dicht bij elkaar. Zodra ze in de lucht waren, begon Carlita te huilen. Lacy pakte haar hand en verzekerde haar dat ze nu veilig was. Carlita vroeg of ze iets over Myers had gehoord. Nee, geen woord, helemaal niets. Wat zou er met de boot gebeuren? Lacy zei dat ze dat niet wist. Ze wilden de autoriteiten laten weten dat Greg Myers werd vermist en dan moesten die hun werk maar doen. Lacy vroeg Carlita naar de boot. Hoe lang had ze daarop gewoond? Waar had Myers hem gekocht of gehuurd? Was de boot echt van hem of van een bank? Kwam iemand anders weleens bij hem op bezoek op de boot?

Carlita wist heel weinig. Ze had ongeveer een jaar op de boot gewoond, maar wist niet waar die vandaan kwam. Myers praatte niet over zijn zaken. Hij ging af en toe aan wal om iemand te ontmoeten, maar was altijd binnen een uur weer terug. Hij was uiterst voorzichtig, en bang. Hij maakte geen fouten. Toen hij verdween was hij even naar de haven gegaan om iets te drinken, dat was alles. Hij had met niemand afgesproken. Hij was gewoon verdwenen.

Toen ze horizontaal vlogen en Key Largo ver achter zich hadden gelaten, hield Carlita op met huilen en werd stil. Lacy vroeg of zij de koerierstas en de rugzak mochten houden. Carlita zei dat dat geen probleem was, ze wilde geen papieren van hem. Ze vertelde dat Myers heel weinig op de boot bewaarde omdat die kon worden doorzocht, door criminelen of door de autoriteiten. Hij had veel papieren naar zijn broer in Myrtle Beach gestuurd per post, nooit met een koerier. Ze wist niet precies wat ze allemaal op de boot had achtergelaten, maar wist bijna zeker dat het niet belangrijk was.

Een uur later landden ze in Sarasota. Gunther had telefonisch al een taxi besteld en Lacy gaf Carlita genoeg geld om bij haar huis in Tampa te komen. Lacy bedankte en omhelsde haar en zei tot ziens, ook al wist ze dat ze haar nooit terug zou zien.

Weer in de lucht, terwijl Gunther druk was met het besturen van het vliegtuig, maakte Lacy de koerierstas open. Ze haalde er Myers' dunne laptop uit en zette hem aan, maar kon niet verder, omdat ze een wachtwoord moest intoetsen. Ze vond een prepaidtelefoon en een paar dossiermappen. In een ervan zaten de registratiepapieren van de boot, bij een bedrijf op de Bahama's, garantiebewijzen, handleidingen en een dikke stapel papieren met kleine lettertjes van de verzekering. Een andere map zat vol oude zaken over corrupte rechters. Lacy kon niets vinden over McDover, de Tappacola, Cooley, de mol of haarzelf. De rugzak was al even 'schoon': alleen oude onderzoeken en krantenknipsels over Ramsey Mix, alias Greg Myers. Kennelijk bewaarde hij de actuele documentatie ergens aan de wal, in elk geval de informatie op papier. Ze vermoedde dat zijn laptop vol stond met bewijsmateriaal dat eenmaal in verkeerde handen rampzalig had kunnen zijn.

Toen ze in Tallahassee landden, hoopte Lacy dat Gunther gewoon in het vliegtuig zou blijven zitten en zou terugvliegen naar Atlanta. Maar dat kwam niet in zijn hoofd op. Tijdens de rit naar haar appartement begreep ze dat Gunther zichzelf nu beschouwde als een actief lid van het onderzoeksteam van de DJC. Hij wilde nog een paar dagen blijven om zijn zus in het oog te kunnen houden.

Lacy belde Michael weer en bracht hem op de hoogte. Ze spraken af elkaar maandagochtend vroeg te ontmoeten.

Aan het einde van de middag liep Gunther ijsberend op haar terras te bellen met de ene na de andere partner, advocaat of bankier, en Lacy beantwoordde mailtjes, toen ze werd verrast door Allie Pacheco.

Zijn sms was kort: *Tijd voor een drankje?*

Ze antwoordde: *Niet-officieel, buiten werktijd, geen zaken?*

Hij antwoordde: *Natuurlijk.*

Maar zij wilde juist wel over zaken praten. Ze vroeg hem naar haar appartement te komen, waarschuwde hem dat haar broer er was en ze dus niet onder vier ogen met elkaar konden praten.

Pacheco kwam om halfacht, gekleed in een korte broek en een poloshirt. Lacy schonk een biertje voor hem in en stelde hem voor aan Gunther, die hem het hemd van het lijf wilde vragen. De onofficiële status van hun afspraak bleef ongeveer vijf minuten gehandhaafd, tot Gunther riep: 'We moeten over Myers praten!'

Pacheco zette zijn glas neer, keek Lacy aan en vroeg: 'Oké, wat is er met Myers?'

'Hij wordt al vijf dagen vermist,' zei ze. 'Dat daar is zijn laptop. Die hebben we vanochtend in Key Largo van zijn boot gehaald.'

'Het is een lang verhaal,' zei Gunther.

Pacheco keek hen aan. Hij hief zijn handen in de lucht, met zijn palmen naar voren en zei: 'Dit mag dus echt niet, oké? Vertel me alles wat jullie me kunnen vertellen, daarna besluit ik wat ik ermee doe.'

Gunther bleef opvallend stil, terwijl Lacy het hele verhaal vertelde.

Pacheco zat al aan zijn tweede biertje en zei ten slotte: 'Die boot moet door de federale overheid worden verzegeld en daarvoor is het nodig dat de politie op de hoogte wordt gebracht. Dit is geen federale kwestie, nog niet in elk geval, dus wij kunnen het niet doen.'

'Maar jij kunt de politie op de hoogte brengen, toch?' vroeg Lacy. 'Zelf bel ik liever niet, want dan zou ik heel veel vragen moeten beantwoorden. En ik koppel mijn naam liever niet aan de zaak van een vermiste.'

'Daar ben je al aan gekoppeld, omdat je zijn laptop en dossiermappen hebt.'

'Maar die hebben niets met zijn verdwijning te maken.'

'Dat weet je niet. Je weet niet wat er op die laptop staat. Misschien vind je daar sporen, een verwijzing naar een ontmoeting op de dag van zijn verdwijning.'

'Geweldig,' zei Gunther. 'We geven het aan jou, alles, en jij geeft het aan de politie. Zij zullen de zaak veel serieuzer opvatten als ze door de FBI worden geïnformeerd.'

'Misschien wel,' zei Pacheco. 'Is het mogelijk dat Myers gewoon is weggelopen? Gezien zijn verleden en zijn huidige toestand lijkt me dat niet eens erg vergezocht.'

Lacy zei: 'Zeker, dat heb ik me ook afgevraagd. Misschien is hij ergens bang door geworden. Misschien had hij het helemaal gehad met de boot, of de vrouw, of allebei, en besloot hij ervandoor te gaan. Het is zeker dat hij overwoog de aangifte in te trekken. Toen hij hier in mijn appartement was, bood hij aan de zaak te laten vallen. Hij vond het heel erg wat er is gebeurd met Hugo, gaf zichzelf de schuld en zei dat hij wilde dat hij hier nooit aan was begonnen. Het is mogelijk dat hij de informatie heeft weggegooid, zijn computer heeft leeggemaakt en ervandoor is gegaan.'

'Dat geloof je niet,' zei Gunther.

'Nee, klopt. Ik heb dit ook met Cooley besproken en hij zal nooit geloven dat Myers er weer vandoor zou gaan. Myers heeft het geld nodig. Hij is een ex-gevangene van zestig zonder echte toekomst. Hij rekende op een gigantische uitkering van de klokkenluidersregeling. Hij kende het recht vanbinnen en vanbuiten, en zat zijn geld al te tellen. Hij was ervan overtuigd dat McDover en Dubose tientallen miljoenen achterover hebben gedrukt en dat veel van dat geld kan worden teruggevonden. Ik weet niet hoe hij voor die boot heeft betaald, maar hij was er heel trots op. Hij genoot van het eilandhoppen en het om de Keys heen varen. Hij was een gelukkige man die op het punt stond rijk te worden. Dus nee, ik denk niet dat hij vrijwillig is vertrokken.'

Pacheco zei: 'Hij is vijf dagen geleden verdwenen en het onderzoek is nog niet eens begonnen. Dus is het spoor ijskoud.'

'En de FBI kan niets doen?' vroeg Gunther.

'Niet echt. Eerst moet de plaatselijke politie ermee aan de slag. Als er sprake is van een ontvoering of zo, dan bellen ze ons misschien. Maar dat betwijfel ik. Eerlijk gezegd acht ik de kans dat Myers levend wordt gevonden uiterst klein.'

'Des te meer reden om achter Dubose aan te gaan,' zei Lacy.

'Mee eens, maar dat is niet aan mij.'

'Hoeveel doden hebben jullie nog nodig?' vroeg Gunther.

'Nogmaals, het is niet mijn besluit. Lacy kan bevestigen dat ik een week geleden al had willen beginnen.'

Gunther beende de kamer uit, terug naar zijn terras.

'Sorry,' zei Lacy.

Pacheco was haar appartement binnengekomen in de hoop dat hij gezellig iets zou kunnen drinken met een knappe vrouw. Hij verliet het appartement echter met Myers' koerierstas en rugzak, en zonder een duidelijk idee van wat hij nu precies moest doen.

28

Lacy werd die maandagochtend al vroeg wakker en had een nieuw plan bedacht om van haar broer af te komen. Ze moest dan wel naar de dodencellen, waar hij niet welkom zou zijn. En ze zou er alleen naartoe gaan, omdat ze de regels van de BJC niet zo kon ombuigen dat ze hem kon meenemen. Dit vertelde ze aan Gunther terwijl de koffie doorliep. Ze was aangenaam verrast toen hij fris gedoucht en volledig aangekleed binnenkwam. Hij vertelde haar dat er een deal op springen stond, niet verrassend, en dat hij thuis nodig was. Hij had zelfs amper genoeg tijd om een stukje geroosterd brood te eten, voordat ze gehaast het huis verlieten en naar haar auto liepen. Op het vliegveld bedankte ze hem weer en liet hem beloven terug te komen. Toen de Beechcraft Baron opsteeg, glimlachte ze, haalde diep adem en was blij dat zij er niet in zat.

Op kantoor ging ze naar Michael en beschreef tot in detail hun reis naar Key Largo. Ze vertelde hem wat er in Myers' koerierstas en rugzak zat, en ook dat ze, net als zijn laptop, nu in het bezit waren van de FBI.

'Ben je bij de FBI geweest?' vroeg Michael geïrriteerd.

'Pacheco heeft een oogje op me en kwam gisteren langs voor een drankje. Van het een kwam het ander en, dankzij Gunthers ijverige hulp, begonnen we over Myers. Pacheco heeft zich bereid verklaard de politie te melden dat hij wordt vermist. Het leek hem het beste als de FBI de spullen uit de boot in bezit had.'

'Vertel me alsjeblieft dat je broer de stad verlaat.'

'Hij is al weg, vanochtend vertrokken.'

'Geweldig! Zeg alsjeblieft dat-ie zijn mond kan houden, Lacy.'

'Maak je geen zorgen. Niemand in Atlanta is hierin geïnteresseerd en bovendien zal hij altijd doen wat het beste voor mij is. Ontspan je maar.'

'Ontspannen? Dit is de belangrijkste zaak in onze geschiedenis en die dondert aan alle kanten in elkaar. Ik neem aan dat je niets van Killebrew hebt gehoord?'

'Nee, en dat verwacht ik ook niet. Zij hebben nog achttien dagen voor hun reactie en ik ben ervan overtuigd dat ze tot het laatste moment wachten. Elke opwinding aan hun kant zou prematuur zijn en hun schade berokkenen. Ze zijn veel te slim om nu contact met ons op te nemen. De dagvaarding is afgelopen vrijdag overhandigd en ik neem aan dat ze daar nu op zitten te broeden.'

'We kunnen alleen maar afwachten.'

'We kunnen niet nietsdoen, Michael. Ik ga op bezoek bij Junior Mace in de dodencellen. Ik wil je gewoon even laten weten waar ik naartoe ga.'

'Ik wist niet dat je Junior Mace vertegenwoordigde.'

'Natuurlijk doe ik dat niet, maar ik heb beloofd hem op te zoeken. Zijn advocaten uit D.C. gaan vanmiddag naar hem toe. Salzman, de hoofdadvocaat, heeft me gevraagd erbij aanwezig te zijn. Junior heeft daar geen bezwaar tegen, hij vindt me aardig.'

'Zorg ervoor dat je niet te close met hem wordt.'

'Salzman heeft er alle vertrouwen in dat zijn executie zal worden uitgesteld. Als die verklikker zich meldt en zijn getuigenverklaring intrekt, denkt Salzman dat ze de executie afblazen en hij vermoedt dat er dan een nieuw proces zal volgen.'

'Een nieuw proces, na vijftien jaar?'

'Ja, zoiets.'

'En wat heb jij daarmee te maken?'

'Ik zei niet dat ik er iets mee te maken heb. Laten we zeggen dat ik niet de hele dag op kantoor wil zitten. Bovendien maakt de onterechte veroordeling van Junior Mace deel uit van de grote samenzwering. Als dat vonnis nietig wordt verklaard, komen er misschien nieuwe bewijzen boven tafel. Stel dat het spoor terugleidt naar Dubose, dan ontvouwt zich misschien van alles. Het is belangrijk dat we zijn zaak volgen.'

'Wees alsjeblieft voorzichtig.'

'De dodencellen zijn een heel veilige plek, Michael.'

'Als jij het zegt.'

Lacy deed de deur van haar kantoor dicht en pakte een dikke map met Sadelles memo's. Ze haalde er eentje uit de stapel en las het nog een keer door. De titel was 'De moord op Son Razko en Eileen Mace' en het luidde:

Junior en Eileen Mace woonden met hun drie kinderen in een houtskeletwoning aan Tinley Road, ongeveer drie kilometer van het Tappacola-reservaat. (In die tijd woonde ongeveer de helft van alle Tappacola daar, en een heleboel anderen vlakbij. Ongeveer tachtig procent woonde in Brunswick County, en een paar helemaal in Jacksonville.) Op de middag van 17 januari 1995, terwijl hun drie kinderen op school waren, was Son Razko op bezoek in het huis van de Maces. Razko en Junior Mace waren vrienden en hadden het verzet tegen het casino geleid. Junior werkte als vrachtwagenchauffeur voor een bedrijf uit Niceville, Florida, en was aan het werk. Als Son en Eileen inderdaad een verhouding hadden, was het doel van zijn bezoek duidelijk. Als ze dat niet hadden, dan is nooit bekend geworden waarom hij er was. Hoe dan ook, ze werden naakt en dood gevonden in de slaapkamer door het oudste kind toen hij om ongeveer vier uur 's middags uit school kwam. Een patholoog-anatoom die voor de staat getuigde schatte dat ze ergens tussen twee en drie uur 's middags waren gedood.
Van Junior was bekend dat hij dronk en toen hij klaar was met zijn leveranties ging hij terug naar het pakhuis in Niceville, stapte in zijn pick-up en reed naar een bar. Hij dronk een paar biertjes en speelde een potje darts met een man die nooit is geïdentificeerd. Tegen zeven uur 's avonds werd hij gevonden op de parkeerplaats, vlak bij zijn pick-up, bewusteloos en waarschijnlijk dronken. Het wapen waarmee de beide moorden waren gepleegd was een ongeregistreerde Smith & Wesson .38 met een korte loop die werd gevonden onder de voorstoel van Juniors pick-up, net als Sons portefeuille. Mace werd naar het ziekenhuis in Niceville gebracht. De politie had een anonieme tip gekregen en ging naar het ziekenhuis waar ze hem vertelde wat er met zijn vrouw en Son was gebeurd. Hij bleef die nacht in het ziekenhuis en werd de volgende dag naar de gevangenis gebracht. Hij werd beschuldigd van de beide moorden en kreeg geen toestemming om de begrafenis van zijn vrouw bij

te wonen. Hij hield vol dat hij onschuldig was, maar niemand geloofde hem.
Tijdens zijn proces, dat door rechter Claudia McDover van Brunswick County naar Panama City werd verplaatst, kwam Mace met twee getuigen die werkten bij bedrijven waar hij die middag goederen had afgeleverd. De eerste getuige verklaarde dat hij tussen twee en drie uur 's middags ongeveer zestig kilometer van de plaats delict verwijderd was geweest, en de tweede getuige zei dat hij daar toen ruim twintig kilometer vandaan was. Volgens het procesverbaal van de zitting kwamen beide getuigen niet echt geloofwaardig over, en de openbaar aanklager verklaarde dat Junior die beide leveranties heel goed had kunnen doen en toch voldoende tijd had gehad om tussen twee en drie bij zijn huis langs te gaan. Het is nooit duidelijk geworden hoe het mogelijk was dat hij zijn enorme vrachtwagen ergens parkeerde, in zijn pick-up stapte, naar huis reed, twee mensen vermoordde en weer van zijn pick-up in zijn vrachtwagen stapte.
De staat leunde zwaar op de getuigenverklaringen van twee informanten uit de gevangenis: Todd Short en Digger Robles. Beiden getuigden dat ze op verschillende momenten bij Junior in de cel hadden gezeten en dat hij er openlijk over had opgeschept dat hij zijn vrouw in bed had betrapt met een andere man en hen allebei had doodgeschoten. Tijdens hun verklaringen, die opvallend veel gelijkenis vertoonden, vertelden ze de jury dat Junior trots was op wat hij had gedaan, geen enkel berouw had en niet begreep waarom hij werd aangeklaagd. (Naar verluidt en plaatselijke roddels verdwenen beide getuigen niet lang na het proces.)
De aanwezigheid van Sons portefeuille in Juniors truck was cruciaal. Volgens de wetten in Florida was er alleen sprake van capital murder – waar de doodstraf op staat – als er sprake was van moord, natuurlijk, maar ook een andere misdaad, zoals verkrachting, diefstal met inbraak, ontvoering, et cetera. Dus het feit dat Junior die portefeuille had gestolen veranderde de zaak van *first-degree murder* (waar levenslang op staat) in capital murder.
De aanwezigheid van het wapen in Juniors truck was fataal voor zijn verdediging. Ballistische experts van het staatslab verklaarden dat er geen twijfel over mogelijk was dat de kogels die uit de licha-

men waren gehaald met Juniors revolver waren afgevuurd.
Tegen het advies van zijn advocaat in (Juniors advocaat was hem door de rechtbank toegewezen en had nooit eerder een capital murder-zaak behandeld) nam Junior plaats in de getuigenbank om zichzelf te verdedigen. Fel ontkende hij elke betrokkenheid bij de dood van zijn vrouw en vriend. Hij beweerde dat hij erin werd geluisd als wraak voor zijn verzet tegen het casino. Hij zei dat iemand in de bar iets in zijn bier had gedaan, dat hij maar drie biertjes had gedronken en daarna bewusteloos was geraakt en zich niet kon herinneren dat hij de bar had verlaten. De barkeeper verklaarde dat hij minstens drie biertjes had gehad en dat hij, de barkeeper, Junior in zijn pick-up had geholpen en hem daar had achtergelaten. Uit het proces-verbaal blijkt dat Junior zich waardig gedroeg in de getuigenbank, hoewel het kruisverhoor heel lang duurde.
Met het vuurwapen, de portefeuille, twee informanten, een verdediging die op twee ongeloofwaardige getuigen à decharge berustte en een verdachte die kennelijk dronken was geweest en zich niet veel kon herinneren, had de jury genoeg voor een schuldigverklaring. Tijdens de fase van de strafbepaling riep Juniors advocaat zijn broer Wilton en een neef op die beiden getuigden dat Junior een toegewijde echtgenoot en vader was, geen zware drinker, geen vuurwapen bezat en al jaren geen vuurwapen meer had afgeschoten.
De jury kwam terug met twee keer de doodstraf.
Tijdens het proces, dat acht dagen duurde, gaf rechter McDover, die haar eerste capital murder-proces voorzat, de openbaar aanklager bijna elke keer gelijk. Alleen bij het verzoek om verplaatsing van het proces gaf ze blijk van zorg voor de rechten van Mace. Ze gaf de getuigen voor de staat veel ruimte voor hun verklaring en wees constant bezwaren van de verdediging af. De manier waarop zij het proces heeft voorgezeten is in beroep herhaaldelijk bekritiseerd en in verschillende vonnissen van beroepszaken zijn wel een paar zorgen uitgesproken, maar de hogere rechtbanken hebben de vonnissen steeds gehandhaafd.

Tijdens de tweeënhalf uur durende rit naar de gevangenis dacht Lacy aan Hugo. Nog geen twee maanden geleden hadden ze deze rit samen gemaakt, allebei moe door een gebrek aan slaap, en hadden ze een heleboel koffie gedronken om wakker te blijven. Ze hadden tegen elkaar gezegd dat ze Greg Myers wantrouwden en dat ze niet echt geloof hechtten aan zijn theorie van een grote samenzwering. Ze hadden allebei toegegeven dat ze het gevoel hadden dat er gevaar dreigde.

Wat waren ze naïef geweest.

In Bradford County volgde ze de borden naar Starke en daarna naar de gevangenis. Het duurde een halfuur om in de Q-vleugel te komen. Het was maandag twaalf uur, en er waren geen andere advocaten aanwezig. Ze zat een kwartier in een kleine spreekkamer te wachten tot Junior binnenkwam, geboeid. Nadat zijn bewakers zijn boeien hadden losgemaakt, ging hij aan de andere kant van de plastic tussenmuur zitten. Hij pakte zijn telefoon, glimlachte en zei: 'Bedankt voor je komst.'

'Hallo, Junior. Goed je weer te zien.'

'Je ziet er goed uit, Lacy, ondanks wat er is gebeurd. Ik neem aan dat je aan de beterende hand bent.'

'Ja, mijn haar groeit weer en dat is het belangrijkst.'

Hij grinnikte. Hij leek geanimeerder deze keer, had meer zin om te praten. Lacy dacht dat hij vol verwachting op de komst van zijn advocaten uit D.C. wachtte. Voor het eerst in vele jaren was er hoop. 'Het spijt me vreselijk van je vriend Hugo,' zei hij. 'Ik vond hem aardig.'

'Dank je.' Ze wilde echt niet over Hugo praten, maar omdat ze nog heel veel tijd moesten doden konden ze overal over praten. Ze zei dat zijn familie het redde en dat ze probeerden zich erdoorheen te slaan, maar de dagen waren lang en moeilijk. Hij wilde meer weten over het ongeluk, hoe en waar het was gebeurd en wat er sindsdien was ontdekt. Hij geloofde niet dat het een ongeluk was geweest en zij verzekerde hem ervan dat dit niet het geval was. Hij vroeg zich af waarom niemand 'van buiten' Hugo's dood had onderzocht. Heel terughoudend vertelde ze dat ze hoopte dat dit wel ging gebeuren. Ze praatten over Wilton, Todd Short, de advocaten uit D.C. en even over het leven in de dodencellen.

Na een lange stilte, een van vele, zei hij: 'Ik kreeg gisteren bezoek van iemand, van iemand die ik helemaal niet verwachtte.'

'Wie was dat?'

'Ene Lyman Gritt. Heb je weleens van hem gehoord?'

'Ja, we hebben elkaar zelfs ontmoet, hoewel ik me dat niet kan herinneren. Ze hebben me verteld dat hij na het ongeluk ter plaatse was en dat hij ervoor heeft gezorgd dat ik naar het ziekenhuis werd gebracht. Ik ging naar zijn kantoor om hem te bedanken, maar hij schijnt te zijn vervangen. Ik vind de timing heel verdacht.'

Junior glimlachte en boog zich naar haar toe. 'Alles is verdacht, Lacy. De zaak is nu aan het rollen gebracht, wees dus maar erg op je hoede.'

Ze haalde haar schouders op. *Vertel verder.*

Hij zei: 'Gritt is een goede man. Hij was vóór de bouw van het casino, zodat we lang geleden lijnrecht tegenover elkaar stonden. Maar we hebben een gemeenschappelijk verleden: mijn vader en zijn oom zijn samen opgegroeid in een hut vlak buiten het reservaat. Ze waren als broers. Ik kan niet zeggen dat de families nu close met elkaar zijn, doordat we het oneens waren over het casino. Maar Gritt heeft een geweten en weet iets van die corruptie. Hij heeft de Chief nooit gemogen en nu heeft hij echt de pest aan hem en zijn familie. De zoon van de Chief is nu de politiechef, zodat elk onderzoek naar jullie ongeluk op niets zal uitlopen. Het wordt allemaal verdoezeld, zoals je vast al hebt vermoed. Maar Gritt kent de waarheid en hij denkt dat hij bewijzen in handen heeft waarmee hij die kan aantonen. Daarom wil hij met jou praten.'

'Met mij?'

'Inderdaad. Volgens hem kan hij je vertrouwen. Die lokale jongens in Brunswick County vertrouwt hij niet, maar die willen zich er niet eens mee bemoeien. Zoals je waarschijnlijk al weet, is onze stam erg op zijn hoede voor buitenstaanders, vooral als ze een badge dragen. Maar Gritt heeft een aantal bewijzen.'

'Wat voor bewijzen?'

'Dat heeft hij niet gezegd, of dat wilde hij niet zeggen. Van deze muren is bekend dat ze te veel horen, dus zijn we voorzichtig. Je moet weten, Lacy, dat Gritt wordt bedreigd. Hij heeft een vrouw en drie kinderen, en de Chief en zijn vriendjes kunnen heel intimiderend zijn. De hele stam is erg bang en de mensen houden dus gewoon hun mond. Bovendien is het leven met het casino een stuk beter dan vroeger, dus waarom zouden ze problemen veroorzaken?'

Lacy vroeg zich serieus af of de gevangenisautoriteiten echt gesprekken tussen advocaten en hun cliënten in de dodencellen zouden afluisteren, maar toen realiseerde ze zich dat het gesprek met Gritt in een ander deel van de Q-vleugel had plaatsgevonden. Gritt was geen advocaat. 'Waarom denkt hij dat hij me kan vertrouwen? We kennen elkaar niet eens.'

'Omdat jij geen politieagent bent en de eerste bent die een voet in het reservaat zet en vragen stelt. Jij en meneer Hatch.'

'Oké. Hoe moet ik een afspraak met Gritt maken?'

'Dat regelt Wilton.'

'Wie neemt het initiatief?'

'Gritt en ik hebben afgesproken dat ik contact opneem met Wilton, en dat hij het dan regelt. Tenminste, als je met hem wilt praten.'

'Natuurlijk wil ik dat.'

'Dan geef ik dat door aan Wilton. Ik hoef je natuurlijk niet te vertellen dat dit zo voorzichtig mogelijk moet worden aangepakt. Iedereen is bang. Ze houden Gritt in de gaten en Wilton misschien ook.'

'Weten zij, wie ze ook zijn, dat Todd Short weer is opgedoken?'

'Dat denk ik niet. Mijn advocaten hebben vanochtend met Short gepraat, ergens ver bij het reservaat vandaan. Als hij echt doet wat hij heeft beloofd en zijn verklaring herroept, duurt het niet lang voordat iedereen dat weet. Vanaf dat moment is hij ten dode opgeschreven.'

'Ze kunnen geen mensen blijven vermoorden, Junior.'

'Ze hebben je vriend Hugo Hatch vermoord, en Son en Eileen. En ze hebben waarschijnlijk ook afgerekend met Digger Robles, die andere verklikker.'

En misschien met Greg Myers.

Hij zei: 'En ze hebben er helemaal geen problemen mee als de staat Florida mij ter dood brengt. Niets is hun te veel, Lacy. Dat mag je nooit vergeten.'

'Hoe zou ik dat kunnen?'

Salzman en een partner, Fuller, kwamen even na één uur. Ze droegen vrijetijdskleding, een kaki broek en instappers – een enorm contrast met de donkere krijtstreeppakken die in D.C. werden gedragen.

Hun kantoor had duizend advocaten op alle grote continenten. Hun pro-Deoresultaten voor veroordeelde moordenaars waren geweldig, verbijsterend zelfs. Lacy had op internet iets over het kantoor gelezen en zich verbaasd over de mankracht die ze in de strijd gooiden tegen de doodstraf.

Hun gesprek met Todd Short was geweldig verlopen. De verklikker had een beëdigde en twee uur durende verklaring afgelegd waarin hij toegaf dat hij was ingehuurd door de politie en de openbaar aanklager om een valse getuigenverklaring af te leggen in ruil voor strafvermindering en geld. Ze vonden hem geloofwaardig en zagen dat hij echt spijt had. Junior zou de man die ervoor had gezorgd dat hij in een dodencel zat voor altijd haten, maar hij was ontzettend blij dat hij zich nu had bedacht.

Salzman vertelde dat ze onmiddellijk bij de staatsrechtbank een verzoek zouden indienen voor een *post-conviction relief* en opschorting van de executie.

Post-conviction relief is kort gezegd een algemene term voor een herziening van een rechtszaak, met als doel onder andere vrijlating, een nieuw proces, aanpassing van het vonnis en dergelijke.

Zodra dat in gang was gezet, zouden ze het gevecht aangaan met de procureur-generaal van Florida, en indien nodig ook met de federale rechtbank. De plotselinge hoeveelheid mogelijke processen was schrikbarend, in elk geval voor Lacy, maar Salzman had dit al veel vaker bij de hand gehad. Hij was een doorgewinterde habeas corpusexpert en straalde zoveel zelfvertrouwen uit dat het besmettelijk was. Zijn doel was een nieuw proces, zo ver mogelijk buiten het bereik van het enorme eigenbelang van Claudia McDover.

29

Dinsdagochtend vroeg trilde de prepaidtelefoon die Lacy in haar zak had. Cooley belde, maar alleen om haar te vertellen dat hij niets meer van Greg Myers had gehoord; dat was geen verrassing. Hij zei ook dat hij haar een andere prepaidtelefoon had gestuurd, die als het goed was in de loop van de ochtend werd afgeleverd. Zodra ze die had ontvangen, moest ze de telefoon die ze had, vernietigen.

Ze lunchte met Allie Pacheco in een broodjeshuis vlak bij het Capitool. Met een kom soep voor zich vertelde hij haar dat de politie in Key Largo de Conspirator in beslag had genomen en dat de boot nu veilig achter slot en grendel lag. Hij zou er over een paar dagen naartoe gaan en hun Myers' laptop, koerierstas en rugzak geven. Het was hun onderzoek, niet dat van hem, maar de FBI had volledige medewerking toegezegd. De politie verhoorde vaste bezoekers van de haven, maar had nog niemand gevonden die iets ongewoons had gezien. Zonder foto en met alleen een algemene beschrijving van de vermiste leek het bijna onmogelijk hem te vinden, vooral omdat het spoor allang koud was.

Nadat ze een paar minuten over zaken hadden gepraat, zei Pacheco: 'Deze soep is prima, maar wat vind je van een dinertje?'

'Wat is onze zakelijke relatie?' vroeg ze.

'O, volgens mij kan het wel,' zei hij glimlachend. 'We staan in elk geval aan dezelfde kant. Ik mag niets beginnen met meiden die voor de FBI werken, dus kan het.'

'Meiden?'

'Bij wijze van spreken, niet beledigend bedoeld. Ik ben vierendertig en jij bent ook zoiets, we zijn allebei single en eerlijk gezegd vind ik het heel verfrissend om in het echte leven in plaats van op een datingsite een leuke vrouw te leren kennen. Heb jij daar weleens iets mee gedaan?'

'Twee keer, beide keren een ramp.'

'Nou, ik zou je verhalen kunnen vertellen, maar ik wil je niet vervelen. Dus, een etentje?'

Als ze ja zei, zou ze dat alleen doen omdat hij er goed uitzag en knap was, hoewel een beetje arrogant, maar ze had nog nooit een jonge FBI-agent ontmoet die niet barstte van het zelfvertrouwen. Ze zou geen ja zeggen omdat de BJC absoluut hulp nodig had. 'Wanneer?' vroeg ze.

'Weet ik niet. Vanavond?'

'En stel dat de FBI op een bepaald moment wordt betrokken bij mijn kleine samenzwering? Zou je baas zich daardoor niet ongemakkelijk voelen?'

'Je hebt Luna ontmoet. Hij voelt zich altijd ongemakkelijk, dat vindt hij fijn. Maar nee, ik zie geen conflict. Nogmaals, dan zouden we aan dezelfde kant staan. Er zijn toch geen geheimen?'

'Er zijn een heleboel geheimen. Alleen ken ik die nog niet.'

'En ik zal er niet naar vragen. Hoe zit het met jouw baas?'

'Een eitje.'

'Dacht ik al. Ik kreeg de indruk dat jij feitelijk de leiding hebt als je in zijn buurt bent. Dinertje, lekkere fles wijn, verdomme, misschien zelfs een paar kaarsen? Ik kom je om zeven uur halen, als je broer er tenminste niet is.'

'Die is er niet.'

'Fijn. Wat een type.'

'Gunther is heel beschermend naar zijn kleine zusje.'

'Dat kan ik hem niet kwalijk nemen. Zeven uur?'

'Halfacht. En zoek een leuk restaurant uit, maar niet té. Laat die kaarsen maar zitten. We werken voor de overheid en betalen dus ieder de helft.'

'Afgesproken.'

Hij kwam haar halen met een vrij nieuwe SUV, die voor deze gelegenheid net was gewassen, gepoetst en gestofzuigd. De eerste vijf minuten praatten ze over auto's. Lacy had het helemaal gehad met haar huurauto en was toe aan een nieuwe auto. Ze was heel blij geweest met haar oude hybride, maar door het ongeluk dacht ze nu aan een auto die iets steviger was.

Ze reden naar het zuiden, weg van het centrum.

'Hou je van cajun?' vroeg hij.

'Ben ik gek op.'

'Al eens bij Johnny Ray's geweest?'

'Nee, maar ik heb gehoord dat het er geweldig is.'

'Dan proberen we dat.'

Ze vond de SUV mooi, maar iets te mannelijk. Ze vroeg zich af hoeveel hij had gekost. Ze had even op internet gekeken en wist nu dat het beginsalaris van een special agent 52.000 dollar bedroeg. Allie zat vijf jaar bij de FBI, zodat ze aannam dat ze ongeveer evenveel verdienden. Hij had gezegd dat hij haar appartement zo leuk vond en verteld dat hij samen met een collega in een appartement woonde. Overplaatsing was heel normaal bij de FBI, zodat hij liever geen huis kocht.

Ze vertelden elkaar iets over hun achtergrond, hoewel ze heel goed wisten dat de ander al even op internet had gekeken. Hij was opgegroeid in Omaha en had in Nebraska op college gezeten en rechten gestudeerd. In zijn vrije tijd had hij de natuurlijke rust van de *midwesterner*, pretentieloos. Zij had op William & Mary gezeten, maar rechten gestudeerd aan Tulane. Ze hadden allebei in New Orleans gewoond, waar hij zijn eerste twee jaar bij de FBI had gewerkt. Geen van beiden miste die stad, te veel vocht en criminaliteit, hoewel je aan de manier waarop ze er nu over praatten zou denken dat ze heimwee hadden. Toen ze de auto hadden geparkeerd en het restaurant binnenliepen, gaf Lacy de man op elk gebied een dikke voldoende. Rustig aan, waarschuwde ze zichzelf, ze vallen altijd tegen.

Ze kregen een rustig tafeltje en openden de menukaart. Toen de ober wegliep, zei ze: 'Weet je nog, we delen de rekening.'

'Oké, maar ik wil je graag vrijhouden. Ik heb jou immers uitgenodigd.'

'Dank je wel, maar we betalen ieder de helft.' En daar bleef het bij.

Ze besloten te beginnen met een dozijn rauwe oesters en een fles sancerre. Toen de menu's waren opgehaald, vroeg hij: 'Goed, waar wil je over praten?'

Ze grinnikte om zijn directheid. 'Over alles behalve de zaak.'

'Uitstekend. Jij kiest eerst een onderwerp, daarna ben ik aan de beurt. Alles mag, alles behalve het casino en zo.'

'Dat is nogal wat. Jij mag eerst, en dan zien we wel.'

'Oké, ik heb een belangrijke vraag. En als je er niet over wilt praten snap ik dat: hoe is het om een klap met een airbag te krijgen?'

'Ik neem aan dat jij dat nog nooit hebt meegemaakt.'

'Nee, nog nooit.'

Ze nam een slok water en haalde diep adem. 'Het is luid, onverwacht, schokkend. Het ene moment zit hij gewoon in je stuur en denk je er niet aan, en het volgende moment knalt hij tegen je gezicht met een snelheid van driehonderd kilometer per uur. Daardoor, en door de klap, raakte ik bewusteloos. Maar niet heel lang, want ik herinner me dat er iemand om de auto heen liep. Daarna verloor ik het bewustzijn weer. Die airbag heeft mijn leven gered, maar wel op een hardhandige manier. Eén keer is genoeg.'

'Dat geloof ik meteen. Ben je helemaal hersteld?'

'Grotendeels wel. Er zijn nog een paar gevoelige plekken, maar het gaat elke dag beter. Maar mijn haar mag wel wat sneller groeien.'

'Je bent heel mooi met kort haar.'

De wijn werd gebracht. Lacy proefde hem en keurde hem goed. Ze toostten en namen een slok. 'Jouw beurt,' zei hij.

'Wat? Weet je al genoeg over airbags?'

'Ik was gewoon nieuwsgierig. Een vriend van me wilde een voetganger ontwijken en ramde een elektriciteitspaal. Hij reed hoogstens dertig kilometer per uur. Er zou niets zijn gebeurd als die airbag hem niet een knal had gegeven. Hij moest een week lang ijskompressen tegen zijn gezicht drukken.'

'Toch ben ik er blij mee. Waarom ging je rechten studeren?'

'Mijn vader is advocaat in Omaha, dus leek het gewoon goed om dat te doen. Ik heb nooit de behoefte gehad de wereld te veranderen, zoals de meeste eerstejaars. Ik wilde alleen een leuke baan. Mijn vader heeft goed geboerd en ik heb zelfs een jaar met hem samengewerkt. Maar ik verveelde me al snel en besloot dat het tijd werd om Nebraska te verlaten.'

'Waarom de FBI?'

'Opwinding. Geen kantoorbaan van negen tot vijf. Wanneer je achter schurken aan zit – grote, kleine, slimme, domme – verveel je je niet snel. En jij? Waarom besloot jij onderzoek te doen naar rechters?'

'Tja, dat was niet echt mijn grote droom toen ik rechten ging studeren. Toen ik afstudeerde waren er niet veel banen en bovendien had ik geen zin om voor een groot kantoor te gaan werken. Tegenwoordig nemen ze heel veel vrouwen aan, de helft van mijn jaar was vrouw, maar ik had geen zin om honderd uur per week te werken. Ik heb vrienden die dat doen en die zijn allemaal ongelukkig. Mijn ouders waren na hun pensioen naar Florida verhuisd, ik was hier en zag een advertentie voor een baan bij de Board on Judicial Conduct.'

'Dus je solliciteerde en kreeg die baan. Dat verbaast me niets.'

De oesters werden geserveerd op schalen met ijs en hun gesprek stokte toen ze er, zoals gebruikelijk in New Orleans, citroenen boven uitknepen en mierikswortel aan de cocktailsaus toevoegden. Pacheco zoog zijn oesters uit de schelp en Lacy gebruikte borrelzoutjes, allebei gebruikelijke methodes.

Hij zei: 'Dus je was gisteren bij Junior Mace.'

'Inderdaad, voor de tweede keer. Al eens in de dodencellen geweest?'

'Nee, maar dat gaat vast nog weleens gebeuren. Iets interessants gehoord?'

'Zit je te vissen?'

'Altijd, ik kan er niets aan doen, dat zit gewoon in mijn DNA.'

'Misschien een tip, een aanwijzing, of zoiets. Junior heeft misschien informatie. Maar eigenlijk denk ik dat hij gewoon graag bezoek krijgt.'

'Je gaat me dus niets nieuws vertellen?'

'Nee, nou ja, misschien. Je hebt ongetwijfeld onze bewijsstukken gelezen over zijn proces en vonnis.'

'Ik heb elk woord gelezen.'

'Dan herinner je je vast nog wel het deel van het verhaal waarin twee gevangenisverklikkers kort na het proces verdwenen.'

'Todd Short en Digger Robles.'

Ze glimlachte. Indrukwekkend. 'Juist. Jaren is gedacht dat ze waren vermoord voordat ze hun verhaal konden herzien, iets wat verklikkers vaak doen. Het lijkt erop dat eentje echt dood is. Maar de andere is gek genoeg plotseling weer opgedoken: opgestaan uit de dood, zeg maar, en hij praat. Hij heeft een ongeneeslijke vorm van kanker en wil zijn zonden goedmaken.'

'Dat is geweldig nieuws, nietwaar?'

'Misschien. Juniors advocaten uit D.C. waren gisteren in Starke en vroegen of ik erbij wilde zijn. Ze zijn heel positief over zijn kans op ten eerste uitstel van executie en ten tweede een nieuw proces.'

'Een nieuw proces? Hoe lang is het geleden, vijftien jaar?'

'Vijftien inderdaad. Lijkt mij ook onwaarschijnlijk, maar deze mensen weten waar ze mee bezig zijn.'

'Maar dit is jouw zaak niet, toch? Jij hebt niets te maken met Juniors habeaszaken. Er was dus een andere reden voor dat je naar hem toe ging.'

'Klopt. Zoals ik al zei, denkt hij dat hij iets weet.'

Allie glimlachte en ging er verder niet op in. Hij begreep dat ze niet meer wilde vertellen.

Toen de oesters op waren, bespraken ze de voorgerechten. Hij wilde nog een dozijn oesters bestellen en zij bestelde een kom okrasoep.

'Wie is er aan de beurt?' vroeg hij.

'Jij, volgens mij.'

'Oké, aan welke andere interessante zaken werk je nu?'

Ze glimlachte en nam nog een slok wijn. 'Ik zal geen namen noemen en me aan de geheimhoudingseisen houden, maar we proberen een rechter uit zijn ambt te ontzetten die heel veel drinkt. Twee advocaten en twee procespartijen hebben geklaagd. Die arme man vecht al jaren tegen zijn alcoholisme, maar is de strijd nu aan het verliezen. Voor lunchtijd plant hij nooit een hoorzitting in, maar soms vergeet hij ze toch. Een van zijn griffiers zegt dat hij een fles onder zijn toga bewaart en drank in zijn koffiekopje schenkt. Zijn rol heeft een achterstand en niemand is daar blij mee. Heel triest eigenlijk.'

'Lijkt dus een makkie.'

'Het is nooit gemakkelijk om een rechter weg te krijgen. Ze houden van hun baan en kunnen meestal nergens meer aan de slag nadat ze hun toga aan de wilgen hebben gehangen. Mijn beurt: waar werk jij aan op dit moment?'

Een uur lang vertelden ze elkaar verhalen over hun werk. Pacheco's wereld van het traceren van slapercellen en drugshandelaren was veel opwindender dan het najagen van nalatige rechters, maar hij was niet kritisch en leek gefascineerd door haar werk. Toen de wijn op was, bestelden ze koffie en praatten maar door.

Bij haar appartement liep hij als een echte heer met haar mee de trap op, maar bleef bij de voordeur staan. 'Kunnen we over zaken praten?' vroeg hij.

'Als je seks bedoelt, is het antwoord nee. Ik ben nog steeds te beurs om daarvoor in de stemming te zijn.'

'Ik dacht niet aan seks.'

'Is dat je eerste leugen van vanavond?'

'Misschien de tweede.' Hij keek haar aan en kwam dichterbij. 'Luna is bijna om, Lacy. De verdwijning van Myers heeft onze aandacht. Ik heb bijna de hele dag geprobeerd hem ervan te overtuigen dat deze zaak misschien veel groter is dan we nu denken. We hebben meer nodig, nog een hard bewijs, en dan is Luna er misschien klaar voor.'

'En jullie grote baas in Jacksonville?'

'Die is lastig, maar ook ambitieus. Als hij ziet wat deze zaak kan opleveren, zal hij zijn besluit heroverwegen. Maar dan moet je ons wel meer geven.'

'Ik doe mijn best.'

'Dat weet ik. En ik wacht op je telefoontje.'

'Ik vond het een gezellige avond.'

'Ik ook.' Hij tikte even op haar wang en wenste haar goedenacht.

30

Wilton Mace zei dat hij in een telefooncel stond te bellen en hij klonk inderdaad zenuwachtig, schrikachtig zelfs, alsof hij zich niet veilig voelde. Morgen ging Lyman Gritt met zijn vrouw mee naar een arts in Panama City, de een of andere specialist en daar wilde hij Lacy ontmoeten – een plaats die niemand zou verwachten. Wilton gaf haar de informatie door en vroeg of ze Gritt zou herkennen. Ze zei dat zij hem nooit had gezien, maar haar baas wel. En haar baas zou erop staan om met haar mee te gaan. Wilton wist niet wat Gritt daarvan zou vinden, maar daar konden ze het in de dokterspraktijk wel over hebben en hij zei dat het haar niet moest verbazen als Gritt het niet wilde.

Lacy en Michael waren er een uur te vroeg. Michael bleef in de auto zitten en Lacy ging naar binnen. Het was een medisch centrum met artsen en tandartsen verdeeld over vier verdiepingen. Ze liep een beetje rond over de begane grond, bekeek de plattegrond, ging naar een café en nam vervolgens de lift naar de tweede verdieping. Daar zat een groep gynaecologen, en de grote, moderne wachtkamer zat vol vrouwen – slechts twee met een man. Lacy liep terug naar de auto en bleef daar wachten terwijl Michael hetzelfde onderzoek uitvoerde. Toen hij terugkwam, waren ze het erover eens dat ze daar geen gevaar liep. Het was een perfecte locatie voor een geheime ontmoeting, want er liepen tientallen patiënten in en uit. Om kwart voor twee knikte Michael toen twee mensen uit hun auto stapten. Hij zei: 'Dat is Gritt.'

De man was ongeveer één meter tweeëntachtig, mager met een dikke buik. Zijn vrouw droeg haar lange, donkere haar in een vlecht en was veel kleiner en gedrongener.

'Zie je ze?' vroeg Michael.

'Ja.'

Toen zij naar binnen gingen, stapte Lacy uit en liep achter hen aan. Michael zou in de auto blijven wachten en hopen dat ze hem niet in paniek zou bellen. Hij hield de voetgangers nauwlettend in de gaten, in de hoop dat hij niets verdachts zou zien.

Lacy liep weer naar de plattegrond, wachtte een paar minuten en nam toen de lift naar de tweede verdieping. Ze liep de wachtkamer in en zag dat Gritt en zijn vrouw voor de achtermuur zaten, al even weinig op hun gemak als de andere patiënten. Lacy pakte een tijdschrift en ging aan de andere kant van de wachtkamer zitten. Amy Gritt staarde naar de vloer alsof ze heel slechts nieuws verwachtte, en Lyman bladerde nonchalant in een tijdschrift. Lacy wist niet of Wilton Gritt had verteld hoe zij eruitzag, maar hij leek helemaal geen belangstelling voor haar te hebben. De receptioniste had het te druk om de jonge vrouw te zien die zich niet had gemeld. Iemand werd opgeroepen en de patiënt liep langzaam naar de balie, werd begroet door een verpleegkundige en verdween om de hoek. Zo ging het een halfuur door, terwijl nieuwe vrouwen de vrouwen die waren opgeroepen vervingen. Lacy keek over haar tijdschrift heen naar Gritt. Na een uur keek hij op zijn horloge alsof hij zich begon op te winden. Uiteindelijk werd Amy Gritt opgeroepen en ze liep naar de balie. Zodra ze was verdwenen stond Lacy op en keek naar Lyman Gritt. Toen hij haar aankeek, knikte ze licht en verliet de wachtkamer. Ze liep naar het einde van de gang en wachtte een paar seconden tot Gritt de deur achter zich sloot en naar haar toe kwam.

Ze stak haar hand uit en zei zacht: ‘Ik ben Lacy Stoltz.’

Hij schudde haar zacht de hand, glimlachte en keek instinctief achterom. ‘Ik ben Lyman Gritt en u ziet er veel beter uit dan de vorige keer dat ik u zag.’

‘Het gaat prima met me. Bedankt voor wat u die avond voor me hebt gedaan.’

‘Dat is mijn werk. Het zag er afschuwelijk uit. Het spijt me ontzettend van uw vriend.’

‘Dank u.’

Hij liep naar een raam en leunde ertegenaan, met zijn gezicht naar de gang en de mensen die daar liepen. Patiënten liepen verschillende vertrekken in en uit, maar niemand lette op hen. ‘We hebben niet veel tijd,’ zei hij. ‘Ik heb niets te maken met al dat gesjoemel op ons land. Ik ben politieagent, een eerlijke, en ik moet mijn gezin beschermen. Mijn naam mag bij geen enkel onderzoek worden genoemd, ik zal tijdens geen enkel proces getuigen en ik zal nooit iemand van mijn volk of de schurken met wie zij zakendoen beschuldigen. Begrepen?'

'Begrepen, maar u weet dat ik niet alles wat er misschien gaat gebeuren, kan beïnvloeden. U hebt mijn woord en dat is alles waar ik invloed op heb.'

Hij haalde een USB-stick uit de voorzak van zijn spijkerbroek. 'Hierop staan twee video's. De eerste is van de politie in Foley, Alabama. Ze hadden het geluk dat iemand, ik weet niet wie, een video-opname maakte van de diefstal van die pick-up. De tweede video is ongeveer een kwartier na het ongeluk gemaakt, bij een plattelandswinkel iets ten noorden van Sterling en geeft een goed beeld van de man die de pick-up bestuurde toen hij jullie auto ramde. Ik heb er een memo bij gedaan met alle informatie die ik heb.'

Lacy nam de USB-stick van hem aan.

Gritt haalde een plastic zakje uit een andere zak. 'Dit is volgens mij een stukje van een keukenrol waar bloed op zit en ik vond dit ongeveer vierhonderd meter van de plaats van het ongeluk. Ik denk dat dit het bloed is van de passagier op de tweede video. Als ik jullie was, zou ik meteen een DNA-test laten uitvoeren, en hopen dat er een match is. Als jullie geluk hebben, krijgen jullie een naam, een naam die correspondeert met die van de man op die video.'

Lacy nam het plastic zakje aan. 'Hebt u kopieën?'

'Ja, en de rest van de keukenrol, ook al zal niemand die ooit kunnen vinden.'

'Ik weet niet wat ik moet zeggen.'

'Zeg maar niets. Doe maar gewoon uw werk, lap deze klootzakken erbij en hou mijn naam erbuiten.'

'Dat beloof ik.'

'Dank u wel, mevrouw Stoltz. Deze ontmoeting heeft nooit plaatsgevonden.' Hij maakte aanstalten om weg te lopen en zij zei: 'Bedankt, en ik hoop dat het goed gaat met uw vrouw.'

'Het gaat prima met haar. Gewoon een routinecontrole. Ze is bang voor dokters, dus ga ik met haar mee.'

Michael noch Lacy had eraan gedacht om een laptop mee te nemen, anders zouden ze de auto op een lege parkeerplaats bij een fastfoodrestaurant hebben gezet, koffie hebben besteld en aan een tafeltje in een hoek zijn gaan zitten om de video's te bekijken. Maar nu reden ze snel terug en speculeerden de hele tijd over wat deze video's zouden kunnen onthullen.

'Waarom heb je hem dat niet gevraagd?' vroeg Michael, lichtelijk geïrriteerd.

'Omdat hij haast had,' snauwde ze. 'Hij gaf me de stick en zei wat hij wilde zeggen. Dat was alles.'

'Ik zou het hebben gevraagd.'

'Je weet niet wat je zou hebben gedaan. Wie is het hoofd van het Department of Law Enforcement van de staat?'

'Gus Lambert. Hij is nieuw en ik ken hem niet.'

'Wie ken je wel?'

'Een oude vriend.' Michael belde deze oude vriend twee keer, maar kreeg hem niet te pakken.

Lacy belde een vriendin bij het ministerie van Justitie en kreeg de naam van een leidinggevende bij het Regional Crime Lab in Tallahassee. Deze leidinggevende had het druk, wilde niet aan de telefoon komen en beloofde de volgende dag terug te bellen.

Toen ze allebei klaar waren met bellen, zei Michael: 'Het lab zal het alleen doen als het DLE erbij betrokken is.'

Lacy zei: 'Ik bel Gus Lambert. Met mijn charmes kan ik hem vast wel ompraten.'

Lamberts secretaresse was zeker niet charmant; ze zei dat haar baas in een bespreking zat en het heel druk had. Michaels oude vriend belde terug en vroeg wat er aan de hand was. Michael zei, terwijl ze over de inhaalstrook van Interstate 10 raceten, dat het een belangrijke kwestie was die te maken had met de verdachte dood van een staatsambtenaar. Abbott, de vriend, zei dat hij zich het nieuws van de dood van Hugo Hatch herinnerde. Michael zei: 'We hebben redenen om aan te nemen dat het meer was dan een fataal autoongeluk. We hebben een bron bij de stam en zijn nu in het bezit van een bloedmonster dat belangrijk zou kunnen zijn. Hoe krijgen we toegang tot het *crime lab*?'

Ondertussen zocht Lacy met haar telefoon informatie op. Ze had nooit iets te maken gehad met DNA-onderzoek en wist er vrijwel niets van. Volgens een artikel op een wetenschappelijke website waren forensisch experts in staat om het DNA van een verdachte binnen twee uur te onderzoeken, zo snel dat de politie de informatie in haar misdaaddatabase kon stoppen en kon bepalen of de arrestant de misdaad in kwestie en eventueel andere misdaden had gepleegd. Nog maar vijf jaar geleden nam dit onderzoek tussen de vierentwintig en tweeënzeventig uur in beslag, zo lang dat de verdachte zijn borgsom al kon betalen en de gevangenis kon verlaten.

Michael zei: ‘Nee, het is geen lopend onderzoek, niet van de plaatselijke politie en niet van het DLE. Het ongeluk vond plaats op het land van de stam, dus hebben de Tappacola de leiding. Dat is een deel van het probleem. Ik vraag je om een gunst, Abbott. En snel ook.’

Michael luisterde even, zei ‘Bedankt’ en verbrak de verbinding. ‘Hij gaat proberen een afspraak met het hoofd te maken.’

Het was bijna vijf uur toen Michael en Lacy stopten bij het Regional Crime Lab van het DLE aan de rand van Tallahassee.

Abbott stond bij de hoofdingang te wachten, samen met dokter Joe Vasquez, het hoofd van het lab. Ze stelden zich kort aan elkaar voor en liepen daarna achter hem aan naar een kleine vergaderzaal. Lacy legde het plastic ritszakje op de tafel voor dokter Vasquez, die ernaar keek maar het niet aanraakte.

Hij vroeg: ‘Wat weten we hierover?’

Lacy antwoordde: ‘Niet veel. We kregen dit nog geen twee uur geleden van een geheime bron. Volgens hem is dit een stukje van een keukenrol met bloed erop.’

‘Wie heeft dit aangeraakt?’

‘Dat weten we niet, maar onze bron beschouwt zichzelf als een professionele politieagent. Volgens mij heeft vrijwel niemand het aangeraakt.’

‘Hoeveel tijd kost het?’ vroeg Michael.

Vasquez glimlachte trots en zei: ‘Geef ons twee uur.’

‘Dat is ongelofelijk.’

‘Inderdaad. De technologie ontwikkelt zich razendsnel. Volgens ons is het binnen twee jaar al mogelijk dat rechercheurs op de plaats delict bloed en monsters met een zakapparaatje kunnen testen. Dat heet DNA testen op een chip.'

Lacy vroeg: 'Hoeveel tijd kost het om de resultaten door de database van de staat te halen?'

Vasquez keek Abbott aan, die zijn schouders ophaalde en zei: 'Een halfuur.'

Ze stopten even bij een Chinees afhaalrestaurant op een favoriete plek vlak bij het Capitool. Zoals ze hadden gehoopt, was de BJC verlaten toen ze even na zes uur binnenkwamen. Ze negeerden hun eten, liepen meteen naar Michaels computer en stopten de USB-stick erin. Ze bekeken de twee video's, printten Gritts memo van twee pagina's, lazen hem aandachtig door, bespraken elke alinea, en bekeken de video's nog een paar keer. Lacy was bijna verdoofd door het besef dat ze zat te kijken naar het moordwapen, de pick-up, en misschien zelfs naar de moordenaar, die knaap met die bloedneus.

Op elke video stonden twee mannen, vier verschillende mannen. Waren dit de eerste beelden van andere leden van de Dubose-misdaadfamilie? Ze hadden foto's van Vonn die het appartement op Rabbit Run binnenging, maar verder van niemand. Vooral de chauffeur op de tweede video, in de winkel van Frog, was fascinerend. Hij was ouder dan de drie andere mannen, een jaar of vijfenveertig, en beter gekleed: hij droeg een golfshirt en een geperste kakikleurige lange broek. Hij had alles heel goed gepland door een paar uitstekend vervalste kentekenplaten uit Florida aan zijn pick-up te bevestigen. Het was Vonn niet, maar zou hij een hoge piet kunnen zijn? Had hij de leiding van de operatie? Was het mogelijk dat hij ter plaatse was geweest, met een zaklamp, in Lacy's vernielde Prius op zoek naar de mobiele telefoons, terwijl Hugo doodbloedde? Hoe slim hij ook was, toch had hij de stomme fout gemaakt om vlak voor Frogs winkel te stoppen en zich te laten filmen. Allie had meer dan eens gezegd dat zelfs de slimste criminelen stomme dingen deden.

Uiteindelijk aten ze koude kip chow mein, maar ze hadden geen van beiden honger.

Om tien voor acht ging Michaels mobiele telefoon en Abbott verkondigde vrolijk: 'We hebben jullie mannetje.'

Het bloed was afkomstig van ene Zeke Foreman, drieëntwintig, voorwaardelijk vrij en met twee drugsgerelateerde veroordelingen op zijn strafblad. Zijn DNA zat al vijf jaar in de database van de staat, sinds zijn eerste arrestatie. Abbott had drie foto's, twee politiefoto's en eentje uit het gevangenisarchief, en zou ze naar Michael mailen.

Michael zei tegen Abbott dat hij bij hem in het krijt stond, en niet zuinig ook, en bedankte hem.

Lacy stond bij de printer toen de drie foto's eruit kwamen rollen. Michael zette de tweede video stil bij een duidelijke opname van de twee gezichten. De passagier, zelfs met een bebloede neus, leek precies op Zeke Foreman.

Allie Pacheco bleek maar al te graag bereid om die avond laat snel naar Lacy's huis te komen om iets te drinken, hoewel ze hem niet op een romantische manier uitnodigde. Ze zei dat het dringend was, maar meer niet.

Samen keken ze naar de video's en bestudeerden de foto's. Ze lazen Gritts memo en praatten tot middernacht over de zaak, en dronken ondertussen een hele fles wijn leeg.

31

Zeke Foreman woonde bij zijn moeder vlak bij Milton, Florida, in de buurt van Pensacola. De FBI hield zijn huis twee dagen in de gaten, maar zag geen enkel teken van hem en ook niet van zijn Nissan uit 1998. Zijn reclasseringsambtenaar zei dat hij zich op 4 oktober weer moest melden en geen enkele keer had gemist. Als hij niet verscheen, kon dat tot gevolg hebben dat hij de gevangenis weer in moest. Foreman had af en toe een baantje en was er al achttien maanden in geslaagd om uit de problemen te blijven.

En inderdaad, op 4 oktober kwam Foreman het reclasseringskantoor in het centrum van Pensacola binnen en begroette zijn reclasseringsambtenaar. Toen deze hem vroeg waar hij was geweest, vertelde hij met een uitstekend ingestudeerd verhaal dat hij voor een vriend een pick-up naar Miami had gebracht. 'Wacht hier even,' zei de reclasseringsambtenaar, 'er zijn een paar mannen die je willen begroeten.' Hij opende de deur, waarna agenten Allie Pacheco en Doug Hahn binnenkwamen en zich voorstelden. De reclasseringsambtenaar verliet het vertrek.

'Wat heeft dit te betekenen?' vroeg Foreman, geschrokken van het onverwachte opduiken van de FBI.

Geen van beide agenten ging zitten.

Pacheco zei: 'Op 22 augustus, een maandag, was je rond middernacht in het indianenreservaat van de Tappacola. Wat deed je daar?'

Foreman probeerde verbaasd te kijken, hoewel hij eruitzag alsof hij elk moment van zijn stokje kon gaan. Hij haalde zijn schouders op en zei met een onnozele blik: 'Geen idee waar je het over hebt.'

'Je weet heel goed waar we het over hebben. Je bestuurde een gestolen pick-up en was betrokken bij een ongeluk. Je verdween. Weet je nog?'

'Jullie hebben de verkeerde man te pakken.'

‘Is dat alles wat je kunt bedenken?’ Pacheco knikte naar Hahn, die een paar handboeien tevoorschijn haalde. Pacheco zei: ‘Sta op. Je bent gearresteerd voor capital murder.’

‘Je maakt een grapje.’

‘Ja hoor, we voeren een komedie op. Nu opstaan en handen op je rug.’

Ze boeiden hem, fouilleerden hem, pakten zijn mobiele telefoon af en namen hem mee het kantoor uit en verlieten via een zijingang het gebouw. Ze zetten hem op de achterbank van hun auto en reden vier blokken naar de kantoren van de FBI. Niemand zei iets tijdens de rit.

In hun gebouw liepen ze met hem naar een lift, die stopte op de vijfde verdieping. Ze liepen door een netwerk van gangen naar een kleine vergaderkamer waar een jonge juriste zat te wachten.

Ze glimlachte en zei: ‘Meneer Foreman, ik ben Rebecca Webb, federale hulpofficier van justitie. Neem plaats alstublieft.’

Agent Hahn maakte de handboeien los en zei: ‘Je bent hier waarschijnlijk nog wel even.’ Zacht duwde hij Foreman in een stoel, waarna iedereen ging zitten.

‘Wat is er aan de hand?’ vroeg Foreman. Hoewel hij nog maar drieentwintig was, leek hij niet echt een bange jongen. Hij had genoeg tijd gehad om zich te herstellen en was nu weer een stoere bink. Hij wist wat er te koop was, had lang haar, een harde blik en een hele verzameling goedkope gevangenistattoos.

Pacheco las hem zijn rechten voor en gaf hem een formulier met dezelfde tekst. Foreman las de tekst langzaam door en zette zijn handtekening eronder, waarmee hij aangaf dat hij begreep wat er gebeurde. Hij had dit al eerder meegemaakt.

Pacheco zei: ‘Wat je te wachten staat is een federale beschuldiging van capital murder, de doodstraf, een dodelijke injectie, dat soort dingen.’

‘En wie heb ik vermoord?’

‘Hugo Hatch, de passagier in die andere auto, maar daar gaan we niet over discussiëren. We weten dat je die nacht in het reservaat was, een gestolen pick-up bestuurde, een grote Dodge Ram, en we weten dat je met opzet de middenstreep over reed en boven op een Toyota Prius botste. Jullie liepen nog even rond, jij en de chauffeur van je ontsnappingsauto, en namen twee mobiele telefoons en een iPad mee uit de Prius. We weten dat het zo is gegaan, dus ontkennen heeft geen zin.'

Foreman beheerste zich en zei niets.

Pacheco zei: 'Vijftien minuten nadat je de plaats van het ongeluk verliet, stopten jij en je vriendje bij een plattelandswinkel en kochten jullie ijs, bier en alcohol. Doet dat een belletje rinkelen?'

'Nee.'

'Dacht ik al.' Pacheco haalde een foto van Frogs video uit een map en schoof hem naar Foreman. 'Ik neem aan dat jij dat niet bent, met die bloedende neus?'

Foreman keek ernaar en schudde zijn hoofd. 'Ik neem aan dat ik een advocaat nodig heb.'

'Dat regelen we voor je, straks. Maar eerst wil ik je uitleggen dat dit geen gewoon verhoor voor ons is. We zijn hier niet om je door te zagen over jouw betrokkenheid, omdat we weten wat er is gebeurd. Je mag alles ontkennen, maar daar trekken we ons niet van aan. We hebben het bewijs en we zien je graag tijdens je proces. Ik laat het aan mevrouw Webb over om je te vertellen waarom we hier echt zijn.'

Foreman weigerde haar aan te kijken.

Ze keek naar hem en zei: 'We kunnen je een deal aanbieden, Zeke. Een geweldige deal. We weten dat je die pick-up niet voor jezelf hebt gestolen, en dat je niet om de een of andere reden naar de grens van het reservaat reed, een ongeluk veroorzaakte, vertrok en een man stervend achterliet, alleen maar omdat je dat zo'n leuk avontuur vond. We weten dat je voor andere mensen werkte, voor geraffineerde, zware criminelen. Zij hebben je waarschijnlijk een heleboel geld gegeven en je verteld dat je de stad een tijdje moest verlaten. Misschien heb je andere vuile klussen voor hen gedaan, weet ik veel. Maar nu zijn we alleen geïnteresseerd in die moord en in de man die die moord heeft beraamd. Wij zitten achter grotere boeven aan, Zeke, en jij speelt maar een klein rolletje. Je bent een moordenaar, inderdaad, maar wat ons betreft slechts een kleine vis.'

'Wat voor deal?' vroeg hij en hij keek haar aan.

'De deal van je leven, letterlijk. Je praat en je gaat. Als je ons alles vertelt wat je weet, telefoonnummers, verhalen, alles, dan laten we de beschuldigingen vallen, nemen je op in het getuigenbeschermingsprogramma, regelen ergens ver weg een leuk appartement voor je, in Californië bijvoorbeeld, en geven je een nieuwe naam, nieuwe papieren, nieuwe baan, nieuw leven. Je verleden wordt vergeten en je bent zo vrij als een vogeltje. In het andere geval ga je naar de dodencellen waar je een jaar of tien, vijftien wegrot tot je beroepszaken zijn uitgeput en je de naald krijgt.'

Eindelijk boog hij zijn hoofd en liet hij zijn schouders hangen.

Webb zei: 'En de deal geldt alleen nu. Als je nee zegt en dit vertrek verlaat, zul je nooit meer als een vrij man rondlopen.'

'Ik denk dat ik een advocaat nodig heb.'

'Oké, bij je vorige veroordeling werd je vertegenwoordigd door een pro-Deoadvocaat, Parker Logan. Weet je nog?'

'Ja.'

'Was je tevreden over zijn werk?'

'Denk het wel.'

'Hij wacht beneden. Wil je met hem praten?'

'Eh, graag.'

Hahn verliet het vertrek en kwam een paar minuten later terug met Parker Logan, een veteraan van de arme bevolking in Pensacola. Nadat iedereen zich aan elkaar had voorgesteld, gaf Logan zijn vroegere cliënt een hand. Hij ging naast Foreman zitten en vroeg: 'Oké, wat is er aan de hand?'

Webb haalde een paar papieren uit een map en zei: 'De rechter heeft bepaald dat u meneer Foreman vertegenwoordigt. Dit zijn de papieren, samen met de voorlopige tenlastelegging.'

Logan nam de papieren aan en begon te lezen. Hij sloeg een bladzijde om en zei: 'Jullie lijken haast te hebben.'

Webb antwoordde: 'Daar komen we zo op.'

Logan bleef lezen en toen hij klaar was, zette hij zijn handtekening op een formulier en gaf dat aan Foreman. 'Hier tekenen.' Foreman zette zijn handtekening.

Webb haalde nog meer papieren tevoorschijn en gaf ze aan Logan. Ze zei: 'Dit is de deal: de voorlopige tenlastelegging zal worden verzegeld en terzijde gelegd tot de openbaar aanklager meneer Foreman niet langer nodig heeft.'

'Getuigenbescherming?' vroeg Logan.

'Klopt. Per vandaag.'

'Oké, oké. Ik moet met mijn cliënt praten.'

Webb, Pacheco en Hahn stonden op en liepen naar de deur. Pacheco bleef staan en zei: 'Ik moet jullie mobiele telefoons hebben. Geen telefoontjes.'

Dat ergerde Logan en hij aarzelde even. Toen haalde hij zijn mobiele telefoon tevoorschijn en gaf hem af.

Een uur later opende Logan de deur en zei dat ze klaar waren. Webb, Pacheco en Hahn kwamen weer binnen en gingen zitten. Logan, zonder colbert en met opgerolde mouwen, zei: 'Als advocaat van de verdediging moet ik eerst vragen welke bewijzen de staat tegen mijn cliënt heeft.'

Pacheco zei: 'We gaan geen tijd verspillen aan een discussie over de bewijzen, dus laten we alleen zeggen dat we DNA-bewijs hebben van een bloedmonster dat bij de plaats van het ongeluk is gevonden. Uw cliënt was daar.'

Logan haalde zijn schouders op alsof hij wilde zeggen: 'Niet slecht.' Hij vroeg: 'Oké, wat gaat er gebeuren nadat mijn cliënt dit vertrek verlaat, ervan uitgaande dat hij de deal accepteert?'

Webb antwoordde: 'Zoals u weet wordt de getuigenbescherming geregeld door de U.S. Marshals. Zij zullen hem hier weghalen, de stad en de staat Florida uit brengen, naar een andere plek ver hier vandaan, een mooie plek.'

'Hij maakt zich zorgen om zijn moeder en zusje.'

'Zij mogen met hem mee. Het is niet ongebruikelijk bij getuigenbescherming dat een heel gezin wordt verplaatst.'

Pacheco zei: 'En ik kan eraan toevoegen dat de U.S. Marshals nog nooit een getuige zijn kwijtgeraakt, en zij hebben meer dan vijfduizend mensen beschermd. Ze hebben meestal te maken met grote georganiseerde-misdaadsyndicaten die landelijk opereren, geen lokale jongens zoals die naar wie wij op zoek zijn.'

Logan knikte, dacht hierover na, keek zijn cliënt uiteindelijk aan en zei: 'Als je advocaat raad ik je aan deze deal te accepteren.'

Foreman pakte een pen en zei: 'Dan moeten we dat maar doen.'

Webb pakte een kleine videocamera die op een driepoot stond. Ze richtte die op Foreman, terwijl Hahn een recorder voor hem op de tafel zette. Nadat hij en zijn advocaat de afspraak hadden ondertekend, legde Pacheco een foto voor hem neer. Hij wees naar de chauffeur van de pick-up met de valse kentekenplaten en vroeg: 'Wie is dat?'

'Clyde Westbay.'

'Goed, vertel ons alles wat je weet over Clyde Westbay. We staan nu aan dezelfde kant, Zeke, dus ik wil het hele verhaal. Alles.'

'Westbay bezit een paar hotels in Fort Walton Beach. Ik...'

'Namen, Zeke, de namen van die hotels?'

'Het Blue Chateau en de Surfbreaker. Ik werkte daar twee jaar geleden, een soort parttimebaantje: zwembaden schoonmaken, tuinonderhoud, dat soort dingen, kreeg contant betaald, zwart. Daar zag ik Westbay weleens, en iemand vertelde me dat hij de eigenaar was. Op een dag hield hij me aan op de parkeerplaats van de Surfbreaker en vroeg naar mijn strafblad. Hij zei dat ze normaal geen criminelen inhuurden, dus dat ik me maar goed moest gedragen. Eerst gedroeg hij zich als een enorme klootzak, maar later werd hij iets vriendelijker. Hij noemde me Jailbird, wat ik niet prettig vond, maar ik zei er niets van. Hij is niet iemand tegen wie je in gaat. Zijn hotels zijn mooier dan sommige andere en het was er altijd druk. Ik hield van het werk, omdat er altijd heel veel meiden bij die zwembaden waren, leuk om naar te kijken.'

'We zijn hier niet om over meiden te praten,' zei Pacheco. 'Wie werkten er nog meer in die hotels en dan bedoel ik geen kleine jongens zoals jij. Wie waren de manager, de assistent-manager, dat soort kerels?'

Foreman krabde aan zijn baard, noemde een paar namen, probeerde zich meer te herinneren. Hahn zat op zijn toetsenbord te rammen. In het FBI-kantoor in Tallahassee keken twee agenten op een beeldscherm naar Foreman en typten op hun laptops. Een paar minuten later wisten ze dat het Blue Chateau en de Surfbreaker eigendom waren van een bedrijf dat Starr S heette en geregistreerd stond in Belize. Uit een snel onderzoek bleek dat ditzelfde bedrijf een winkelcentrum bezat in Brunswick County. Een klein stukje van de puzzel van het rijk van Dubose viel op zijn plek.

'Wat weet je van Westbay?' vroeg Pacheco.

'Niet veel, eerlijk gezegd. Nadat ik daar een paar maanden had gewerkt, hoorde ik geruchten dat hij betrokken was bij een paar mannen die een stuk land bezaten en golfbanen en zelfs bars en stripclubs, maar dat werd allemaal gefluisterd – geruchten, niets concreets. Maar toen was ik, zoals je net zei, maar een kleine jongen.'

'Vertel ons over 22 augustus, die maandag.'

'Nou, de dag daarvoor nam Westbay me even apart en zei dat-ie een klus voor me had, dat het gevaarlijk kon zijn en heel veel geheimhouding vereiste. Hij zei dat ik er vijfduizend dollar voor kreeg en vroeg of ik belangstelling had. Ik zei: natuurlijk, waarom niet? Ik bedoel, ik had niet het idee dat ik nee kon zeggen. Ik denk dat ik indruk wilde maken op de man en bovendien is Westbay zo'n vent die me zou ontslaan als ik hem kwaad maakte. Het is niet gemakkelijk om werk te vinden met een strafblad, weet je. Dus die maandagmiddag was ik in het Blue Chateau en wachtte en wachtte tot het zo ongeveer donker was toen hij en ik in zijn pick-up stapten en hiernaartoe reden, naar Pensacola. We stopten bij een bar in het oosten van de stad en hij zei dat ik in de pick-up moest wachten. Hij bleef een halfuur binnen en toen hij naar buiten kwam gaf hij me de sleutels van een pick-up, die Dodge Ram, die ook voor de bar stond. Ik zag dat-ie kentekenplaten van Alabama had, maar wist niet dat-ie gestolen was. Ik stapte in de pick-up en reed achter hem aan naar het casino. We parkeerden aan de achterkant. Hij kwam bij mij in de pick-up zitten en vertelde wat we gingen doen, dat we een autoongeluk zouden veroorzaken. We reden verder het reservaat in, over een kronkelige weg, en hij zei dat het daar moest gebeuren. Ik moest een kleine Toyota rammen en uitstappen en dan zou hij daar zijn om me mee te nemen. Ik moet zeggen dat ik er op dat moment mee wilde kappen, maar ik kon nergens naartoe. We reden terug naar het casino en daar stapte hij in zijn pick-up. Daarna reden we terug het reservaat in, naar hetzelfde stuk weg. We stopten in een bos en moesten een hele tijd wachten. Hij liep steeds om mijn pick-up heen, behoorlijk zenuwachtig, pratend in de telefoon. Ten slotte zei hij: "Kom mee." Hij gaf me een zwarte motorhelm, gevoerde handschoenen en een paar kniebeschermers, van die dingen die motorcrossers gebruiken. In de verte zagen we koplampen die onze kant op kwamen en hij zei dat dat onze auto was. "Ga zo snel mogelijk rijden en rij dan over de middenstreep." De pick-up was twee keer zo zwaar en hij verzekerde me dat ik niet gewond zou raken. Eerlijk gezegd vond ik het heel eng. Volgens mij reed die auto niet heel snel.

Ik reed ongeveer tachtig kilometer per uur en stuurde de auto op het laatste moment over de middenstreep. De airbag sloeg me keihard in het gezicht, verdoofde me een paar seconden, en tegen de tijd dat ik uit de pick-up stapte, was Westbay er al. Ik deed de helm, handschoenen en kniebeschermers af en gaf ze aan hem. Hij zag dat mijn neus bloedde en controleerde of er bloed op de airbag in de pick-up zat. Maar er zat niets. Mijn neus was niet gebroken en bloedde eerst niet erg, maar toen stroomde het er gewoon uit. We liepen om de auto heen. Die vrouw die de auto had bestuurd, probeerde te bewegen en te praten, maar ze was er slecht aan toe. Die zwarte vent zat klem in de voorruit en zat onder de sneden. Er was heel veel bloed.' Zijn stem begaf het even en hij slikte moeizaam.

Pacheco vroeg: 'Er lag een kapotte whiskyfles in de pick-up. Had je gedronken?'

'Nee, geen druppel. Dat hoorde bij het spel, neem ik aan.'

'Had Westbay een zaklamp?'

'Nee, hij droeg een hoofdlampje. Hij zei dat ik in de pick-up moest gaan zitten, zijn pick-up, en dat heb ik volgens mij gedaan. Hij bleef een minuut of twee bij de auto. Ik was min of meer verdoofd en herinner me niet zoveel. Het gebeurde allemaal heel snel en ik was erg bang, eerlijk gezegd. Zijn jullie ooit weggelopen na een frontale botsing?'

'Niet dat ik me kan herinneren. Toen Westbay weer instapte, had hij toen iets bij zich?'

'Zoals?'

'Zoals twee mobieltjes en een iPad.'

Hij schudde zijn hoofd. 'Nee, ik kan me niet herinneren dat ik zoiets heb gezien. Hij had haast. Hij keek me aan en zei iets over het bloed. Hij had een keukenrol in zijn pick-up en scheurde er een paar stukken af. Daarmee veegde ik mijn neus af.'

Pacheco keek Logan aan en zei: 'Wij hebben een stukje van die keukenrol, met bloed.'

Maar Logan zei: 'Hij praat toch, nietwaar?'

'Had je nog meer wonden?' vroeg Pacheco.

'Mijn knie was ergens tegenaan geknald en deed verdomde pijn, maar dat was alles.'

'En dus reden jullie weg?'

'Volgens mij wel. Westbay reed over een akker en dat was gevaarlijk want we reden zonder licht. Ik had geen idee waar we naartoe gingen. Ik was volgens mij nog steeds van slag omdat ik die zwarte man had gezien die onder het bloed zat. Ik herinner me dat ik dacht dat dit veel meer waard was dan vijfduizend dollar. Maar goed, we kwamen bij een grindweg en daar deed hij de koplampen aan. Toen we op een verharde weg kwamen, gaf hij meer gas en verlieten we het reservaat. Op een bepaald moment vroeg ik hem: "Wie waren die mensen?" en hij zei: "Welke mensen?" Dus zei ik niets meer. Hij zei dat we wat ijs op mijn neus moesten doen, dus stopten we bij een winkel die nog open was. Ik neem aan dat jullie zo aan die foto zijn gekomen.'

'En daarna?'

'We reden terug naar het Blue Chateau in Fort Walton. Hij regelde een kamer voor me voor de nacht, bracht me een schoon T-shirt en zei dat ik ijs op mijn gezicht moest houden. Hij zei dat als iemand ernaar vroeg ik moest zeggen dat ik had gevochten. Dat heb ik ook tegen mijn moeder gezegd.'

'En hij betaalde je?'

'Ja, de volgende dag, toen gaf hij me geld en zei dat ik mijn mond moest houden. En dat wanneer iemand het ooit zou ontdekken, ik zou worden beschuldigd van het verlaten van de plaats van een ongeluk en misschien van nog iets veel ergers. Ik kan je wel vertellen dat ik doodsbang was en mijn mond hield. Bang voor de politie, maar ook voor Westbay. Na een paar weken dacht ik dat ik veilig was. Toen hield Westbay me een keer aan bij het hotel en zei dat ik in mijn auto moest stappen en Florida onmiddellijk moest verlaten. Hij gaf me duizend dollar en zei dat ik weg moest blijven tot hij me belde.'

'Heeft hij gebeld?'

'Eén keer, maar ik nam niet op. Ik wilde eigenlijk nooit meer terugkomen, maar ik maakte me zorgen om mijn moeder en wilde de afspraak met mijn reclasseringsambtenaar niet missen. Dus glipte ik vandaag de stad weer in en was van plan om vanavond naar mijn moeder te gaan.'

Nu het verhaal grotendeels was verteld, begon Pacheco over het begin en vroeg naar nog meer bijzonderheden. Hij ontleedde elke stap en hielp de getuige om zich elke naam te herinneren. Na vier uur was Foreman uitgeput en wilde hij de stad weer verlaten. Toen Pacheco hem uiteindelijk met rust liet, kwamen twee U.S. Marshals het vertrek binnen en vertrokken weer met Zeke Foreman. Ze brachten hem naar een hotel in Gulfport, Mississippi, waar hij de eerste nacht van zijn nieuwe leven doorbracht.

Clyde Westbay woonde met zijn tweede vrouw in een leuke omheinde woning, niet ver van het strand in Brunswick County. Hij was zevenenveertig en had geen strafblad. Hij had een Florida-rijbewijs en een geldig Amerikaans paspoort, en hij had zich nooit ingeschreven in het kiesregister, in elk geval niet in Florida. Volgens het arbeidsregister van de staat was hij de manager van de Surfbreaker in Fort Walton Beach. Hij had twee mobiele telefoons en gebruikte twee vaste nummers, een op zijn kantoor en een thuis. Drie uur nadat Zeke Florida had verlaten, luisterden FBI-agenten alle vier de telefoons af.

32

Die ochtend zaten er drie dikke pakketten bij de post, afkomstig van het advocatenkantoor van Edgar Killebrew. Lacy maakte ze met tegenzin open en las zijn begeleidende brief. Hij vertelde, op zijn kenmerkende beknopte en arrogante manier, dat de reactie van rechter McDover op Lacy's 'belachelijke' dagvaardingen was bijgesloten. Aan de brief gehecht was zijn formele eis dat alle beschuldigingen tegen zijn cliënt werden ingetrokken en het onderzoek werd gestaakt. Anders zou hij 'een onmiddellijke en vertrouwelijke hoorzitting eisen voor de volledige Board on Judicial Conduct.'

Lacy had alle documentatie opgeëist van zijn cliënt, zowel zakelijk als privé, voor tien specifieke processen. Terwijl ze zich door de stapel heen worstelde, bleek algauw dat ze niets nieuws hadden meegestuurd. Killebrew en zijn partners hadden gewoon de rechtbankverslagen gekopieerd en willekeurig op een hoop gegooid. Een enkele keer zat er een memo tussen dat de rechter had gedicteerd maar dat niet was ingediend, en zelfs een paar handgeschreven aantekeningen, maar niets waaruit bleek wat haar gedachten en bedoelingen waren geweest, niets waaruit bleek dat ze de ene partij begunstigde ten nadele van de andere. Maar in alle de tien zaken had ze gevonnist in het voordeel van de naamloze organisaties en tegen de plaatselijke vastgoedeigenaren.

Het was geen verrassing dat de papieren veel minder goed waren gerubriceerd dan het materiaal dat Sadelle lang geleden al had geïndexeerd. Toch was Lacy wel verplicht om elk document en elk verslag door te nemen. Toen ze hiermee klaar was, bracht ze verslag uit aan Michael.

Op 5 oktober, de eerste woensdag van de maand, verliet rechter McDover haar kantoor een uur eerder dan gebruikelijk en reed naar hetzelfde appartement op Rabbit Run, haar tweede bezoek daar sinds de aangifte was ingediend waarin werd beweerd dat ze de flat door omkoperij in haar bezit had gekregen. Ze zette haar Lexus op dezelfde parkeerplaats als tijdens haar vorige bezoek, waardoor er nog een auto naast paste, en liep haar appartement binnen. Uit niets bleek dat ze gespannen of nerveus was, ze keek geen enkele keer achterom en keek ook niet of er iemand op straat was.

Binnen controleerde ze de deur van de patio en alle ramen. Ze liep naar haar kluis en nam een paar minuten de tijd om haar 'bezittingen' te bewonderen die ze al zo lang verzamelde dat ze nu vond dat ze ze had verdiend. Contant geld en diamanten in kleine, draagbare, vuurvaste cassettes. Afgesloten, stalen kisten met sieraden, zeldzame munten, oude zilveren bokalen, bekers en schalen, gesigneerde eerste edities van beroemde romans in een beperkte oplage, antiek kristal en kleine schilderijen van moderne kunstenaars. Alles contant betaald met het geld van het casino, slim witgewassen door de systematische aankoop via tientallen dealers die nooit zelfs maar vermoedden dat zij en Phyllis Turban die irritante meldingswetten overtraden. De truc van hun werkwijze was geduld: koop fraaie en zeldzame goederen in kleine hoeveelheden, dan wordt dat na verloop van tijd vanzelf meer waard. Zorg ervoor dat je de juiste handelaren vindt, vermijd iedereen die vragen stelt of lijkt te aarzelen, en breng alles zo mogelijk naar het buitenland.

Terwijl ze haar verzameling bewonderde, voelde ze voor het eerst in elf jaar een vorm van paniek. Dit alles had allang naar een veiligere plek moeten worden verscheept of gesmokkeld. Nu had iemand haar beschuldigd. Iemand was op de hoogte van haar appartementen en de geheimzinnige bedrijven waarvan ze waren. Vonn Dubose was misschien een kouwe kikker, maar Claudia McDover niet. Haar onverzadigbare verlangen naar contant geld werd eindelijk minder. Ze had genoeg. Zij en Phyllis konden in stijl reizen en de indianen uitlachen. Maar belangrijker was dat ze alle banden met Dubose kon doorsnijden.

Hij kwam binnen en schonk een dubbele wodka voor zichzelf in. Zij dronk groene thee terwijl ze aan de ontbijttafel naar de golfbaan zaten te kijken. De twee tassen lagen op de bank, de ene tas vol geld, de andere leeg.

'Vertel me over Killebrew,' zei hij na hun gebruikelijke geklets.

'Hij heeft hen overladen met documenten, voor vijfhonderd dollar per uur, nota bene. En hij heeft natuurlijk geëist dat ze alle aanklachten laten vallen. Hij dreigt met een onmiddellijke hoorzitting, maar denkt dat hij de zaak minstens een halfjaar kan vertragen. Waar staan we over een halfjaar, Vonn?'

'Dan staan we hier, jouw geld te tellen. Er verandert niets, Claudia. Maak je je zorgen?'

'Natuurlijk maak ik me zorgen. Deze mensen zijn niet dom. Ik kan hun de geïncasseerde cheques laten zien van toen ik de appartementen kocht, van de aanbetaling van tienduizend dollar, ook al was de marktwaarde toen veel hoger. Ik kan hun de schuldbekentenis daarvoor laten zien, waarvan ik het grootste deel nog steeds schuldig ben aan de een of andere vage bank in het Caribisch gebied.'

'Je hebt afbetalingen gedaan in de loop der jaren. Jouw afspraak met de bank gaat hen niets aan.'

'Heel kleine afbetalingen, Vonn, heel kleine. En die afbetalingen kreeg ik weer terug via een andere buitenlandse bank.'

'Dat kunnen ze nooit traceren, Claudia. Hoe vaak hebben we het hier al over gehad?'

'Dat weet ik niet, Vonn. Stel dat ik gewoon ontslag neem?'

'Ontslag neem?'

'Denk daar eens over na, Vonn. Ik kan het op gezondheidsproblemen gooien, de pers een smoesje op de mouw spelden en terugtreden. Killebrew zou moord en brand schreeuwen en beweren dat de BJC dan geen rechtsbevoegdheid meer heeft. Dan is de kans groot dat die aangifte terzijde wordt gelegd.'

'Die aangifte loopt toch met een sisser af.'

Ze haalde diep adem en nam een slok thee. 'Myers?'

'Myers is verdwenen.'

Ze schoof haar kop-en-schoteltje van zich af en zei: 'Ik kan er niet meer tegen, Vonn. Dit is jouw wereld, niet de mijne.'

'Hij is op de vlucht, oké? We hebben hem nog niet, maar dat duurt niet lang meer.'

Het bleef heel lang stil, terwijl zij de doden telde en hij dacht aan het extra geld dat hij in zijn zak kon steken als ze terugtrad als rechter.

'Wie is die vent?' vroeg ze.

'Een geroyeerde advocaat uit Pensacola, Ramsey Mix. Heeft een tijd in een federale gevangenis gezeten, is vrijgekomen, kreeg wat geld dat hij heeft verstopt toen de FBI zich ermee bemoeide, veranderde zijn naam in Greg Myers en woonde op een boot met zijn Mexicaanse liefje.'

'Hoe heb je hem gevonden?'

'Dat is niet belangrijk. Wat wel belangrijk is, is dat de BJC zonder hem niet verder kan. Het is afgelopen, Claudia. Ze hebben je even bang gemaakt, maar het is afgelopen. Je kunt je nu weer ontspannen.'

'Daar ben ik niet zo zeker van. Ik heb de voorschriften van de BJC vanbinnen en vanbuiten bestudeerd en nergens staat dat ze een aangifte moeten laten vallen als de beschuldigende partij zich terugtrekt.'

Zij was jurist, hij niet, dus ging hij niet met haar in discussie. 'Weet je zeker dat ze je met rust laten als je met pensioen gaat?'

'Nogmaals, ik kan niet voorspellen wat ze gaan doen. Hun procedures zijn niet altijd even duidelijk. Maar waarom zouden ze het belangrijk vinden als ik geen rechter meer ben?'

'Misschien vinden ze dat ook niet.'

Ze wist niets van de twee video's of van Vonns moeite om de schade die ze misschien hadden veroorzaakt te beperken. Ze wist niets van Lyman Gritt en zijn verdachte activiteiten. Er was heel veel waar ze niets van wist want, in zijn wereld, kon kennis gevaarlijk zijn. Mensen aan wie je iets hebt toevertrouwd kunnen worden overgehaald om te praten. Geheimen worden bekend. Ze had trouwens al genoeg om zich zorgen over te maken.

Weer bleef het lang stil. Geen van beiden leek veel zin te hebben om te praten, hoewel de gedachten in hun hoofd rondtolden. Hij rammelde met de ijsblokjes in zijn glas en zei ten slotte: 'De vraag blijft dus, rechter, hoe heeft Myers het ontdekt van die appartementen? Een mogelijk papieren spoor zou hem nergens naartoe leiden. Er zijn te veel firewalls, te veel buitenlandse ondernemingen die zijn onderworpen aan wetten waar niet aan kan worden getornd. Iemand heeft het aan Myers verteld en dat betekent natuurlijk dat er een lek was. Kijk naar de mensen om mij heen, en om jou heen. Mijn mensen zijn professionals die een waterdichte organisatie leiden en wij doen al jaren zaken zonder lekken. Hoe zit het met jou, rechter?'

'Dit hebben we al eerder besproken.'

'We doen het nu weer. Hoe zit het met Phyllis? Zij weet alles. Hoe veilig is haar kantoor?'

'Phyllis is mijn medeplichtige, Vonn. Ze is net zo schuldig als ik.'

'Ik suggereer niet dat zij heeft gepraat. Maar met wie werkt ze tegenwoordig? Ik weet dat ze geen partners heeft, alleen ondergeschikten, maar wie zijn dat?'

'Ze is heel fanatiek als het om veiligheid gaat. Ze bewaart geen gevoelige informatie op haar kantoor of in haar huis. Voor de belangrijke zaken werkt ze vanuit een kantoor waar niemand iets van weet. Het is allemaal heel veilig.'

'En jouw kantoor?'

'Dat heb ik je al verteld, Vonn. Ik gebruik één fulltime secretaresse die ik ongeveer elke anderhalf jaar ontsla. Niet één is twee jaar gebleven, want ik wil niet dat ze zich op hun gemak gaan voelen en beginnen rond te snuffelen. Af en toe heb ik een jaar een stagiaire, maar die arme kinderen kunnen de druk niet aan. En ik heb een griffier die al jaren bij me in dienst is en die ik volledig vertrouw.'

'JoHelen.'

'JoHelen Hooper. Een lieve meid die haar werk uitstekend doet, maar zich niet met andere zaken in de rechtbank bemoeit.'

'Hoe lang is ze je griffier al?'

'Een jaar of zeven, acht. We kunnen met elkaar opschieten omdat ze weinig zegt, me vleit als dat nodig is en me verder niet voor de voeten loopt.'

'Waarom vertrouw je haar zo volledig?'

'Omdat ik haar ken. Waarom vertrouw jij je mannen?'

Hij negeerde haar vraag en vroeg: 'Kan ze jouw kantoor binnenkomen?'

'Nee, dat kan niemand.'

'Er bestaat niet zoiets als volledig vertrouwen, rechter. En vaak is het juist degene die je het meest vertrouwt die voor het juiste bedrag bereid is je keel door te snijden.'

'Dat zul jij wel weten.'

'Dat weet ik verdomme inderdaad. Hou haar goed in de gaten, oké? Vertrouw niemand.'

'Ik vertrouw niemand, Vonn, vooral jou niet.'

'Goed zo, ik zou mezelf ook niet vertrouwen.'

Ze grinnikten gedwongen om hun eigen onbetrouwbaarheid.

Vonn haalde nog een wodka en zij dronk haar koude thee op. Toen hij weer ging zitten, zei hij: 'Ik heb een voorstel: laten we de zaak per week bekijken, we treffen elkaar hier elke woensdag om vijf uur en bespreken alles. En geef me wat tijd om over je pensioen na te denken.'

'O, ik weet zeker dat je daar wel voor zult zijn. Je bent al aan het uitrekenen hoeveel geld je elke maand extra krijgt.'

'Dat is waar, maar ik heb ook gemerkt dat het heel handig is dat ik een rechter aan mijn kant heb. Je hebt me verwend, Claudia, en ik weet niet zeker of ik ooit een andere rechter zal vinden die zich even gemakkelijk laat corrumperen.'

'Hopelijk niet.'

'Word je nog eerlijk op je ouwe dag?'

'Nee. Ik heb gewoon geen zin meer om te werken. Vandaag moest ik een kind bij haar moeder weghalen. Dat mens is verslaafd aan methadon en een compleet wrak, en het kind liep gevaar, maar toch is het niet gemakkelijk. Het was de derde keer dat ik een kind bij die vrouw moest weghalen, en na een zes uur durende hoorzitting, met allerlei emoties en scheldpartijen, moest ik maatschappelijk werk opdracht geven het kind mee te nemen. Dus terwijl dat kind de zaal verlaat roept de moeder, in de rechtszaal: "Hé, het maakt niet uit hoor, ik ben alweer zwanger!"'

'Wat een afschuwelijke manier om je geld te verdienen.'

'Ik ben er doodziek van. Geld van de indianen stelen is veel leuker.'

Lacy lag op een yogamatje en probeerde een volledige voorwaartse buiging te maken, een basisbeweging die ze al jaren deed, maar sinds het ongeluk niet meer had gedaan. Met haar benen gestrekt en tegen elkaar op de grond, raakte ze bijna haar tenen aan, toen Cooleys prepaidtelefoon die op het koffietafeltje lag overging. Omdat ze hem tegenwoordig altijd bij zich moest hebben, had ze er een hekel aan gekregen. Toch hield ze meteen op met haar yogaoefening en pakte de telefoon.

'Ik meld me alleen even, Lacy,' zei hij. 'Geen enkel teken van Myers. Dat had ik ook niet verwacht, maar toch baart het me zorgen. De politie in Key Largo is naar hem op zoek, maar het spoor is heel koud. Een paar dagen geleden heeft een bank de boot teruggenomen. Ik heb net met de mol gepraat, daar is ook niets nieuws, behalve dat onze rechter Dubose vandaag heeft gezien voor hun maandelijkse geldfeestje.'

'Hoe weet hij dat?' vroeg Lacy, ook al was dat zinloos om te vragen.

'Misschien kun je hem dat een keer vragen. Ik weet het niet. Luister Lacy, als de boeven Myers kunnen vinden, kunnen ze mij ook vinden. Ik ben best bang en trek wat rond tegenwoordig, van het ene goedkope motel naar het andere, en eerlijk gezegd ben ik kapot. Morgen stuur ik je een pakje met een nieuwe prepaidtelefoon en een telefoonnummer. Dat is het nummer van de mol. We nemen elke maand een nieuwe. Als mij iets overkomt, moet je dat nummer bellen.'

'Jou overkomt niets.'

'Dat is aardig van je, maar je weet niet waar je het over hebt. Myers dacht dat-ie slim was.'

'Klopt, maar hij heeft wel zijn naam onder die aangifte gezet. De boeven weten niet wie jij bent.'

'Ergens geloof ik dat niet meer. Hoe dan ook, ik moet ophangen. Pas goed op jezelf, Lacy.'

De verbinding werd verbroken en Lacy bleef naar de goedkope telefoon kijken in de hoop dat er meer kwam.

33

Omdat het herfstseizoen algauw zou aanbreken, maakte de Surfbreaker zich klaar voor de jaarlijkse invasie van Canadezen. Het was stil in de lobby, en het zwembad en de parkeerplaats waren bijna leeg. Clyde Westbay stapte in een lift om een paar kamers op de tweede verdieping te checken die werden gerenoveerd. Vlak voordat de liftdeur dichtging, stapte een gast in een korte broek en met sandalen aan de lift in en drukte op het knopje voor de vijfde verdieping. Toen de lift in beweging kwam, vroeg de gast: 'Hebt u een paar minuten, meneer Westbay?'

Clyde keek hem onderzoekend aan en vroeg: 'Bent u een van onze gasten?'

'Inderdaad. De Dolphin Suite. Mijn naam is Allie Pacheco, FBI.'

Clyde keek naar de sandalen, terwijl Allie zijn badge liet zien. 'Wat doet de FBI in mijn hotel?'

'Heel veel geld betalen voor een redelijke suite. We zijn hier om met u te praten.'

De lift stopte bij de tweede verdieping, maar Clyde stapte niet uit en niemand stapte in. De deur sloot en ze gingen verder naar boven.

'Misschien heb ik het nu wel druk.'

'Wij ook. Een paar vragen maar, dat is alles.'

Clyde haalde zijn schouders op en stapte op de vijfde verdieping uit de lift. Hij liep achter Pacheco aan naar het einde van de gang en keek naar hem toen hij de deur van de Dolphin Suite opende. 'Wat vindt u van mijn hotel?' vroeg Clyde.

'Gaat wel. De roomservice is slecht. En ik vond vanochtend een kakkerlak in de douche. Dood.'

Binnen waren drie andere mannen, allemaal in korte broek en sandalen, en een jonge vrouw die eruitzag alsof ze op het punt stond te gaan tennissen. De mannen waren van de FBI en zij was Rebecca Webb, federale hulpofficier van justitie.

Westbay keek om zich heen in de ruime suite en zei: 'Weet u, dit bevalt me niets. Ik neem aan dat ik jullie opdracht kan geven mijn hotel te verlaten.'

Pacheco zei: 'We willen natuurlijk met alle plezier vertrekken, maar dan gaat u met ons mee, met handboeien en enkelkettingen om, gewoon door de lobby, onder het toeziend oog van uw gasten en medewerkers. Misschien tippen we de lokale pers ook wel.'

'Ben ik gearresteerd?'

'Inderdaad, voor capital murder.'

Westbay werd bleek en zakte bijna door zijn knieën. Hij greep de rugleuning van een stoel vast en ging er moeizaam in zitten. Agent Hahn gaf hem een flesje water, waar hij meteen een slok uit nam waarbij hij het water tegen zijn kin liet spatten. Hij haalde diep adem en keek de agenten aan, wanhopig op zoek naar hulp. Een onschuldige man zou allang hebben geprotesteerd. Na een tijdje mompelde hij moeizaam: 'Dit kan niet waar zijn.'

Maar dat was het wel: Westbays leven was voorbij en nu stapte hij een nachtmerrie binnen.

Rebecca Webb legde een paar papieren op zijn schoot en zei: 'Dit is de voorlopige tenlastelegging, verzegeld en gisteren afgegeven door een federale *grand jury* in Tallahassee. Eén onderdeel betreft capital murder, waar de doodstraf op staat. De moord op Hugo Hatch was een huurmoord, en door deze bezwarende omstandigheden wordt deze bestraft met de doodstraf. Bovendien heeft de gestolen pick-up die u hebt gekocht een staatsgrens overgestoken. Niet erg slim.'

'Ik heb het niet gedaan,' jammerde hij bijna. 'Dat zweer ik!'

'Zweer maar raak, Clyde. Dat gaat je niet helpen,' zei Pacheco quasimeelevend.

'Ik wil een advocaat.'

'Geweldig. Die gaan we voor je regelen, maar eerst wat papierwerk. Laten we even praten, hier aan de tafel.' De tafel was klein en rond, en er stonden maar twee stoelen bij. Westbay ging zitten en Pacheco nam de stoel tegenover hem. Hahn en de twee andere agenten gingen achter Pacheco staan, een machtsvertoon dat ondanks de golfshirts, korte broeken en witte benen intimiderend was.

Pacheco zei: 'Voor zover wij konden nagaan, heb je geen strafblad, klopt dat?'

'Dat klopt.'

'Dus dit is je eerste arrestatie?'

'Ik dacht het wel.' Denken was moeilijk. Hij was in paniek, zijn blik schoot van de een naar de ander.

Pacheco las hem langzaam en duidelijk zijn rechten voor en gaf Clyde vervolgens een vel papier met de rechten erop geprint.

Westbay schudde zijn hoofd tijdens het lezen en er verscheen weer een beetje kleur op zijn gezicht. Hij zette zijn handtekening eronder met een pen die Pacheco hem gaf. 'Heb ik het recht iemand te bellen?' vroeg hij.

'Natuurlijk, maar je moet weten dat we al drie dagen je telefoon aftappen. Je hebt minstens twee mobiele telefoons en als je er daar nu eentje van gebruikt, horen we elk woord.'

'Wát doen jullie?' vroeg Westbay vol ongeloof.

Rebecca Webb pakte een ander setje papieren en legde ze op de tafel. 'Dit is de rechterlijke machtiging voor het aftappen.'

Pacheco zei: 'Zo te zien gebruik je je iPhone voor het merendeel van je privégesprekken. Je Nokia wordt door het hotel betaald en lijkt te worden gebruikt voor zaken en voor telefoontjes naar je vriendin Tammy James, een voormalig serveerster bij Hooters. Ik neem aan dat je vrouw niets af weet van mevrouw Tammy?'

Clydes mond viel open, maar hij kon geen woord uitbrengen. Was het mogelijk dat de onthulling over Tammy erger was dan de beschuldiging van moord? Misschien, maar hij kon niet helder nadenken en niets leek logisch.

Pacheco, die intens genoot, vervolgde: 'En trouwens, we hebben ook een machtiging voor Tammy's telefoon, en zij slaapt verder nog met een man die Burke heet, met ene Walter en misschien zijn er nog meer. Maar je kunt Tammy wel uit je hoofd zetten, want de kans is heel klein dat je haar warme lichaam ooit weer zult voelen.'

Ergens uit Westbays keel kwam een rommelend, boerend geluid dat slechts één agent begreep. Hij pakte snel een plastic afvalemmer en zei: 'Hier,' net op het moment dat de verdachte zich omdraaide en luid begon te kokhalzen. Zijn gezicht werd vuurrood toen hij kokhalsde en er eindelijk in slaagde echt over te geven. Iedereen wendde zijn blik even af, hoewel de geluiden alleen al walgelijk genoeg waren. Toen zijn hele ontbijt onder in de afvalemmer lag, veegde Westbay met de rug van zijn hand zijn mond schoon. Hij hield zijn hoofd gebogen en maakte een vreemd jammerend geluid. Een agent gaf hem een vochtige handdoek en weer veegde hij zijn mond af. Uiteindelijk ging hij rechtop zitten en klemde hij zijn kaken op elkaar, alsof hij zichzelf moed had ingesproken en nu klaar was voor het vuurpeloton.

Er kwam een vieze geur uit de afvalemmer en een agent nam hem mee naar het toilet.

Hahn stapte dichter naar de tafel toe en zei trots: 'Verder hebben we een overzicht van alle gesprekken met beide telefoons van de afgelopen twee jaar. Op dit moment trekken we al die nummers na. Een daarvan is van Vonn Dubose, dus uiteindelijk zullen we zijn nummer vinden.'

Het leek alsof Westbay ophield met ademhalen. Met een wilde blik keek hij naar Pacheco, die tegenover hem zat, en slaagde er uiteindelijk in te zeggen: 'Ik wil een advocaat.'

'Wie had je in gedachten?'

Zijn hersens waren als verdoofd. Hij sloot zijn ogen en probeerde zich de naam te herinneren van een advocaat, van welke advocaat dan ook, van wie dan ook die hem misschien kon redden. Er was een vastgoedadvocaat met wie hij golfde, een faillissementsadvocaat die zijn eerste vrouw had weggejaagd en zo. Ten slotte: 'Oké, Gary Bullington.'

Pacheco haalde zijn schouders op en zei: 'Bel hem maar. Hopelijk doet hij aan huisbezoeken.'

'Ik heb zijn nummer niet.'

'Gevonden,' zei een van de andere agenten met een blik op zijn laptop. Hij las het nummer op, maar Westbays handen trilden te erg. Het lukte hem pas bij zijn derde poging en hij drukte de telefoon tegen zijn oor. Bullington zat in een vergadering, maar Westbay liet zich niet afschepen. Tijdens het wachten keek hij Pacheco aan en vroeg: 'Kan ik misschien wat privacy krijgen?'

Pacheco zei: 'Hoezo? We luisteren toch mee. Met toestemming van de rechter.'

'Alstublieft.'

'Tuurlijk, het is jouw hotel. In de slaapkamer.' Pacheco nam hem mee naar de slaapkamer, maar bleef bij hem. Het was grappig om te horen hoe Westbay zichzelf aan Bullington voorstelde toen hij de advocaat eindelijk aan de lijn had. Als de twee elkaar ooit hadden ontmoet, bleek dat nergens uit. Westbay probeerde de advocaat zijn precaire situatie uit te leggen, maar Bullington, de advocaat, bleef hem bestoken met vragen. Westbay zat met zijn rug naar Pacheco toe en had er moeite mee een zin af te maken. 'Nee, ja, luister, ze zijn hier nu, de FBI, een heleboel, in Fort Walton, in het hotel... Ja, de voorlopige tenlastelegging... Federaal, maar... Wilt u even naar me luisteren? Ik wil dat u onmiddellijk naar het hotel komt. Laat alles uit uw handen vallen... Uw honorarium? Natuurlijk, hoeveel... U maakt een grapje zeker... Ja, federale capital murder... Een FBI-agent zit me nu aan te kijken, en hoort elk woord... Oké...'

Westbay draaide zich om naar Pacheco en zei: 'De advocaat zegt dat u de kamer moet verlaten.'

'Zeg maar tegen die advocaat dat hij de pot op kan. Ik ga niet weg.'

Westbay draaide zich om en zei: 'Hij zegt dat u de pot op kunt. Luister, hoeveel alleen voor vandaag? U weet wel, als u hier snel naartoe komt en me wat advies geeft voordat ze me opknopen...? Wauw, waarom zoveel...? Ik snap het, ik snap het. Oké, maar schiet op.' Westbay verbrak de verbinding en zei: 'Hij zegt dat hij een uur nodig heeft.'

'We hebben geen haast, Clyde. Sterker nog, we hebben deze suite voor twee dagen gehuurd, zogenaamd tegen een laagseizoentarief, hoewel dat nog steeds te hoog is.'

Toen ze de kamer weer binnenkwamen, waren Hahn en de andere agenten in de weer met twee camera's op een statief.

Pacheco zei: 'Weet je Clyde, dit is geen verhoor. We wachten tot je advocaat er is voordat we je het hemd van het lijf gaan vragen, maar voor de zekerheid gaan we alles opnemen wat er vanaf nu gebeurt. We willen niet dat de een of andere gangster later beweert dat we je rechten niet hebben gerespecteerd, weet je. Terwijl we wachten op meneer Bullington willen we je een paar opnamen laten zien die je misschien wel interessant vindt.'

Westbay zat aan de tafel, net als Pacheco. Tussen hen in stond een laptop en Hahn drukte op een toets. Pacheco zei: 'Hier zie je dat de

Dodge Ram wordt gestolen in Foley, Alabama. Weet je wel, die je contant hebt gekocht in die bar iets ten oosten van Pensacola op de avond van 22 augustus, terwijl de jonge Zeke Foreman zat te wachten in je pick-up, die met die valse kentekenplaten van Florida. Kijk maar.'

Westbay kneep zijn ogen tot spleetjes toen hij naar het scherm keek. Nadat hij de video voor de tweede keer had gezien, vroeg hij: 'Wie heeft die video gemaakt?'

Pacheco hief zijn handen. 'Wacht even! Jij stelt geen vragen, wij stellen geen vragen. Niet voordat je advocaat er is. Dit is gewoon ter informatie. Misschien helpen deze video's je om later vandaag een paar goede beslissingen te nemen.'

Hahn vertelde over de tweede video, bij Frog Freemans winkel. Toen Clyde zichzelf zag terwijl hij in de pick-up kwam aanrijden en uitstapte, zakten zijn schouders een paar centimeter. Westbay, met zijn afzakkende schouders, het overgeven, het bijna flauwvallen, zijn bleke gezicht en zijn zwakke, onzekere stem, werd plotseling heel meegaand.

Allie voelde dat hij hem snel kon inpakken, ook al zou de advocaat de zaken kunnen compliceren, zoals ze zo vaak deden. Hij draaide het mes rond in de wond en zei: 'Nogal stom om vlak voor die winkel te stoppen en je gezicht te laten filmen.'

Westbay knikte verslagen.

Nadat Hahn de tweede video had vertoond, vroeg hij: 'Genoeg gezien?'

Westbay knikte en leunde achterover in zijn stoel.

Allie zei: 'Omdat we toch nog moeten wachten, we hebben een veel langere video die je volgens ons even boeiend zult vinden. We hebben een paar dagen geleden even gepraat met je vriend Zeke Foreman. Herinner je je Zeke nog?'

'Ik beantwoord geen vragen.'

'Prima. Dus we hebben hem een beetje bang gemaakt, heel bang eigenlijk, en toen begon hij te praten. Ik bedoel, echt praten. Laat maar zien, Hahn.'

Zekes bange gezicht verscheen op het beeldscherm. Hij zwoer de waarheid te vertellen en dat deed hij, zesenvijftig minuten lang.

Clyde luisterde aandachtig, terwijl zijn leven elke minuut verder weggleed.

Tegen de tijd dat Gary Bullington arriveerde, had de FBI zijn profiel, dat niet erg indrukwekkend was. Hij was veertig, een handige ritselaar met twee reclameborden waar zijn naam op stond en een advocatenkantoor dat smachtte naar lucratieve auto-ongelukken, en alleen bleef voortbestaan dankzij ongevallenuitkeringen en niet erg belangrijke drugszaken. Op de foto op zijn reclamebord was hij een goedgeklede jonge advocaat met een smalle taille en heel veel haar, duidelijk gefotoshopt voor reclame- en egodoeleinden. In levenden lijve droeg hij een gekreukeld pak dat strak zat om zijn dikke buik, en had hij warrig haar dat zowel grijzer als dunner werd. Nadat ze zich ongemakkelijk aan elkaar hadden voorgesteld, nam hij zijn cliënt mee naar de slaapkamer, smeet de deur dicht en hield hem daar nog eens een uur.

Ondertussen bestelde Pacheco een schaal broodjes bij de roomservice en overwoog heel even dit eten op de rekening van de hoteleigenaar te laten zetten. Dat deed hij niet; hij won er niets mee als hij Westbay nog meer problemen bezorgde dan hem toch al te wachten stonden.

Toen Westbay en Bullington weer binnenkwamen, leek het alsof ze net een verhitte discussie hadden gevoerd. Pacheco bood hun broodjes en bananen aan. Bullington pakte een van elk, maar zijn cliënt had geen trek.

Pacheco vroeg: 'Mogen we nu doorgaan?'

Bullington zei met volle mond: 'Ik heb mijn cliënt geadviseerd geen vragen te beantwoorden.'

'Geweldig. Maar we zijn hier niet voor een verhoor.'

'Waarvoor dan wel verdomme?'

Rebecca Webb zat op een bankje en schreef iets op een schrijfblok. Ze zei: 'We zijn bereid strafvermindering aan te bieden in ruil voor een schuldbekentenis. Schuldig aan moord met voorbedachten rade. De tenlastelegging voor capital murder laten we later vallen, als de zaak zich ontwikkelt. Op moord met voorbedachten rade staat levenslang, maar wij zullen heel veel minder aanbevelen.'

'Hoeveel minder?' vroeg Bullington.

'We beginnen met twintig jaar en kijken hoe het gaat. Uw cliënt zal zijn gevangenisstraf kunnen bekorten door te werken.'

'Wat voor werk?'

'Als infiltrant in de gevangenis. We betwijfelen of infiltratie nodig zal zijn omdat uw cliënt al lid is van de bende. Hij zal een microfoontje moeten dragen, een paar gesprekken moeten initiëren, dat soort dingen.'

Westbay keek haar doodsbang aan.

Pacheco zei: 'Kortom, meneer Bullington, wij willen dat uw cliënt ons de Coast Mafia overhandigt.'

'Wat krijgt hij in ruil daarvoor?'

Webb zei: 'Misschien maar vijf jaar. Dat zou onze aanbeveling kunnen zijn, maar zoals u weet heeft de rechter het laatste woord.'

Pacheco zei: 'Vijf jaar en daarna een goed leven in de getuigenbescherming. Dat, of de komende tien jaar in de dodencellen en daarna een afspraak met de beul.'

'U mag mijn cliënt niet bedreigen,' zei Bullington kwaad.

'Ik bedreig helemaal niemand, ik zeg alleen waar het op staat. Op dit moment is hij schuldig aan capital murder, en het Openbaar Ministerie zal er geen enkele moeite mee hebben dat te bewijzen. We bieden meneer Westbay een geweldige deal aan, waardoor hij over vijf jaar weer een vrij man kan zijn.'

'Oké, oké,' zei Bullington en hij at met één grote hap zijn broodje op. 'Laat me die verdomde video's maar eens zien.'

Het was bijna halfvijf toen advocaat en cliënt na alweer een gespannen gesprek de slaapkamer weer uit kwamen. Twee agenten zaten aan de tafel en speelden *gin rummy*. Rebecca Webb was aan de telefoon. Hahn deed een dutje op de bank. Pacheco zei tegen het kamermeisje dat ze moest oprotten. Ze hadden meneer Bullington beloofd dat het gesprek zo nodig de hele nacht kon duren. Ze hoefden op dit moment nergens naartoe en als ze geen deal konden sluiten, zouden ze vertrekken met een geboeide meneer Westbay, hem naar Tallahassee brengen waar hij in een cel zou worden gegooid, de eerste van vele waarin hij de rest van zijn leven zou doorbrengen. Als ze vertrokken zonder deal, zou hij geen nieuwe kans krijgen.

Bullingtons colbert hing aan een deurknop. Hij droeg rode bretels die zijn lange broek maar met moeite op zijn plek konden houden. Hij stond midden in de kamer en zei tegen de overheid: 'Ik denk dat ik mijn cliënt ervan heb overtuigd dat de zaak tegen hem vrij sterk is en de kans op een niet-schuldigvonnis vrij klein is. Het is niet verrassend dat hij zo weinig mogelijk tijd in de gevangenis wil doorbrengen, om nog maar te zwijgen van dat gedoe met de naald.'

Westbay was er met het uur ouder uit gaan zien. Hij was toch al niet lang geweest, maar leek gekrompen, bijna dood en lijkbleek. Hij vermeed oogcontact met iedereen in het vertrek en was duidelijk met zijn gedachten elders. De agenten hielden hem nauwlettend in de gaten en tijdens het laatste advocaat-cliëntgesprek in de slaapkamer hadden ze allemaal toegegeven dat ze zich zorgen om hem maakten. Er was veel moed voor nodig om een microfoontje te dragen in een vertrek waar Vonn Dubose ook was, en het zou een overtuigend optreden vereisen. Westbay, in zijn huidige verzwakte toestand, straalde niet bepaald veel vertrouwen uit. De agenten hadden eerst genoten van zijn stoere gedrag, wat ze hadden verwacht, maar waren verbijsterd toen ze zagen hoe snel dat was veranderd. Maar ja, je hebt je verklikkers niet altijd voor het uitzoeken, en ze hadden veel bangere verklikkers geïnstrueerd.

Bullington vroeg: 'Dus, wat gaat er gebeuren?'

Rebecca Webb antwoordde: 'Hij zal worden aangeklaagd voor capital murder, net als de rest van de bende. Die voorlopige tenlastelegging zal terzijde worden gelegd, terwijl we afwachten hoe graag hij bereid is mee te werken. Als hij resultaten boekt, zal hij uiteindelijk moord met voorbedachten rade bekennen en gaan wij hard ons best doen voor een lichte straf. Als hij iets stoms doet, zoals vluchten of zijn dekmantel verpesten, gaan we in de aanval en krijgt hij levenslang.'

'Dat dacht ik al. Meneer Westbay?'

Clyde hief met een verslagen gebaar zijn handen in de lucht en zei met een onnozele glimlach: 'Ik heb geen keus immers?'

34

Het was nooit duidelijk geweest, in elk geval niet voor Clyde, of Vonn Dubose een echte naam was of een pseudoniem. Clyde was niet een van de vijf Cousins, de bijnaam van de leiders van de bende. Geen van de andere vier gebruikte de achternaam Dubose. Vonns jongere broer was in 1990 doodgeschoten tijdens een mislukte drugsdeal in Coral Gables, en hij heette Nash Kinney. Uit het FBI-onderzoek bleek dat Nash Kinney in 1951 in Louisiana was geboren en geen broers had.

Clyde gaf toe dat hij het meeste wat hij over het verleden van de bende wist stukje bij beetje te weten was gekomen en niet betrouwbaar was. De mannen zaten nooit met elkaar te pokeren en over de goeie oude tijd te kletsen. Hij had zelfs heel weinig tijd met de Cousins doorgebracht en wist niet eens zeker of ze wel familie van elkaar waren. Clyde stond al twee jaar op de loonlijst toen hij hen eindelijk alle vijf had ontmoet.

Vonn Dubose had geen adres, geen rijbewijs, geen burgerservicenummer, geen bankrekeningen of creditcards. Dat was geverifieerd door de FBI, die de theorie had ontwikkeld dat de naam een pseudoniem was dat in de loop der jaren was gecreëerd en zorgvuldig was beschermd. Er was nooit door iemand met die naam inkomstenbelastingaangifte gedaan. Volgens Greg Myers was Dubose vaker dan één keer getrouwd en gescheiden. Maar de FBI had nergens bewijzen gevonden van trouwaktes of echtscheidingsconvenanten.

Henry Skoley was de eerste Cousin die ze moesten natrekken. Hij werd Hank genoemd en zou Vonns neef zijn, de zoon van de broer die was doodgeschoten. Maar als er geen broer was, wie was Hank dan in vredesnaam? Het verhaal begon al af te brokkelen.

Hank was een jaar of veertig en werkte als Vonns chauffeur, bodyguard, golfmaatje, drinkebroer, noem maar op. Alles wat Vonn wilde of nodig had stond op Hanks naam. Als Vonn een nieuwe auto wilde, werd Hank gestuurd om die op zijn naam te kopen. Als Vonn een weekend plezier wilde maken in Las Vegas, regelde Hank het vliegtuig, de limo, de hotelkamers, de hoertjes, en natuurlijk alle details. Maar het belangrijkst: Hank gaf Vonns bevelen door aan de anderen. Vonn gebruikte geen telefoons of e-mail, in elk geval niet voor zijn vuile werk.

Clyde leverde zijn beide mobiele telefoons in, vertelde de wachtwoorden en keek naar de twee agenten terwijl die zijn data downloadden. Er waren twee telefoonnummers van Hank Skoley, maar dat wist de FBI al. Clyde wist niet waar Vonn nu woonde. Hij verhuisde vaak, bracht af en toe een paar maanden door in een van de nieuwe appartementen die hij langs de Florida Panhandle bouwde. Ook wist Clyde niet of Dubose alleen woonde.

Twee Cousins, Vance en Floyd Maton, zouden familie zijn van Dubose. Met inbegrip van Hank waren dat er vier. De vijfde Cousin was Ron Skinner, misschien een neef van Vonn. Skinner woonde aan de kust vlak bij Panama City en runde de bars, drankwinkels en stripclubs van de bende, bedrijven die van essentieel belang waren bij het witwassen van geld. De gebroeders Maton gaven leiding aan de continue stroom nieuwe vastgoedprojecten. Hank hield toezicht op de hotels, restaurants en pretparken. Het was een close en gedisciplineerd managementteam, waarin alle belangrijke besluiten werden genomen door Vonn en alles mogelijk werd gemaakt door het geld dat werd afgeroomd van Treasure Key.

De volgende laag bestond uit de managers, mannen als Clyde die veel van deze schijnbaar legale bedrijven runden. Deze groep bestond uit een man of twaalf, hoewel Clyde hen niet allemaal had ontmoet. Nogmaals, dit was geen grote gelukkige zakelijke familie met jaarlijkse picknicks en 'neem je kinderen mee naar het werk'-dagen. Het was alsof Vonn niet wilde dat de ene afdeling veel van de andere af wist. Tien jaar eerder werkte Clyde in een hotel in Orlando, toen hij hoorde dat er een vacature was in Fort Walton Beach. Hij nam die baan omdat hij graag vlak bij de oceaan wilde wonen. Een jaar later kreeg hij een baan als assistent-manager bij het Blue Chateau, en belandde ongewild in de criminele wereld van de Coast Mafia, ook al had hij die naam nooit eerder gehoord. Hij leerde Hank kennen, mocht hem graag, werd algauw bevorderd tot manager en kreeg een gigantische loonsverhoging. Hij werd goed betaald, verdiende veel meer dan het gemiddelde salaris in die sector, en hij dacht dat dat normaal was binnen het rijk van Dubose, dat hij op die manier loyaliteit kocht. Zodra Clyde de leiding had en goed werk verrichtte, vertelde Hank hem dat het bedrijf onlangs de Surfbreaker had gekocht, vierhonderd meter verderop aan het strand. Het bedrijf, een eigenaardige onderneming met haar hoofdkantoor in Belize, werd gereorganiseerd, en Clyde zou de leiding krijgen over de twee hotels in Fort Walton Beach. Zijn salaris werd weer verdubbeld en hij kreeg een aandeel van vijf procent in Starr S, de nieuwe onderneming. Ze vertelden hem dat Hank en een paar partners de andere vijfennegentig procent bezaten, maar dat wist hij niet zeker. Later zou hij horen dat het allemaal deel uitmaakte van dezelfde samenzwering.

Zijn criminele leven begon toen Hank een keer bij hem kwam met veertigduizend dollar in biljetten van honderd dollar. Hank vertelde dat het moeilijk was om zwart geld in hotels wit te wassen, omdat bijna alle transacties met een creditcard tot stand werden gebracht. Maar elk hotel had een drukke bar waar heel veel klanten nog altijd met contant geld afrekenden. Hank vertelde heel gedetailleerd hoe het zwarte geld systematisch zou worden toegevoegd aan de inkomsten van de bar. Nooit gebruikte Hank de term 'witwassen'; hij gaf de voorkeur aan de ouderwetse uitdrukking 'knoeien met de boeken'. Vanaf die dag werden de dagelijkse contante inkomsten uitsluitend door Clyde afgehandeld. In de loop der tijd leerde hij hoe hij de cijfers moest aanpassen, afhankelijk van de drukte in de hotels. Hij bedacht zelfs een manier om zwart geld via de inkomsten bij de receptie wit te wassen. De boekhouding waarmee was geknoeid leek goed in orde. De accountants in Pensacola feliciteerden hem met de verhoogde inkomsten, maar stelden nooit vragen over mogelijke verdachte transacties.

Clyde had aantekeningen bijgehouden op een schrijfblok, niet op een computer, en hij kon de FBI na een snelle blik hierop precies vertellen hoeveel geld hij in de afgelopen negen jaar via zijn hotels en bars had witgewassen. Hij schatte het op zo'n 300.000 dollar per jaar. En dat was slechts het kleine werk, want het echte witwassen vond plaats in hun bars, drankwinkels en stripclubs.

Langzaam maar zeker werd hij door de bende opgenomen. Na twee jaar als manager werd hem gevraagd of hij meeging naar Vegas voor een mannenreis. Hij vloog er met een privévliegtuig naartoe, samen met Hank en de gebroeders Maton. Een limo bracht hen naar een enorm casino, waar Clyde een eigen suite kreeg. Alles werd betaald door Hank: maaltijden met biefstuk, dure wijnen, geweldige hoertjes. Op een zaterdagavond nodigde Hank hem uit voor een drankje met Vonn in een suite van een penthouse. Alleen Vonn Dubose, de Cousins en Clyde Westbay, inmiddels een vertrouwd lid van de organisatie. De volgende dag dronken hij en Hank koffie in de bar van een casino, waar hem een paar basisregels werden uitgelegd: 1. Doe wat je wordt gezegd; 2. Houd je mond stijf dicht, 3. Vertrouw niemand buiten ons; 4. Houd je ogen open en vergeet nooit dat je de wet overtreedt; 5. Verraad niemand, want dat kan de dood betekenen voor jou en je familie. Loyaliteit was een eis en in ruil daarvoor zou Clyde heel veel geld verdienen. Hij had helemaal geen probleem met die regels.

Van de managers werd ook verwacht dat ze minstens twee keer per maand het casino bezochten. Het witwassen was niet moeilijk. Clyde kreeg vijf- tot tienduizend dollar van Hank om mee te gokken – geld dat van het casino afkomstig was, via Dubose, via Hank en Clyde, en nu aan het casino werd teruggegeven. In ruil daarvoor kreeg Clyde, de gokker, een stapel fishes van honderd dollar. Zijn favoriete spel was blackjack en daar was hij goed genoeg in om bijna quitte te spelen. Nadat hij fishes had gekocht, bijvoorbeeld voor tweeduizend dollar, speelde hij een uur en pauzeerde dan even. In plaats van dat hij zijn fishes meenam, gaf hij de voorman opdracht hem uit te betalen en het saldo toe te voegen aan zijn rekening, die op een valse naam stond. Eén keer per jaar maakte hij het saldo over op een bankrekening waar Hank bij kon. Het afgelopen jaar had Clyde 147.000 dollar wit geld uit het casino gehaald. Hij wist bijna zeker dat de Cousins en alle managers op deze manier geld witwasten.

Terugkijkend kon hij zich niet meer herinneren wanneer hij precies had besloten de wet te overtreden. Hij deed wat zijn baas hem opdroeg en dat leek geen kwaad te kunnen. Hij wist dat geld witwassen illegaal was, maar het was erg eenvoudig en ze konden onmogelijk betrapt worden. Verdomme, hun eigen accountants hadden er zelfs geen idee van. Bovendien verdiende hij veel, gaf hij heel veel uit; het leven was goed. Natuurlijk werkte hij voor een criminele organisatie, maar hij had maar een klein aandeel in het witwassen van het geld. Na verloop van tijd werd het zijn leven, zijn zekerheid. Soms, als hij langs de kust van Brunswick County reed en zag dat er een nieuwe torenflat werd gebouwd of een nieuwe omheinde golfbaanwijk werd aangelegd, was hij trots omdat Vonn iedereen tuk had. Als de FBI ooit kwam rondneuzen, gingen ze natuurlijk achter de grote jongens aan, de Cousins, en zich niet bezighouden met de kleine vissen zoals hij. Niemand lette op, niemand leek het belangrijk te vinden, en dus was het na een paar jaar allemaal heel normaal geworden.

Daarom was hij ook zo geschrokken toen Hank belde om te zeggen dat ze misschien een probleem hadden: rechter McDover, iemand die hij nooit had ontmoet, kreeg ongewenste aandacht. Clyde woonde in een ander juridisch district en wist amper hoe ze heette. Hij wist niet wat haar rol was in de organisatie van Dubose, maar hij nam aan dat het een belangrijke rol was, gezien het alarmniveau. Hank, die zelden over zijn oom praatte, gaf toe dat Vonn ongerust was. Er moest iets gedaan worden.

Hank zocht Clyde op in diens kantoor van de Surfbreaker en onder het genot van een kop koffie aan een tafeltje bij het zwembad vertelde Hank Clyde dat hij iets voor Vonn moest doen. Vonn had hem, Clyde Westbay, uitgekozen voor het vuile werk, omdat niemand Clyde ooit zou verdenken. Er werd niets gezegd over moord. Het zou alleen intimidatie zijn, maar dan wel heel gewelddadig. Een auto-ongeluk, op het land van de indianen, laat op de avond. Natuurlijk wilde Clyde het niet doen, maar hij kon niet weigeren. Hij slaagde erin om net te doen alsof het een normale klus was: alles voor de Cousins.

Hank vond het goed dat Zeke Foreman zou helpen. Hank zorgde voor de gestolen pick-up, daar wist Clyde niets van. Dat was heel kenmerkend voor de bende: houd de informatie beperkt, zodat lekken onder controle zijn. Hank regelde de valse Florida-kentekenplaten voor de pick-up die Clyde zou besturen. De operatie verliep probleemloos, terwijl Hank ter plaatse was en telefonisch het verkeer regelde. Clyde wist niet wie de man was die net deed alsof hij een informant was en Lacy en Hugo naar het reservaat lokte. Een paar seconden na de botsing stopte Clyde achter de Dodge Ram en gaf Zeke opdracht bij de Prius weg te gaan en in zijn pick-up te stappen. Toen bloedde Zekes neus al. Clyde controleerde de airbag in de Dodge en zag geen bloed. Hugo was er slecht aan toe: hij zat klem in de gebroken voorruit, kreunde en schopte om zich heen, en bloedde als een rund. Zijn mobieltje zat in de rechterachterzak van zijn spijkerbroek. Clyde zag dat de gordel niet vast had gezeten, maar kon niet zien of de airbag van de passagier had gewerkt.

Nee, hij wist niet of iemand met de gordel en de airbag had gerommeld. Nee, hij had Hugo helemaal niet aangeraakt, alleen zijn mobieltje weggenomen. Hij droeg rubberhandschoenen en vond het doodeng om zo dicht bij een man te zijn die pijn had en hevig bloedde. Westbay gaf toe dat hij het verschrikkelijk had gevonden daar te zijn. Maar hij had zo zijn bevelen. Lacy's mobiele telefoon en iPad lagen op de vloer linksachter, maar door de botsing zat het rechterachterportier klem. Hij slaagde erin het portier achter Hugo open te maken en haalde ze uit de auto. Zij bloedde en mompelde en probeerde zich te bewegen.

Clyde vertelde ongeëmotioneerd over zijn aandeel in de gebeurtenissen. Als hij er al spijt van had, weigerde hij dat te tonen. Hij moest echter wel naar de wc. Het was bijna zes uur 's avonds.

Hij en Zeke gingen ervandoor via een onverharde weg die hij en Hank de vorige dag hadden ontdekt. Nee, hij herinnerde zich niet dat Zeke iets uit het raam had gegooid. Pacheco liet hem een stukje zien van het met bloed doorweekte vel keukenrol. Hij kon niet verklaren waarom hij voor Frogs winkel was gestopt. Zijn enige excuus was dat hij niet zeker had geweten of de winkel wel open was. Bovendien was het er zo'n ouwe bende, hadden ze daar echt bewakingscamera's gehad? Achteraf gezien behoorlijk stom. Hij en Zeke dronken een biertje toen ze Brunswick County verlieten. Ze stopten op een parkeerplaats van Interstate 10 en wachtten daar op Hank. Clyde gaf hem een boodschappentas met de twee mobiele telefoons en de iPad. Daarna reden ze terug naar Fort Walton en het Blue Chateau, waar de jongen in een kamer ging slapen. De volgende dag bracht Clyde hem naar de dokter en uit een röntgenfoto bleek dat hij niets had gebroken. Hij gaf Zeke vijfduizend dollar in contanten en dacht dat de zaak daarmee rond was. Clyde hield de hele ochtend het nieuws in de gaten en was verbijsterd toen hij hoorde dat Hugo Hatch was gestorven. Ongeveer een week later kwam Hank bij hem op kantoor, kwaad en scheldend over die video. Hij zei dat Vonn woedend was en zijn uiterste best deed de schade te beperken. Ze stuurden Zeke de stad uit met de opdracht tot nader order weg te blijven.

Nee, hij, Clyde, had Vonn heel lang niet meer gesproken, zelfs voor het ongeluk al een hele tijd niet. En nu wilde hij dat al helemaal niet. Hoewel Clyde argwanend was en goed had geslapen, leek alles tot rust te zijn gekomen – tot vandaag tenminste. Nu stond zijn wereld op zijn kop.

Hahn bestelde nog meer broodjes en fruit, en toen die waren gebracht, gingen Westbay en Bullington weer naar de slaapkamer. Het was bijna acht uur en Westbay zei dat zijn vrouw ongerust zou worden. Hij belde haar en zei dat hij zich met een paar onverwachte zaken moest bezighouden.

Tijdens het eten begonnen Allie Pacheco en Rebecca Webb aan een nieuwe verhoorsessie. Toen ze er eindelijk mee ophielden, was het bijna tien uur 's avonds en hadden ze Clyde Westbay al ruim zes uur op video, waarin hij meer dan genoeg informatie had verstrekt om de aanval op Dubose en zijn Cousins in te zetten. In Tallahassee keek en luisterde een ander team agenten mee, en dat was al bezig met het weven van een web.

Clyde verliet de Surfbreaker als vrij man, vrij in de zin dat hij geen handboeien of enkelketenen droeg. Maar hij had zijn ziel achtergelaten in de Dolphin Suite, alles keurig vastgelegd op film en apart gezet om hem later te kwellen. Hij zou een paar dagen, misschien een paar weken, vrij zijn voordat hij zou worden opgepakt tijdens een overval op de leiding van de bende. Paniek bij zijn vrouw en kinderen, foto's op de voorpagina's, angstige telefoontjes van familie en vrienden. Clyde, als lid van een crimineel syndicaat, zou capital murder ten laste worden gelegd.

Terwijl hij doelloos door Destin reed, dacht hij terloops aan zijn ex-vriendin Tammy. Wat een slet! Dat wijf ging met de halve stad naar bed, ook met die griezel van een Walter. Maar misschien kwam zijn vrouw het nooit te weten. Hoeveel moest hij haar nu vertellen? Moest hij alles nu al bekennen of wachten tot de inval, tot het afschuwelijke moment waarop hij geboeid en wel werd afgevoerd? Hoe moest hij verdomme weten wat hij moest doen? Zijn leven was voorbij.

Hoe langer hij reed, hoe sterker hij verlangde naar een kogel in zijn hoofd, hoe meer hij wenste dat hij er op zijn voorwaarden uit kon stappen – in plaats van dat hij moest wachten op een gewelddadige aanslag in opdracht van Dubose. Of misschien een duik van een hoge brug, of een potje pillen. De FBI had hem op tape.

35

Vonns smerigste klussen werden uitgevoerd door een sluipschutter die bekendstond als Delgado. Of dit zijn echte naam was of alweer een valse naam in Vonns wereld was niet duidelijk.

Overdag runde Delgado een bar, een van de vele cashcows en witwaslocaties van de bende, maar hij was vooral van belang voor de organisatie vanwege zijn bijbaantje. Hij bezat bijzonder goede technische skills op het gebied van wapens, mechanica en elektronica. Delgado had Son Razko naar het huis van de Maces gelokt, had hem en Eileen vervolgens rustig in de slaapkamer doodgeschoten en was daarna spoorloos verdwenen. Een uur later kwam hij Junior tegen in een bar en trakteerde hem op een drankje.

Na Juniors proces nam Delgado de eerste verklikker, Digger Robles, 's nachts mee in een boot en dumpte hem in de Gulf met kettingen om zijn enkels. De tweede verklikker, Todd Short, ontsnapte ternauwernood aan een schot in zijn hoofd met een hertengeweer gelost door Delgado. De kogel zou zijn linkeroor zijn binnengedrongen voordat hij het schot had kunnen horen, maar toen kwam er een ander hoofd in zicht en dus bleef Todd leven. Todd was zo slim geweest het gebied te verlaten, maar in Oklahoma kreeg Delgado hem bijna te pakken.

Vonns ultieme fout was dat hij Clyde Westbay en niet Delgado opdracht gaf Hugo uit te schakelen; hij had een amateur uitgekozen in plaats van een professional. De gedachte erachter was goed: niemand zou ooit op het idee komen Clyde te verdenken, er waren geen vuurwapens bij betrokken, het was een relatief eenvoudige operatie en Vonn wilde dat Clyde opschoof binnen de organisatie. Hij zag dat de man talent had en de man moest loyaler worden. Als hij Clyde bij een nog ernstiger misdaad betrok, had hij hem voor altijd in zijn zak. Maar de beslissende factor, die pas op het laatste moment bekend werd, was dat Delgado opeens last kreeg van nierstenen en zoveel pijn had dat hij drie dagen in het ziekenhuis lag. De gruwelijke pijn begon een paar uur nadat hij in Lacy's auto had ingebroken, en de airbag en de gordel aan de passagierskant onklaar had gemaakt. Doordat Delgado tijdelijk was uitgeschakeld en de situatie urgent was, gaf Vonn Hank opdracht naar Clyde te gaan en hem te vertellen wat hij moest doen.

Delgado leefde in een wereld vol bewakingscamera's en zou zich dus nooit hebben laten filmen bij de winkel van Frog.

Hoe dan ook, zijn nierstenen waren verdwenen en hij was weer aan het werk. Delgado parkeerde zijn kleine, rode 'Blann's Pest Control'-busje op de oprit van een klein huis aan een golfbaan acht kilometer ten noorden van de Gulf. Het stond in een omheinde wijk, maar Delgado kende de toegangscode van het hek. Een bedrijf op de Bahama's had dit gebouwd en een bedrijf op Nevis was eigenaar van dat bedrijf op de Bahama's. Ergens heel hoog in de eigendomsketen stond Vonn Dubose. De eigenares van dit huis was in de rechtbank, waar ze werkte. Ze nam belangrijke kwesties op voor rechter McDover, die ook had voorgesteld dat ze dit huis kocht.

Delgado droeg een prachtig uniform en een rood overhemd met bijpassend petje, en hij had een grote spuitfles bij zich alsof hij van plan was elk insect in de Florida Panhandle uit te roeien. Hij belde aan, maar er was niemand thuis. Handig stak hij een schroevendraaier achter het slot en draaide de knop om; met de juiste sleutel had hij de deur niet sneller kunnen openen. Hij deed hem achter zich dicht en luisterde of hij het waarschuwingssignaal van een alarminstallatie hoorde. Die begon een paar seconden later inderdaad te piepen en over dertig seconden zou de hel losbreken. Hij liep naar het paneeltje achter de deur en toetste rustig de vijfcijferige code in die hij had gehackt bij het beveiligingsbedrijf. Delgado haalde diep adem en genoot van de intense stilte. Als de code niet had gewerkt, zou hij gewoon zijn vertrokken en weggereden.

Hij trok een paar strakke rubberhandschoenen aan en controleerde of de voor- en achterdeur op slot zaten. Nu kon hij het rustig aan doen. Er waren twee slaapkamers. De grote werd natuurlijk gebruikt door de eigenares, en in de kleinere stonden twee goedkope onderschuifbedden. Delgado wist dat de vrouw alleen woonde. Ze was drieënveertig en gescheiden, en ze had geen kinderen. Hij doorzocht twee ladekasten en vond alleen kleding. Datzelfde gold voor de kasten en de twee badkamers. In haar kleine, rommelige werkkamer stonden een computer en een printer op een paar lage archiefkasten. Langzaam en systematisch doorzocht hij elke lade, elk dossier, elk vel papier.

Er was een man in haar huis! JoHelen Hooper tikte op haar iPhone. De beveiligingsapp had haar verteld dat haar alarminstallatie twee minuten geleden, om 09.44 uur, was gedeactiveerd. Ze tikte weer op het scherm en kon nu de beelden zien. De camera die verborgen zat in de plafondventilator van de woonkamer zag hem toen hij erlangs liep om naar de achterkant van het huis te gaan: blank, man, jaar of veertig, met een achterlijk rood overhemd en petje, alsof hij iemand anders was. De camera in het luchtrooster boven haar bed zag hem toen hij haar slaapkamer binnenkwam en zorgvuldig haar laden doorzocht. Hij raakte alles aan.

Ze slikte moeizaam en probeerde rustig te blijven. Ze zat nog geen zeven meter van rechter McDover vandaan, in de grote rechtszaal in Sterling. Ze wachtten terwijl een groep opgewonden advocaten die bij de jurybank stond probeerde een besluit te nemen. Gelukkig was er geen jury; hare edelachtbare behandelde alleen verzoeken om een rechterlijke uitspraak.

Voor JoHelen stond haar stenografeermachine op de driepoot, en op haar tafel lagen een schrijfblok, een paar papieren en haar iPhone, waar ze met moeite nonchalant naar had gekeken zonder gealarmeerd te lijken. Gealarmeerd! Er was een man in haar huis die langzaam door haar ondergoed ging. Nu sloot hij de la en begon de la eronder te doorzoeken.

Toen een advocaat begon te praten, startte JoHelen de opname. Het was een waardeloze hoorzitting in een onbelangrijke zaak en als ze af en toe een woord miste, kon ze altijd nog de geluidsopname afluisteren. De gedachten tolden door haar hoofd en ze was doodsbang, maar ze keek strak naar de advocaat, vooral naar zijn lippen, en probeerde zich te concentreren. De app zou alle beelden van de vier verborgen camera's opnemen, zodat ze niets zou missen als ze er tijdens de lunchpauze naar keek.

Rustig blijven, koel blijven, kijk verveeld als je naar hun juridische prietpraat met tweehonderd woorden per minuut luistert. Ze werkte al acht jaar lang foutloos als griffier en kon het bijna slapend doen, maar slapen was nu absoluut niet aan de orde.

Haar grote moment was eindelijk aangebroken, want hare edelachtbare had zichzelf verraden door zich opeens volkomen anders te gedragen. Ze was geen warme, hartelijke persoonlijkheid, maar had JoHelen altijd prettig en professioneel behandeld, en ze vonden het heerlijk om samen te roddelen of te lachen om dingen die in de rechtszaal waren gebeurd. Ze waren geen goede vriendinnen, doordat Claudia te gereserveerd was voor een gewone vriendschappelijke relatie, en ze bewaarde haar kleine attenties voor Phyllis Turban, iemand die JoHelen goed, maar alleen van naam kende.

Vanaf de dag waarop de mensen van de BJC op bezoek waren geweest en de aangifte hadden betekend, was Claudia zichzelf niet meer geweest. Ze was schrikachtiger, enigszins afstandelijk, alsof ze haar hoofd er niet bij had en zich zorgen maakte. Normaal gesproken was ze evenwichtig en niet humeurig, maar de laatste tijd, vooral de afgelopen paar dagen, was ze nors en kortaangebonden geweest tegen JoHelen. Ze had zelfs geprobeerd haar te ontlopen, terwijl ze tegelijkertijd haar gevoelens probeerde te verbergen met een niet-gemeende glimlach en af en toe een vleiende opmerking. Acht jaar lang hadden de twee vrouwen bijna elke werkdag in hetzelfde vertrek doorgebracht. Dus JoHelen wist dat er iets was veranderd.

Maar de alarminstallatie dan? Het was een nieuw systeem met magneetcontacten op elk raam en elke deur, twee maanden eerder door Cooley geïnstalleerd. Dat de man met dat rode shirt en die rode pet het alarm had kunnen uitschakelen, betekende dat hij een echte prof was.

Het was even stil toen de rechter een document zocht, dus keek JoHelen weer naar haar telefoon. Ze kon de indringer nog net zien, hij stond in haar kledingkast haar kleren te doorzoeken. Zou ze de politie bellen om hem te laten arresteren? Zou ze de buurtwacht bellen? Nee... telefoontjes lieten sporen achter, en tegenwoordig leek het wel alsof de meeste sporen naar JoHelen leidden.

Opeens begonnen twee advocaten tegelijk te praten, iets wat in haar wereld elke dag gebeurde. Handig scheidde ze de twee in het officiële verslag zonder ook maar een woord te missen. Ze had er eigenlijk alleen maar een probleem mee als drie advocaten tegelijk hun mond opendeden, en dan hoefde ze maar naar de rechterstoel te kijken en rechter McDover zou de orde herstellen. Vaak communiceerden ze met een kleine beweging van hun gezicht of handen, maar vandaag probeerde JoHelen helemaal niet naar haar baas te kijken.

De indringer zou niets belastends vinden. Ze was heus niet zo dom om opnamen op een plek te verstoppen waar ze gemakkelijk vindbaar waren. Haar opnamen lagen ergens anders, achter slot en grendel. Maar wat zouden ze hierna doen? Ze hadden een man vermoord om de BJC te intimideren en hun onderzoek te verhinderen. Het was wel duidelijk dat ze Greg Myers hadden opgespoord en hem het zwijgen hadden opgelegd. Nu was Cooley, haar vriend, vertrouweling, contactpersoon en medesamenzweerder, van plan ervandoor te gaan of was al weg, in paniek en op de rand van een zenuwinzinking. Hij had haar ervan verzekerd dat ze veilig was, dat haar identiteit nooit bekend zou worden, maar dat waren betekenisloze woorden van vorige week.

Hare edelachtbare kondigde een schorsing aan van tien minuten, en JoHelen liep rustig door de gang naar haar kantoortje. Daar deed ze de deur op slot en keek, live, naar haar indringer. De man was nog steeds in haar huis, bekeek nu de inhoud van de keukenlades, haalde alles er voorzichtig uit en legde alles precies zo terug als hij het had gevonden. Hij was geen dief en zou geen enkel spoor achterlaten; hij droeg handschoenen. Ten slotte liep hij naar haar werkkamer, waar hij ging zitten en om zich heen keek. Hij haalde dossiermappen uit de lades alsof hij alle tijd van de wereld had.

Hij werkte voor Vonn Dubose. En nu verdachten ze haar.

Om twaalf uur kwam Allie Pacheco langs om bij te praten. Ze zaten in Michaels kantoor aan zijn werktafel, die vol lag met dossiers van andere lopende zaken. Allie vertelde rustig over hun succes met Clyde Westbay en was zichtbaar trots op hun werk. En het beste moest nog komen.

Al hun verzoeken om toestemming voor aftappen en schaduwen waren goedgekeurd door een federale rechter, en hun technische team luisterde nu tientallen telefoons af. De FBI had de woningen gevonden van vier van de vijf Cousins: van Vance en Floyd Maton, Ron Skinner en Hank Skoley. Hun baas, Dubose, woonde nu in een huisje in Rosemary Beach. De vorige avond had Hank Vonn naar een chic restaurant in de buurt van Panama City gebracht, waar ze een derde man hadden ontmoet, iemand die toevallig een gemeentesecretaris in Brunswick County was. Het doel van de bijeenkomst was niet duidelijk en de FBI had het gesprek niet afgeluisterd.

Dubose stelde hen nog altijd voor raadsels. Ze waren het nu met elkaar eens dat het een valse naam moest zijn en dat hij er al dertig of veertig jaar in slaagde zich voor te doen als iemand anders. Zijn verleden was, net als zijn afkomst, onduidelijk. Gezien de morele onduidelijkheden van hun voorouders bleek het moeilijk te bepalen op welke manier de Cousins familie van elkaar waren, maar dat was alleen van belang voor hun zoektocht naar Vonns ware identiteit.

Clyde had hun de namen verteld van zeven andere managers. Tot dan toe had de FBI bijna dertig bars, restaurants, hotels, winkelcentra, stripclubs, drankwinkels, buurtwinkels, woonwijken, omheinde wijken en golfbanen geïdentificeerd die waarschijnlijk werden geleid door de acht mannen, onder wie Clyde. Alles was eigendom van buitenlandse bedrijven, waarvan de meeste geregistreerd waren in Belize, op de Bahama's of de Kaaimaneilanden.

Hun onderzoek breidde zich met het uur uit. Hun baas in Jacksonville stelde alle mankracht en middelen beschikbaar waar Tallahassee om vroeg. Luna, Pacheco's leidinggevende, had alles uit zijn handen laten vallen en leidde de operatie. Vier juristen van de federale officier van justitie werkten samen met de FBI.

Pacheco was gespannen en uiterst zakelijk. Ze werkten twintig uur per dag en hij leek weinig belangstelling te hebben voor Lacy, in elk geval buiten werktijd. Toen hij wegscheurde, vroeg Michael: 'Zie je hem?'

'Ik zag hem net.'

'Je weet wel wat ik bedoel.'

'We hebben één keer geluncht, twee keer gedineerd en twee keer 's avonds laat een fles wijn leeggedronken. Ik denk dat ik hem aardig vind, maar we doen het heel rustig aan.'

'Doe je het niet altijd rustig aan?'

'Inderdaad. Vind je dat vervelend?'

'Een beetje wel. Dat is een grijs gebied.'

'Hij en ik hebben het erover gehad. We staan aan dezelfde kant, maar werken niet voor dezelfde dienst. Hij zou niet mogen omgaan met een andere agent in deze stad, maar hun voorschriften gelden niet voor mij. Wil je dat ik ermee kap?'

'Als ik nu eens ja zei?'

'Jij bent de baas en ik zou doen wat je me opdraagt. Hij blijft echt wel in de buurt en gaat niet weg.'

'Ik zal het je niet vragen. Ik vind het prima, maar je moet wel voorzichtig zijn met wat je zegt. Ga er maar van uit dat hij ons niet alles vertelt.'

'Klopt, maar hij weet heel veel meer dan wij.'

36

JoHelen reed langzaam naar huis en vroeg zich af wat ze kon doen, maar realiseerde zich ook dat geen enkele optie aantrekkelijk was. Ze kon niet gewoon vluchten en verdwijnen. Ze moest in elk geval naar binnen gaan en controleren of er iets ontbrak, hoewel op de videobeelden duidelijk te zien was dat de indringer niets had meegenomen. Hij was drieënnegentig minuten binnen geweest, veel te lang voor de maandelijkse servicebeurt. Hij was zonder sleutel het huis in en uit gegaan, maar had wel de code van haar alarminstallatie geweten. Wat lette hem om rond twee uur 's nachts terug te komen? Moest ze thuisblijven of weggaan? En als ze wegging, waar moest ze dan naartoe?

Ze vervloekte Cooley met een hevigheid die haar verbaasde. Ze waren samen met deze samenzwering begonnen, als partners, om een goede daad te verrichten en tegelijk veel geld te kunnen incasseren, maar nu was hij ingestort. Hij was ervandoor gegaan, gevlucht omdat Dubose hem ook te pakken kon nemen, en hij had haar achtergelaten, onbewaakt, kwetsbaar, bang en stuurloos.

Het hek ging automatisch open dankzij de magnetische sticker op haar voorruit. Sandy Gables 58. Ze zette de auto op haar oprit, keek naar haar huis en wist dat het nooit meer hetzelfde zou zijn. Dit was hét moment, nietwaar? Blijven? Vluchten? Onderduiken? Hoe moest zíj dat weten? Op dit kritieke moment had ze graag een vriend gehad die haar zou kunnen beschermen.

Ze pakte haar handtas, stapte uit en liep naar haar voordeur. Ze deed hem van het slot, maar duwde hem niet open. Aan de overkant van de straat zag ze meneer Armstrong bij zijn carport staan. Ze liep naar hem toe en vertelde dat haar voordeur niet op slot had gezeten en dat ze bang was. Wilde hij met haar mee naar binnen gaan? Ze vroeg het liever niet en ze stelde zich misschien aan, maar tegenwoordig kon je als vrouw niet voorzichtig genoeg zijn, toch? Meneer Armstrong was een vriendelijke man, hij was met pensioen en verveelde zich, en zei natuurlijk ja. Ze gingen samen naar binnen, waarna zij het alarm uitschakelde. Hij stond in de woonkamer en vertelde dat zijn vrouw weer een aanval van gordelroos had, terwijl JoHelen rondliep, elke kamer controleerde en elke vraag over gordelroos stelde die ze maar kon bedenken. Ze keek in de kasten, onder de bedden, in de badkamers, in de bijkeuken – overal waar iemand zich maar kon verstoppen. Ze wist dat er niemand was, maar daar ging het niet om. Als ze haar huis niet helemaal zou doorzoeken, zou ze niet kunnen blijven.

Ze bedankte meneer Armstrong voor zijn hulp en bood hem een glas fris aan. Hij was blij met deze kans een praatje te maken en was er een uur later nog. Toen hij eindelijk vertrok, zat ze in de woonkamer en probeerde haar gedachten te ordenen. Toen er op de zolder een plank kraakte, schrok ze zich dood. Haar hartslag en haar ademhaling versnelden, en ze luisterde of ze weer iets hoorde. Kon het een voetstap zijn geweest? Maar ze hoorde niets, alleen stilte. Ze besloot weg te gaan en trok snel een spijkerbroek aan. Wat moest ze meenemen? Als ze haar in de gaten hielden en ze een koffer meenam, wisten ze wat ze van plan was. Ze kon ook wachten tot het donker was en dan stiekem één of twee koffers in haar auto leggen, maar ze wilde hier absoluut niet meer zijn als het donker was. Ze pakte haar grootste handtas en stopte hem vol toiletartikelen en ondergoed. In een papieren boodschappentas deed ze een lege sporttas en twee stel schone setjes kleren. Er waren winkels in de buurt, dus kon ze altijd kopen wat ze nodig had.

Toen ze wegreed zwaaide ze naar meneer Armstrong en vroeg zich af wanneer ze terug zou komen.

Ze reed in zuidelijke richting naar de stranden, nam op Highway 98 de afslag naar het westen en reed met het verkeer mee langs de kust, door kuststadjes en af en toe langs een ongerepte kuststrook. Ondertussen probeerde ze alle verkeer achter zich in de gaten te houden, maar gaf die pogingen al snel op. Wat kon ze eraan doen als ze haar wilden volgen? Ze tankte in Destin en reed verder, even later over kleinere wegen langs Pensacola. Toen ze merkte dat ze in Alabama was, boog ze af naar het oosten en maakte een lange bocht terug naar Interstate 10. Toen het donker was, stopte ze bij een motel en betaalde contant voor een kamer.

JoHelen had Greg Myers nog nooit gesproken. Zij kende zijn naam, maar hij wist niets van haar. Ze had van Cooley een kopie gekregen van de aangifte tegen haar baas die Myers had ingediend. Myers wilde de corruptie bekendmaken en zichzelf daardoor in een gevaarlijke positie manoeuvreren in ruil voor een deel van de koek, hoewel geen van drieën – Myers, Cooley, JoHelen – wist wanneer de klokkenluidersclaim zou worden ingediend. Myers, ex-advocaat en indiener van de aangifte, moest de juridische inspanningen om het geld te claimen in gang zetten. Cooley, ex-advocaat, zou Myers en JoHelen coachen en alles faciliteren in ruil voor een leuk aandeel, datzelfde gold voor Myers, en JoHelen zou de rest krijgen. Het was een duidelijke en fraaie deal die er in theorie goed uitzag.

Nu was Myers misschien dood, was Cooley ingestort en gevlucht en zelf had ze zich in een goedkoop motel verstopt en zat naar een prepaidtelefoon te staren. Ze kon maar één nummer bellen, want verder was er niemand. Het was bijna tien uur 's avonds toen ze zei: 'Mevrouw Stoltz, ik ben JoHelen Hooper. Cooley heeft me uw nummer gegeven. Herinnert u zich hem?'

'Ja.'

'En dit is de telefoon die hij u heeft gegeven?'

'Ja. Bent u de informant?'

'Dat ben ik: de mol, de bron, de informant. Cooley zei dat Myers me altijd de klokkenluider noemde. Wat weet u over mij?'

'Niets, ik wist niet eens dat u een vrouw was. Waarom belt u mij?'

'Omdat Cooley me uw nummer had gegeven, zei dat u een prepaidtelefoon had en dat ik u moest bellen als er gevaar dreigde en ik bang werd. Nou, ik bén bang.'

'Waar is Cooley?'

'Geen idee. Hij is ingestort en gevlucht, zei dat hij het land zou verlaten voordat Dubose hem vond. Hij heeft Myers gevonden, weet u. En ik kan met niemand anders praten.'

'Oké, laten we praten. Hoe kent u rechter McDover?'

'Ik ben al acht jaar haar griffier, maar dat is een ander verhaal voor een ander moment. Toen wij vandaag in de rechtbank waren, drong een man mijn woning binnen en hij heeft elke vierkante centimeter doorzocht. Dat weet ik, omdat ik verborgen camera's in mijn huis heb hangen en een app heb waarmee ik alles kan zien. Hij heeft niets meegenomen, want hij was geen dief. Hij heeft niets gevonden, want ik bewaar thuis natuurlijk geen gevoelige informatie. Cooley en ik zijn al jaren geleden met deze operatie begonnen en zijn heel voorzichtig geweest. Dus heeft hij die alarminstallatie aangelegd, gezorgd voor de prepaidtelefoons, een plek om bestanden elders te bewaren en talloze andere beschermende maatregelen en gewoontes.'

'Woont daar nog iemand?'

'O nee, ik ben single, gescheiden, geen kinderen.'

'Enig idee wie die bezoeker was?'

'Nee, maar ik heb wel opnamen van hem. Ik weet zeker dat hij op de een of andere manier voor Dubose werkt, en ik vermoed dat ze me verdenken. De informatie die ik Cooley en Myers over Claudia heb verstrekt, kon maar van een klein aantal mensen afkomstig zijn. Ik ben daar een van. Ik vind het heel erg van uw vriend.'

'Bedankt.'

'Ik meen het. Hij zou nog leven als ik niet had besloten de rechter erbij te lappen.'

'Waarom wilt u de rechter erbij lappen?'

'Dat is een ander verhaal, dus laten we dat voor een andere keer bewaren. Op dit moment heb ik advies nodig en ik kan niemand anders bellen. Ik ben naar een motel gevlucht, omdat ik vannacht niet thuis durfde te zijn. Ik weet niet wat ik morgen moet doen. Als ik niet naar mijn werk ga, gaan alle alarmbellen rinkelen. Ik heb in de afgelopen acht jaar zelden een dag verzuimd en Claudia is al argwanend. Als ik wel naar mijn werk ga, ben ik op haar terrein en dat maakt me zenuwachtig. Stel dat zij, wie die zij ook zijn, hebben besloten dat ik dood moet? Op mijn werk ben ik een gemakkelijk slachtoffer, onderweg ernaartoe of ervandaan. U weet hoe gevaarlijk het kan zijn op de weg.'

'Meld u ziek, zeg dat u een buikgriep hebt die heel besmettelijk kan zijn. Kan iedereen overkomen.'

JoHelen glimlachte. Zo eenvoudig, waarom had zij dat niet zelf bedacht? Misschien doordat de gedachten door haar hoofd tolden en niets duidelijk was. 'Misschien, maar wat moet ik morgen doen?'

'Blijf in beweging.'

'Wist u dat Cooley een zendertje in Claudia's auto heeft geplaatst? Hij heeft er drieduizend dollar voor betaald en hij had het binnen een minuut geïnstalleerd; zei dat het niets voorstelde. Wist u dat?'

'We wisten dat ze werd gevolgd, ja. Maar niet door wie of hoe.'

'Wat ik bedoel is dat het heel gemakkelijk is om iemand te volgen, dus in beweging blijven is geen oplossing. Ze kunnen mijn auto afluisteren, mijn telefoon hacken en wie weet wat nog meer. Dubose heeft genoeg geld om alles wat nodig is te kopen. Ik voel me op dit moment behoorlijk kwetsbaar, mevrouw Stoltz.'

'Zeg maar Lacy. Is er een bar in dat motel?'

'Volgens mij wel.'

'Blijf tot sluitingstijd in die bar zitten. Als een knappe jonge man zonder buikje met je begint te flirten, neem je hem mee naar je kamer om samen de nacht door te brengen. Als je geen geluk hebt, stap je in je auto en zoek je een restaurant dat de hele nacht open is, een chauffeursrestaurant of zo, en daar blijf je dan een paar uur. Als het motel een nachtportier heeft, blijf je in de lobby tot het licht wordt. Dan bel je mij.'

'Doe ik.'

'Zorg ervoor dat er aldoor mensen om je heen zijn.'

'Bedankt, Lacy.'

37

Zoals hem was opgedragen ontmoette Clyde Westbay Hank Skoley op een enorme bouwplaats, drie kilometer ten westen van Panama City en anderhalve kilometer ten noorden van de Gulf. Enorme borden kondigden de komst aan van Honey Grove, een nieuwe wijk met prachtige huizen, fantastische winkels, ruime golfmogelijkheden, en dat alles op slechts enkele minuten rijden van de Emerald Coast. In de verte sloopten bulldozers een bos. Dichterbij legden ploegen arbeiders stoepen en goten aan. En dicht bij de hoofdweg stonden huizen in aanbouw.

Clyde parkeerde zijn auto en stapte in Hanks zwarte Mercedes SUV. Ze reden door een van de weinige verharde straten en ontweken tientallen pick-ups en busjes van bouwbedrijven op de onverharde stukken. Er waren honderden bouwvakkers aan het werk. Bijna aan het einde van de straat stonden huizen die bijna klaar waren en helemaal achteraan stonden drie kant-en-klare modelwoningen die kopers moesten verleiden. Hank stopte op een van de opritten en ze gingen naar binnen. De deur van de carport zat niet op slot. Het huis was leeg, geen mensen, geen meubels. 'Kom mee,' zei Hank, en ze gingen naar boven.

Vonn Dubose zat te wachten in de lege ouderslaapkamer en keek door het voorraam naar buiten. Ze praatten met elkaar en gaven elkaar een hand; Vonn glimlachte zelfs en leek in een goede bui. Clyde had hem al ruim een jaar niet meer gezien en de man was absoluut niet veranderd: slank, zongebruind, golfshirt en kakikleurige lange broek, gewoon een welvarende pensionado.

Vonn zei: 'En, wat heb je op je hart?'

Het microfoontje was ingebouwd in het Timex-horloge aan Clydes linkerpols en was identiek aan het horloge dat hij de afgelopen drie jaar had gedragen. Clyde had niet gezien wat voor horloge Hank of Vonn droeg, en was er bijna zeker van dat zij ook niet op zijn horloge hadden gelet. Mannen letten zelden op dat soort dingen, maar Pacheco en zijn technici hadden geen enkel risico willen nemen. Het leren bandje zat strak om zijn pols, omdat er een vibrator aan de achterkant van het horloge zat. Wanneer het FBI-busje binnen gehoorsafstand was, zou die trillen zodat Clyde wist dat ze er waren.

Het busje was een exacte kopie van een FedEx-bestelbus en stopte voor het huis ernaast. De chauffeur, gekleed in een officiële FedEx-outfit, stapte uit en deed de motorkap open: een probleem met de motor. Achterin zat de FBI: Allie Pacheco en drie technici met hun apparatuur. Toen ze minder dan zeventig meter van de Timex vandaan waren, drukten ze op een knopje waardoor hij begon te trillen. In de slaapkamer zou het microfoontje in het horloge zelfs een fluistering tien meter verderop opvangen.

De vorige dag had Clyde urenlang samen met Allie Pacheco en twee andere agenten zijn rol geoefend. Nu was het tijd voor zijn belangrijke act: als jij Vonn Dubose aan ons uitlevert, hoef jij maar een paar jaar te zitten en kun je als een vrij man oud worden.

Clyde begon: 'Twee dingen, Vonn. Ik kan Zeke Foreman niet vinden. Twee weken geleden heb ik hem gezegd te verdwijnen en me om de dag te bellen. We hebben elkaar een paar keer gesproken, maar toen stopte hij met bellen. Volgens mij is die knaap doodsbang geworden en op de vlucht geslagen.'

Vonn keek Hank aan, haalde zijn schouders op, keek Clyde aan en zei: 'Dat weet ik al.'

Clyde – zijn maag verkrampte met zoveel geweld dat de Timex het geluid wel zou móéten opvangen – schuifelde wat heen en weer, en zei: 'Luister Vonn, dit is allemaal mijn schuld, ik neem alle schuld op me. Het was een stomme fout van me en nou ja, wie weet wat er kan gebeuren.'

Vonn keek Hank weer aan en zei: 'Ik dacht dat ik je had gezegd door te geven dat ik bijzonder ontevreden was over wat er is gebeurd.' Hij keek naar Clyde en zei: 'Natuurlijk, het was stom, maar het is gebeurd en ik ben eroverheen. Zo te zien is de schade beperkt.

Doe nu maar gewoon je werk, run die hotels en dan zorg ik ervoor dat andere lui het vuile werk doen.'

'Bedankt, Vonn,' zei Clyde. 'Het andere punt is dat ik, en ik wil gewoon dat je het weet, een jaar of zo uit de stad wil verdwijnen. Volgens mij zou het verstandig zijn als ik, je weet wel, op reis ga en verdwijn tot dit hele gebeuren overgewaaid is. Weet je Vonn, mijn vrouw en ik kunnen niet zo goed met elkaar overweg tegenwoordig en dit is eerlijk gezegd een heel goed moment om even niet bij haar te zijn. We gaan niet uit elkaar, maar ze vindt het prima als ik een tijdje verdwijn.'

'Misschien geen slecht idee. Ik zal erover nadenken.'

'Ik bedoel, ik sta op die video en ik weet niet zeker wat ik zal doen als er een agent bij mij op kantoor komt en vragen begint te stellen. Ik word er behoorlijk nerveus van, Vonn, dus ik ga er nu liever vandoor. Ik heb een paar goede mensen onder me en ik zal elke week checken hoe het gaat. Het komt wel goed met de hotels.'

'Zoals ik al zei, ik zal erover nadenken.'

'Oké.' Clyde haalde zijn schouders op alsof hij niets meer te zeggen had. Hij zette een stap in de richting van de deur, bleef staan en draaide zich om naar Vonn. Tijd voor de Oscar. 'Weet je Vonn, ik hou van mijn werk en ben er trots op dat ik lid ben van je organisatie, maar nou ja, je had het over "het vuile werk" en...' Zijn stem brak en hij kwam maar moeilijk uit zijn woorden. 'Luister Vonn, ik ben gewoon niet geschikt voor dat soort dingen, weet je? Ik wist niet dat die man dood zou gaan. Ik wist niet dat het, je weet wel, gepland was. Dat iemand met die gordel en die airbag zou knoeien en die arme vent door de voorruit zou vliegen. Je had hem moeten zien, Vonn. Zijn gezicht zat vol sneden, hij bloedde als een rund en trapte om zich heen. Hij keek me aan, Vonn! Hij keek me aan met zo'n blik die zei: "Help me, alsjeblieft!" Daar heb ik nachtmerries van, Vonn. Ik heb hem daar gewoon laten liggen, ik wist niet wat ik deed. Iemand had me moeten vertellen wat er aan de hand was, Vonn!'

'Je had de opdracht een klus te doen,' gromde Vonn en hij kwam een stap dichterbij.

'Maar ik wist niet dat daarbij hoorde dat ik iemand moest vermoorden.'

'Dat heet intimidatie, Clyde. Zo heet dat spel en zo regel ik dingen.

Zonder intimidatie was ik hier niet en verdiende jij geen dik salaris met het managen van mijn hotels. In deze wereld moet je er soms voor zorgen dat mensen naar je luisteren, en soms doen ze dat alleen als je ze intimideert. Als je dat niet wilt doen, prima. Dan heb ik je denk ik verkeerd ingeschat. Ik dacht dat je kloten had.'

'Dat dacht ik ook, maar die ben ik kwijtgeraakt toen ik die vent dood zag bloeden.'

'Dat hoort er nu eenmaal bij.'

'Heb je ooit iemand dood zien bloeden, Vonn?'

'Ja!' zei Vonn trots.

'Stomme vraag.'

'Nog iets?' Vonn keek Hank aan alsof hij wilde zeggen: 'Haal hem hier weg.'

Clyde hief zijn handen in een gebaar van overgave en stapte achteruit. 'Oké, oké, maar ik wil er echt een jaar tussenuit, weg van dit alles. Alsjeblieft, Vonn.'

'Ik zal erover nadenken.'

In het busje zette Allie Pacheco zijn koptelefoon af, keek de technici glimlachend aan en mompelde: 'Prachtig. "Dat heet intimidatie, Clyde. Zo heet dat spel en zo regel ik dingen."'

De FedEx-man had opeens een manier ontdekt om zijn bus te starten en reed net weg op het moment dat Clyde en Hank de modelwoning verlieten. Clyde zag het wel, maar had geen idee dat de bus vol zat met FBI.

Hank reed zwijgend door de wijk in aanbouw, maar de doorgang werd geblokkeerd door een vrachtwagen vol bakstenen. Voor hen stond de FedEx-bus ook te wachten. Hank tikte op het stuur en zei: 'Ik vraag me af wat FedEx hier doet. Hier woont nog niemand.'

Clyde zei: 'Die zie je overal, volgens mij.'

De Timex trilde weer. Pacheco was dichtbij en zei: 'Blijf praten.'

Clyde zei: 'Zeg Hank, denk je dat ik dat beter niet tegen Vonn had kunnen zeggen, dat ik het vuile werk niet meer wil doen?'

'Dat was niet slim. Vonn heeft een afkeer van zwakke mensen. Je had beter niets kunnen zeggen. Je wilde hem spreken, zodat je kon aanbieden te verdwijnen, dat was prima. Maar dat bange gedoe valt niet goed bij Vonn.'

'Ik probeerde uit te leggen dat ik hier niet aan was begonnen om mensen te vermoorden.'

'Nee, dat is zo. Maar Vonn dacht dat hij iets in je zag. Ik ook. We hebben ons dus vergist.'

'Wat was dat dan? Wat dachten jullie te zien?'

'Een man die het misschien leuk vond om vieze handen te krijgen.'

'Vind jij dat leuk?'

'Waarom hou je je bek niet gewoon, Clyde? Je hebt al meer dan genoeg gezegd vandaag.'

Jij ook, dacht Allie en hij glimlachte weer.

Clyde reed weg bij Honey Grove en keerde zoals hem was opgedragen terug naar de Surfbreaker in Fort Walton Beach. Hij meldde zich bij zijn secretaresse, belde iemand en vertrok. Hij verliet het gebouw via een achterdeur naar een laadhelling en sprong achter in een grijze SUV. Twee FBI-agenten zaten voorin. Terwijl ze bij de Surfbreaker wegreden, zei de chauffeur over zijn schouder: 'Goed gedaan. Pacheco zei dat je het uitstekend deed. Je hebt hem erin geluisd.'

Clyde zei niets. Hij wilde niet praten of gefeliciteerd worden. Hij baalde van zichzelf omdat hij zijn collega's erin had geluisd, en hij wist dat het alleen maar erger zou worden. Hij moest er niet aan denken dat hij op een dag een rechtszaal in moest lopen en het verhaal over de moord op Hugo Hatch aan de jury moest vertellen, terwijl Vonn Dubose aan de tafel van de verdediging zat en naar hem keek.

Hij deed het horloge af en gaf dat aan de agent die voor hem zat. Hij zei: 'Ik ga even slapen. Maak me maar wakker als we in Tallahassee zijn.'

Om negen uur die vrijdagochtend had Lacy nog niets van JoHelen gehoord, ook nam ze de telefoon die ze de vorige avond had gebruikt niet op. Lacy meldde dit aan Michael en ze maakten zich zorgen. Met de vaste telefoon van de BJC belde Lacy het kantoor van de circuitgriffier in Sterling en kreeg, nadat ze een paar keer was doorverbonden, te horen dat rechter McDover die ochtend niet in de rechtbank was, maar waarschijnlijk in de rechtbank van het stadje Eckman. Omdat JoHelen misschien toch naar haar werk was gegaan, belde Lacy het kantoor van de griffier in Eckman, waar een meisje dat de telefoon opnam zei dat hare edelachtbare wel in het gebouw was, maar niet aan het werk. Er stond niets op de rol.

Nadat Lacy weer een paar keer geen gehoor had gekregen, restte haar niets anders dan afwachten. Ze belde Gunther terug die haar had gebeld en ze kletsten even gezellig met elkaar. Hij had geen plannen voor het weekend, op de gebruikelijke 'lopende deals' na, en zei dat hij zaterdagavond misschien kwam eten. Ze beloofde later terug te bellen.

Toen JoHelen wakker werd, scheen de zon en was haar telefoon leeg. De batterij van de laatste prepaidtelefoon die Cooley haar had gegeven was leeg en ze had de lader thuis laten liggen. Met haar eigen mobieltje belde ze Claudia en vertelde vrij overtuigend dat ze een buikgriep had. Claudia klonk redelijk overtuigd en enigszins meelevend. Gelukkig stond er die dag niets op de rol waar een griffier voor nodig was, maar het was geen vrije dag. JoHelen had altijd nog een heleboel verslagen die ze moest uitwerken.

Ze had die verdomde lader nodig, dus moest ze wel terug naar huis. Ze had de bar om middernacht verlaten. De enige bedkandidaat was een veertigjarige pick-upchauffeur geweest met een onverzorgde baard die tot aan zijn dikke buik reikte. Ze liet zich door hem op een drankje trakteren, maar was geen seconde in de verleiding gekomen meer met hem te doen.

Om negen uur checkte ze uit en reed in de richting van het strand, een uur naar het zuiden en oosten. Onderweg keek ze regelmatig in de achteruitkijkspiegel, maar eigenlijk had ze niets met die spionageonzin. Met een knoop in haar maag zette ze haar auto op de oprit en besefte dat ze nooit meer in dat huis zou kunnen wonen. Elke vierkante centimeter van haar privéruimte was aangeraakt en onderzocht door een man met slechte bedoelingen. Zelfs met nieuwe sloten en een verdubbelde beveiliging zou ze zich hier nooit meer kunnen ontspannen. Meneer Armstrong was vlak bij zijn voordeur onkruid aan het wieden en wilde kennelijk nog wat flirten. Met een verleidelijke glimlach zei ze: 'Laten we even iets drinken.' Hij liep met haar mee naar binnen en bleef bij de voordeur staan, terwijl zij het alarm uitschakelde. Onderweg naar haar slaapkamer controleerde ze elk vertrek en stelde nieuwsgierige vragen over de gordelroos van mevrouw Armstrong. Ze vond de lader waar ze hem had achtergelaten, op het plankje van haar badkamer, koppelde de telefoon eraan en liep terug naar de woonkamer.

'Waar was je vannacht?' vroeg hij. Hij en zijn vrouw stonden bekend om hun nieuwsgierigheid en gebrek aan discretie. Ze hielden alles in de straat nauwlettend in de gaten en wilden alles van iedereen weten.

'Bij mijn zus,' antwoordde JoHelen, die had geweten dat hij dit zou vragen.

'Waar woont ze?'

'In Pensacola.'

Nu haar huis veilig leek, vroeg ze: 'Zullen we bij Gloria iets gaan drinken?'

'O, dat zou ze heerlijk vinden.'

Ze zaten in de schaduw op de achterveranda van de Armstrongs en dronken frisdrank met een rietje. Gelukkig zat de gordelroos op Gloria's onderrug, zodat ze het eigenlijk niet kon laten zien, waardoor JoHelen er niet naar hoefde te kijken.

'Heb je een verstopte afvoer?' vroeg meneer Armstrong.

'Dacht het niet. Hoezo?'

'De loodgieter kwam vanochtend om een uur of negen.'

Loodgieter? JoHelen besloot meteen hen niet bang te maken en zei: 'Ik heb wel een lekkage, maar hij zou pas maandag komen.'

'Opdringerige vent, dat kan ik je wel vertellen. Ik zou hem niet vertrouwen als ik jou was.'

'Waarom niet?'

'Nou, ik zag hem naar je voordeur lopen en aanbellen. Toen wilde hij iets met je voordeur doen, weet je, hij haalde zelfs iets uit zijn zak, een soort mes of zo, alsof hij wilde inbreken. Ik hoop dat je het niet erg vindt, maar ik schreeuwde iets tegen hem, liep naar hem toe en vroeg wat hij in vredesnaam aan het doen was. Hij stak het mes of wat het ook maar was in zijn achterzak en probeerde net te doen alsof er niets aan de hand was. Ik zei dat je niet thuis was. Hij mompelde iets over dat-ie later wel terugkwam en ging er snel vandoor. Ik zou een andere loodgieter zoeken als ik jou was, ik vond hem verdacht.'

'Je kunt ook niemand meer vertrouwen tegenwoordig,' zei JoHelen en ze begon weer over de gordelroos, een onderwerp waar Gloria eindeloos over kon praten. Terwijl zij erover vertelde, over haar derde aanval in twintig jaar, dacht JoHelen koortsachtig na.

Opeens vroeg Gloria aan haar man: 'Heb je haar al verteld over die vent van de ongediertebestrijding gisteren?'

'Nee, vergeten. Ik was op de golfbaan en Gloria zweert dat er gisteren zeker een uur iemand van de ongediertebestrijding in je huis is geweest.'

Alweer gaf JoHelen er de voorkeur aan hen niet ongerust te maken en honderden vragen te voorkomen. Ze zei: 'O, dat is een nieuwe, Freddie. Hij heeft de sleutel.'

'Hij nam er alle tijd voor,' zei Gloria.

Zodra het kon maakte JoHelen een einde aan het gesprek en zei dat ze het loodgietersbedrijf wilde bellen om een klacht in te dienen. Ze nam afscheid en stak de straat over. Ze pakte de prepaidtelefoon, belde Lacy en bracht verslag uit.

38

Op vrijdag 14 oktober kwam de federale grand jury om één uur 's middags bij elkaar. Toen die vier maanden geleden was samengesteld, bestond hij uit drieëntwintig leden, allemaal geregistreerde kiezers en op een andere manier gekwalificeerde inwoners uit de zes county's die samen het Northern District van Florida vormden. Jurydienst was een veeleisende taak, vooral voor burgers die dat niet echt vrijwillig deden. De vergoeding was laag, veertig dollar per dag, en zelfs de onkosten werden amper gedekt. Maar het was een belangrijke taak en soms opwindend, vooral wanneer de FBI en het ministerie van Justitie op jacht waren naar georganiseerde criminelen.

Zeventien konden op korte termijn verschijnen en aangezien er slechts zestien noodzakelijk waren voor een quorum konden ze meteen aan de slag. Omdat het onderzoek met het uur meer aan het licht bracht, en omdat er een kans was dat rijke blanke mannen in staat van beschuldiging zouden worden gesteld voor capital murder – een zeldzaamheid – had de federale officier van justitie de zaak persoonlijk op zich genomen. Haar naam was Paula Galloway, ze was benoemd door Obama en een ervaren aanklager. Haar beste assistent was Rebecca Webb, die inmiddels al meer van de zaak wist dan wie ook, op Allie Pacheco na, die als eerste getuige werd opgeroepen.

Omdat ze Zeke Foreman en Clyde Westbay al in staat van beschuldiging hadden gesteld, waren de leden van de grand jury al op de hoogte van de feiten rondom de dood van Hugo Hatch. Allie herhaalde ze snel en beantwoordde een paar vragen. Mevrouw Galloway verraste hen toen ze als haar volgende getuige de chauffeur opriep.

Zeke Foreman verscheen vanuit de diepten van het FBI-getuigenbeschermingsprogramma en zwoer de waarheid te vertellen. Zijn schuldbekentenis in ruil voor strafvermindering noch zijn verblijfplaats werd besproken. Hij vertelde zijn verhaal, waar de leden van de grand jury gefascineerd naar luisterden. Omdat ze hem al hadden aangeklaagd, leken ze tevreden met hun beslissing, luisterden aandachtig naar zijn gedetailleerde verslag van de gebeurtenissen op 22 augustus en stelden een heleboel vragen. Zeke deed het goed: hij was ontspannen, toonde berouw en kwam geloofwaardig over. Galloway, Webb, Pacheco en de andere FBI-agenten in de zaal hielden hem goed in de gaten. Hij zou één dag getuigen tijdens het proces tegen de Cousins, en hun advocaten zouden proberen hem ongeloofwaardig te laten lijken.

De volgende getuige was Clyde Westbay, die op zijn gemak leek in de aanwezigheid van dezelfde federale grand jury die hem nog geen week eerder moord ten laste had gelegd. Clyde had zijn grootste vuurproef al doorstaan: een gesprek met de grote baas zelf terwijl hij een microfoontje bij zich had en belastende verklaringen probeerde te bemachtigen. Een uur lang vertelde Clyde over zijn eigen rol bij het ongeluk en in de twee uur daarna weidde hij uit over de Dubose-organisatie en zijn plaats daarin. Hij wist niets van het afromen van het casinogeld, maar boeide de leden van de grand jury met zijn beschrijving van de manier waarop geld aan de blackjacktafels werd witgewassen.

Een jurylid, ene Craft uit Apalachicola, bekende dat hij gek was op blackjack en zei dat hij heel veel tijd doorbracht bij Treasure Key. Hij was gefascineerd door het witwassen en stelde zoveel gedetailleerde vragen dat mevrouw Galloway voorstelde door te gaan met de getuigenverklaringen.

Laat in de middag liet Pacheco de geluidsopname horen van Clydes gesprek acht uur eerder met Vonn Dubose.

Toen Clyde klaar was, nadat hij ongeveer vijf uur had getuigd, informeerde mevrouw Galloway de juryleden over de van toepassing zijnde federale wetten. Het feit dat de gestolen pick-up de staatsgrens had gekruist, betekende dat het moordwapen was gebruikt tussen verschillende staten. Het feit dat Zeke vijfduizend dollar had gekregen voor zijn rol, betekende dat de misdaad onder de huurmoordcategorie viel. En het feit dat er een georganiseerde-misdaadbende was en dat een of meer leden van deze bende een misdaad hadden begaan ten behoeve van deze organisatie, betekende dat alle bendeleden vervolgd konden worden.

Het was bijna acht uur 's avonds toen de grand jury unaniem besloot Vonn Dubose, Hank Skoley, Floyd Maton, Vance Maton en Ron Skinner te beschuldigen van capital murder op Hugo Hatch en van de verzwarende aanval op Lacy Stoltz. Clyde Westbay werd toegevoegd als verdachte, hoewel hij later zou worden geschrapt. Door zijn schuldbekentenis zou first-degree murder in de plaats komen van capital murder. Het was van cruciaal belang dat Dubose en de anderen Clyde nog steeds als een medeverdachte en nog steeds als lid van het team beschouwden. Ze zouden pas veel later te horen krijgen dat hij een deal met de regering had gesloten.

Lacy stond bij het fornuis, roerde het laatste ingrediënt, verse mosselen, door haar versie van *cioppino*, een Italiaans vispotje met sintjakobsschelpen, oesters, garnalen en kabeljauw. De tafel was gedekt, de kaarsen brandden en de sancerre stond in de koeler. Allie had gebeld toen hij bij de federale rechtbank wegreed, tien minuten rijden. Ze liet hem binnen en gaf hem een stevige, maar liefkozende kus. Ze kusten elkaar alleen, meer deden ze niet, tenminste niet fysiek. Ze taxeerden elkaar en vroegen zich af wat er zou gebeuren. Lacy was fysiek noch emotioneel klaar voor de volgende stap, en hij drong niet aan. Hij leek haar te bewonderen en was bereid te wachten.

Ze schonk wijn in terwijl hij zijn colbert uittrok en stropdas afdeed. Allie begon de dagen van achttien en twintig uur te voelen en was uitgeput. Hoewel de zittingen van de grand jury uiterst geheim waren, wist hij dat hij haar kon vertrouwen; ze stonden immers aan dezelfde kant en wisten wat geheimhouding was.

De voorlopige tenlasteleggingen lagen klaar; ze waren even in de ijskast gelegd, maar zouden worden ingediend zodra de FBI de bende oprolde. Hij wist niet precies wanneer, maar er zouden al snel arrestaties volgen.

Paula Galloway en de FBI hadden afgesproken twee voorlopige tenlasteleggingen te gebruiken. De eerste was de urgentste en belangrijkste, en ook de gemakkelijkste. Met de getuigenverklaringen van Zeke Foreman en Clyde Westbay was de beschuldiging van moord duidelijk, en dat werd ook overtuigend en wettig bewezen. Ze gingen ervan uit dat Dubose en zijn mannen geen idee hadden van wat er stond te gebeuren, dus zouden ze over een paar dagen worden gearresteerd en opgesloten, zonder dat ze op borgtocht konden vrijkomen. Tegelijkertijd zou de FBI een inval doen in hun huizen en kantoren, én in die van Claudia McDover, Phyllis Turban, Chief Cappel, Billy Cappel en de advocaten in Biloxi die Dubose al twintig jaar vertegenwoordigden. Er zou ook een inval worden gedaan in alle bedrijven waarvan bekend was dat ze deel uitmaakten van de organisatie, en veel ervan zouden tijdelijk worden gesloten. Het casino zou worden overspoeld met agenten met huiszoekingsbevelen en de federale officier van justitie zou proberen een federale rechter over te halen het casino voorgoed te sluiten. De tweede voorlopige tenlastelegging, voor gangsterpraktijken zoals afpersing, chantage, omkoping en intimidatie, zou een golf arrestaties tot gevolg hebben die zou samenvallen met de invallen, met McDover als nummer één, en misschien de Chief als nummer twee.

Lacy zei: 'Myers noemde het een RICO-clusterbom, en die heeft hem de kop gekost.'

'Een goede beschrijving. Hij zal tien centimeter dik zijn. Dus zodra Dubose een beetje aan zijn cel gewend is en zich afvraagt hoe het in vredesnaam mogelijk is dat hij van moord wordt beschuldigd, krijgt hij een RICO-cadeautje.'

'Hij zal tien advocaten nodig hebben.'

'Klopt, maar die kan hij dus niet inhuren, doordat zijn bankrekeningen worden bevroren.'

'Ik vraag me af waar Myers is, ik vond hem echt aardig.'

'Tja, ik betwijfel of je hem ooit nog terug zult zien.'

'Zullen we ooit te horen krijgen wat er met hem is gebeurd?'

'Ik denk het niet. De politie in Key Largo heeft niets ontdekt. Het spoor is koud en als Dubose erachter zit, zullen we dat waarschijnlijk nooit te weten komen, tenzij een van zijn huurmoordenaars overgehaald kan worden alles te bekennen.'

Ze schonk nog wat wijn in. De grand jury zou de volgende dag, zaterdag, doorwerken en zo nodig zondag ook. De urgentie was duidelijk: een vertraging van het onderzoek waarbij getuigen voor de grand jury werden gesleept zou een lek kunnen veroorzaken waardoor alles in elkaar stortte. De mensen die voor de organisatie werkten, hadden de middelen en de kennis om onmiddellijk te verdwijnen. Nadat de Cousins waren gearresteerd voor moord, zouden de managers, loopjongens, chauffeurs, bodyguards en koeriers weleens op de vlucht kunnen slaan. Na acht dagen intensief afluisteren had de FBI een lijst met negenentwintig mogelijke bendeleden.

'Dus jullie schieten eerst en stellen later vragen,' zei Lacy.

'Ja, zoiets. Vergeet niet dat we een voorlopige tenlastelegging altijd kunnen amenderen; we kunnen altijd verdachten toevoegen of laten vallen. Het is een gigantisch onderzoek en het zal heel veel tijd kosten om alles op een rij te zetten, maar we willen keihard toeslaan en iedereen achter slot en grendel hebben voordat ze met bewijzen kunnen gaan knoeien. Ik verga van de honger.'

'Heb je wel geluncht?'

'Nee, alleen een vette burger bij een drive-thru.'

Hij mengde de salade, terwijl zij de cioppino in twee kommen schepte. 'Dit is tomatensaus, dus volgens mij is rode wijn erbij lekkerder. Wat vind jij?'

'Ik zou rood nemen.'

'Prima. Maak die barolo maar open.' Ze haalde een beboterde baguette uit de oven en serveerde de salade.

Ze gingen tegenover elkaar aan de tafel zitten en namen een slokje van de wijn.

Hij zei: 'Ruikt heerlijk. Fijn dat je hebt gewacht.'

'Ik had geen zin om alleen te eten.'

'Kook je vaak?'

'Nee. Nergens voor nodig. Ik wil je iets vragen.'

'Kom maar op.'

'Waar past de informant in het onderzoek, voor zover nu bekend is?'

'Welke informant?'

'De mol, die dicht bij McDover zit, die informatie doorgaf aan Cooley, die dat weer doorgaf aan Myers.'

Allie kauwde even op een hap salade en keek haar aandachtig aan. 'Hij is nu niet belangrijk, maar we hebben hem later wel nodig.'

'Hij is een zij, en ze heeft me gisteren gebeld, ze is heel bang. Iemand heeft in haar huis ingebroken en haar spullen doorzocht. Zij ziet McDover elke dag en denkt dat de rechter argwaan heeft.'

‘Wie is het?’

‘Ik heb beloofd haar identiteit geheim te houden, voorlopig althans. Misschien later. Zoals ik al zei, is ze doodsbang en in de war en weet ze niet wie ze kan vertrouwen.’

‘Op een bepaald moment zal ze een belangrijke getuige zijn.’

‘Ik betwijfel of ze dat zal willen doen.’

‘Misschien heeft ze geen keus.’

‘Je kunt haar niet dwingen om te getuigen.’

‘Nee, dat klopt, maar er zijn wel manieren om haar over te halen. Deze stoofpot is echt heerlijk.’ Hij pakte een stukje brood, doopte dat erin en stak het in zijn mond.

‘Fijn dat je het lekker vindt. Dus je moet morgen werken?’

‘Zeker weten. De grand jury komt om negen uur weer bij elkaar. Ik moet om acht uur beginnen en het zou weleens een lange dag kunnen worden. Zondag ook.’

‘Werken jullie altijd zo?’

‘Nee, maar we hebben zelden zo’n grote zaak. Dan stroomt de adrenaline door je lijf. Zoals vanochtend toen ik met drie van onze technische jongens achter in het busje zat, het was er zo’n achtenveertig graden, en we naar Westbay luisterden die met Dubose in gesprek was. Dan gaat je hart als een gek tekeer. Het geeft een kick en dat is een van de redenen dat ik zo gek ben op mijn baan.’

‘Hoeveel kun je me vertellen?’

Allie keek om zich heen alsof er spionnen in de buurt waren. ‘Wat wil je weten?’

‘Alles. Wat zei Dubose?’

‘Dat was geweldig.’

39

Lacy sliep die zaterdag tot bijna zeven uur. Dat was laat voor haar doen en zelfs toen was ze er niet klaar voor om aan de dag te beginnen. Maar haar hond Frankie moest plassen en voerde zijn gebruikelijke ochtendritueel uit, hij snoof en snufte zodat ze niet meer kon slapen. Ten slotte liet ze hem naar buiten en pakte de koffiebonen. Terwijl de koffie in de maak was, zoemde haar iPhone.

Allie Pacheco, 07.02 uur. 'Genoten van ons etentje,' zei hij. 'Goed geslapen?'

'Geweldig. En jij?'

'Nee, er gebeurt te veel. Luister, gisteravond hebben we gesprekken opgevangen die op z'n zachtst gezegd verontrustend zijn. Ik neem aan dat de informant over wie je het gisteravond had geen griffier is?'

'Hoezo?'

'Want als ze McDovers griffier is, dan is ze in gevaar. We luisteren nu een heleboel telefoons af en ik kan je niet vertellen wat er precies werd gezegd, het was een soort rare geheimtaal, maar het lijkt erop dat de baas opdracht heeft gegeven haar de mond te snoeren.'

'Zij is de informant, Allie. Myers noemde haar de klokkenluider.'

'Nou, ze zitten achter haar aan. Weet je waar ze is?'

'Nee.'

'Kun je contact met haar opnemen?'

'Dat kan ik proberen.'

'Doe dat en bel me dan terug.'

Lacy riep de hond binnen en schonk een kop koffie in. Ze pakte de prepaidtelefoon en belde JoHelen. Nadat de telefoon vijf keer was overgegaan vroeg iemand zacht: 'Met Lacy?'

'Ja, waar zit je?'

Het bleef lang stil, toen: 'Stel dat er iemand meeluistert?'

'Er luistert niemand mee, niemand weet iets van deze telefoons. Waar zit je?'

'Panama City Beach, goedkoop hotel, contant betaald. Ik kijk uit op de oceaan.'

'Ik heb net met de FBI gesproken. Ze luisteren telefoons af en hebben vanochtend een gesprek opgevangen. Zij denken dat je in gevaar bent.'

'Dat probeer ik je nu al twee dagen te vertellen.'

'Blijf waar je bent, dan bel ik de FBI.'

'Nee! Niet doen, Lacy. Cooley zei dat ik de FBI nooit mocht vertrouwen. Bel hen niet!'

Lacy beet op een nagel en keek naar Frankie, die nu wilde ontbijten. 'Je moet hen vertrouwen, JoHelen. Je leven is in gevaar.'

De verbinding werd verbroken. Lacy belde twee keer, maar er werd niet opgenomen.

Snel voerde ze de hond, trok een spijkerbroek aan en verliet haar appartement. Ze stapte in haar glanzende nieuwe vijfdeurs Mazda, die ze vier dagen geleden had gekocht en waarin ze zich nog steeds niet kon ontspannen, belde Allie en vertelde hem wat er aan de hand was. Hij zei dat hij op dat moment druk bezig was met de grand jury, maar dat ze hem op de hoogte moest houden.

Toen ze JoHelen voor de vijfde keer belde, nam ze eindelijk op. Ze klonk doodsbang en weigerde Lacy de naam van het hotel te vertellen. Lacy wist dat Panama City Beach een drukke strook was aan Highway 98, met tientallen kleine hotels heel dicht op elkaar aan de kant van de oceaan met aan de overkant fastfoodrestaurantjes en souvenirwinkeltjes.

'Waarom hing je net op?' vroeg Lacy.

'Weet ik niet. Ik ben bang en denk dat iemand misschien meeluistert.'

'Deze telefoons zijn veilig. Hou je deur op slot en als je iets verdachts ziet, bel je de receptie of de politie. Ik kom naar je toe.'

'Wát?'

'Ik kom naar je toe, JoHelen. Blijf waar je bent, ik ben er over een uur.'

Delgado had een kamer op de tweede verdieping van de West Bay Inn, en zij zat op de eerste verdieping in het Neptune. Het waren allebei goedkope motels, voor de helft bezet door toeristen die na het zomerseizoen goedkoop wilden overnachten. Haar deur kwam uit op een smalle betonnen galerij, vlak bij de trap, en over de reling hingen strandlakens en zwempakken. Zij had niet gezwommen, dan zou ze het hem te gemakkelijk hebben gemaakt.

Hij zat dertig meter verderop en hield haar deur en raam in de gaten. Ze had haar gordijnen stevig dichtgetrokken en daarmee onbewust haar leven gered. Hij had maar een spleetje nodig met zijn scherpschuttergeweer, maar dat was er niet geweest. Dus wachtte hij geduldig, en terwijl de uren die zaterdagochtend verstreken overwoog hij er gewoon naartoe te lopen en aan te bellen: 'Sorry mevrouw, verkeerde kamer.' Dan kon hij de deur opentrappen en was het binnen een paar seconden afgelopen. Maar het probleem was natuurlijk dat ze even kon schreeuwen of gillen of in paniek een ander geluid kon maken dat de aandacht kon trekken, en dat was gewoon te riskant. Als ze de kamer verliet, zou hij haar volgen en zijn kans afwachten, hoewel hij niet erg optimistisch was. De motels en cafés langs de kust waren niet echt verlaten, zodat er gewoon te veel mensen in de buurt waren, en bovendien beviel de setting hem niet.

Tijdens het wachten vroeg hij zich af waarom ze zich verstopte. Waarom zou je je verstoppen als je niet bang was, of schuldig? Wat was er gebeurd dat ze zo bang was geworden dat ze ervandoor ging en contant betaalde voor kleine kamers in kleine hotels? Haar huis was hier nog geen uur rijden vandaan en was veel aangenamer dan deze goedkope tenten. Misschien hadden de buren hem gezien toen hij zogenaamd als ongediertebestrijder langskwam. Misschien had die nieuwsgierige kerel aan de overkant haar verteld hoe onhandig de loodgieter zich die vrijdagochtend had gedragen. Ze wist dat ze schuldig was en nu was ze paranoïde.

Delgado vroeg zich af of ze een afspraakje had met een man die ze niet hoorde te ontmoeten, maar niets wees erop dat ze met iemand scharrelde. Ze was alleen in die kamer, ze wachtte, maar waarop? Haar hoofd stond waarschijnlijk echt niet naar seks; een wandeling over het strand zou logisch zijn, of even zwemmen in de oceaan. Doe alsjeblieft wat ieder ander doet en creëer een paar kansen! Maar nee, de deur ging niet open en voor zover hij kon zien liep ze ook niet rond.

Pacheco zei: 'Dit bevalt me niet, Lacy. Je weet niet wat je doet.'

'Rustig maar.'

'Laat het aan de plaatselijke politie over. Zorg ervoor dat je de naam van het hotel te weten komt en bel de politie.'

'Ze wil me de naam van het hotel niet vertellen en ze wil niet met de politie praten. Ze is doodsbang en kan niet helder nadenken, Allie. Ze vertelt mij bijna niets.'

'Ik kan er snel twee agenten van ons kantoor in Panama City naartoe sturen.'

'Nee, ze is bang voor de FBI.'

'Dat is nogal dom, gezien de omstandigheden. Hoe moet je haar vinden als je niet weet waar ze is?'

'Ik hoop dat ze me dat wil vertellen als ik er ben.'

'Oké, oké. Ik moet nu terug naar de grand jury. Bel me over een uur weer.'

'Doe ik.'

Ze overwoog Michael te bellen om hem bij te praten, maar wilde zijn zaterdag niet verpesten. Ze had eigenlijk opdracht elke reis die ze maakte te melden, maar hij was overbeschermend. Het was haar vrije dag en ze had geen zin om zich te melden. En hoezo was het gevaarlijk? Als ze JoHelen vond, zou ze haar meenemen naar een veilige plaats.

JoHelen wist dat hij naast haar zat, in de West Bay Inn, te kijken en te wachten. Hij was niet zo slim als hij dacht. Hij had geen idee dat ze hem had gezien op de bewakingsvideo terwijl hij van de ene kamer naar de andere liep en werd gefilmd door de camera's toen hij haar lingerie bewonderde en haar dossiers bekeek. Een grote man, ten minste één meter achtentachtig, met een smalle taille en dikke armen, en links een beetje mank. Ze had hem vlak voor zonsopkomst over de parkeerplaats van het motel zien lopen met een vreemd gevormde tas. Zelfs zonder zijn leuke ongediertebestrijdingsuniform wist ze dat het dezelfde man was.

Ze had Cooley gebeld, maar hij nam niet op. Wat een lafbek, wat een griezel, wat een waardeloze leugenaar! Hij was op de vlucht geslagen en had haar alleen gelaten. Ze wist dat het tijdverspilling was om aan haar vroegere partner te denken, maar ze was verbitterd. Ze had overwogen Lacy te bellen, maar die was in Tallahassee. En wat zou zij kunnen doen? Dus wachtte JoHelen, ze probeerde helder na te denken en had 911 onder de sneltoets gezet voor het geval dat iemand op haar deur klopte.

Om tien voor tien ging haar prepaidtelefoon. Ze nam snel op. 'Hallo, Lacy,' zei ze zo rustig mogelijk.

'Ik ben aan de kust. Waar zit je?'

'In het Neptune Motel, tegenover een McDonald's. Wat voor auto heb je?'

'Een rode vijfdeurs Mazda.'

'Oké, dan zien we elkaar in de lobby. Schiet op.'

JoHelen glipte naar buiten en deed de deur zacht dicht. Ze liep doelbewust maar niet in paniek, en liep de trap af naar de begane grond. Ze liep over een binnenplaats en langs het zwembad, waar een oud stel ingesmeerd met een dikke laag zonnebrandcrème lag te zonnen. In de lobby begroette ze de receptioniste en keek door een raam naar het motel ernaast. De minuten tikten voorbij. De receptioniste vroeg of ze iets nodig had. Echt wel, wat denk je van een scherpschuttergeweer? 'Nee, dank u wel,' zei ze. Toen ze zag dat een glanzende rode vijfdeursauto de afslag naar de parkeerplaats van het motel nam, verliet ze de lobby via een zijdeur en liep ernaartoe. Toen ze het portier opende, keek ze even naar de West Bay Inn.

Hij rende over de galerij van de tweede verdieping en keek naar haar, maar hij kon hen onmogelijk te pakken nemen.

'Jij bent JoHelen Hooper, neem ik aan,' zei Lacy toen JoHelen haar portier dichttrok.

'Ja, aangenaam. Hij komt eraan! Rijden!'

Ze reden Highway 98 East op. JoHelen keek achterom naar het verkeer achter hen.

Lacy vroeg: 'Oké, wie is hij?'

'Ik weet niet hoe hij heet. We hebben elkaar nooit ontmoet en dat wil ik ook niet. Laten we ervoor zorgen dat we hem kwijtraken.'

Bij een kruising sloeg Lacy links af en bij de volgende rechts af. Niets wees erop dat ze werden gevolgd. JoHelen opende een plattegrond op haar iPhone en gaf aanwijzingen terwijl ze Panama City Beach zigzaggend verlieten en naar het noorden reden, bij de kust vandaan. Daar werd de bebouwing minder, net als het verkeer. Lacy reed hard; ze was niet bang voor de politie omdat die op dat moment welkom was. Nog steeds aan de hand van de plattegrond nam ze verschillende afslagen op de county- of snelwegen.

Beide vrouwen hielden de weg achter hen in de gaten en zeiden maar weinig. Na een uur reden ze onder Interstate 10 door en een halfuur later zagen ze een bord: WELKOM IN GEORGIA.

'Enig idee waar we naartoe gaan?' vroeg JoHelen.

'Valdosta.'

'Wie heeft Valdosta uitgekozen?'

'Volgens mij verwacht niemand dat we daarnaartoe zullen gaan. Ben je daar weleens geweest?' vroeg Lacy.

'Volgens mij niet. Jij?'

'Nee.'

'Je ziet er heel anders uit dan op de foto op de website van de BJC.'

'Toen had ik nog haar,' zei Lacy, die inmiddels een normale snelheid aanhield.

In Bainbridge stopten ze bij een fastfoodrestaurant, gingen naar het toilet en besloten binnen te eten en naar het verkeer te kijken. Ze waren er allebei van overtuigd dat niemand hen had kunnen volgen, maar ze konden zich niet ontspannen. Ze zaten naast elkaar bij het raam, aten hamburgers en friet, en keken naar elke auto die op de snelweg voorbijkwam.

Lacy zei: 'Ik heb duizend vragen.'

'Ik betwijfel of ik zoveel antwoorden heb, maar kom maar op.'

'Naam, rang en serienummer. De basisfeiten.'

'Drieënveertig, geboren in 1968 in Pensacola. Mijn moeder was zestien toen ze me kreeg. Ze was deels indiaanse, een klein deel, niet genoeg bleek. Mijn vader neukte alles en iedereen, was altijd weg en ik heb hem nooit ontmoet. Ik ben twee keer getrouwd geweest en vind het huwelijk maar niets. En jij, Lacy?'

'Single, nooit getrouwd.'

Beiden hadden ze razende honger en aten snel.

Lacy vroeg: 'Dat indiaanse gedoe, speelt dat een rol in deze zaak?'

'Ja. Ik ben opgevoed door mijn oma, een geweldige vrouw, en zij was half indiaanse. Haar man was een man zonder bloedlijn, dus was mijn moeder een kwart indiaanse. Ze beweerde dat mijn vader een halve indiaan was, maar dat kon niet worden bewezen omdat hij allang verdwenen was. Ik heb jaren geprobeerd hem te vinden, niet om emotionele of sentimentele redenen, maar puur om het geld. Als hij een halve indiaan is of was, dan ben ik een achtste indiaanse.'

'Tappacola, toch?'

'Natuurlijk, en als je een achtste indiaans bent, word je "geregistreerd". Een afschuwelijke term, vind je niet? We registreren misdadigers en zedendelinquenten, maar geen echte mensen met gemengd bloed. Ik heb met de stam gediscussieerd over mijn afkomst, maar had gewoon niet genoeg bewijzen. En dankzij een van mijn voorouders heb ik lichtbruine ogen en lichter haar, zodat ik niet indiaans lijk. Maar goed, degenen die bepalen of iemand wel of geen indiaan is stemden tegen mij, en dus werd ik geen lid van de stam. Niet dat ik ooit een echt stamlid ben geweest.'

'Dus geen dividend.'

'Geen dividend. Er zijn mensen met een dunnere bloedlijn die wel zijn geaccepteerd en van het casino leven, maar ik werd niet geaccepteerd.'

'Ik heb niet veel Tappacola ontmoet, maar jij lijkt er echt niet op.'

JoHelen was een paar centimeter langer dan Lacy, mager en fit, en ze droeg een strakke spijkerbroek en blouse. Haar grote lichtbruine ogen straalden, zelfs nu ze ongerust was. Ze had geen rimpels in haar gezicht en droeg geen make-up, en had dat ook niet nodig. 'Dank je, denk ik. Mijn uiterlijk heeft me alleen maar problemen bezorgd.'

Lacy stopte het laatste stukje van haar cheeseburger in de zak en zei: 'Laten we gaan.'

Ze reed in oostelijke richting op Highway 84. Met één oog hield ze de weg achter haar in de gaten en nu er weinig verkeer was, hield ze zich aan de maximumsnelheid. En ze luisterde.

Het was geen verrassing dat Cooley niet zijn echte naam was en JoHelen vertelde ook niet hoe hij echt heette. Ze had hem bijna twintig jaar geleden leren kennen toen er een einde kwam aan haar eerste huwelijk. Hij had een klein kantoor in Destin en een goede reputatie als echtscheidingsadvocaat. Haar eerste man was een zware drinker en mishandelde haar, en nadat Cooley haar tijdens een ruzie op zijn kantoor had beschermd was ze verliefd op hem geworden. Ze had een afspraak met hem om haar zaak te bespreken, toen haar man binnenstormde, dronken en ruziezoekend. Cooley haalde een pistool tevoorschijn en werkte hem naar buiten. De echtscheiding verliep probleemloos en haar ex verdween. Niet lang daarna belde Cooley, zelf ook gescheiden, haar op en vroeg hoe het met haar ging. Een paar jaar gingen ze af en toe met elkaar uit, maar ze wilden zich geen van beiden binden. Hij trouwde met iemand anders, alweer een verkeerde keus, en zij maakte diezelfde fout. Cooley behandelde haar tweede echtscheiding en ze gingen weer daten.

Hij was een goede advocaat die nog veel beter had kunnen zijn als hij zich niet met de misdaad had ingelaten. Hij vond het heerlijk om nare scheidingen en criminele zaken te behandelen waarbij drugsdealers en motorrijders waren betrokken. Hij ging om met schimmige eigenaren van stripclubs en bars aan de Panhandle. Het was onvermijdelijk dat hij Vonn Dubose tegenkwam. Ze deden nooit zaken met elkaar en Cooley vertelde haar regelmatig dat hij Dubose nooit had ontmoet, maar hij was wel jaloers op zijn organisatie. Vijftien jaar geleden hoorde Cooley het gerucht dat de Coast Mafia betrokken was bij de indianen en hun geplande casino. Hij wilde daarvan meeprofiteren, maar werd op een zijspoor gezet toen de FBI hem beschuldigde van belastingontduiking. Hij werd geschorst en ging naar de gevangenis, waar hij Ramsey Mix leerde kennen, ook een geschorste advocaat, en zijn toekomstige medeplichtige.

Ze had nooit van Greg Myers gehoord tot ze die naam tegenkwam op de aangifte die tegen Claudia McDover was ingediend. Cooley en JoHelen waren veel te bang om haar bazin te beschuldigen van wangedrag en het was zijn idee geweest om iemand anders te zoeken om dat te doen, iemand die voor een leuk aandeel van de opbrengst bereid was het risico te nemen.

Ze was nieuwsgierig naar Myers, dus vertelde Lacy haar over hun eerste ontmoeting op zijn boot in de haven van St. Augustine, zijn Mexicaanse vriendinnetje Carlita, hun tweede ontmoeting op diezelfde locatie, hun derde ontmoeting en lunch aan Mexico Beach, zijn onverwachte bezoek aan haar appartement nadat ze gewond was geraakt, zijn verdwijning in Key Largo en hun redding van Carlita. Volgens haar bron bij de FBI liep het onderzoek naar zijn verdwijning dood.

Lacy vroeg voor wie ze op de vlucht waren en wie haar in dat hotel in de gaten had gehouden. JoHelen wist niet hoe hij heette, maar ze had een video waar hij op stond. Lacy stopte bij een plattelandswinkel in de buurt van het stadje Cairo, en keek op JoHelens iPhone naar een deel van de video van een man die haar appartement doorzocht. JoHelen vertelde dat Cooley heel goed was met elektronica en gadgets, en de camera's had geïnstalleerd. Ook had hij een zendertje aan de binnenkant van de achterbumper van Claudia's Lexus bevestigd, en een appartement aan de overkant van de straat gehuurd, en foto's en video's gemaakt van McDover en Vonn die daar elke eerste woensdag van de maand in en uit liepen.

Wat was er met Cooley gebeurd? Dat wist JoHelen niet zeker, maar ze was kwaad op hem. Deze hele operatie was zijn idee geweest, hij wist genoeg over Vonn Dubose en het casino. Hij en JoHelen hadden jarenlang een knipperlichtrelatie gehad en hij maakte gebruik van haar antipathie tegen de stam. Hij had haar acht jaar geleden overgehaald om te solliciteren als McDovers griffier nadat deze haar vorige griffier had ontslagen. Zodra ze die baan had, als rijksambtenaar, hadden ze een prima manier om een uitkering te bemachtigen van de klokkenluidersregeling. Hij kende de wet en spitte McDovers rechtszaken, processen en vonnissen door en raakte ervan overtuigd dat Vonn haar in zijn zak had. Hij bestudeerde het bouwproject in Brunswick County en probeerde het netwerk van de buitenlandse bedrijven die erbij waren betrokken te ontwarren. Hij huurde Greg Myers in om de aanval in te zetten en was slim genoeg om Myers niet te vertellen wie zij was. Hij was al jaren plannen aan het uitwerken, werkte systematisch toe naar zijn einddoel, en soms leek het inderdaad een briljante zet.

Maar nu was Hugo Hatch dood en werd Myers vermist en was hij misschien ook dood. Cooley was ervandoor en had haar in de steek gelaten. Hoezeer ze Claudia McDover ook haatte, ze had ontelbare keren gewenst dat ze er nooit mee had ingestemd om haar erbij te lappen.

JoHelen vermoedde dat wanneer Dubose Myers te pakken kreeg hij hem aan het praten kon krijgen, en snel ook, en dan was Cooley ten dode opgeschreven. En dan zouden ze vroeg of laat vermoeden dat zij de informant was en was er niemand meer die haar kon beschermen.

Voordat hij in de gevangenis had gezeten, was Cooley een stoere vent geweest die wapens bij zich had en graag optrok met kleine criminelen. Maar de drie jaar achter de tralies hadden hem veranderd. Hij was zijn arrogantie kwijtgeraakt, zijn lef, en toen hij vrijkwam had hij dringend geld nodig gehad. Omdat hij niet meer als advocaat mocht werken en een strafblad had, had hij maar weinig mogelijkheden. Dus leek een juridische actie in samenwerking met een klokkenluider een perfecte operatie voor hem.

40

Ze hadden er geen enkele moeite mee de terminal voor privévliegtuigen van Valdosta Regional Airport te vinden. Toen Lacy haar auto afsloot, keek ze nog een keer om zich heen, maar zag niets verdachts. Gunther was binnen aan het flirten met het meisje achter de balie en hij omhelsde zijn zus alsof hij haar al jaren niet meer had gezien. Ze stelde hem niet voor aan JoHelen, omdat ze geen namen wilde gebruiken.

'Geen bagage,' zei hij.

'We zijn al blij dat we onze handtassen bij ons hebben,' zei Lacy. 'Laten we gaan.'

Snel liepen ze de terminal uit, langs verschillende kleine vliegtuigen, en bleven staan bij dezelfde Beechcraft Baron die Gunther had gebruikt om Carlita te redden. Weer vertelde hij dat die van een vriend was. In de loop van de dag zouden ze merken dat Gunther meer goede vrienden had. Vlak voordat ze door de kleine deur naar binnen stapte, belde Lacy Allie Pacheco voor het laatste nieuws. Hij nam meteen op, zei dat de grand jury nog steeds bezig was en hard werkte, en waar was zij verdomme? Ze zei dat ze veilig waren en zo dadelijk zouden opstijgen, en dat ze later weer zou bellen.

Nadat Gunther hun gordels had vastgemaakt, ging hij in de cockpit zitten. Het leek wel een sauna in de cabine en ze begonnen meteen te zweten. Hij startte beide motoren, waarop het vliegtuig van voor tot achter begon te schudden. Toen hij begon te taxiën, deed hij het raam een stukje open, waarna een zacht briesje de verstikkende hitte wegblies. Er waren geen andere vliegtuigen en hij mocht opstijgen. Toen hij de remmen losliet en ze naar voren schoten, deed JoHelen haar ogen dicht en greep ze Lacy's arm. Gelukkig was het helder weer; het was nog steeds warm en vochtig, ook al was het al oktober. Het was 15 oktober om precies te zijn, bijna twee maanden na Hugo's dood.

Zodra ze de vijftienhonderdmetergrens waren gepasseerd ontspande JoHelen zich. De airco stond nu aan en de temperatuur in de cabine was inmiddels aangenaam. Het constante gebrul van de twee motoren maakte een gesprek lastig, maar JoHelen probeerde het toch: 'Gewoon uit nieuwsgierigheid: waar gaan we naartoe?'

Lacy antwoordde: 'Weet ik niet, dat wilde hij me niet vertellen.'

'Geweldig.'

Toen de Beechcraft Baron een kruishoogte van vijfentwintighonderd meter had bereikt, veranderde het motorlawaai van gebrul in gezoem. JoHelen had de laatste twee nachten in een goedkoop motel doorgebracht, op de vlucht en doodsbang, en was dus heel moe. Haar kin viel op haar borst toen ze in een diepe slaap viel. Lacy had niets te doen en viel ook in slaap.

Toen ze een uur later wakker werd, gaf Gunther haar een koptelefoon. Ze draaide haar microfoon in de goede stand en zei: 'Hallo.'

Hij knikte en bleef voor zich kijken, naar zijn instrumenten, en zei: 'En zus, hoe gaat het?'

'Prima Gunther, en dank je wel.'

'Is zij in orde?'

'Ze lijkt wel in coma. Het zijn twee zware dagen geweest. Ik zal je volledig bijpraten nadat we geland zijn.'

'Zie maar. Ik ben blij dat ik kan helpen.'

'Waar gaan we naartoe?'

'De bergen in. Ik heb een vriend met een hut die onvindbaar is. Je zult het geweldig vinden.'

Anderhalf uur later nam hij iets gas terug en begon de Beechcraft Baron aan een langzame daling. Het landschap hier was totaal anders dan het vlakke land tussen Florida en Valdosta waar ze nog maar een paar uur eerder doorheen waren gereden. Zo ver Lacy kon kijken waren er donkere, glooiende bergen in verschillende tinten rood, geel en oranje. Ze kwamen er dichterbij toen Gunther het vliegtuig naar hun einddoel stuurde. Lacy raakte JoHelens arm aan en maakte haar wakker. De landingsbaan lag in een dal met prachtige heuvels eromheen, en Gunther maakte een zachte landing. Ze taxieden naar de kleine terminal en passeerden vier geparkeerde vliegtuigen, allemaal kleine Cessna's.

Toen Gunther de motoren afzette, zei hij: 'Welkom op Macon County Airport, Franklin, North Carolina.' Hij klom uit de cockpit, opende de deur van de cabine en hielp hen uitstappen. Terwijl ze naar de terminal liepen, zei hij: 'We hebben een afspraak met ene Rusty, een local die ons naar boven brengt, ongeveer een halfuur rijden. Hij past op de hutten hier.'

'Blijf jij ook?' vroeg Lacy.

'Tuurlijk, ik laat je niet alleen, zus. Wat vind je van dit weer? En we zijn maar op zevenhonderd meter.'

Rusty was een beer van een vent, met een dikke baard en brede borst, en een brede glimlach die enigszins wellustig werd toen hij de twee aantrekkelijke vrouwen zag. Hij had een Ford Explorer die eruitzag alsof hij altijd alleen op bergwegen had gereden. Toen ze het vliegveld verlieten, vroeg hij: 'Moeten we even stoppen in de stad?'

Lacy zei: 'Een tandenborstel zou fijn zijn.'

Rusty stopte op de parkeerplaats van een kleine supermarkt.

'Zijn er levensmiddelen in de hut?' vroeg Gunther.

'Whisky, bier, popcorn. Als je iets anders wilt, kun je dat beter kopen.'

'Hoe lang blijven we hier, denk je?' vroeg JoHelen. Ze had weinig gezegd, alsof ze geschokt was door haar nieuwe omgeving.

'Een paar dagen,' zei Lacy. 'Geen idee.'

Ze kochten toiletartikelen, eieren, brood en verpakte vleeswaren en kaas.

Toen ze de stad verlieten, reed Rusty een grindweg in en liet het asfalt ver achter zich. Hij reed een heuvel op, de eerste van vele, en Lacy merkte dat haar oren plopten. Hij praatte constant en veel te nonchalant, terwijl hij langs afgronden en over houten bruggen over snelstromende beken scheurde. Gunther was hier een maand geleden een week geweest, met zijn vrouw, voor wat koelte en fris groen. De twee mannen praatten en de twee vrouwen achterin luisterden alleen.

De grindweg kwam uit op een smalle, onverharde weg. Het laatste stuk bergopwaarts was recht en griezelig. Toen ze over een bergkam reden, zagen ze een prachtig meer voor zich en de hut stond vlak aan de oever ervan.

Rusty hielp hen met het uitladen van hun aankopen en gaf hun een rondleiding door de hut. Lacy had een rustieke aanbouw verwacht met een buiten-wc, maar dat bleek totaal niet het geval te zijn. De hut was fantastisch, bestond uit schuine wanden, had drie verdiepingen met terrassen en veranda's, een steiger boven het water waar helemaal achteraan een boot lag aangemeerd, en met meer moderne snufjes dan haar appartement in Tallahassee. Onder een kleine carport stond een glanzende Jeep Wrangler. Gunther vertelde dat de eigenaar, een vriend, goudgeld had verdiend met hotels en de hut had gebouwd om aan de drukkende zomers in Atlanta te ontsnappen.

Rusty nam afscheid en zei dat ze hem konden bellen als ze iets nodig hadden. Mobiele telefoons hadden uitstekend bereik en ze moesten allemaal iemand bellen. Lacy belde de beheerder van haar appartement en vroeg of hij haar buurman Simon wilde vragen voor Frankie te zorgen. Daarna belde ze Pacheco en vertelde hem dat ze zich in de bergen hadden verscholen en zo veilig waren als maar mogelijk was. JoHelen belde meneer Armstrong en vroeg of hij haar huis in de gaten wilde houden, iets wat hij en Gloria sowieso al vijftien uur per dag deden. En Gunther was natuurlijk met een paar deals bezig en druk aan het telefoneren.

Langzaam maar zeker ontspanden ze zich. Ze kwamen net uit de hitte van Florida en genoten van de heldere, lichte lucht. Volgens een oude thermometer op de veranda was het bijna achttien graden. De hut stond op een hoogte van 1.250 meter en had van alles, maar geen airco.

Laat in de middag, toen de zon achter de bergen onderging, en Gunther verderop op een veranda aan de telefoon was en heen en weer liep, zaten Lacy en JoHelen aan het uiteinde van de steiger, vlak bij de kleine vissersboot koud bier uit een blikje te drinken.

Lacy zei: 'Vertel me eens wat meer over Claudia McDover.'

'Jeetje. Ik weet niet waar ik moet beginnen.'

'Met dag één: waarom nam ze jou aan en heeft ze je acht jaar gehouden?'

'Ja, weet je, ik kan wel zeggen dat ik heel goed ben in mijn werk. Na mijn eerste scheiding besloot ik griffier te worden en daar heb ik hard voor gewerkt. Ik ben opgeleid door de besten, werkte samen met de besten en zorgde ervoor dat ik op de hoogte bleef van de technische ontwikkelingen. Toen Cooley ontdekte dat Claudia een nieuwe griffier nodig had, haalde hij me over te solliciteren. Toen ik aangenomen werd, kreeg zijn geweldige plan handen en voeten, doordat hij opeens iemand vlakbij had. Griffiers weten alles, Lacy, en meteen al toen ik die baan aannam vertrouwde ik Claudia niet. Ze had geen idee van onze bedoelingen en dat maakte het een stuk makkelijker. Ik zag bepaalde dingen. Haar kleding was duur, maar dat probeerde ze te verheimelijken. Op dagen dat er een belangrijk proces was met veel mensen, kleedde ze zich eenvoudig, maar als het rustig was trok ze mooie dingen aan. Ze kon er niets aan doen, ze is gek op designerspullen. Ze droeg steeds andere sieraden, heel veel diamanten en robijnen, hoewel ik betwijfel of dat andere mensen opviel, vooral in een stadje als Sterling, Florida. Ze gaf een vermogen uit aan kleren en sieraden, meer dan je zou verwachten van iemand met haar salaris. Ze nam elk jaar een nieuwe secretaresse omdat ze niet wilde dat iemand te veel wist. Ze was kil, afstandelijk, altijd stoer, maar ze heeft me nooit verdacht omdat ik me op de achtergrond hield. Tenminste, dat dacht ze. Op een dag tijdens een rechtszitting pikte ik haar sleutelring en toen Cooley langskwam gaf ik die aan hem. Hij liet alle sleutels namaken. Nadat ze wanhopig op zoek was geweest, vond ze de sleutels naast een prullenbak en ze wist natuurlijk niet dat er kopieën van waren gemaakt. Nu Cooley toegang had tot haar kantoor, kon hij doen wat hij wilde: hij luisterde haar telefoons af en huurde iemand in om haar computer te hacken. Ze was voorzichtig, vooral als ze contact had met Phyllis Turban. Ze gebruikte haar desktop-pc voor officiële zaken en een laptop voor privézaken. Ze had nog een laptop en die gebruikte ze voor allerlei geheime zaken. Dat heeft hij niet allemaal aan Myers verteld, omdat hij bang was dat de hele operatie op zijn kont zou liggen als er iets gebeurde. Hij gaf Myers net genoeg informatie om hem ervan te overtuigen dat hij jullie moest overhalen een onderzoek in te stellen.' Ze nam een grote slok. 'Mijn aandacht werd getrokken door haar kleren en sieraden, maar toen we ontdekten dat zij en Phyllis overal naartoe vlogen – New York, New Orleans, het Caribisch gebied – wisten we dat er ergens heel veel geld vandaan kwam. En alle privévliegtuigen werden geboekt door Phyllis, niets stond op Claudia's naam. Toen ontdekten we een appartement in New Jersey, een huis in Singapore, een villa op Barbados, ik kan het me niet allemaal meer herinneren. En die waren goed verborgen, dat dachten ze tenminste. Maar Cooley hield alles scherp in de gaten.'

'Waarom ging hij niet naar de FBI en liet hij ons erbuiten?'

'Daar hadden ze het over gehad, maar ze vertrouwden de FBI niet, vooral Myers niet. Sterker nog, hij zei dat hij niet wilde meewerken als de FBI erbij werd betrokken. Ik denk dat ze hem behoorlijk te pakken hebben genomen nadat hij was gearresteerd, dat hij bang voor hen was. Omdat de staatspolitie geen jurisdictie heeft over de indianen, besloten ze om de BJC erbij te halen. Ze wisten dat jullie maar een beperkte macht hebben, maar het onderzoek moest natuurlijk ergens beginnen. Niemand kon voorspellen hoe de zaak zou uitpakken, maar niemand verwachtte dat er ook doden zouden vallen.'

Lacy's telefoon die naast haar lag trilde. Pacheco. Ze zei: 'Ik moet even opnemen.'

'Tuurlijk.'

Lacy liep terug naar de hut en zei zacht: 'Ja.'

'Waar ben je?'

'Ergens hoog in de bergen van North Carolina. Gunther heeft ons hiernaartoe gevlogen en hij bewaakt ons, min of meer.'

'Dus hij is er nog steeds bij betrokken?'

'O ja, hij was geweldig.'

'Luister, de grand jury is er voor vandaag mee gestopt en gaat morgen verder. We hebben arrestatiebevelen.'

'Wanneer gaat het gebeuren?'

'We komen morgen bij elkaar om dat te beslissen. Ik hou je op de hoogte.'

'Wees voorzichtig.'

'Voorzichtig? Dit is juist het leuke deel! Volgens mij zijn we de hele nacht nog wel bezig.'

Toen het donker werd, maakten ze een vuur in een stenen vuurbak bij het meer. Ze gingen eromheen zitten in oude rieten stoelen en sloegen een deken om zich heen. Gunther vond ergens goedkope wijn, die Lacy wel te drinken vond. Zij dronk niet veel, JoHelen zelfs nog minder en Gunther de geheelonthouder dronk decafé en zorgde voor het vuur.

JoHelen wilde het verhaal horen van de afschuwelijke botsing en Hugo's dood, dus vertelde Lacy dat zo goed als ze kon. Gunther wilde alles horen over Cooley en wat hij allemaal had gedaan om McDover te stalken, waarna JoHelen een uur aan het vertellen was. Lacy wilde weten hoe haar broer drie faillissementen had overleefd en nog steeds zaken kon doen, en ook door Gunthers spannende verhalen vloog de avond om. Ze aten hun avondmaaltijd bij het vuur, broodjes ham-kaas, witbrood natuurlijk, en ze bleven tot diep in de nacht zitten praten en lachen.

41

De eerste arrestaties waren een cadeautje.

Van zijn zeven golfbanen was Vonns favoriet Rolling Dunes, een exclusieve club in het zuidelijkste deel van Brunswick County, met pittoreske uitzichten op de Gulf en alle privacy die een serieuze golfer zich maar kon wensen. Hij hield niet van vaste gewoontes, maar gunde zichzelf toch een wekelijks genoegen: elke zondagochtend om acht uur kwamen hij en zijn vrienden bij elkaar in de herenkamer van het clubhuis voor een ontbijt met bloody mary's. De sfeer was altijd luchtig, losjes, rumoerig zelfs. Voor mannen van in de zestig en zeventig was het een rustpauze, zonder vrouwen in de buurt. Na het ontbijt brachten ze vijf uur door op een prachtige golfbaan: dan dronken ze bier, rookten dure sigaren, wedden op elke hole, speelden vals als het kon, vloekten als ze daar zin in hadden, vertelden elkaar smerige moppen – en dat alles zonder inmenging van caddy's of andere golfers. Ze begonnen altijd om negen uur en Vonn reserveerde de baan altijd een halfuur ervoor en erna. Hij had de pest aan drukke golfbanen en had zelfs een keer een starter op staande voet ontslagen toen hij vijf minuten had moeten wachten op een traag kwartet voor hen.

De gebroeders Maton, Vance en Floyd, maakten altijd ruzie en moesten dus gescheiden worden. Vonn speelde altijd met Floyd, en Ron Skinner speelde altijd met Vance. Op zondag 16 oktober begonnen vier van de vijf Cousins om negen uur aan het gebruikelijke partijtje golf, zich absoluut niet bewust van wat hun te wachten stond. Ze begonnen net aan hun laatste rondje golf.

De vijfde Cousin, Hank Skoley, zette zijn baas af bij de herenkamer met de bedoeling hem vijf uur later weer op te halen. Hank had de pest aan golf en bracht de zondagochtend meestal door aan het zwembad met zijn vrouw en haar kleine kinderen. Nu was hij onderweg naar huis, bemoeide zich met zijn eigen zaken en reed voorzichtig en niet harder dan de maximumsnelheid op Highway 98 toen hij werd aangehouden door een agent van de staatspolitie van Florida. Hank was uiterst beleefd tegen de agent en toen hij zei dat hij geen enkele verkeersovertreding had begaan, kreeg hij te horen dat hij werd gearresteerd voor moord. Een paar minuten nadat hij was aangehouden, zat hij stevig geboeid achter in een patrouilleauto.

Hole 4 op Rolling Dunes was een lange par 5 met rechts een *dogleg*. De green was vanaf de tee niet te zien en lag aan de rand van de baan, naast een openbare weg die met bomen en dik struikgewas van de baan was gescheiden. Daar stonden Allie Pacheco en zijn team te kijken en te wachten. Toen de twee golfkarretjes over het pad hobbelden en bij een greenside bunker stopten, wachtten de agenten tot Vonn, Floyd, Vance en Ron met hun putters over de green liepen. Ze rookten sigaren en waren aan het lachen, toen twaalf mannen in donker pak vanuit het niets opdoken en hun vertelden dat het spel afgelopen was. Ze kregen handboeien om en werden tussen de bomen en struiken door geleid. Hun clubs, sleutels en koude biertjes bleven achter in de golfkarretjes, en hun putters, ballen en sigaren lagen verspreid over de green.

Het zou een halfuur duren voordat de volgende vier golfers die plek bereikten. Het geheim van de vermiste golfers zou de club vierentwintig uur lang bezighouden.

De Cousins werden in verschillende auto's gezet. Allie Pacheco zat achterin naast Vonn Dubose, die na een paar minuten zei: 'Dit is balen, zeg. Ik was net met een goede ronde bezig: één onder par na drie holes.'

'Blij dat je het naar je zin had,' zei Allie.

'Wil je me vertellen waar dit over gaat?'

'Capital murder.'

'En wie is het vermeende slachtoffer?'

'Te veel om te onthouden zeker, Vonn? Hugo Hatch.'

Vonn hoorde dit rustig aan en zei niets meer. Volgens afspraak reden Hank Skoley, de gebroeders Maton en Ron Skinner zwijgend naar de gevangenis.

Nadat ze waren geboeid en hun mobieltjes waren afgepakt, deden FBI-teams een inval in hun huizen en kantoren. Ze namen computers, telefoons, chequeboekjes en complete archiefkasten mee, alles wat maar bewijzen kon opleveren. De Matons en Ron Skinner hadden een op het oog echt kantoor met assistenten en secretaresses, maar omdat het zondag was, was niemand getuige van de FBI-inval. Hank Skoley bewaarde zijn administratie in de kelder van zijn huis, en onder het toeziend oog van zijn doodsbange vrouw en kinderen laadden agenten met een grimmige blik een huurbusje vol. Vonn Dubose had niets belastends bij zich of in zijn huis.

Nadat hun vingerafdrukken waren afgenomen en hun foto's waren gemaakt, werden de verdachten in aparte cellen opgesloten. Het zou nog maanden duren voordat de vijf elkaar terugzagen.

Vonn kreeg een oud broodje aangeboden als lunch. Hij weigerde en werd naar een verhoorkamer gebracht waar Allie Pacheco en Doug Hahn zaten te wachten. Hij wilde geen koffie of water, en zei dat hij een advocaat wilde. Pacheco las hem zijn rechten voor, maar Vonn weigerde het formulier te ondertekenen waarin hij ze bevestigde. Weer vroeg hij om een advocaat en het recht een telefoongesprek te voeren.

'Dit is geen verhoor, Jack,' zei Allie op koele toon. 'Dit is gewoon een praatje, een soort kennismakingsgesprek nu we je echte naam weten. We hebben je vingerafdrukken door onze database gehaald en kregen een hit van je arrestatie in 1972 voor mishandeling met het doel iemand te doden. Toen heette je Jack Henderson, en was je lid van een bende ouwe jongens die met drugs en hoertjes in de weer waren en gokten. Na je veroordeling in Slidell, Louisiana, besloot je dat de gevangenis niets voor jou was en slaagde je er heel slim in te ontsnappen. Daarna heb je je oude naam aan de wilgen gehangen, werd je Vonn Dubose en ben je er de afgelopen veertig jaar uitstekend in geslaagd de onzichtbare man te zijn. Maar dat feest is nu afgelopen, Jack.'

'Ik wil een advocaat.'

'Tuurlijk, regelen we voor je, Jack, maar niet zo'n slimme prater als je in gedachten hebt. Die lui kosten handenvol geld en, sinds negen uur vanochtend, ben je even platzak als je pa toen hij zichzelf ophing in de gevangenis. Al je bankrekeningen worden bevroren, Jack. Al dat geld staat voor altijd vast, is onbereikbaar.'

'Ik wil een advocaat.'

Ze waren zo netjes om Clyde Westbay min of meer ongemerkt te arresteren. Zondagochtend vroeg werd hij gebeld door een FBI-agent die hem vertelde dat het zover was. Clyde vertelde zijn vrouw dat er een probleem was op kantoor en verliet zijn huis. Hij reed naar de verlaten parkeerplaats van een winkelcentrum en stopte naast een zwarte Chevy Tahoe. Hij legde de autosleutels op de vloer voor zijn stoel, stapte uit, werd geboeid en ging achter in de Tahoe zitten. Hij had zijn vrouw niet verteld wat er zou gebeuren, dat kon hij gewoon niet opbrengen.

Met de sleutels van zijn kantoor deden twee teams FBI-agenten een inval in de hotels die hij leidde voor Starr S, het buitenlandse bedrijf.

Op maandag zou alle gasten worden gevraagd te vertrekken en werden alle reserveringen geannuleerd. De hotels zouden definitief worden gesloten.

Toen de Cousins eindelijk toestemming kregen iemand te bellen, lekte het nieuws van hun arrestatie snel uit en daarna verspreidde het zich als een lopend vuurtje door hun organisatie. Vluchten of niet, dat was de paniekerige vraag die alle managers zichzelf stelden. Voordat ze een besluit konden nemen, waren de meesten al gearresteerd en werden hun kantoren feitelijk leeggeroofd door de FBI.

In Biloxi wilde een advocaat, Stavish, met zijn vrouw net een katholieke kerk binnengaan voor de zondagmis toen twee agenten hem tegenhielden en hem vertelden dat ze een omweg zouden maken. Zodra duidelijk was dat hij en zijn partner werden beschuldigd van overtreding van de RICO-wet en dat hij was gearresteerd, mocht hij kiezen: of hij gaf hun de sleutels van hun kantoren of de FBI trapte de deuren in. Stavish gaf zijn vrouw een afscheidskus, negeerde de verbijsterde blikken van de andere gemeenteleden en vertrok huilend met de agenten naar zijn kantoor.

In Treasure Key vertelden vier agenten de dienstdoende manager dat het casino zou worden gesloten: zorg ervoor dat iedereen het weet en stuur iedereen weg. Een andere agent belde Chief Cappel met de vraag naar het casino te komen, meteen. Toen hij twintig minuten later arriveerde, werd hij meteen gearresteerd. Een eenheid U.S. Marshals hielp mee met het naar buiten en naar de parkeerplaats leiden van de boze gokkers. De gasten van de twee hotels kregen opdracht onmiddellijk hun spullen in te pakken en te vertrekken. Toen Billy Cappel gehaast arriveerde, werd ook hij gearresteerd, net als Horn en drie casinomanagers. Ze lieten het aan de U.S. Marshals over de chaos in goede banen te leiden terwijl de gokkers, gasten en werknemers door elkaar heen liepen en niet wilden vertrekken, ook al zagen ze dat op alle deuren sloten werden geplaatst.

Zondagmiddag om een uur of drie, toen Phyllis Turban op haar veranda met een glas ijsthee een boek zat te lezen, zoemde haar telefoon: NUMMER ONBEKEND. Toen ze opnam, zei een anonieme beller: 'U bent, net als uw vriendin McDover, Vonn Dubose en een stuk of wat andere schurken, in staat van beschuldiging gesteld. De FBI doet een inval in kantoren langs de hele kust, en uw kantoor is hierna aan de beurt.' Met een prepaidtelefoon, die de FBI echter wel kende, belde ze meteen Claudia op, die nog niets had gehoord. Claudia belde haar contactpersoon, Hank Skoley, maar die nam niet op. Beide vrouwen keken op internet of ze er iets over konden vinden, maar dat was niet het geval. Phyllis stelde voor om voor de zekerheid op reis te gaan en belde een chartermaatschappij in Mobile. Er was een privévliegtuig beschikbaar dat binnen twee uur kon opstijgen.

Zoals haar was opgedragen belde de chartermaatschappij de FBI. Toen Phyllis snel naar haar geheime kantoor in een chic winkelcentrum in een buitenwijk vlak bij het vliegveld reed, werd ze gevolgd door FBI-agenten. Ze ging naar binnen met alleen sleutels in de hand, maar kwam naar buiten met twee volle Prada-tassen. Ze werd gevolgd toen ze naar de terminal voor privévliegtuigen op Mobile Regional Airport reed.

De chartermaatschappij vertelde de FBI dat de cliënt, een vaste klant, een tussenlanding wilde maken in Panama City om een andere passagier op te pikken, en dat de eindbestemming Barbados was. De FBI, in samenwerking met de FAA, gaf de chartermaatschappij opdracht de vlucht uit te voeren. Om 16.50 uur steeg de Lear 60 op van Mobile voor de twintig minuten durende vlucht naar Panama City.

Ondertussen scheurde rechter McDover naar haar favoriete appartement op Rabbit Run, zocht wat spullen bij elkaar, stopte ze in een grote handtas en scheurde naar het vliegveld. Ze kwam daar om 17.15 uur aan toen de Lear over de baan taxiede en tot stilstand kwam, en liep er snel naartoe. Nadat de piloot haar had begroet, liepen ze de terminal in voor het noodzakelijke papierwerk.

Een kwartier later vertelde de copiloot Claudia en Phyllis dat het slecht weer was boven de Gulf en ze dus pas later konden vertrekken.

'Kunt u er niet gewoon omheen vliegen?' brulde Phyllis.

'Sorry.'

Twee zwarte SUV's kwamen achter het vliegtuig vandaan en stopten voor de linkervleugel. Claudia was de eerste die ze zag en mompelde: 'O shit!'

Nadat de dames waren geboeid en weggeleid, doorzochten de agenten het vliegtuig. De vrouwen hadden vrijwel geen kleren meegenomen, maar wel veel andere waardevolle bezittingen die ze konden dragen: diamanten, robijnen, zeldzame munten en stapels contant geld. Maanden later zou alles worden geïnventariseerd en de getaxeerde waarde bedroeg 4,2 miljoen dollar. Toen hun werd gevraagd hoe ze dat door de douane op Barbados hadden willen krijgen, gaven ze geen antwoord.

Er werd zelfs nog meer buit in beslag genomen tijdens een inval in McDovers appartement op Rabbit Run. Nadat de agenten haar kluiskamer hadden ontdekt, keken ze verbijsterd naar de enorme hoeveelheid geld, sieraden, kunst, zeldzame boeken, zeldzame horloges en antiquiteiten. De inval in haar woning leverde echter weinig waardevolle zaken op. In haar kantoor namen de agenten de gebruikelijke hoeveelheid computers, telefoons en dossiers in beslag.

De computers in het kantoor van Phyllis Turban waren kennelijk niet voor het vuile werk gebruikt, maar de twee laptops in haar geheime kantoor stonden vol informatie over bankrekeningen, elektronische overboekingen, eigendomsaktes van vastgoed en correspondentie met juristen in belastingparadijzen.

De arrestatiegolf langs de Panhandle was uitgebreid en snel. Tegen zonsondergang waren eenentwintig mannen en twee vrouwen gearresteerd. Ze zouden worden beschuldigd van diverse gangsterpraktijken en de lijst zou de komende weken nog verder worden aangevuld. Een van de arrestanten was Delgado, die in een sportschool zware gewichten stond te heffen toen twee agenten zijn dag kwamen verpesten. Op papier werkte hij voor een bar die eigendom was van een bedrijf dat weer eigendom was van anderen, en hij werd beschuldigd van de gebruikelijke witwaspraktijken. Het zou nog jaren duren voordat zijn nog zwaardere misdaden aan het licht kwamen.

42

De kabelnieuwszenders ontdekten het verhaal rond zes uur zondagavond en leken daar niet op voorbereid. Omdat de misdaden onbekend waren, net als de verdachten, was er weinig te melden. Dat veranderde volkomen na twee gebeurtenissen: het nieuws dat het casino werd gesloten en de ontdekking door een onbekende onderzoeker van de term Coast Mafia. Dat laatste was gewoon te sensationeel om te negeren en algauw werd er live verslag gedaan voor de gesloten hekken van Treasure Key.

Lacy en JoHelen keken naar de televisie, gefascineerd, ongelovig bijna. De samenzwering was ontmanteld, het syndicaat was opgeblazen, de corruptie was bekend, de criminelen zaten in de gevangenis – gerechtigheid was geschied. Het was een overweldigende gedachte dat zij deze schokkende gebeurtenissen in gang hadden gezet. Maar daardoor waren ze heel veel kwijtgeraakt, zodat het moeilijk was trots te zijn, in elk geval op dat moment. Toen een verslag werd onderbroken door het 'laatste nieuws' en het gezicht van rechter Claudia McDover op het scherm verscheen, sloeg JoHelen haar handen voor haar mond en begon ze te huilen. De verslaggeefster deed overdreven verslag van het feit dat rechter McDover en haar advocaat waren gearresteerd in een privévliegtuig toen ze het land probeerden te verlaten. Ongeveer de helft van wat ze vertelde was waar, maar dat gebrek aan informatie maakte ze goed door haar enthousiasme.

'Zijn dat vreugdetranen?' vroeg Lacy.

'Misschien, dat weet ik nu niet. Ik ben in elk geval niet verdrietig. Het is gewoon moeilijk te geloven.'

'Dat is zo. Een paar maanden geleden had ik nog nooit van die mensen gehoord en ik kan me ook niet herinneren dat ik vaak een gedachte aan dat casino heb gewijd.'

'Wanneer kan ik naar huis, denk je?'

‘Weet ik niet. Wacht maar tot ik de FBI heb gesproken.’

Gunther was met de Jeep naar het centrum gereden om rood vlees en houtskool te kopen. Nu zat hij op de veranda en had lendebiefstuk op de barbecue en aardappels in de gloeiende kooltjes gelegd. Hij kwam af en toe even binnen voor het laatste nieuws, maar tegen de tijd dat het donker was waren er alleen nog maar herhalingen te zien. Meer dan eens zei hij: ‘Gefeliciteerd dames, jullie hebben zojuist de corruptste rechter in de Amerikaanse geschiedenis ontmaskerd. Proost!’

Ze waren echter niet in de stemming om iets te vieren. JoHelen was er bijna zeker van dat ze haar baan zou houden, hoewel de rechter die McDover zou vervangen een nieuwe griffier mocht aannemen. Als ze al aan haar klokkenluidersclaim dacht, dan zei ze er geen woord over. Op dat moment leek een dergelijke actie te ingewikkeld en te tijdrovend, en bovendien was ze haar advocaat kwijt, de man die wist hoe je zoiets aanpakte.

Voor het eten belde Lacy Michael en ze brachten elkaar op de hoogte. Daarna belde Lacy Verna en ze praatten over de arrestaties van de mannen die werden verdacht van de moord op Hugo. Toen ze Allie Pacheco belde, nam hij niet op. Ze hadden elkaar de hele dag nog niet gesproken en dat vond ze geen probleem. Ze nam aan dat hij het heel druk had.

Maandagochtend om negen uur verscheen de federale officier van justitie, Paula Galloway, voor een federale rechter in Tallahassee en ze verzocht om de onmiddellijke sluiting van zevenendertig bedrijven. De meeste waren gevestigd in Brunswick County, maar ze stonden verspreid over de hele Panhandle. Het ging om bars, drankwinkels, restaurants, stripclubs, hotels, supermarkten, winkelcentra, amusementsparken, openbare golfbanen en drie in aanbouw zijnde woonwijken. De tentakels van de organisatie strekten zich uit tot verschillende woonwijken zoals Rabbit Run, maar omdat het meeste vastgoed was verkocht aan privépersonen werden die erbuiten gelaten. Mevrouw Galloway gaf de rechter een lijst met vierentachtig bankrekeningen met het verzoek ze voorlopig te bevriezen. De meeste rekeningen waren van de bedrijven, maar enkele van privépersonen. Hank Skoley bezat bijvoorbeeld 200.000 dollar aan slecht renderende depositobewijzen en ongeveer 40.000 dollar op een gemeenschappelijke betaalrekening. Beide werden bevroren door de rechter, een oudgediende die altijd goed samenwerkte met mevrouw Galloway. Er was natuurlijk niemand die bezwaar tegen haar verzoeken kon aanvoeren. Ze vroeg of een bepaalde advocaat bij een groot kantoor in Tallahassee kon worden aangewezen als de bewindvoerder van alle bedrijven die tot nu toe bekend waren.

De bewindvoerder moest bijzonder veel werk verzetten. Hij zou de wettelijke zeggenschap krijgen over alle bedrijven die hun vermogen, geheel of gedeeltelijk, hadden vergaard door de criminele activiteiten van wat inmiddels het 'Dubose-syndicaat' werd genoemd. Hij moest teruggaan tot de oprichting van elk bedrijf en elke onderneming, en de financiële administratie reconstrueren. Met behulp van forensisch accountants moest hij de geldsporen volgen die de ondernemingen aan elkaar koppelden en proberen ze aan het syndicaat te linken. In samenwerking met de FBI zou hij proberen het netwerk van buitenlandse bedrijven te penetreren dat was opgezet door Dubose en uitzoeken welke bezittingen ze hadden. Het belangrijkste was echter dat de bewindvoerder de verbeurdverklaring, of de verkoop, zou afhandelen van alle bezittingen van het Dubose-syndicaat.

Twee uur later gaf mevrouw Galloway een goed voorbereide persconferentie, de droom van iedere federale officier van justitie. Ze stond voor een menigte journalisten met een heleboel microfoons voor haar neus. Achter Galloway stonden haar assistenten, onder wie Rebecca Webb, en verschillende FBI-agenten. Rechts van haar, op een groot scherm, waren de vergrote foto's te zien van de vijf Cousins en van Clyde Westbay. Ze vertelde dat ze waren beschuldigd van verschillende moorden, dat ze al gearresteerd waren en dat ze inderdaad van plan was de doodstraf te eisen. Na haar verhaal over de moorden begon ze over de RICO-tenlasteleggingen. De arrestatiegolf was nog gaande, maar inmiddels waren zesentwintig van de drieëndertig verdachten gearresteerd. De FBI en haar kantoor waren net begonnen met het onderzoek en moesten nog heel veel doen. De criminele activiteiten van het Dubose-syndicaat waren veelomvattend en uitstekend georganiseerd.

Toen ze vroeg of er vragen waren, werd ze ermee bestookt.

Tegen twaalf uur die maandag was de hut in de bergen al een stuk minder aantrekkelijk. Ze waren het beu om naar het nieuws te kijken, te slapen, oude boeken te lezen die iemand anders voor hen had uitgekozen, op de veranda te zitten en naar de kleuren van de beginnende herfst te kijken, hoe mooi ze ook waren. Gunthers vriend wilde zijn vliegtuig terug, Lacy moest aan het werk en JoHelen kon niet wachten om naar de rechtbank van Brunswick County te gaan in de wetenschap dat ze Claudia McDover daar nooit meer zou zien en om de roddels te horen.

Maar het belangrijkste was dat Allie dacht dat JoHelen niet langer in gevaar verkeerde. Dubose had veel belangrijker dingen om zich druk over te maken dan een loslippige griffier. Nu alle belangrijke spelers achter slot en grendel zaten zonder telefoon, zou het moeilijk voor hen zijn om dingen te regelen. Allie zei ook dat de FBI JoHelen een paar weken in het oog zou houden.

Rusty haalde hen om twee uur 's middags op. De rit bergafwaarts was veel enger dan naar boven; zelfs Gunther was misselijk toen ze Franklin binnenreden. Ze bedankten Rusty, zeiden dat ze hem spoedig weer zouden zien – wat niet waar was – en stegen op.

Lacy wilde het liefst meteen naar huis vliegen, maar dat kon niet. Ze had haar nieuwe auto in Valdosta achtergelaten, dus moest ze daar wel naartoe. Het was een turbulente vlucht, Gunther moest stormen ontwijken en probeerde tevergeefs een rustige hoogte te vinden. Tegen de tijd dat ze landden, waren Lacy en JoHelen volledig door elkaar geschud en blij dat ze in een auto konden stappen. Ze omhelsden Gunther en zeiden bedankt en tot ziens. Ze wachtten tot hij was opgestegen en reden daarna snel de stad uit. Tallahassee lag halverwege tussen Valdosta en Panama City, en JoHelens auto stond nog op de parkeerplaats van het Neptune Motel.

Ze hadden een lange rit voor de boeg, dus Lacy had een beter idee. Ze zouden de nacht doorbrengen in haar huis in Tallahassee en vragen of Allie ook kwam eten. Tijdens de pastamaaltijd met lekkere wijn zouden ze naar zijn verhalen over de afgelopen drie dagen luisteren en hem uithoren over de dingen die ze graag wilden weten. Wie had Dubose ingerekend en wat had hij gezegd? Vertel ons meer over Claudia en haar ontsnappingspoging. Wie zijn de andere verdachten en waar zijn die nu? Wie had JoHelen bedreigd? Onderweg bedachten ze tientallen vragen.

Lacy belde Allie en nodigde hem uit voor het eten. De extra bonus was dat JoHelen Hooper er ook zou zijn.

'Dus ik krijg eindelijk de klokkenluider te zien?' vroeg hij.

'Levend en wel.'

'Ik kan niet wachten.'

Epiloog

De dagen na de arrestaties en de invallen was het verhaal in heel Florida en het zuidoosten voorpaginanieuws. Overal kwamen journalisten vandaan die rondsnuffelden, aanwijzingen volgden en het laatste nieuws wilden weten. Het afgesloten hek van Treasure Key werd de favoriete achtergrond voor hun tv-verslagen. Ze kampeerden op Verna's oprit tot ze gedwongen werden te vertrekken, waarna ze zich terugtrokken op de straat voor haar huis en het verkeer blokkeerden. Nadat twee journalisten waren gearresteerd en ze zich realiseerden dat Verna niets te zeggen had, verloren ze hun belangstelling en gingen ze weg. Paula Galloway, de federale officier van justitie, hield dagelijkse briefings waarbij vrijwel niets nieuws bekend werd gemaakt. Allie Pacheco, als officiële woordvoerder van de FBI, weigerde helemaal iets te zeggen. Een paar dagen lang maakten journalisten opnamen voor McDovers huis in Sterling en voor de rechtbank van Brunswick County. Ze maakten opnamen voor Phyllis Turbans afgesloten kantoor en voor het advocatenkantoor in Biloxi. Maar langzaamaan verdween het verhaal van pagina één naar pagina twee.

Nu de meeste aandacht op de FBI en het kantoor van de federale officier van justitie was gericht, was er niet veel belangstelling voor de Board on Judicial Conduct. De kleine dienst overleefde de storm zonder veel aandacht op zichzelf te richten. Lacy en Michael werden een paar keer gebeld door journalisten, maar belden niet terug. Net als iedereen volgden zij het verhaal in de media en ze genoten van de hoeveelheid verkeerde informatie die werd verspreid. Voor de BJC was de zaak gesloten, hun doelwit zat in de gevangenis en zou zich naar verwachting binnenkort terugtrekken.

Maar het was moeilijk om door te gaan, in elk geval voor Lacy. Ze was er te emotioneel bij betrokken om de zaak gewoon af te sluiten en een andere zaak op te pakken. De grootste zaak van haar carrière was afgerond, maar zou haar leven nog maanden domineren. Zij en Pacheco brachten samen veel tijd door en konden bijna nergens anders over praten.

Twee weken na de arrestatie van McDover en de bende van Dubose kwam Lacy laat in de middag thuis. Ze wilde net uit haar auto stappen toen ze een man zag die nonchalant voor haar deur zat te wachten. Ze belde Simon, haar buurman, en vroeg of hij wilde kijken, maar dat deed hij al. Toen Lacy naar haar voordeur liep, kwam Simon naar buiten om een oogje in het zeil te houden.

De man droeg een wit golfshirt en een kakikleurige lange broek, en zijn ogen waren amper zichtbaar onder zijn honkbalpetje. Hij had kort, pikzwart geverfd haar. Toen ze bijna bij hem was, glimlachte hij en zei: 'Hallo, Lacy.'

Het was Greg Myers.

Ze gebaarde dat Simon wel mocht gaan, waarna ze naar binnen gingen. Terwijl ze de voordeur achter hen dichtdeed, zei ze: 'Ik dacht dat je dood was.'

Myers lachte en zei: 'Bijna. Ik heb zin in een biertje.'

'Ik ook.' Ze maakte twee flesjes open, waarna ze aan de keukentafel gingen zitten. Lacy zei: 'Ik neem aan dat je Carlita nog niet hebt gezien.'

Hij lachte weer en zei: 'Ik was vannacht bij haar. Ze is oké. Bedankt dat je haar hebt gered.'

'Bedankt? Kom op, Myers, vertel op.'

'Wat wil je weten?'

'Alles. Waarom ben je verdwenen?'

'Dat is een lang verhaal.'

'Logisch. Begin maar.'

Myers wilde praten, hij wilde zichzelf een plaats geven in het verhaal dat hij had helpen creëren. Hij nam een grote slok uit de fles, veegde zijn mond af met de rug van zijn hand, een onhandige beweging die Lacy eerder had gezien, en begon te vertellen. 'Waarom ik verdween? Daar waren twee redenen voor, bleek later. Ten eerste was het een soort noodplan. Ik wist dat de FBI er liever niet bij betrokken wilde worden en toen bleek dat ik gelijk had. Dus wanneer ik verdween, dan zouden jullie en de FBI denken dat Dubose me had gevonden. Door een nieuwe moord, die op mij, zou de FBI zich wel bedenken. Ik had de FBI er liever niet bij, maar wij – wij allemaal – begrepen algauw dat de zaak zonder hen op niets zou uitlopen. Had ik gelijk of niet?'

'Misschien wel. Jouw verdwijning maakte de zaak in elk geval interessanter, maar leidde er niet toe dat de FBI zijn besluit herzag.'

'Wat dan wel?'

'DNA. We hadden een bloedmonster van de plaats van het ongeluk en dat leidde naar de chauffeur van de pick-up. Zodra die was geïdentificeerd, kon de zaak worden opgelost. Daardoor waren ze ervan overtuigd dat ze de zaak konden winnen en kwamen meteen in actie.'

'Hoe kwamen jullie aan dat bloedmonster?'

'Dat vertel ik je nog wel. Je zei dat er twee redenen voor waren dat je ervandoor ging.'

'Ja, de tweede was veel belangrijker dan de eerste. Op een ochtend was ik op de boot in Key Largo aan het rommelen, toen de prepaidtelefoon in mijn zak trilde. Ik klapte hem open, zei hallo of zoiets en toen vroeg iemand: "Myers?" Ik dacht eerst dat het Cooley was, maar even later voelde ik gewoon dat hij het niet was. Ik verbrak de verbinding en belde Cooley met een andere telefoon. Hij zei nee, hij had niet net geprobeerd me te bellen. Toen wist ik dat iemand me op het spoor was en dat die iemand Vonn Dubose was. Ik ging naar beneden, wiste alles op mijn laptop, stopte mijn zakken vol geld en zei tegen Carlita dat ik ijs ging kopen in de haven. Ik bleef een halfuur in de haven rondhangen en kocht ten slotte een local om die me naar Homestead bracht. Daarvandaan ging ik naar Miami en ik dook onder. Het was op het nippertje en het had me de stuipen op het lijf gejaagd.'

'Waarom liet je Carlita in de steek?'

Hij nam weer een grote slok uit de fles. 'Ik wist dat ze haar niets zouden doen. Misschien zouden ze haar bedreigen en bang maken, maar ik ging ervan uit dat ze veilig was. Het was riskant, en bovendien moest ik haar, Cooley, jullie en misschien de FBI ervan overtuigen dat ik gewoon een nieuw slachtoffer was. Je kunt mensen dwingen om te praten, zelfs Carlita en Cooley. Het was belangrijk dat zij niets af wisten van mijn verdwijning.'

'Jij bent gevlucht en Cooley is gevlucht en jullie lieten het aan de vrouwen over om het gevaar het hoofd te bieden.'

'Oké, zo lijkt het misschien wel, maar het was veel ingewikkelder dan dat. Ik moest wel vluchten, anders had ik een kogel in mijn kop gekregen. Cooley is om andere redenen gevlucht. Zodra ik weg was, dacht hij dat hij erbij gelapt was, toen raakte hij in paniek en verstopte zich.'

'En nu ben je terug op zoek naar de pot met goud.'

'Verdomd als het niet waar is. Je mag niet vergeten, Lacy, dat dit alles zonder ons niet was gebeurd. Cooley was het brein dat een hele tijd bezig is geweest met het organiseren ervan, hij is het echte genie hierachter. Hij haalde JoHelen erbij en heeft haar uitstekend gecoacht, tot hij bang werd natuurlijk. Maar ik had het lef de aangifte te ondertekenen en dat heeft bijna mijn dood betekend.'

'Ook die van haar.'

'En ze wordt ervoor beloond, echt waar. Er zal genoeg zijn voor ons drieën.'

'Heeft Cooley het goedgemaakt met JoHelen?'

'Laat ik zeggen dat ze aan het onderhandelen zijn. Ze gaan al twintig jaar met elkaar naar bed, af en aan, en kennen elkaar door en door.'

Lacy ademde uit en schudde haar hoofd. Ze had nog geen slok van haar bier genomen, maar zijn flesje was leeg. Ze pakte een nieuw flesje uit de koelkast en liep naar een raam.

Myers zei: 'Je moet het zo zien, Lacy: Cooley, JoHelen en ik hebben deze hele aanval op Dubose en McDover gepland. Het is verkeerd gelopen: jouw vriend is vermoord, jij bent gewond geraakt, dus we mogen van geluk spreken dat er niet meer slachtoffers zijn gevallen. Achteraf gezien had ik het niet gedaan. Maar het is gebeurd, de slechteriken zitten achter slot en grendel, en wij drieën staan nog rechtovereind. Wij zijn bezig vrede te sluiten en zullen de koek uiteindelijk moeten delen.'

'Je hebt de kranten natuurlijk gelezen.'

'Elk woord.'

'Dus je bent de naam Allie Pacheco ook tegengekomen?'

'O ja. Lijkt me een bekwame agent.'

'Ja, en we daten, en ik vind dat hij dit verhaal ook moet horen.'

'Laat hem maar komen. Ik heb niets verkeerds gedaan en wil best met hem praten.'

Het FBI-onderzoek naar het Dubose-syndicaat nam nog eens veertien maanden in beslag en had zes andere voorlopige tenlasteleggingen tot gevolg. In totaal werden negenendertig mensen gearresteerd, die bijna allemaal als vluchtgevaarlijk werden beschouwd en niet op borgtocht vrijkwamen. Ongeveer de helft bestond uit minder belangrijke doelwitten die werkzaam waren geweest voor bedrijven die eigendom waren van het syndicaat, maar weinig af wisten van het witwassen van geld en helemaal niets van het afromen van de winst van Treasure Key. Nu hun banktegoeden waren geblokkeerd en hun vrijheid was beperkt, en ze alleen pro-Deoadvocaten hadden, ondertekenden ze schuldbekentenissen in ruil voor strafvermindering zodra Paula Galloway ze op de tafel had gelegd. Nog geen zes maanden na de arrestatie van Vonn Dubose hadden ongeveer twaalf van zijn medeverdachten zich bereid verklaard schuld te bekennen en belastende verklaringen over hun baas te vertellen. Terwijl de staat de losse eindjes aan elkaar knoopte, werd de strop om de hals van de echte schurken steeds strakker getrokken. Maar zij hielden hun poot stijf: geen van de elf managers, behalve natuurlijk Clyde Westbay, en zeker geen enkele van de vijf Cousins deed zijn mond open.

Maar ze vonden een zwakke plek buiten het syndicaat. Gavin Prince, een Tappacola die in hoog aanzien stond en had gestudeerd aan de FSU, kwam tot de conclusie dat hij in de gevangenis geen toekomst had. Hij was de op een na hoogste baas van het casino geweest en kende de meeste geheimen. Zijn advocaat overtuigde Paula Galloway ervan dat Prince geen schurk was en haar zaak enorm kon helpen in ruil voor de juiste deal. Hij was bereid schuld te bekennen aan één tenlastelegging in ruil voor een voorwaardelijke straf.

Volgens Prince had elke goktafel – blackjack, roulette, poker en craps – een contantgeldkist waar de dealer niet bij kon. Negentig procent van het geld kwam binnen in de vorm van cash, dat de dealer aannam, telde ten behoeve van de spelers en de camera's, in de geldkist die aan de tafel vastzat stopte en ruilde voor fishes. Blackjacktafels genereerden de meeste cash; roulette de minste. Het casino ging nooit dicht, zelfs niet met Kerstmis, en om vijf uur 's nachts was het altijd het rustigst. Elke dag rond die tijd haalden gewapende bewakers de geldkisten op, zetten ze op een karretje en vervingen ze door lege kisten. Ze werden naar een versterkte kamer gebracht – de officiële 'telkamer' – waar een team van vier professionele tellers – het 'telteam' – de inhoud van elke kist telde. Achter iedere teller stond een bewaker en boven iedere teller hing een camera. De inhoud van elke kist werd vier keer geteld. Meestal waren er zo'n zestig geldkisten. Prince moest elke ochtend kist nummer BJ-17, van de meest winstgevende blackjacktafel, weghalen. Dat kon hij heel eenvoudig doen door hem van het karretje te pakken voordat dat uit de telkamer werd gereden. Hij had nooit iets gezegd en de bewakers keken de andere kant op – dat was de gebruikelijke routine. Prince liep met BJ-17 naar een kleine kamer, een vertrek zonder camera's, en zette hem in een la die hij afsloot. Voor zover hij wist was er maar één andere sleutel en die was in het bezit van de Chief, die elke dag naar het casino kwam om het geld eruit te halen.

In de geldkisten van de blackjacktafels zat gemiddeld 21.000 dollar per dag, hoewel bekend was dat er in BJ-17 zelfs nog meer zat. Prince dacht dat deze kist jaarlijks minstens acht miljoen dollar bevatte, en dat geld verdween volledig en werd niet opgegeven aan de belasting.

De bewakingsbeelden van die tafel werden elke drie dagen op mysterieuze wijze gewist, gewoon voor het geval dat iemand vragen zou stellen, hoewel niemand dat ooit deed. Wie zou er ook komen rondsnuffelen? Ze waren immers op het land van de stam!

Prince was een van de drie toezichthouders die het geld naar de la van de Chief brachten. Ze zaten alle drie in de gevangenis, waren in staat van beschuldiging gesteld en konden rekenen op een lange straf. Toen Prince zijn mond opendeed, deden de andere twee dat ook algauw. Ze beweerden alle drie dat ze niet hadden kunnen weigeren mee te werken aan het afromen van het geld. Ze wisten dat de Chief niet zelf al het geld hield en dat het werd gebruikt om andere mensen om te kopen en zo. Maar ze werkten in een omgeving waarin je geen vragen mocht stellen en niets mocht doorvertellen, waar eigen wetten werden gemaakt en iedereen dacht dat hij nooit betrapt zou worden. Geen van de drie zei dat hij iets af wist van Vonn Dubose.

Het casino bleef drie weken dicht. Daardoor waren er tweeduizend

Tappacola zonder werk en liepen ze allemaal het risico hun dividend kwijt te raken. Dus huurden ze een paar dure advocaten in, die er uiteindelijk in slaagden een rechter ervan te overtuigen dat zij alles op een goede manier konden regelen. Ze kwamen overeen een professioneel managementteam van Harrah's aan te stellen.

Nu Chief Cappel in de gevangenis zat en daar misschien ook tientallen jaren zou doorbrengen, en nu de stam heel erg was vernederd, werden er plannen gemaakt om hem af te zetten. Negentig procent van de Tappacola ondertekende een petitie waarin zijn aftreden en een nieuwe verkiezing werden geëist. Hij trad af, net als zijn zoon Billy en hun handlanger Adam Horn. Twee maanden later werd Lyman Gritt met grote meerderheid tot Chief gekozen. Na zijn verkiezing beloofde hij Wilton Mace dat hij zijn broer uit de gevangenis zou halen.

Advocaten van de Cousins probeerden tevergeefs om iets van hun geld vrij te krijgen. Ze wilden een paar ervaren advocaten inhuren om mazen in de wet te vinden. Maar de rechter was niet te porren voor het idee dat besmet geld werd gebruikt voor het honorarium van advocaten. Hij zei nee, met klem, en wees ervaren strafrechtadvocaten aan om hen te verdedigen.

Hoewel de capital murder-zaak veel ernstiger was dan de RICO-zaak, was de voorbereiding ervan veel gemakkelijker. Zonder Clyde Westbay zouden er maar vijf verdachten voor moord terechtstaan, vergeleken met een stuk of twintig in de RICO-zaak. Paula Galloway had allang besloten dat ze alles op alles zou zetten voor het moordproces in de hoop dat ze, nadat de Cousins levenslang of de doodstraf hadden gekregen, keihard met de RICO-verdachten kon onderhandelen. Zodra iedereen was opgepakt en in de gevangenis zat, hoopten zij en haar team dat ze voor het moordproces ongeveer achttien maanden nodig hadden, terwijl alleen al de voorbereidingen voor het RICO-proces weleens twee jaar konden kosten.

In april 2012, ongeveer zes maanden na de arrestaties, begon de door de rechtbank aangewezen bewindvoerder met de verkoop van bezittingen. Hij maakte gebruik van een beruchte en controversiële federale beschikking, en organiseerde een veiling voor negen bijna nieuwe auto's, vier boten en twee tweemotorige vliegtuigen. De advocaten van de Cousins maakten hier bezwaar tegen met als argument dat een dergelijke verbeurdverklaring prematuur was, aangezien hun cliënten – technisch gezien dan – nog altijd als onschuldig werden beschouwd. Dat argument werd al zo'n twintig jaar gebruikt door strafrechtadvocaten. Ook al leek het niet eerlijk, toch was de wet de wet, en dus ging de veiling door. Die bracht 3,3 miljoen dollar op, de eerste druppel in wat een heel volle emmer zou worden.

Een week later verkocht de bewindvoerder een winkelcentrum voor 2,1 miljoen dollar plus de overname van de schulden. De ontmanteling van het Dubose-syndicaat was in volle gang.

Deze gang van zaken werd nauwlettend gevolgd door de advocaat die Verna Hatch vertegenwoordigde. Na de veiling diende hij een onrechtmatige-doodeis in onder de civiele RICO-wet, en informeerde de bewindvoerder dat hij van plan was een retentie-eis in te dienen. Daar maakte de bewindvoerder zich absoluut niet druk over; het was zijn geld immers niet. Net als Verna diende Lacy een eis in voor haar eigen verwondingen.

De speurtocht naar de bezittingen van Claudia McDover en Phyllis Turban was lang niet zo ingewikkeld als die naar het met misdaadpraktijken verdiende geld van het syndicaat. Zodra de FBI in het bezit was van al Turbans bestanden, werd het spoor duidelijk zichtbaar: verscholen achter buitenlandse bedrijven hadden de vrouwen een villa op Barbados, het appartement in New Jersey en een huis in Singapore gekocht. Dat vastgoed werd op een correcte manier verkocht en bracht 6,3 miljoen dollar op. Ze hadden elf zakelijke bankrekeningen, verspreid over de hele wereld, met een totaalsaldo van iets meer dan 5 miljoen dollar. Op bevel van de rechtbank en onder druk gezet door het ministerie van Buitenlandse Zaken opende een bank in Singapore een kluis van de twee vrouwen en die zat vol diamanten, robijnen, saffieren, zeldzame munten en 10 ounce-goudstaven; de getaxeerde waarde bedroeg 11 miljoen dollar. Ook een bank op Barbados werd onder druk gezet en die actie leverde eenzelfde soort buit op; getaxeerde waarde 8,8 miljoen dollar. De vier appartementen op Rabbit Run werden verkocht voor ongeveer een miljoen dollar per stuk.

De FBI in Tallahassee noemde de indrukwekkende oorlogsbuit die door de vrouwen was verzameld het Klokkenluidersfonds. Alle bezittingen werden na verloop van tijd verkocht door de bewindvoerder, en een jaar na hun arrestatie had het Klokkenluidersfonds een saldo van 38 miljoen dollar. Op papier was dat een enorm bedrag, maar hoewel dat in de loop der maanden hoger werd, nam de schok geleidelijk af.

Advocaat Greg Myers diende een claim in voor een beloning uit het Klokkenluidersfonds. De door de rechtbank aangewezen advocaten van McDover en Turban dienden de gebruikelijke bezwaren tegen de verkoop van hun bezittingen in, maar zonder succes. Nadat alles was verkocht en er alleen nog een stapel geld over was, hadden de advocaten geen steekhoudende argumenten meer. Wat konden ze ook zeggen? Dat het geld niet gestolen was? Dus trokken ze zich terug en verdwenen.

De advocaten van de Tappacola voerden aan dat het geld van de stam was en daar was de rechter het mee eens. Maar het geld zou nooit zijn gevonden en het hele corruptieweb zou nooit zijn ontdekt zonder de moedige inspanningen van JoHelen, Cooley en Greg Myers. De Tappacola gingen niet helemaal vrijuit, want zij hadden een oneerlijke Chief gekozen en herkozen. De rechter trok een beloning van 10 miljoen dollar van de inmiddels vergaarde 38 miljoen dollar af: de helft daarvan was voor JoHelen en een kwart voor zowel Myers als Cooley. Hij liet er ook geen twijfel over bestaan dat ze in de verre toekomst, nadat de bezittingen van het Dubose-syndicaat uiteindelijk allemaal waren ontdekt en verkocht, recht hadden op een zelfs nog hogere beloning.

Op 14 januari 2013, vijftien maanden nadat ze waren gearresteerd, stonden de vijf Cousins terecht in de federale rechtbank in Pensacola. Toen wisten ze al dat Clyde Westbay en Zeke Foreman tegen hen zouden getuigen. Ze wisten ook dat Clyde op de dag van zijn arrestatie schuld had bekend aan first-degree murder en daarvoor strafvermindering zou krijgen, maar hoeveel moest nog worden bepaald. Ze wisten niet waar Zeke Foreman zich verscholen hield en vonden dat ook niet belangrijk. Zij concentreerden zich op hun eigen grimmige toekomst.

In een bomvolle rechtszaal presenteerde Paula Galloway, een jurist die nog altijd genoot van deze arena, de zaak van de overheid. Haar eerste getuige was Verna Hatch. Lacy was de tweede getuige, er waren foto's en video's van de plaats van het ongeluk; Lacy zat een hele dag in de getuigenbank en vond het een vermoeiende ervaring. Maar ook daarna bleef ze en ze volgde het hele proces, net als Verna. Veel van Hugo's vrienden en familieleden kwamen langs tijdens het achtdaagse proces. Ze zagen de video van de diefstal van de Dodge Ram en de video van Frogs winkel. Zeke Foreman was een uitstekende getuige, maar Clyde Westbay zorgde definitief voor hun veroordeling, ook al was hij zenuwachtig en weigerde hij naar een van de verdachten te kijken. Geen van de verdachten getuigde en hun verdediging bleef steeds dezelfde: 'Een voor allen, allen voor een.' Als ze ten onder gingen, zouden ze samen ten onder gaan.

De jury overlegde zes uur lang en bevond alle vijf Cousins schuldig. De week daarna eiste Paula Galloway de doodstraf, maar ze kreeg niet helemaal haar zin. De juryleden hadden er weinig moeite mee Vonn Dubose en Hank Skoley de doodstraf te geven, want Vonn had opdracht gegeven voor de aanslag en Hank had de details geregeld. Maar het was niet duidelijk geworden of de gebroeders Maton of Ron Skinner op de hoogte waren geweest van het plan. Volgens de wet was een bendelid schuldig aan de misdaden van zijn bende, onafhankelijk van de vraag of hij daar wel of niet bij betrokken was, maar de jury kon het niet opbrengen de drie anderen de doodstraf te geven. Dus kregen de drie levenslang, zonder kans op voorwaardelijke vrijlating.

Nadat de Cousins waren veroordeeld en voor altijd van het toneel waren verdwenen, was Paula Galloway eerder bereid deals met de andere RICO-verdachten te sluiten. De meesten gingen akkoord met een schuldbekentenis in ruil voor strafvermindering en kregen gemiddeld vijf jaar gevangenisstraf.

Ene Willis Moran, al lange tijd een trouwe loopjongen, wilde absoluut niet naar de gevangenis. Hij had een broer die in een gevangenis was verkracht en vermoord en hij, Willis, was doodsbang dat hem dat ook zou overkomen. Tijdens verschillende verhoren liet hij blijken dat hij iets wist over de moord op Son Razko en Eileen Mace, en zelfs over de verdwijning van Digger Robles, de gevangenisverklikker. De FBI had er weinig behoefte aan om Moran met een lange straf op te schepen en dus werd er een deal gesloten voor alleen de tijd die hij al in voorarrest had doorgebracht. Moran had af en toe samengewerkt met Delgado, Vonns favoriete huurmoordenaar. Het was bekend, in elk geval onder de oudgedienden, dat Delgado er heel goed in was om mensen uit te schakelen, en dat hij de waarschijnlijkste moordenaar was van Son en Eileen.

Met tegenzin opende Allie Pacheco alweer een nieuw hoofdstuk in het Dubose-verhaal.

Twee maanden na het moordproces werden Claudia McDover en Phyllis Turban een rechtszaal binnengebracht in de federale rechtbank in Tallahassee, omringd door hun advocaten. Beide vrouwen hadden al schuld bekend aan omkoping en witwassen. Nu zou hun straf worden bepaald. De rechter begon met Phyllis en legde haar, na een fikse uitbrander, tien jaar gevangenisstraf op.

Zijn verbale aanval op Claudia was er een voor de geschiedenisboeken. In een vooraf opgeschreven verhaal trok hij fel van leer tegen haar 'verbijsterende hebzucht', haar 'ziekmakende oneerlijkheid' en haar 'lafhartige verraad' aan het vertrouwen dat de kiezers in haar hadden gesteld. 'Een stabiele samenleving is gebouwd op eerlijkheid en rechtvaardigheid en het is de taak van "rechters zoals u en ik" om ervoor te zorgen dat alle burgers worden beschermd tegen de corruptie, het geweld en de macht van misdadigers.' Soms vernietigend, soms bijtend en sarcastisch, en geen enkele keer zelfs maar een beetje meelevend, tierde de rechter een halfuur door en schokte vele aanwezigen. Claudia, broos en enorm afgevallen na zeventien maanden gevangenisvoedsel, stond zo rechtop mogelijk en incasseerde elke slag. Ze leek slechts één keer te wankelen, alsof ze door haar knieën zakte. Maar ze huilde niet en bleef de rechter strak aankijken. Hij gaf haar vijfentwintig jaar.

Lacy, die op de voorste rij tussen Allie en JoHelen in zat, had bijna medelijden met haar.